J. R. R. TOLKIEN

Contes et légendes inachevés

Premier Âge

Introduction, commentaire et cartes
établis par Christopher TOLKIEN

Traduit de l'anglais par Tina Jolas

CHRISTIAN BOURGOIS ÉDITEUR

Loi n° 49-956 du 16 juillet 1949 sur les publications destinées à la jeunesse : août 2001.

ISBN 2-266-08651-0

NOTE

Le commentaire intervenant sous des formes très variées, il s'est révélé nécessaire de distinguer dans les différentes parties de l'ouvrage l'auteur de l'éditeur. [Voir l'introduction de C. Tolkien pour le plein sens qu'il convient de donner ici au terme d' « éditeur ».] Les textes de l'auteur sont toujours donnés en gros caractères lorsqu'il s'agit de « textes primaires », et ce tout au long du livre ; lorsque l'éditeur fait intrusion dans l'un de ces textes, son intervention est donnée en plus petits caractères, et elle est rentrée par rapport à la marge. Toutefois, dans *l'Histoire de Galadriel et Celeborn* où prédomine le texte dû à l'éditeur, on a inversé cette présentation. Dans les Appendices (comme aussi dans « Le développement ultérieur du récit » qui fait suite à *Aldarion et Erendis* (cf. *Second Âge*), les textes de l'auteur et de l'éditeur sont donnés en mêmes caractères, mais les citations de l'auteur sont en petits caractères et rentrés par rapport à la marge).

Les notes aux écrits donnés en Appendice figurent en bas de page, et on n'a pas jugé utile de les numéroter dans le corps du texte ; les annotations propres de l'auteur sur un point particulier portent toujours la mention : [Note de l'auteur].

A l'exception du *Silmarillion*, les ouvrages de J. R. R. Tolkien traduits en français ne comportent pas les nombreux Appendices donnés dans l'édition anglaise. Lorsque référence est faite à ces Appendices, le lecteur devra donc consulter l'édition anglaise. De même, l'Index figurant dans l'édition anglaise du présent ouvrage a été omis. Nous renvoyons le lecteur à l'Index du *Silmarillion* dans sa traduction française ou à l'Index de l'édition anglaise.

INTRODUCTION

Celui qui se voit confier la responsabilité des écrits laissés par un auteur mort est confronté à des problèmes difficiles à résoudre. Certains, dans cette position, peuvent choisir de ne rien livrer du tout à la publication, hors peut-être quelque œuvre quasiment terminée du vivant de l'auteur. Un choix qui, touchant les écrits inédits de J.R.R. Tolkien, pourrait se justifier au moins à première vue ; car, singulièrement critique et exigeant à l'égard de son propre travail, il n'aurait jamais songé à autoriser la publication des récits — même les plus achevés — qui forment ce recueil, sans les avoir abondamment retravaillés.

Cependant il m'a paru que la nature et la portée de son invention conféraient à ces récits, même abandonnés, un statut particulier. Que *le Silmarillion* restât ignoré était, pour moi, impensable, et ce malgré son état chaotique, et malgré les intentions bien avérées de mon père concernant son remaniement, intentions dans une large part non réalisées ; et en l'occurrence, après de longues hésitations, je pris sur moi de présenter l'œuvre non pas sous la forme d'une étude historique : un réseau de textes divergents reliés entre eux par un commentaire ; mais comme une entité parachevée et en elle-même cohérente. Sans doute les récits du présent ouvrage se situent-ils sur un tout autre plan. Envisagés dans leur ensemble, ils ne constituent pas un tout, et le livre n'est guère qu'un recueil de textes disparates quant à la forme, le dessein, le degré d'achèvement et la date de composition (et quant au traitement que je leur ai fait subir), où il est question de Númeor et de la Terre du Milieu. Mais l'argument en faveur de leur publication, s'il est de moindre poids, n'est pas différent de nature de celui invoqué pour motiver la parution du *Silmarillion*. Tous ceux qui n'auraient pas renoncé volontiers à certaines images : à Melkor et Ungoliant contemplant, depuis les cimes du Hyarmentir, « les champs et les pâturages de Yavanna, tout d'or sous les hautes moissons des dieux » ; à la grande ombre portée par l'armée de Fingolfin, sous la lune à son lever ; à Beren rôdant sous l'apparence d'un loup près du trône de Morgoth ; à l'éclat des Silmarils soudain dévoilés dans l'obscur de la forêt de Neldoreth —, ceux-là trouveront, j'en suis certain, que les imperfections d'ordre purement formel sont amplement compensées par la voix (que l'on entend ici pour la dernière fois) de Gandalf taquinant Saruman dans sa superbe, à la réunion du Conseil Blanc, en l'année 2851 ; ou à Minas Tirith, au lendemain de la Guerre de l'Anneau, racontant comment il en vint à envoyer les Nains à la fameuse beuverie du côté de Bag-End ; par la vision d'Ulmo, Seigneur des Eaux, surgissant de la mer, à Vinyamar ; ou celle de Mablung de Doriath, se mussant « comme un rat d'eau » dans les ruines du pont de Nargothrond ; ou encore par Isildur frappé à mort qui se dresse titubant hors des flots limoneux de l'Anduin.

Nombre des récits qui figurent dans ce recueil sont l'élaboration de faits relatés plus brièvement, ou au moins évoqués, ailleurs ; et il nous faut préciser d'emblée que risquent fort d'être déçus ceux des lecteurs du *Seigneur des Anneaux* pour qui la structure historique de la Terre du Milieu est un moyen, non une fin ; un mode narratif et non le but même de la narration ; et qui n'éprouvent nulle envie de pousser plus loin l'exploration en soi, se souciant fort peu d'apprendre comment sont organisés les Cavaliers de la Marche au Rohan, et abandonnant résolument à leur sort les Hommes Sauvages de la Forêt de Drúadan. Et mon père ne les aurait certes pas désapprouvés, lui qui dans une lettre datant de mars 1955, peu avant la publication du troisième Tome du *Seigneur des Anneaux*, écrit :

> Je souhaiterais à présent n'avoir jamais promis d'Appendices ! Car je pense que leur publication sous forme tronquée et abrégée ne satisfera personne ; et certainement pas moi ; et manifestement pas non plus, à voir les lettres (en quantité ahurissante !) que je reçois, les gens qui aiment ce genre de chose — et ils sont étonnamment nombreux ; tandis que ceux qui prennent plaisir au livre en tant que « geste héroïque », et trouvent que les « perspectives mystérieuses » font partie de l'art littéraire, ceux-là ne toucheront pas aux Appendices, et à fort juste titre.
>
> Je ne suis plus du tout certain que la tendance à traiter tout cela comme une sorte de vaste jeu est vraiment bonne — elle ne l'est sûrement pas pour moi qui suis bien trop fatalement attiré par ce genre de chose. Que tant de gens réclament de « l'information » pure ou des éléments de « savoir traditionnel » constitue, je suppose, un hommage au curieux effet que produit tout récit qui s'enracine dans des représentations géographiques, chronologiques et linguistiques très détaillées.

Et dans une lettre datée de l'année suivante, il écrit :

> … Tandis que nombreux sont ceux qui, comme vous, exigent des cartes, d'autres souhaitent des indications géologiques plutôt que toponymiques ; certains, et ils sont légions, veulent des grammaires de la langue elfe, des systèmes de phonologie et des spécimens linguistiques ; d'autres veulent des indications de métrique et de prosodie… les musiciens veulent des mélodies et des notations musicales ; les archéologues, des tessons de céramiques et des échantillons de métallurgie ; les botanistes veulent une description plus précise du *mallorn,* de l'*elanor,* du *niphredil,* de l'*alfirin,* du *mallos* et du *symbelmynë ;* les historiens veulent en savoir plus sur la structure sociale et politique du Gondor ; et les curieux

veulent des renseignements sur les Wainriders, le Harad, les origines du peuple des Nains, les Hommes Morts, les Beorings et les deux Mages disparus (sur cinq).

Mais quel que soit le point de vue adopté, certains, et je suis de ceux-là, trouveront une valeur autre que celle d'un simple dévoilement de détails curieux, au fait d'apprendre que Vëantur le Númenoréen amena son navire l'Entulessë, le « Reviens », aux Havres Gris à la faveur des vents de printemps, l'année six cent du Second Âge ; que la tombe d'Elendil le Grand fut érigée au sommet du Halifirien, le tertre de guet ; que le Noir Cavalier entrevu par les Hobbits sur l'appontement opposé, à Bucklebury Ferry, était Khamûl, chef des Spectres de l'Anneau, à Dol Guldur — ou même que l'absence de postérité de Tarannon, douzième Roi du Gondor (un fait noté également dans *le Seigneur des Anneaux*) était liée aux chats, jusqu'alors parfaitement mystérieux, de la Reine Bérúthiel.

Bâtir le livre fut difficile, et le résultat présente une certaine complexité. Les récits sont tous « inachevés », mais à des degrés divers et à des sens divers du mot ; et ils ont requis un travail d'édition différent ; plus loin, je donne quelques indications sur chacun d'eux, mais je voudrais attirer ici l'attention sur quelques traits plus généraux.

Le plus important est la question de la « cohérence », qu'illustre de manière privilégiée « L'Histoire de Galadriel et Celeborn ». Il s'agit là d'un « Conte inachevé » au sens large ; non point un récit qui s'interrompt abruptement, comme c'est le cas pour « De Tuor et de sa Venue à Gondolin » ; ni une série de fragments comme « Cirion et Eorl », mais un récit qui, s'il apporte un fil essentiel à la trame historique de la Terre du Milieu, n'a jamais reçu sa construction définitive, et moins encore une écriture parachevée. L'inclusion de récits et d'ébauches inédits sur ce sujet implique dès lors que l'on accepte d'emblée le récit narratif non pas comme une réalité fixe et préexistante, que l'auteur (en sa qualité de traducteur et de rédacteur) ne fait que

« relater », mais comme une conception imaginaire mouvante et en pleine évolution dans son esprit. Dès l'instant où l'auteur a cessé de publier lui-même ses œuvres, les soumettant au préalable à son propre regard critique et jugement comparatif, toute connaissance plus poussée de la Terre du Milieu que l'on puisera dans ses écrits restés inédits se trouvera souvent en contradiction avec ce que l'on « sait » déjà ; et en l'occurrence, les nouveaux matériaux insérés dans l'édifice existant contribueront moins à l'histoire de ce monde imaginaire qu'à celle du processus imaginaire en lui-même. Dans ce recueil, j'ai accepté d'entrée de jeu qu'il en soit ainsi ; et sauf pour quelques détails mineurs, tels des modifications de nomenclature (là où retenir la leçon du manuscrit aurait créé des confusions disproportionnées exigeant des mises au point tout aussi disproportionnées), je n'ai fait aucun changement tendant uniquement à assurer la cohérence de l'ouvrage au regard des œuvres publiées, mais au contraire, me suis attaché à mettre en lumière, tout au long des récits, les contradictions et les variantes. A cet égard les *Contes et légendes inachevés* diffèrent pour l'essentiel du *Silmarillion,* où le but premier, encore que non exclusif, du travail d'édition avait été d'obtenir une cohérence, tant externe qu'interne ; et sauf en quelques cas précis, j'ai traité la version publiée du *Silmarillion* comme référence exactement au même titre que les écrits dont mon père avait lui-même assuré la parution, sans tenir compte des innombrables choix « non autorisés » entre des variantes et des versions rivales, qui ont concouru à son élaboration.

De par son contenu, le présent ouvrage est entièrement narratif (ou descriptif) ; j'ai écarté tous les écrits qui avaient une dimension plus philosophique ou spéculative touchant Aman et la Terre du Milieu, et là où ces matières sont abordées, j'ai coupé court à leur développement. J'ai donné au texte une structure de pure commodité, fondée sur une division en Parties correspondant aux Trois Âges du Monde ; d'où, bien entendu, quelques chevauchements, comme c'est le cas pour la légende d'Amroth qui figure dans « L'Histoire de Galadriel et Celeborn ». La quatrième Partie est une annexe, et elle peut exiger qu'on s'en explique dans un ouvrage intitulé *Contes et légendes inachevés,* car les morceaux qui la composent sont des études de portée générale et de caractère discursif, d'où l'élément narratif est quasiment absent. De fait, la section sur les Drúedain doit originairement son inclusion au conte de « La Pierre fidèle » qui en est un fragment ; et cette section m'a incité à introduire celles sur les Istari et sur les Palantíri, sujets pour lesquels bien des gens ont manifesté de la curiosité, et ce livre paraissant le bon endroit où exposer tout ce qu'il y avait à en dire.

On trouvera que les notes poussent, à l'occasion, un peu dru, mais on s'apercevra que là où elles sont le plus foisonnantes (comme dans « Le Désastre des champs d'Iris »), elles sont le fait moins de l'éditeur que de l'auteur qui, dans ses œuvres tardives, avait tendance à travailler de cette manière, menant plusieurs sujets de front au moyen d'un lacis serré de notes. D'un bout à l'autre du livre, je me suis efforcé de bien mettre en évidence ce qui relevait du travail d'édition, et de le distinguer du reste.

J'ai constamment tenu pour acquis, chez le lecteur, une bonne connaissance de l'œuvre publiée de mon père (et plus particulièrement du *Seigneur des Anneaux*), car sinon il m'eût fallu grossir considérablement l'appareil critique que d'aucuns trouveront déjà suffisamment fourni. J'ai néanmoins donné de brèves définitions pour presque tous les articles importants de l'Index (non inclus dans la version française), dans l'espoir d'éviter au lecteur d'avoir à chercher ailleurs. Si mes explications demeurent insuffisantes ou involontairement obscures, le lecteur consultera avec fruit l'ouvrage de M. Robert Foster, *The Complete Guide to Middle-Earth,* qui constitue, je l'ai découvert à l'usage, un admirable ouvrage de référence.

Les références au *Silmarillion* renvoient à l'édition Presses Pocket, n° 2276 ; et celles qui intéressent *le Seigneur des Anneaux* portent indication du Tome, du

Livre et du chapitre (voir édition française chez le même éditeur n°s 2657-2658-2659).

Suivent à présent des indications d'ordre essentiellement bibliographique sur chaque texte.

PREMIÈRE PARTIE

1

De Tuor et de sa venue à Gondolin

Mon père devait déclarer plus d'une fois que « La Chute de Gondolin » avait été le premier, des contes du Premier Âge, à voir le jour ; et rien ne permet de mettre en doute son dire. Dans une lettre de 1964, il affirme qu'il s'agit là « d'une œuvre de pure imagination, écrite en 1917, lorsque j'étais à l'armée, en permission de maladie », et à d'autres moments, il donne 1916 ou 1916-1917 comme date. Dans une lettre de 1964, il m'écrit : « J'ai commencé à rédiger *le Silmarillion* dans des baraquements surpeuplés, envahis du vacarme des gramophones » ; et de fait, quelques vers où figurent les Sept Noms de Gondolin sont griffonnés sur le dos d'une circulaire précisant « l'ordre de transmission des responsabilités à l'échelon du bataillon ». Le manuscrit original existe encore, remplissant deux petits cahiers d'écolier ; il est écrit hâtivement au crayon et surchargé de notations à l'encre et de ratures multiples. Ma mère devait recopier au net ce premier jet, en 1917, mais cette bonne copie devait à son tour être abondamment corrigée et retravaillée à une époque que je ne puis clairement déterminer, mais qui doit se situer vers 1919-1920, lorsque mon père était à Oxford, où il participait à la rédaction du Dictionnaire alors inachevé. Au printemps 1920, il fut invité à donner une conférence au Club des Essais de son collège (Exeter) ; et il leur lut « La Chute de Gondolin ». Les notes de ce qu'il comptait dire en guise d'introduction subsistent à ce jour. Il s'y excuse de ne pas être en mesure de leur livrer un travail critique, et poursuit : « Aussi me faut-il lire quelque chose de déjà écrit, et en désespoir de cause, je me suis rabattu sur ce conte. Il n'a bien entendu pas vu la lumière du jour... Depuis déjà un certain temps, un cycle complet d'événements survenus dans un Pays Elfe de mon cru s'est imposé à mon imagination (ou plutôt sa construction s'est élaborée dans mon esprit). Quelques épisodes ont été notés... Ce récit n'est pas le meilleur d'entre eux, mais il est le seul revu et corrigé à ce jour, et quelque insuffisante la révision, le seul que je me hasarderai à lire à haute voix. »

Le récit de « Tuor et des Exilés de Gondolin » (comme s'intitulait « La Chute de Gondolin » dans le manuscrit original) devait dormir des années durant, bien que mon père ait rédigé une version abrégée du conte, destinée à prendre place dans *le Silmarillion* (un titre qui, incidemment, apparaît pour la première fois dans sa lettre à l'*Observer* du 20 février 1938) ; et cette version devait être remaniée par la suite conformément aux transformations apportées aux autres parties du livre. Bien des années plus tard, mon père se remit à travailler sur une version entièrement refaçonnée, de conception toute nouvelle, intitulée « De Tuor et de sa venue à Gondolin ». Il semble probable que celle-ci date de 1951, lorsque *le Seigneur des Anneaux* était achevé, mais que sa publication paraissait compromise. Profondément modifié quant au style et à la portée, mais conservant néanmoins l'essentiel du conte écrit dans sa jeunesse, « De Tuor et de sa venue à Gondolin » devait donner dans le menu toute la légende qui forme le chapitre 23 du *Silmarillion,* dans sa version publiée ; mais malheureusement, l'auteur n'alla pas plus loin que l'arrivée de Tuor et de Voronwë à la dernière Porte, et la vision de Gondolin dans les lointains, au-delà de la vallée de Tumladen. Sur les raisons qui l'incitèrent à abandonner, nous ne savons rien.

C'est le texte donné ici. Pour éviter toute confusion, je lui ai conservé son titre : « De Tuor et de sa venue à

Gondolin », car il n'est nulle part question de la chute de la ville. Comme toujours en ce qui concerne les écrits de mon père, il y a des variantes, et pour un court passage (la marche d'approche vers le Sirion et la traversée du fleuve par Tuor et Voronwë), plusieurs versions entre lesquelles il a fallu choisir ; le texte a donc exigé un léger travail rédactionnel.

Reste donc ce fait remarquable, que le seul récit complet qu'ait jamais écrit mon père, relatant le séjour de Tuor à Gondolin, son mariage avec Idril Celebrindal, la naissance d'Eärendil, la perfidie de Maeglin, le sac de la ville et la fuite et les épreuves des rescapés — un récit qui sous-tend toute sa conception du Premier Age —, fut ce conte écrit dans sa jeunesse. Toutefois il ne fait point de doute que ce récit (fort remarquable) ne se prêtait pas à l'inclusion dans le présent recueil. Écrit dans le style archaïsant à l'extrême que mon père affectionnait à l'époque, il incarne nécessairement des conceptions incompatibles avec le monde du *Seigneur des Anneaux* et du *Silmarillion* dans la version publiée. Ce récit mérite de figurer aux côtés des autres travaux appartenant à cette première phase de la mythologie « Le livre des Contes perdus » : œuvre en soi très riche et du plus haut intérêt pour qui s'interroge sur les origines de la Terre du Milieu, mais qui ne saurait être publiée sans une longue et savante étude de présentation.

2

La Geste des Enfants de Húrin

A certains égards, la légende de Túrin Turambar est, dans son déroulement, le plus embrouillé et le plus complexe des motifs narratifs qui s'entrelacent dans l'histoire du Premier Age. Comme le récit de Tuor et de la Chute de Gondolin, la légende renvoie à l'immémorial, et se retrouve tout entière dans un ancien récit en prose (un des « Contes perdus »), et dans un long poème inachevé en vers assonancés par allitération. Mais alors que mon père ne devait jamais poursuivre très loin la « version longue », plus tardive, du *Tuor,* il poussa beaucoup plus avant et mena presque à terme la « version longue », tardive également, du *Túrin.* Elle a nom *Narn i Hîn Húrin* ; et c'est le récit donné dans le présent ouvrage.

On relève, toutefois, des différences considérables dans le degré d'achèvement des différentes parties au cours du récit. La section finale (depuis Le Retour de Túrin à Dor-lómin jusqu'à La mort de Túrin) a exigé quelques remaniements purement accessoires ; alors que la mise au point de la première section (jusqu'à la fin du séjour de Túrin à Doriath) a entraîné un important travail de révision, d'élimination et, en certains endroits, de concentration, le texte original étant à l'état de brèves notations fragmentaires. Mais plus complexe encore fut le problème rédactionnel que devait présenter la partie centrale du récit : Túrin chez les Hors-la-loi, Mîm le Petit-Nain, le pays de Dor-Cúarthol, la mort de Beleg aux mains de Túrin, et la vie de Túrin à Nargothrond. Le *Narn* s'offre ici sous sa forme la moins achevée et il est même réduit, par endroits, à de simples indications sur les possibles développements de l'histoire. Mon père était encore en plein travail d'élaboration lorsqu'il décida d'abandonner le récit ; et la version écourtée du *Silmarillion* était, à l'époque, censée attendre l'achèvement du *Narn.* Aussi lorsque je me mis à travailler sur le texte du *Silmarillion* en vue de sa publication, il me fallut nécessairement recourir aux matériaux mêmes qui formaient cette section de la Geste de Túrin, matériaux d'une complexité véritablement extraordinaire, dans leur diversité et leur imbrication.

Pour la première partie de cette section centrale qui va jusqu'au début du séjour de Túrin dans les demeures de Mîm, sur Amon Rûdh, je suis parvenu à construire un récit qui se déroule à la même échelle que les autres parties du *Narn,* et ceci en recourant aux matériaux existants (avec une lacune, voir page 148 et note 12). Mais à partir de là (voir p. 159) et jusqu'à ce que Túrin vienne à Ivrin, après la chute de Nargothrond, j'ai jugé la poursuite de cette démarche peu profitable. Les lacunes du *Narn* se faisaient trop importantes et elles n'auraient pu être comblées qu'en puisant dans le texte publié du *Silmarillion*. Mais dans un Appendice (p. 227) j'ai cité des fragments isolés de cette partie du récit, conçu, quant à lui, sur une échelle bien plus vaste.

Dans la troisième section du *Narn* (à partir du Retour de Túrin à Dor-lómin), la comparaison avec *le Silmarillion* (p. 212-228) livre de multiples et étroites correspondances et jusqu'à des identités de formulation ; et dans la première section figuraient deux longs passages que j'ai omis du présent texte (voir p. 91 et note 1, et p. 104 et note 2) car ils constituaient de proches variantes de passages parus ailleurs, et sont inclus dans la version publiée du *Silmarillion*. Ces chevauchements et recoupements entre une œuvre et une autre s'expliquent de différentes manières et de différents points de vue. Mon père se plaisait à reprendre un récit et à lui donner une autre dimension ; mais certaines parties n'exigeaient pas un traitement plus poussé en vue de leur insertion dans une version plus développée, et point n'était besoin de les reformuler. Et de nouveau, lorsque tout est à l'état fluide et qu'on est encore bien loin d'envisager l'organisation définitive des divers récits, le même passage peut fort bien se voir transféré expérimentalement d'une version à l'autre. Mais on peut aussi chercher l'explication à un autre niveau. Les légendes telles celles de Túrin Turambar avaient reçu forme poétique longtemps auparavant — en l'occurrence, dans le *Narn i Hîn Húrin* du poète Dirhavel — et des phrases ou des passages entiers en provenant (et singulièrement ceux où l'intensité rhétorique est à son comble, comme les paroles qu'adresse Túrin à son épée, au moment de mourir) ont pu se transmettre, immuables, à ceux qui par la suite devaient faire l'histoire des Jours Anciens (et *le Silmarillion* est censé être un des produits de ce travail de condensation historique).

SECONDE PARTIE

1

Description de l'île de Númenor

Bien que le texte soit d'ordre plus descriptif que narratif, j'ai inclus un choix des écrits de mon père sur Númenor, et plus particulièrement sur l'aspect physique de l'île, pour autant que ce texte permette d'éclairer et d'illustrer le conte d'Aldarion et d'Erendis. Cette description existait certainement en 1965, et elle a probablement été écrite peu de temps auparavant.

J'ai redessiné la carte à partir d'un croquis hâtif de mon père, le seul, apparemment, qu'il ait fait de Númenor. Sur mon dessin figurent uniquement les toponymes et accidents du paysage présents dans l'original. Le croquis de mon père indique un autre port sur la baie d'Andunië, un peu à l'ouest d'Andunië même, dont le nom, difficile à lire, est presque certainement *Almaida,* nom qui, à ma connaissance, ne se retrouve nulle part ailleurs.

2

Aldarion et Erendis

Ce récit fut laissé sous la forme la plus fruste de tous ceux qui entrent dans ce recueil, et par endroits, il a exigé un travail rédactionnel très poussé, à tel point que j'ai pu m'interroger sur le bien-fondé de son inclusion. Toutefois le conte revêt un intérêt singulier, en tant qu'il est le seul (en dehors des chroniques et annales) qui subsiste concernant Númenor au cours de sa longue histoire, avant l'épisode de sa chute (*l'Akallabêth*) ; et en tant que récit unique, de par son contenu, dans toute l'œuvre de mon père, je me persuadais que ce serait une erreur de l'omettre de ce recueil de *Contes et légendes inachevés.*

Pour apprécier la nécessité de ce travail d'édition, on doit savoir que mon père faisait amplement usage, dans la composition de ses récits, de « schémas directeurs », où une attention méticuleuse était donnée à la datation des événements, au point que ces schémas font parfois figure d'« annales ». Dans le cas qui nous occupe, cinq au moins de ces schémas sont à l'œuvre, variant constamment quant à la richesse relative du récit, et assez fréquemment se contredisant l'un l'autre, tant sur des particularités d'ordre général que sur des points de détail. Mais ces schémas tendaient toujours à se muer en narration pure, et singulièrement par l'introduction de courts passages au discours direct. Et dans le cinquième et dernier « schéma » pour Aldarion et Erendis, l'élément narratif prend une ampleur telle que le texte comporte non moins de soixante pages manuscrites.

Toutefois la tendance à abandonner le style « chronique » — l'inventaire de faits cités au présent, à coups de notations brèves — pour en venir à une écriture authentiquement narrative ne devait s'affirmer que progressivement, et au fur et à mesure que prenaient corps les événements inscrits dans le « schéma directeur ». J'ai réécrit une part considérable des matériaux qui forment la première partie du récit, m'efforçant de conférer à l'ensemble une certaine homogénéité. Cette réécriture est question de formulation uniquement : elle n'infléchit jamais le sens ni n'introduit d'éléments inauthentiques.

Le dernier « schéma », celui dont le texte procède pour l'essentiel, s'intitule *l'Ombre d'une Ombre : le Conte de la Femme du Navigateur ; et le Conte de la Reine Bergère.* Le manuscrit s'interrompt abruptement, et pourquoi mon père l'a abandonné, je ne puis en donner d'explication certaine. Une dactylographie fut faite en janvier 1965, qui s'arrête au même point. Il existe d'autre part deux pages dactylographiées que je juge être les matériaux les plus tardifs du récit, et qui constituent manifestement le début de ce qui devait être la version définitive de l'histoire, et ces deux pages ont fourni le texte qui figure dans ce récit (dont les « schémas directeurs » sont fort rudimentaires). Ce dernier manuscrit s'intitule : *Indis i Kiryamo « La femme du Navigateur : un récit de l'ancien Númenorë, qui dit la première rumeur de l'Ombre »*.

A la fin du récit, j'ai donné les rares indications dont on dispose quant au développement ultérieur de l'histoire.

3

La lignée d'Elros : les Rois de Númenor

Bien qu'il ne s'agisse, en fait, que de simples tables dynastiques, j'ai inclus ce texte parce qu'il constitue un important document pour l'histoire du Second Age, et qu'une part considérable des matériaux qui subsistent concernant cet Age trouve à s'insérer dans les récits et commentaires du présent recueil. Un manuscrit remarquable, où les dates des Rois et des Reines de Númenor et celles de leurs règnes sont corrigées d'abondance, non sans quelque obscurité. Je me suis efforcé de retrouver la dernière rédaction. Le texte offre quelques énigmes chronologiques d'ordre mineur, mais il permet aussi de clarifier certaines erreurs dans les Appendices du *Seigneur des Anneaux*.

Pour la lignée d'Elros, les tables généalogiques des premières générations procèdent de plusieurs tables étroitement apparentées qui couvrent la période de reformulation de la Loi de Succession, à Númenor. Il y a quelques variantes minimes portant sur des noms sans importance dans le récit : on trouve ainsi *Vardi-*

lyë et *Vardilmë*, et de même *Yávien et Yávië*. J'ai donné dans la table généalogique la forme que je crois la plus récente.

4

L'histoire de Galadriel et Celeborn

Cette section du livre diffère des autres (sauf de celles qui forment la Quatrième Partie) pour autant qu'il n'y a pas ici un texte unique, mais plutôt une étude à base de citations. Ce mode de présentation me fut imposé par la nature même des matériaux : comme l'atteste le déroulement du récit, l'histoire de Galadriel n'est guère que l'histoire des conceptions fluctuantes de mon père à son sujet ; et le côté « inachevé » du conte n'est pas en l'occurrence celui d'un écrit donné. Je me suis borné à présenter les textes inédits de mon père ayant trait à ce sujet, et j'ai renoncé à considérer toutes les questions plus vastes sous-jacentes à ce développement ; car cela m'aurait entraîné à examiner la relation d'ensemble entre les Valar et les Elfes depuis la décision initiale (décrite dans *le Silmarillion*) de convier les Eldar au Valinor, et bien d'autres faits de surcroît, sur lesquels mon père a écrit quantité de choses qui n'entrent pas dans le cadre de ce livre.

L'histoire de Galadriel et de Celeborn est étroitement imbriquée à d'autres contes et récits légendaires : à la Lothlórien et aux Elfes Sylvains, à Amroth et Nimrodel, à Celebrimbor le Forgeron qui façonna les Anneaux du Pouvoir, à la guerre contre Sauron et à l'intervention númenoréenne ; et cette imbrication est telle qu'on ne pourrait présenter le récit isolément, et c'est pourquoi cette section du livre rassemble, avec ses cinq Appendices, pratiquement tous les matériaux inédits sur l'histoire du Second Age en Terre du Milieu (et inévitablement, les dédales du récit nous entraînent, par endroits, dans le Troisième Age). Dans les Tables Royales

(Appendice B au *Seigneur des Anneaux*), on lit : « Ce furent là des années sombres pour les Hommes de la Terre du Milieu, mais un temps de gloire pour Númenor. Ne subsistent que de rares et brefs témoignages des événements en Terre du Milieu, et les dates en sont souvent incertaines. » Mais ce peu qui survécut aux « années sombres » devait lui-même se modifier, comme changeaient et se développaient les conceptions de mon père, et je n'ai fait aucun effort pour aplanir les contradictions ; tout au contraire je les ai dégagées et mises en lumière.

Point n'est besoin, en effet, lorsqu'on a affaire à des versions divergentes, de toujours chercher à établir quelle fut la version originale ; et mon père en tant qu' « auteur », et « créateur », ne se distingue pas toujours, dans ce domaine, du « chroniqueur » soucieux seulement de rapporter les traditions anciennes qui se sont perpétuées depuis des temps immémoriaux chez des peuples divers, et sous des formes diverses. (Lorsque Frodo rencontra Galadriel à Lórien, plus de soixante siècles s'étaient écoulés depuis qu'abandonnant le Beleriand en ruine, elle était passée à l'est, par-delà les Montagnes Bleues.) « De cela, on raconte deux choses, mais laquelle est la vraie, seuls les Mages le pourraient dire, qui à présent s'en sont allés. »

Dans les dernières années de sa vie, mon père s'occupa beaucoup de l'étymologie des noms en Terre du Milieu. Et les matériaux d'histoire et de légende encastrés dans ces travaux, accessoires à son dessein philologique et comme cités en passant, ont exigé de ma part tout un travail d'extraction ; c'est la raison pour laquelle cette partie du livre est composée dans une large mesure de citations brèves, et des matériaux de même nature figurent en Appendice.

TROISIÈME PARTIE

1

Le désastre des Champs d'Iris

Il s'agit là d'un récit « tardif » — ce qui signifie seulement qu'en l'absence de toute date précise, je le situe dans la période finale des travaux de mon père sur la Terre du Milieu, avec « Cirion et Eorl », « Les Batailles des Gués de l'Isen », « Les Drúedain » et les études philologiques dont les extraits forment « L'Histoire de Galadriel et Celeborn », plutôt qu'à l'époque de la parution du *Seigneur des Anneaux* et des années qui devaient suivre. Il y a deux versions : une dactylographie très corrigée de l'ensemble (manifestement un premier état), et une dactylographie remise au net où ont été incorporés un grand nombre de changements et qui s'interrompt au moment où Elendur incite fortement Isildur à prendre la fuite. Ici l'éditeur n'a guère eu à intervenir.

2

Cirion et Eorl et l'amitié entre le Gondor et le Rohan

Je tiens ces fragments pour contemporains du « Désastre des Champs d'Iris », époque à laquelle mon père manifestait un grand intérêt pour l'histoire ancienne du Gondor et du Rohan ; les deux textes étaient certainement destinés à constituer une véritable étude historique, une élaboration des indications succinctes données dans l'Appendice A au *Seigneur des Anneaux*. Il s'agit de matériaux de tout premier jet, très en désordre, comportant de nombreuses variantes et s'achevant en une série de notations hâtives, pour une part illisibles.

3

L'expédition d'Erebor

Dans une lettre écrite en 1964, mon père dit :

> Sans doute un certain nombre de rapports entre *les Hobbits* et le Seigneur des Anneaux n'ont-ils pas été clairement dégagés. La plupart de ces épisodes de liaison sont rédigés, ou au moins ébauchés, mais ils ont été retranchés du livre pour alléger le bateau : c'est le cas, par exemple, des voyages d'exploration de Gandalf, de ses relations avec Aragorn et avec le Gondor ; de tous les mouvements de Gollum jusqu'à ce qu'il aille se réfugier dans la Moria, et ainsi de suite. J'ai même mis par écrit tout ce qui est vraiment arrivé avant la visite de Gandalf à Bilbo, et la « Beuverie improvisée », qui s'ensuivit, selon le propre compte rendu de Gandalf. Cela devait se situer lors d'une conversation rétrospective qui aurait eu lieu à Minas Tirith ; mais il a fallu couper ça aussi, et on n'en retrouve que de brefs fragments dans l'Appendice A, et encore on a omis les démêlés de Gandalf avec Thórin.

C'est ce récit de Gandalf qu'on lira ici. Les problèmes de l'établissement du texte sont consignés en détail dans l'Appendice au récit, où j'ai donné d'importants extraits d'une version antérieure.

4

La quête de l'Anneau

Il existe beaucoup d'écrits portant sur les événements de cette année 3018 du Troisième Âge, événements dont on a connaissance par ailleurs, à travers les Tables Royales et les rapports de Gandalf et des autres membres, au Conseil d'Elrond ; et d'évidence, ces écrits sont les « ébauches » dont il est question dans la lettre citée à l'instant. Je les ai rassemblés sous le titre de « La Quête de l'Anneau ». On trouvera dans le *Troisième Age* une description suffisamment détaillée des manuscrits en eux-mêmes, lesquels sont dans un désordre extrême, qui n'a au demeurant rien d'inhabituel. Mais on peut s'interroger ici sur leur date (car je crois volontiers qu'ils appartiennent tous à la même période, y compris ceux de « A propos de Gandalf, de Saruman et de la Comté », donné comme troisième volet de cette section). Ils furent rédigés après la publication du *Seigneur des Anneaux* car y figurent des références à la pagination du texte imprimé ; mais les dates qui sont attribuées à certains faits diffèrent de celles données dans l'Appendice B des Tables Royales. D'où l'on conclura qu'ils ont été manifestement écrits après la parution du premier Tome, mais avant celle du troisième qui contient les Appendices.

5

Les batailles des Gués de l'Isen

Cet épisode, ainsi que l'exposé de l'organisation militaire des Rohirrim et l'histoire d'Isengard donnés en Appendices à ce texte, appartiennent à une série d'études strictement historiques, datant d'une époque assez tardive ; ils ne posaient guère de problèmes d'ordre textuel, sinon qu'ils sont inachevés au sens le plus évident du terme.

QUATRIÈME PARTIE

1

Les Drúedain

Vers la fin de sa vie, mōn père devait en révéler beaucoup plus long sur les Hommes Sauvages de la forêt de Drúedan, dans l'Anórien, et sur les statues des Púkel-men, le long de la route qui mène à Dunharrow. Le récit donné ici où apparaissent les Drúedain qui vivaient au Beleriand, durant le Premier Âge, et où figure le conte de « La Pierre fidèle », est extrait d'une longue étude discursive et inachevée portant essentiellement sur les corrélations linguistiques en Terre du Milieu. Comme nous verrons, les Drúedain devaient être rejetés dans un Temps historique quasi immémorial ; mais bien entendu, on ne trouve pas trace de cela dans la version publiée du *Silmarillion.*

2

Les Istari

Peu après que fut acquise la publication du *Seigneur des Anneaux,* on suggéra l'adjonction d'un Index au troisième Tome, et il semble que mon père se soit mis au travail l'été de 1954, lorsque les deux premiers Tomes furent sous presse. Il évoque la question dans une lettre de 1956 : « On avait prévu un index des noms qui, à travers leur interpétation étymologique, fournirait un assez large échantillon du vocabulaire elfe... J'y ai travaillé pendant des mois, et j'ai annoté les deux premiers Tomes (et ce fut là d'ailleurs la principale raison du retard apporté à la parution du Tome III), et ce jusqu'à ce qu'il s'avérât que les dimensions et les coûts seraient ruineux. »

En l'occurrence, l'Index au *Seigneur des Anneaux* dut attendre la seconde édition (1966), mais le brouillon de mon père a été conservé, et j'en ai tiré le plan de mon index pour *le Silmarillion,* ainsi que la traduction des noms et de brèves notices explicatives ; et aussi, tant pour ce premier index que pour celui du présent ouvrage, certaines traductions et la formulation de certaines « définitions ». De cette même source provient l' « Essai sur les Istari » qui ouvre cette partie du livre, une notice fort peu caractéristique, par sa longueur, de l'index original, mais bien caractéristique de la manière dont souvent travaillait mon père.

Pour les autres citations dans cette section, j'ai donné dans le cours même du texte toutes les indications de dates disponibles.

3

Les Palantíri

En vue de la seconde édition du *Seigneur des Anneaux* (1966), mon père avait considérablement remanié la section qui dans *Les Deux Tours* III 11 concerne « Les Palantíri », et il avait corrigé dans le même sens des passages dans *Le Retour du Roi* V 7, « Le bûcher de Denethor » ; toutefois ces corrections ne devaient être incorporées au texte qu'à la seconde réimpression de l'édition définitive (1967). Le chapitre du présent ouvrage procède de divers écrits sur les Palantíri, associés à ces révisions ; je n'ai fait que les réunir en un texte d'un seul tenant.

Ma première intention avait été d'adjoindre à ce recueil la carte qui accompagne *le Seigneur des Anneaux,* en y rajoutant quelques indications toponymiques supplémentaires, mais, à la réflexion, il m'apparut que mieux valait recopier ma carte originale et saisir l'occasion de sa parution pour remédier à quelques-unes de ses insuffisances mineures (porter remède à ses défauts majeurs étant hors de mon pouvoir). Aussi l'ai-je redessinée avec la plus grande exactitude possible, à une échelle moitié moindre que l'ancienne (moitié moindre donc que celle de la vieille carte telle qu'elle avait été publiée). L'espace couvert est donc réduit, mais les seules indications géographiques omises sont les Havres d'Umbar et le Cap de Forochel *. Et cette réduction d'échelle a permis d'introduire une nouvelle typographie, d'un corps plus grand, qui contribue beaucoup à une meilleure lisibilité.

Sur cette carte figurent tous les toponymes importants mentionnés dans le présent ouvrage (mais non pas tous ceux du *Seigneur des Anneaux*) ; on trouvera ainsi Lond Daer, Drúwaith Iaur, Edhellond, les Méandres, le Greylin, et quelques autres noms que l'on aurait pu, ou dû, porter sur la carte originale, telles les rivières Harnen et Carnen, l'Annúminas, l'Eastfold, le Westfold et les Monts d'Angmar. Une seule indication erronée a été corrigée : celle du Rhudaur, remplacée par l'addi-

* Je suis presque certain, à présent, que l'étendue d'eau désignée dans ma carte originale sous le nom de « Baie glacée de Forochel » ne représentait en fait qu'une minime portion de la Baie (dont il est dit dans l'Appendice A I III au *Seigneur des Anneaux* qu'elle était « immense »), laquelle se déployait beaucoup plus loin au nord-est, ses rives nord et ouest formant le grand Cap de Forochel, dont la pointe, non nommée, apparaît sur ma carte. Dans l'une des cartes-croquis de mon père la côte septentrionale de la Terre du Milieu décrit une vaste courbe en direction est-nord-est à partir du Cap, le point le plus au nord se situant à quelque 700 milles au nord de Carn Dûm.

tion de Cardolan et de l'Arthedain, et j'ai pris soin de localiser la petite île d'Himling au large de la côte nord-ouest, qui apparaît sur l'une des cartes-croquis de mon père et sur ma propre ébauche. Himling est la forme ancienne de Himring (la haute colline où se dressait la forteresse de Maedhras, fils de Feänor, dans *le Silmarillion*) et bien que le fait ne soit mentionné nulle part ailleurs, il est clair que le sommet du Himring pointe au-dessus des eaux qui recouvrent le Beleriand englouti. Un peu plus à l'ouest, affleure une île plus vaste nommée Tol Fuin, en laquelle on doit voir, semble-t-il, la partie non immergée du Taur-nu-Fuin. Dans la plupart des cas, mais non partout, j'ai préféré inscrire le nom sindarin (lorsqu'il était connu), mais j'ai systématiquement donné aussi sa traduction lorsqu'elle était d'usage courant. On notera que « les Déserts du Nord », localisés tout en haut de ma carte originale, furent proposés très certainement comme traduction de Forodwaith *.

J'ai jugé souhaitable de dessiner sur toute sa longueur la Grande Route qui relie l'Arnor ou Gondor, bien que son tracé entre Edoras et les Gués soit matière à conjecture (et il en va de même de l'emplacement exact de Lond Daer et d'Edhellond).

Enfin je souhaite bien souligner que la reproduction minutieuse et pour le style et pour les détails (hormis quelques points de nomenclature et de typographie) de la carte que j'ai dressée hâtivement il y a vingt-cinq ans ne signifie nullement que sa conception et son exécution présentent des qualités éminentes. J'ai longtemps regretté que mon père ne l'ait pas remplacée par une autre de sa façon. Toujours est-il qu'avec toutes ses

* *Forodwaith* ne survient qu'une seule fois dans *le Seigneur des Anneaux* (Appendice A III), et en référence à une population aborigène des Terres du Nord, dont les Hommes-de-Neige de Forochel étaient les derniers témoins ; mais le mot sindarin *(g) waith* servait à désigner à la fois une région et ses habitants (cf. *Enedwaith*). Dans l'une des cartes-croquis de mon père, Forodwaith semble ne faire qu'un avec « les Déserts du Nord », et dans une autre, le mot est traduit « Pays du Nord. »

imperfections et ses singularités, cette carte est devenue « La Carte », et mon père lui-même n'a cessé de l'utiliser par la suite (sans se priver de relever fréquemment ses insuffisances). Les différents croquis géographiques qu'il exécuta, et dont ma carte fut l'émanation, font aujourd'hui partie intégrante de l'histoire littéraire du *Seigneur des Anneaux*. Dès lors j'ai cru bon, pour ce qui est de ma propre contribution en la matière, de conserver mon dessin original, pour autant qu'il reproduit assez fidèlement à tout le moins la structure qui sous-tend les représentations de mon père.

PREMIÈRE PARTIE

LE PREMIER ÂGE

1

DE TUOR ET DE SA VENUE A GONDOLIN

RÍAN, femme de Huor, demeurait avec les gens de la Maison de Hador ; mais lorsque la rumeur de Nirnaeth Arnoediad parvint en pays Dor-lómin, et qu'elle ne put cependant recueillir la moindre nouvelle de son seigneur, tout éperdue, elle s'en fut errer seule par les monts et par les landes. Et en ces lieux sauvages, elle aurait péri assurément, si les Elfes-Gris ne l'eussent secourue. Car une colonie de ce peuple s'était établie dans les montagnes à l'ouest du lac Mithrim ; et c'est là qu'ils la conduisirent, et elle y accoucha d'un fils avant que ne s'achevât l'Année de Lamentations.

Et Rían dit aux Elfes : « Qu'il soit nommé *Tuor,* car tel est le nom qu'a choisi son père avant que la guerre ne se vienne mettre entre nous. Et je vous supplie de le nourrir et de le tenir caché sous votre garde ; car je prévois qu'il sera source de grands bienfaits pour les Elfes et pour les Hommes. Et quant à moi, il me faut partir à la recherche de Huor, mon Seigneur. »

Lors les Elfes eurent grand-pitié d'elle ; et un nommé Annael, seul rescapé de Nirnaeth parmi tous ceux de son peuple qui étaient partis guerroyer, lui dit : « Hélas, Dame, on sait à présent que Huor est tombé aux côtés de Húrin, son frère ; et il gît, à ce que je crois, parmi les tués au combat, sous le grand tertre que les Orcs ont érigé sur le champ de bataille. »

Or donc Rian se leva et quitta les demeures des Elfes, et elle traversa tout le pays Mithrim, et à la longue atteignit le Haudh-en-Ndengin, dans les solitudes d'Anfauglith, et là se coucha à terre, et mourut. Mais les Elfes prirent grand soin du jeune fils de Huor, et Tuor grandit parmi eux ; et il était beau de visage et blond de cheveux, à l'image de ceux de son lignage paternel, et il devint robuste et de belle venue et plein de vaillance ; et élevé par les Elfes, il possédait savoir et savoir-faire tout autant que les princes de l'Edain, avant que la ruine ne se soit abattue sur le Nord.

Mais les années passant, la vie des premiers habitants du Hithlum — de ceux-là, Elfes ou Hommes, qui étaient demeurés sur place — se fit toujours plus dure et plus périlleuse. Car ainsi qu'il est narré ailleurs, Morgoth rompit ses engagements envers les Easterlings qui l'avaient servi, et il les grugea des riches terres du Beleriand qu'ils convoitaient, et refoula ces gens malfaisants en pays Hithlum, leur ordonnant de s'y établir. Et bien qu'ils n'aient plus lors d'amour pour Morgoth, ils le servaient toujours par peur, et haïssaient tout le peuple des Elfes ; et ils tenaient en souverain mépris les survivants de la maison de Hador (des vieillards, des femmes et des enfants pour la plupart) ; et ils les opprimaient, contraignant leurs femmes à les prendre pour époux, et réduisant leurs enfants en servitude. Vinrent les Orcs qui coururent librement le pays, pourchassant les quelques Elfes restant jusqu'à leurs retraites montagneuses, et emmenant de nombreux captifs peiner dans les mines d'Angband, comme esclaves de Morgoth.

C'est pourquoi Annael avait conduit son petit peuple dans les cavernes d'Androth, et là ils avaient mené une existence rude et vigilante, et cela jusqu'à ce que Huor ait atteint l'âge de seize ans et qu'il soit devenu vigoureux et capable de manier les armes des Elfes-Gris : la hache et l'arc ; et son cœur s'enflammait aux récits des malheurs de son peuple, et il languissait de partir en campagne, et de les venger sur les Orcs et les Easterlings. Mais Annael le lui interdisait.

« Fort loin d'ici, ce me semble, s'accomplira ton destin, Tuor fils de Huor, dit-il, et cette terre ne sera pas délivrée de l'ombre de Morgoth tant que les monts Thangorodrim eux-mêmes n'auront pas été jetés bas. Aussi sommes-nous finalement résolus de l'abandonner et de faire route vers le sud ; et quant à toi, tu viendras avec nous. »

« Mais comment échapperons-nous aux rets de nos ennemis ? dit Tuor, car des gens si nombreux, cheminant de concert, attireront l'attention assurément. »

« Nous ne traverserons pas le pays à découvert, dit Annael, et si la chance nous favorise, nous parviendrons jusqu'au passage secret que nous nommons Annon-in-Gelydh, la Porte des Noldor, car elle fut ménagée grâce à l'adresse de ce peuple, il y a bien longtemps, sous le règne de Turgon. »

A ce nom Tuor s'émut sans qu'il sût pourquoi ; et il questionna Annael à propos de Turgon. « Il est fils de Fingolfin, dit Annael. Et depuis la chute de Fingon, on honore en lui le Grand Roi des Noldor. Car il vit encore, le plus redouté des adversaires de Morgoth, et il a échappé au désastre de Nirnaeth, lorsque Húrin de Dor-lómin, et Huor, ton père, tinrent, derrière lui, les passes du Sirion. »

« Alors, j'irai trouver Turgon, dit Tuor, car en souvenir de mon père, il m'accordera son aide assurément. »

« Cela, tu ne le peux, dit Annael, car sa Forteresse est cachée aux yeux des Elfes et des Hommes, et nous ignorons où elle dresse ses murailles. Parmi les Noldor, certains savent peut-être le chemin pour s'y rendre, mais ils n'en souffleront mot à personne. Cependant si tu veux converser avec eux, viens donc avec moi, comme je t'y convie ; car dans les lointains ports, tout au sud, il se pourrait que tu rencontrasses des passants en provenance du Royaume Caché. »

Et il advint ainsi que les Elfes abandonnèrent les cavernes d'Androth, et que Tuor s'en alla avec eux. Mais leurs ennemis surveillaient leurs demeures, et à peine avaient-ils quitté les collines pour pénétrer en plaine, qu'ils subirent l'assaut d'un corps nombreux d'Orcs et d'Easterlings ; et ils se débandèrent et s'enfuirent à la faveur de la nuit tombante. Cependant le feu du combat avait embrasé le cœur de Tuor, et il se refusa à fuir, mais tout enfant qu'il fût, il mania la hache comme l'avait fait son père avant lui, et longtemps il tint pied et tua beaucoup de ceux qui l'assaillaient ; mais en fin de compte il se trouva débordé, et il fut fait prisonnier, et conduit devant l'Easterling Lorgan. Or on reconnaissait ce Lorgan pour chef des Easterlings, et il prétendait gouverner tout Dor-lómin qu'il tenait en fief de Morgoth ; et il fit de Tuor son esclave. Dure et amère fut, pour lors, la vie de Tuor ; car Lorgan se plaisait à le traiter d'autant rudement qu'il était du lignage des seigneurs d'antan, et s'ingéniait, tant qu'il pouvait, à briser l'orgueil de la Maison de Hador. Mais Tuor conçut la voie de la sagesse, et endura toutes les peines et tous les sarcasmes avec prudence et fermeté d'âme ; de sorte qu'avec le temps, son sort fut quelque peu adouci, du moins ne souffrit-il jamais de la faim comme nombre des misérables esclaves de Lorgan. Car il était fort et adroit, et Lorgan nourrissait bien ses bêtes de somme, lorsqu'elles étaient jeunes et aptes au travail.

Mais après trois années de servitude, Tuor vit enfin une chance d'évasion. Il avait quasiment atteint sa pleine taille, et il était plus grand et plus rapide qu'aucun des Easterlings ; et comme on l'avait envoyé en forêt, avec d'autres esclaves, à la corvée de bois, il bondit soudain sur ses gardiens, les abattit avec une hache, et s'enfuit dans les collines. Les Easterlings le traquèrent avec des chiens, mais sans succès, car presque tous les limiers de Lorgan étaient ses amis, et dès qu'ils l'apercevaient, se faisaient caressants, et à son commandement s'en retournaient au logis. Ainsi Tuor revint-il finalement aux cavernes d'Androth, où il vécut seul. Et quatre ans durant, il fut un hors-la-loi, farouche et solitaire, au pays de ses pères. Et son nom devint redoutable, car souvent il partait en campagne et tuait nombre des Easterlings qu'il surprenait. Alors sa tête fut mise à très haut prix ; mais ses ennemis n'osaient le traquer jusqu'à son repaire, même en force, car ils craignaient le peuple des Elfes, et évitaient les cavernes où ils avaient séjourné. On dit cependant que les expéditions de Tuor n'avaient pas la vengeance pour objet ; mais bien plutôt qu'il recherchait sans trêve la Porte des Noldor, dont Annael avait parlé. Et il ne la trouva point, car il ne savait pas où chercher, et les quelques rares Elfes qui s'étaient attardés dans les montagnes n'en avaient jamais entendu parler.

Or Tuor savait que si la fortune lui souriait encore, les jours d'un hors-la-loi sont comptés et vont toujours s'amenuisant, et l'espoir pareillement. Et il n'était pas non plus disposé à vivre toujours ainsi, en sauvage dans ces collines désolées ; et son cœur l'incitait sans relâche aux actions d'éclat. En cela, dit-on, se manifestait la toute-puissance d'Ulmo. Car il recueillait les nouvelles de ce qui advenait au Beleriand, et chaque rivière qui arrosait la Terre du Milieu pour se jeter dans la Mer Immense lui était une messagère, tant allant que venant. Et Ulmo était resté en bonne amitié, comme par le passé, avec Círdan et avec les Charpentiers-de-navire, aux Embouchures du Sirion[1]. Et en ce temps-là, il veillait plus que jamais aux destinées de la Maison de Hador, car dans son for intérieur, il était résolu à ce qu'elle tienne un grand rôle dans son dessein de secourir les Exilés. Et il n'ignorait rien des épreuves de Tuor, car Annael et nombre des siens avaient, en fait, réussi à fuir Dor-lómin et étaient parvenus finalement auprès de Círdan, à l'extrême sud.

Or donc, un jour du début de l'année (vingt et troisième depuis Nirnaeth), Tuor était assis près d'une fontaine qui sourcillait à l'entrée de la caverne où il vivait ; et voilà que portant ses regards à l'ouest, vers le soleil qui se couchait dans les nuées, il décida subitement en son cœur qu'il cesserait d'attendre, mais se lèverait et partirait : « Je m'en vais à présent quitter la morne contrée de ma race qui n'est plus, s'écria-t-il, et j'irai en quête de mon destin ! Mais vers où tourner mes pas ? Longtemps ai-je cherché la Porte et ne l'ai point trouvée ! »

Alors il prit sa harpe qu'il portait toujours avec lui, étant habile à toucher les cordes et insoucieux du péril qu'il y avait à élever sa voix pure dans ces solitudes, et il entonna un chant des Elfes du Nord, destiné à mailler les cœurs. Et à mesure qu'il chantait, la source, à ses pieds, se mit à bouillonner avec un grand flux d'eau, et elle déborda, et un ruisseau dévala avec fraças la pente rocailleuse devant lui. Et Tuor y vit un signe et aussitôt se leva et suivit le fil de l'eau. Ainsi descendit-il des hautes collines de Mithrim, et gagna-t-il la plaine septentrionale de Dor-lómin ; et le ruisseau s'enflait toujours tandis qu'il suivait son cours vers l'ouest, et après trois jours, il vint à distinguer les longues crêtes grises d'Ered-lómin qui, dans ces régions, se déploient au nord et au sud, défendant l'accès aux lointaines terres côtières des Rivages d'Occident. Jamais, lors de ses nombreuses errances, Tuor n'avait atteint ces hauteurs.

Voici que le pays devenait à nouveau plus accidenté et plus pierreux à mesure que l'on se rapprochait des collines, et bientôt Tuor sentit le sol s'élever sous ses pas, et la rivière se coula dans un lit fourchu. Mais comme s'épaississait le trouble crépuscule, à son troisième jour de marche, Tuor se trouva devant une paroi rocheuse ; il y avait là une brèche, telle une grande arche, et la rivière s'y engouffra et disparut. Et Tuor fut consterné et dit : « Mon espoir a donc été trompé ! Le signe dans les collines m'a conduit seulement à une fin obscure dans le pays de mes ennemis. » Et l'amertume au cœur, il s'assit parmi les rochers sur la rive haute de la rivière, et veilla toute la nuit durant, une âpre nuit sans feu car on était seulement au mois de Súlimë, et nulle haleine printanière n'avait encore effleuré ces terres de l'extrême Nord, et un vent aigre soufflait de l'est.

Mais lors même que le soleil, de ses pâles lueurs aurorales, dessillait les lointaines brumes de Mithrim, Tuor entendit des voix et tournant la tête, il vit avec surprise deux Elfes qui passaient à gué l'eau peu profonde ; et comme ils montaient les degrés de pierre taillés dans la falaise, Tuor se mit debout et les héla. Aussitôt, ils tirèrent leurs épées étincelantes et se précipitèrent vers lui. Et il aperçut alors que sous leurs pèlerines grises, ils avaient revêtu des cottes de mailles ; et il en fut tout émerveillé car ils étaient plus splendides et plus terribles d'apparence qu'aucun Elfe qu'il lui avait été donné de voir. Il se redressa de toute sa hauteur, et les attendit ; mais quand ils virent qu'il ne dégainait aucune arme, mais se tenait là, seul, leur souhaitant la bienvenue dans la langue des Elfes, ils remirent leur épée au fourreau et lui adressèrent paroles courtoises. Et l'un dit : « Nous sommes Gelmir et Arminas, du peuple de Firnafin. N'es-tu pas l'un des Edain d'antan, qui vivaient sur ces terres avant Nirnaeth ? Et, pour sûr, je te crois de la parenté de Hador et de Húrin, car l'or de ton chef te désigne pour tel. »

Et Tuor répondit : « Oui, je suis Tuor, fils de Huor, fils de Galdor, fils de Hador ; mais à présent je désire quitter enfin cette terre où je suis un proscrit et sans parenté aucune. »

« Alors, dit Gelmir, si tu souhaites fuir et trouver les havres du Sud, tes pas t'ont déjà conduit sur la bonne route. »

« C'est bien ce que je pensais, dit Tuor, car j'ai suivi une source jaillie soudainement jusqu'à son confluent avec cette rivière perfide. Mais à présent je ne sais où aller, car elle a disparu dans les ténèbres. »

« Par les ténèbres, on peut atteindre la lumière », dit Gelmir.

« Et pourtant on souhaite, tant qu'on le peut, marcher sous le Soleil, repartit Tuor. Mais puisque tu appartiens à ce peuple, dis-moi, si tu le sais, où se trouve la Porte des Noldor, car je la cherche depuis longtemps, depuis qu'Annael, mon père nourricier chez les Elfes-Gris, m'en a parlé. »

Là-dessus, les Elfes se prirent à rire, et dirent : « Ta quête s'achève ; car nous-mêmes, nous venons de franchir cette Porte. La voilà qui se dresse devant toi ! » Et ils désignèrent l'arche où s'engouffraient les eaux. « Allons ! par les ténèbres, tu parviendras à la lumière. Nous te mettrons sur ton chemin mais nous ne pouvons guider tes pas plus loin, car on nous renvoie en mission urgente aux pays que nous avons fuis. Mais ne crains rien, dit Gelmir, tu portes écrit sur ton front un destin illustre, et il te conduira loin de ces terres, loin même de la Terre du Milieu, comme je le puis deviner. »

Alors Tuor suivit les Noldor, et ils descendirent les degrés et marchèrent dans l'eau froide jusqu'à ce qu'ils aient passé dans l'ombre, au-delà de l'arche de pierre. Et Gelmir sortit de dessous son manteau une de ces lampes qui faisaient la renommée des Noldor ; car elles étaient fabriquées jadis à Valinor, et ni le vent ni l'eau ne les pouvaient éteindre, et décapuchonnées, elles propageaient une clarté limpide et bleutée, à partir d'une flamme emprisonnée dans un cristal blanc[2]. Et à la lumière de cette lampe que Gelmir tenait au-dessus de sa tête, Tuor vit que la rivière dévalait maintenant une pente arasée et s'enfonçait dans un grand tunnel, mais que le long du lit qu'elle s'était taillé dans le rocher, couraient des degrés de pierre qui, au-delà du faisceau lumineux, disparaissaient dans des ténèbres profondes.

Lorsqu'ils eurent atteint le pied des rapides, ils se trouvèrent sous un grand dôme rocheux où la rivière se ruait, tumultueuse, au bas d'un à-pic, et la voûte renvoyait de toutes parts les échos de sa haute rumeur ; et filant sous une autre arche, elle s'enfonçait plus loin dans un second tunnel. Près des chutes, les Noldor s'arrêtèrent et firent leurs adieux à Tuor.

« A présent, il nous faut revenir en arrière et nous en aller de notre côté en toute célérité, dit Gelmir ; car de périlleux événements se préparent au Beleriand. »

« L'heure est-elle donc venue où Turgon va paraître ? », dit Tuor.

Là-dessus les Elfes le considérèrent stupéfaits. « C'est là une chose qui concerne les Noldor plutôt que les fils des Hommes, dit Arminas. Que sais-tu donc de Turgon ? »

« Bien peu, répondit Tuor, si ce n'est que mon père lui prêta main-forte pour fuir Nirnaeth, et que sa Forteresse mystérieuse abrite l'espoir des Noldor. Cependant, bien que je ne sache pas pourquoi, son nom émeut toujours mon cœur, et me vient aux lèvres. Et s'il en allait selon mon vouloir secret, plutôt que de fouler ce sombre chemin d'effroi, j'irais en quête de lui. A moins que cette route secrète soit, qui sait, le chemin de sa demeure ? »

« Comment savoir ? répondit l'Elfe. Car si la demeure de Turgon est cachée aux regards, cachés également sont les chemins qui y mènent. Je ne les connais point, bien que je les aie longtemps cherchés. Et les connaîtrais-je que je ne te les révélerais pas, ni à personne parmi les Hommes. »

Mais voilà que Gelmir prit la parole : « Et cependant j'ai entendu dire que ta Maison a la faveur du Seigneur des Eaux. Et si ses mandements te conduisent auprès de Turgon, alors, assurément, tu parviendras jusqu'à lui, de quelque côté que tu tournes tes pas. Suis maintenant la route où t'a conduit l'eau jaillie des collines, et ne crains rien ! Tu ne marcheras pas longtemps dans les ténèbres. Adieu ! et ne crois pas que notre rencontre soit chose de hasard ; car l'Habitant des Profondeurs gouverne encore bien des choses ici-bas. *Anar kaluva tielyanna*[3] ! »

Là-dessus les Noldor firent demi-tour et remontèrent l'escalier ; mais Tuor demeura immobile jusqu'à ce que la lumière de leur lampe ait disparu ; et il était seul dans une obscurité plus épaisse que la nuit, et les chutes grondaient alentour. Alors s'armant de courage, il posa sa main gauche sur la paroi et avança à tâtons, lentement d'abord, puis plus rapidement, à mesure qu'il s'habituait à l'obscurité et ne trouvait rien qui entravât sa marche. Et après un long moment, lui sembla-t-il, lorsqu'il fut las mais cependant peu soucieux de se reposer dans le noir tunnel, il vit loin devant lui une lumière ; et se hâtant, il parvint à une faille étroite et haute, dans le rocher, et il suivit la rivière bruissante entre ses parois abruptes, jusqu'à son débouché dans un crépuscule doré. Car il était parvenu à un ravin profondément encaissé qui s'ouvrait directement vers l'ouest ; et devant lui le soleil couchant qui défluait dans un ciel clair, illuminait le ravin, embrasant ses murs d'un feu jaune, et les eaux de la rivière brasillaient comme de l'or, déferlant et écumant sur le chaos des pierres étincelantes.

En ce lieu profond, Tuor allait, plein d'espoir à présent et de joie, et il découvrit un chemin au pied de la paroi sud, où s'étirait une longue grève étroite. Et vint la nuit et la rivière coulait impétueuse, invisible sauf pour la lueur des lointaines étoiles qui miroitaient dans ses profondeurs ; alors il se reposa et dormit, car il n'éprouvait aucune peur aux abords de ces eaux où se jouait la puissance d'Ulmo.

Avec la venue du jour, il se remit en chemin sans hâte. Le soleil se levait dans son dos et se couchait face à lui, et là où l'eau tourbillonnait parmi le rochers ou bouillonnait en soudaines cascades, des arcs-en-ciel se tissaient matin et soir d'une rive à l'autre. Et c'est pourquoi il nomma ce ravin Cirith Ninniach.

Trois jours durant, Tuor chemina lentement, buvant de l'eau fraîche, mais ne désirant aucune nourriture, bien que le poisson foisonnât, qui scintillait comme de l'or et de l'argent, ou chatoyait de toutes les couleurs de l'arc-en-ciel dans les embruns. Et le quatrième jour, le ravin alla s'évasant et ses versants se firent moins hauts et moins abrupts ; mais la rivière coulait plus profonde et plus rapide, car les hautes collines qui formaient maintenant ses rives, déversaient leurs eaux vives dans le Cirith Ninniach, en mille cascades chatoyantes. Là Tuor demeura longtemps assis, contemplant les remous et écoutant la rumeur perpétuelle des eaux, jusqu'à ce que vienne la nuit et que les étoiles brillent, froides et blanches, dans l'obscure ruelle du ciel, au-dessus de sa tête. Et il éleva la voix et toucha les cordes de sa harpe, et couvrant le fracas des eaux, la mélodie de son chant et les douces vibrations de la harpe éveillèrent les échos assoupis du rocher, qui, démultipliés, se propagèrent parmi les collines houssées de nuit, et ainsi jusqu'à ce que tout le grand pays solitaire s'emplisse de musique sous les étoiles. Car bien qu'il n'en sût rien, Tuor avait atteint maintenant les Monts Lammoth ou Montagnes de l'Écho, aux environs du Firth de Drengist. C'est là qu'avait accosté Fëanor, il y a bien longtemps de cela, et les voix de ses légions s'enflaient toujours en une puissante clameur sur les rivages septentrionaux, avant le lever de la Lune [4].

Lors s'étonna Tuor, et il interrompit son chant, et lentement la musique alla s'évanouissant parmi les collines, et le silence se fit. Et du plus profond de ce silence, il perçut un cri étrange dans les airs au-dessus de lui. Et il ne savait point quelle pouvait être la créature qui criait ainsi. Et il se dit : « C'est là une voix de fée », et puis : « Non, c'est un petit animal qui se lamente dans les solitudes » ; et l'entendant une nouvelle fois : « C'est là assurément le cri de quelque oiseau de nuit que je ne connais pas. » Et lugubre lui parut ce cri. Et pourtant il souhaitait l'entendre encore, et le suivre, car ce cri le hélait, il ne savait d'où.

Le lendemain matin, il entendit la même voix au-dessus de sa tête et levant les yeux, il vit trois grands oiseaux blancs qui, à force d'ailes, remontaient le ravin vent debout, et leurs ailes puissantes brillaient au soleil naissant, et survolant Tuor, ils lancèrent une plainte sonore. Et c'est ainsi qu'il aperçut pour la première fois les grandes mouettes tant aimées des Teleri. Lors Tuor se leva pour les suivre afin de mieux observer quelle direction elles prenaient, et il grimpa sur la falaise à sa gauche, et se tint debout sur la crête, et il sentait un grand vent d'ouest qui lui fouettait le visage ; et ses cheveux flottaient autour de sa tête. Et il buvait avidement de cet air vif et neuf, disant : « Voilà qui fortifie le cœur comme de boire du vin frais ! » Mais il ignorait que ce vent venait tout droit de la Mer Immense.

Et Tuor se remit en marche, cherchant les mouettes au-dessus de la rivière ; et comme il allait, les versants du ravin se resserraient à nouveau, et il arriva jusqu'aux abords d'un goulet, et ce goulet était tout bruissant du fracas des eaux. Et baissant les yeux, Tuor vit avec stupeur une houle sauvage qui remontait la passe et luttait contre la rivière qui s'obstinait dans son cours ; et voilà qu'une lame se dressa, tel un mur, presque jusqu'aux cimes des collines, toute couronnée d'écume qui s'éparpillait au vent. Et la rivière fut vaincue et refoulée, et le flux montant s'engouffra dans la passe et, mugissant, la noya sous une eau profonde ; et s'entre-choquaient les galets roulés par les flots dans un grondement de tonnerre. Ainsi Tuor fut-il sauvé, par l'appel des oiseaux de mer, de la mort sous le flux de la marée, particulièrement forte en cette saison de l'année, et que fouaillait le vent du large.

Mais pour lors, Tuor fut rebuté par la furie des eaux étrangères et il se détourna et s'en alla vers le sud, et ainsi il ne rejoignit point les rives spacieuses du Firth de Drengist, mais erra plusieurs jours encore dans une contrée sauvage et aride, et ces solitudes étaient balayées par le vent de la mer, et tout ce qui y poussait, herbe ou buisson rabougri, penchait toujours vers l'est, infléchi par le vent dominant qui soufflait de l'ouest. Et Tuor franchit de la sorte les frontières du Nevrast, où Turgon avait jadis vécu ; et à son insu (car les crêtes des collines, aux confins du pays, étaient plus élevées que les pentes de l'autre versant), il atteignit enfin les noires rives de la Terre du Milieu, et il vit la Mer Immense, Belegaer la Sans-Rivages. Et à cette heure le soleil se couchait derrière les margelles du monde, tel un incendie furieux ; et Tuor se tenait debout sur la falaise, les bras grands ouverts, et un âpre languir emplissait son cœur. On dit qu'il fut le premier Homme à atteindre la Mer Immense, et que personne, hormis les Eldar, n'a senti plus puissamment le désir qu'elle suscite.

Tuor s'attarda de nombreux jours en Nevrast, et cela lui sembla bon, car cette terre défendue par des montagnes au nord et à l'est, et proche de la mer, était plus tempérée et plus accueillante que les plaines du Hithlum. Il était accoutumé depuis longtemps à vivre seul en chasseur dans les solitudes sauvages, et la nourriture ne lui fit pas défaut; car le printemps s'affairait en Nevrast, et l'air bourdonnait de la rumeur des oiseaux : ceux qui vivaient en multitude sur les rivages de la mer, comme ces autres qui foisonnaient dans les marais de Linaewen, au creux des vallons ; mais au cours de ces journées aucune voix, ni d'Homme ni d'Elfe, ne se fit entendre dans les solitudes.

Jusqu'aux rives du grand lac parvint Tuor, mais ses eaux étaient hors d'atteinte pour lui, car de vastes bourbiers et d'impénétrables forêts de roseaux l'environnaient de toutes parts. Et bientôt il rebroussa chemin et s'en retourna sur la côte, car l'attirait la Mer, et il n'aimait guère demeurer longtemps là où il ne pouvait entendre le murmure des vagues. Et sur la grève, Tuor découvrit les premières traces des anciens Noldor. Car parmi les hautes falaises taillées par la mer au sud de Drengist, il y avait de nombreuses criques abritées, et des plages de sable fin jonchées de sombres rochers brillants; et y conduisant, Tuor trouva souvent des escaliers sinueux taillés dans la pierre vive; et au bord de l'eau se voyaient les ruines de quais construits avec d'énormes blocs de pierre arrachés à la falaise, où avaient un jour mouillé les navires des Elfes. Longtemps s'attarda Tuor dans ces régions, contemplant la mer toujours changeante; et s'écoulèrent le printemps puis l'été, et lentement s'épuisait l'année, et l'obscurité allait s'épaississant au Beleriand, et voici que venait l'automne qui devait voir s'accomplir le noir destin de Nargothrond.

Et il se peut que les oiseaux aient entrevu de loin le rude hiver qui s'annonçait[5]; car ceux qui avaient coutume de partir vers le sud s'assemblèrent tôt pour leur envol, et d'autres espèces, qui demeuraient d'ordinaire dans le Nord, quittèrent leurs nids pour venir en Nevrast. Et un jour que Tuor était là assis sur la plage, il perçut la rumeur et le sifflement d'ailes puissantes, et levant les yeux, il vit sept cygnes blancs qui, déployés en flèche, volaient en direction du sud. Et passant au-dessus de lui, ils virèrent soudainement, et tournoyèrent pour se poser sur l'eau dans un grand fracas et jaillissement d'écume.

Or Tuor aimait beaucoup les cygnes qu'il avait bien connus sur les étangs gris du Mithrim ; de plus, le cygne était l'emblème d'Annael et de ses parents nourriciers. Aussi se leva-t-il pour accueillir les oiseaux, et il les héla, s'émerveillant de les voir, à ce qu'il lui sembla, plus forts et plus orgueilleux qu'aucun de leur race qu'il eût rencontré auparavant ; mais ils battirent des ailes et poussèrent des cris rauques, comme pris de fureur contre lui et voulant le chasser du rivage. Puis ils s'arrachèrent de nouveau à grand bruit de l'eau, et de nouveau le survolèrent, et de si près que le froissement de leurs ailes l'effleura comme une haleine stridente ; et décrivant une large courbe, ils s'élevèrent dans les airs et disparurent vers le sud.

Et s'écria Tuor : « Voici encore un autre signe que j'ai trop tardé ! », et il grimpa derechef jusqu'à la cime de la falaise et juché là, il aperçut les cygnes qui tournoyaient sur les hauts ; mais lorsque, obliquant vers le sud, il entreprit de les suivre, promptement ils s'envolèrent.

Or donc Tuor chemina vers le sud, longeant la côte, près de sept jours pleins, et chaque matin il était éveillé à l'aube par la rumeur des ailes, au-dessus de sa tête, et chaque jour les cygnes reprenaient leur essor et il les suivait. Et comme il allait, les grandes falaises se faisaient moins abruptes, et leurs cimes se tapissaient d'herbe fleurie ; et au loin, du côté du levant, des bois jaunissaient dans le déclin de l'année. Mais face à lui, et allant toujours se rapprochant, il voyait une ligne de collines lui barrant la route, qui se déployaient vers l'ouest, culminant en une haute montagne : une sombre tour casquée de nuages, et qui se dressait sur de puissants épaulements, dominant un vaste promontoire verdoyant qui pointait vers le large.

Ces collines grises étaient les contreforts occidentaux

de l'Ered Wethrin, la barrière nord du Beleriand, et la montagne n'était autre que le Mont Taras, le plus occidental de tous les sommets de ce pays, et sa cime était le premier signe d'une terre, que de très loin en mer le marin entrevoyait lorsqu'il approchait des rivages mortels. A l'abri de ses longs versants, Turgon avait vécu aux jours d'autrefois, dans les hautes salles de Vinyamar, le plus ancien des ouvrages de pierre qu'érigèrent les Noldor sur leur terre d'exil. Et là s'élevait encore la forteresse, désolée mais immuable, surplombant de vastes terrasses qui donnaient sur la mer. Les années ne l'avaient pas ébranlée et les serviteurs de Morgoth l'avaient négligée ; mais le vent et la pluie et le gel lui avaient infligé leurs sceaux, et sur le couronnement de ses murs et les lauzes puissantes de ses toits poussaient à foison ces grises verdures qui, se nourrissant de l'air salé, s'épanouissent jusque dans les rainures de la pierre nue.

Or donc Tuor atteignit les vestiges d'une route effacée et il passa entre des tertres gazonnés et des pierres inclinées, et à la tombée du jour il traversa les vastes cours éventées et pénétra dans l'antique salle. Nulle ombre de peur ou de mal ne hantait les lieux, mais une épouvante sacrée s'empara de Tuor à la pensée de tous ceux qui avaient vécu là et s'en étaient allés, personne ne savait où : le peuple fier épargné par la mort mais condamné par le destin, venu des terres lointaines, de l'au-delà des Mers. Et il se tourna et contempla, comme souvent leurs yeux avaient dû contempler, les flots agités chatoyant à perte de vue. Et se détournant à nouveau, il vit que les cygnes s'étaient posés sur la terrasse supérieure, et se pressaient devant la porte ouest de la grande salle ; et ils battaient des ailes et Tuor crut comprendre qu'ils lui enjoignaient d'entrer. Alors il monta le large escalier, à moitié dissimulé sous le gazon d'Olympie et la nielle, et il passa sous le puissant linteau et pénétra dans l'ombre de la demeure de Turgon ; et il parvint enfin à une salle aux vastes colonnes. Si elle lui était apparue immense du dehors, combien spacieuse et magnifique il la trouva de l'intérieur ! Et par révérencielle crainte, il souhaita ne pas éveiller les échos de sa solitude. Il ne pouvait rien distinguer sauf à l'extrémité est de la salle, un trône sous un dais, et aussi légèrement qu'il le put, il se dirigea vers le trône ; mais ses pas résonnèrent sur le sol pavé, comme la foulée du destin, et les échos se bousculaient devant lui de colonne en colonne le long de la galerie.

Et comme il se tenait devant le trône dans la pénombre et observait qu'il avait été taillé dans un seul bloc de pierre et recouvert de signes étranges, le soleil couchant affleura la haute fenêtre sous le pignon occidental, et un rai de lumière frappa le mur devant lui, et scintilla, lui sembla-t-il, sur du métal bruni. Et Tuor, charmé, vit que sur le mur, derrière le trône, étaient suspendus un bouclier et un grand haubert, un heaume et une longue épée dans son fourreau. Le haubert brillait comme façonné d'argent natif, et le rayon de soleil le pailletait d'or. Mais le bouclier avait une forme qui parut à Tuor singulière, car il était long et fuselé ; et il était blasonné d'une blanche aile de cygne sur champ d'azur. Et Tuor parla, et sa voix sonna comme un défi sous la voûte : « En vertu de ce signe, je m'en vais prendre par-devers moi ces armes, quel que soit le destin dont elles sont porteuses. » Et il souleva le bouclier et le trouva léger et bien plus maniable qu'il ne l'aurait cru ; car ce bouclier était fabriqué, semble-t-il, en bois mais habilement bardé, par les Elfes-forgerons, de feuilles de métal d'une finesse extrême mais très résistantes ; et ainsi se trouvait-il protégé des vers et des intempéries.

Or donc Tuor se revêtit du haubert et coiffa le heaume, et il ceignit l'épée ; et le fourreau et la ceinture étaient noirs avec des boucles d'argent. Armé de la sorte il sortit de la salle de Turgon et se tint sur les hautes terrasses de Taras, dans la lumière écarlate du soleil. Personne n'était là pour le contempler, cependant que tout étincelant d'or et d'argent, il tournait son regard vers l'ouest, et il ignorait qu'en cet instant il apparaissait comme un des Puissants de l'Occident, et digne vraiment d'être père de rois, le père des Rois des Hommes d'Outre-Mer, car tel effectivement devait être son destin[7]; mais ayant revêtu cette garbe, un changement s'opéra en Tuor, fils de Huor, et son cœur se fit superbe dans sa poitrine. Et comme il s'éloignait des portes, les cygnes lui rendirent hommage, et chacun s'arrachant une rémige, ils la lui offrirent, posant leurs longs cous sur la pierre à ses pieds; et il prit les sept plumes et les piqua dans le cimier de son heaume, et les cygnes immédiatement se relevèrent et s'envolèrent vers le nord, dans le sillage du couchant, et Tuor ne les vit jamais plus.

Or donc Tuor sentit ses pieds attirés vers le rivage et empruntant un long escalier, il descendit jusqu'à une vaste plage qui se déployait le long du littoral nord du pays Taras; et comme il allait, il vit l'orbe du soleil sombrer dans un grand nuage noir qui avait surgi à l'horizon de la mer enténébrée, et s'élevèrent une rumeur et un murmure comme d'un orage proche. Et Tuor se tenait debout sur le rivage, et le soleil était un brasier charbonneux contre la menace du ciel; et il lui sembla qu'une lame puissante se dressait au loin et roulait vers la terre, mais il y vit un prodige, et demeura rivé au sol. Et la vague vint à lui, et elle portait une nuée ombreuse. Et s'approchant, elle se brisa soudain et déferla en longues coulées d'écume. Mais là même où elle s'était brisée, se dressait, sombre contre la tempête qui se levait, une forme vivante, de haute stature et majestueuse.

Alors Tuor s'inclina avec révérence car il crut contempler un roi puissant. Une haute couronne portait-il, d'où s'échappait sa longue chevelure chatoyante comme embruns au crépuscule; et voici que rejetant le manteau gris qui l'environnait de brume, il apparut vêtu d'une cotte de mailles vermeille, qui épousait étroitement son corps, telles les écailles de quelque poisson prodigieux, et d'une tunique d'un vert intense qui scintillait et brasillait cependant qu'il s'avançait à pas lents vers le rivage. Ainsi l'Habitant des Profondeurs, celui que les Noldor nomment Ulmo, le Seigneur des Eaux, se révéla à Tuor, fils de Huor, de la maison de Hador, à l'ombre de Vinyamar.

Il ne prit pas pied sur la plage, mais debout dans le flot obscur qui lui battait les genoux, il parla à Tuor ; et à l'éclat de ses yeux et au son de sa voix profonde qui semblait jaillie des fondations mêmes de l'univers, Tuor fut pris d'effroi, et il se jeta la face contre terre.

« Lève-toi, fils de Huor, dit Ulmo. Ne crains pas mon courroux, bien que je t'aie appelé longtemps, et que tu ne m'aies point entendu ; et qu'étant enfin parti, tu te sois attardé en chemin. C'est au printemps que tu aurais dû te tenir ici ; mais à présent un rude hiver approche, qui vient du pays de l'Ennemi. Il va te falloir apprendre la célérité, et le chemin aisé que je t'avais tracé devra être modifié. Car mes conseils ont été dédaignés[8], et voilà que la Malignité Toute-Puissante rampe déjà dans la Vallée du Sirion, et tes ennemis sont déjà là nombreux à s'interposer entre toi et ton but. »

« Quel est donc mon but, Seigneur ? » dit Tuor.

« Cela même à quoi ton cœur a toujours aspiré, répondit Ulmo. Trouver Turgon, et de tes yeux contempler la cité cachée. C'est pour être mon messager que te voilà en grand arroi, paré des armes mêmes qu'il y a bien longtemps j'ai désigné pour tiennes. Toutefois il te faut maintenant traverser les dangers à la faveur de l'ombre. Enveloppe-toi donc dans ce manteau, et jamais ne t'en défais jusqu'à ce que tu parviennes au terme de ton voyage. »

Il parut alors à Tuor qu'Ulmo entrouvrait sa cape grise et lui en jetait un pan, et que dans les plis de ce pan, il pouvait se draper de la tête aux pieds.

« Ainsi marcheras-tu sous mon ombre, dit Ulmo, mais ne t'attarde plus ; car sur les terres d'Anar et dans les feux de Melkor, ce vêtement perdra ses pouvoirs. Seras-tu mon émissaire ? »

« Je le serai, Seigneur », dit Tuor.

« Alors je mettrai dans ta bouche les paroles qu'il

conviendra de dire à Turgon, dit Ulmo, mais d'abord je vais t'instruire, et il est des choses que tu vas entendre, que nul autre Homme n'a entendues ; personne, pas même les puissants parmi les Eldar. »

Et Ulmo parla à Tuor de Valinor et de sa ruine, et de l'Exil des Noldor, et de la Malédiction de Mandos et de la disparition du Royaume Bienheureux. « Mais vois donc, dit-il, à toute cuirasse il y a un défaut, même à la cuirasse du Destin (comme le nomment les Enfants de la Terre) ; et il y a une brèche dans les murailles de la Fatalité, et ce jusqu'à ce que vienne l'accomplissement, ce que vous autres appelez la Fin. Ainsi en sera-t-il tant que je dure : une voix secrète qui ne se taira point, et une lumière là où furent décrétées les ténèbres. C'est pourquoi, bien qu'en ces temps obscurs je paraisse agir contre la volonté de mes frères, les Seigneurs de l'Ouest, c'est là mon rôle parmi eux, lequel me fut assigné avant la création du Monde. Et cependant la Fatalité est forte, et l'ombre de l'Ennemi gagne partout ; et me voici diminué au point qu'en la Terre du Milieu, je ne suis plus qu'un murmure indistinct. Les eaux qui coulent vers l'ouest s'assèchent et leurs sources sont polluées, et mon pouvoir se retire de la terre ; car telle est la puissance de Melkor que les Elfes et les Hommes se font aveugles et sourds à mon égard. Et maintenant la Malédiction de Mandos est proche de se réaliser, et toutes les œuvres des Noldor vont périr, et toutes les espérances qu'ils ont fondées s'écrouler. Ne reste qu'un ultime espoir, un espoir qu'ils n'ont pas prévu et n'ont pas préparé. Et cet espoir tient en ta personne ; car tel est mon choix. »

« Alors Turgon ne livrera pas bataille à Morgoth, comme l'espèrent encore tous les Eldar ? dit Tuor. Et qu'attends-tu donc de moi, Seigneur, si je me rends à présent auprès de Turgon ? Car si, à l'instar de mon père, je suis prêt à secourir ce roi dans l'adversité, cependant de piètre utilité lui serai-je, moi homme mortel et seul, parmi les Nobles Personnes de l'Occident, si nombreuses et si vaillantes. »

« Si je choisis de t'envoyer, Tuor fils de Huor, alors

crois bien que ton épée n'est pas indigne d'être mandée. Car de la vaillance des Edain, toujours se souviendront les Elfes durant les siècles à venir, s'émerveillant qu'ils aient donné si librement de cette vie dont ils avaient si peu sur terre. Mais ce n'est pas seulement pour ta valeur que je t'envoie, mais pour apporter au monde un espoir qui échappe à ton regard, et une lumière qui percera les ténèbres. »

Et comme Ulmo prononçait ces paroles, la rumeur de l'orage s'enfla en une puissante clameur, et le vent fraîchit, et le ciel se rembrunit ; et le manteau du Seigneur des Eaux flottait tout alentour comme un nuage éployé. « A présent va, dit Ulmo, de peur que la Mer ne te dévore. Car Ossë obéit aux volontés de Mandos, et le voilà en grand courroux, étant serviteur de la Malédiction. »

« Je ferai selon ton désir, dit Tuor, mais si j'échappe à la Malédiction, quelle parole porterai-je à Turgon ? »

« Si tu parviens jusqu'à lui, répondit Ulmo, alors les mots naîtront d'eux-mêmes en ton esprit, et ta bouche parlera comme j'aurais moi-même parlé. Ne crains rien et parle ! Et désormais fais ce que t'inspire ton cœur valeureux. Et garde bien mon manteau par-devers toi car il te sera protection. Et je t'enverrai quelqu'un, un naufragé de la furie d'Ossë, et ainsi auras-tu un guide : oui, le dernier marin du dernier navire à s'aventurer vers l'ouest jusqu'au lever de l'Étoile. Va maintenant, et retourne sur terre ! »

Et le tonnerre gronda et les éclairs fulgurèrent sur les flots ; et Tuor aperçut Ulmo debout parmi les vagues, telle une haute tour d'argent toute scintillante, parcourue de mille flammèches ; et il hurla contre le vent :

« Je m'en vais, Seigneur ! Pourtant voici que le languir de mon cœur me porte vers la mer. »

Là-dessus Ulmo brandit une trompe puissante et l'emboucha, et il sonna une note unique, si grave que le mugissement de la tempête n'était guère plus, à côté, que le murmure d'une brise ridant la surface d'un lac. Et à l'instant même où il entendit cette note et en fut environné, et de part en part pénétré, il sembla à Tuor que s'évanouissaient les rives de la Terre du Milieu, et que, vision prodigieuse, il contemplait toutes les eaux de l'univers : depuis les veines de la Terre jusqu'aux embouchures des rivières, et des grèves et des estuaires jusqu'au grand large. Son regard plongeait jusqu'aux entrailles de la Mer Immense, dans ces régions obscures où du sein des ténèbres éternelles résonnaient des voix terribles aux oreilles des mortels. Et avec la vue perçante des Valar, il découvrait ses plaines liquides se déployant à l'infini, sans un souffle, sous l'œil d'Anar, ou brasillantes sous la lune cornue, ou hérissées de crêtes furieuses qui déferlaient sur les Iles d'Ombre[9] ; et tout juste perceptible à ces yeux dessillés, il entrevit une montagne se dressant quasiment hors d'atteinte du regard, dans des lointains insondables, nuage lumineux de longues traînées d'écume moirée. Et alors même qu'il tendait l'oreille à la distante rumeur de ce ressac et s'efforçait de distinguer plus clairement cette lumière d'horizon, la note se tut, et il demeura là, l'orage tonnant sur sa tête, et les éclairs fourchus sillonnant les cieux. Et Ulmo avait disparu, et la mer était en grand courroux, tandis que les vagues sauvages d'Ossë se ruaient contre les murailles de Nevrast.

Alors fuyant la rage des flots, Tuor regagna péniblement les terrasses supérieures ; car le vent le plaquait contre la falaise, et lorsqu'il atteignit la cime, le jeta à genoux. C'est pourquoi il chercha refuge dans la grande salle sombre et vide, et la nuit durant, il demeura assis sur le trône de pierre qui fut celui de Turgon. La violence de la tempête ébranlait jusqu'aux colonnes et il sembla à Tuor que le vent était parcouru de gémissements et de sauvages lamentations. Et pourtant, de lassitude, il s'endormit par moments, et son sommeil fut troublé de rêves nombreux, dont rien n'affleura à sa mémoire lorsqu'il s'éveilla, hormis l'un d'eux : la vision d'une île, et se dressant en son centre une montagne abrupte, et le soleil baissait derrière la montagne et les ombres montaient à l'assaut du ciel ; mais au-dessus brillait une seule étoile éblouissante.

Après ce rêve, un sommeil profond s'empara de

Tuor, car avant que la nuit ne s'achevât la tempête s'était apaisée, balayant les nuages noirs vers l'est de l'univers. Enfin il ouvrit les yeux dans la lumière blafarde, se leva et quitta le haut siège, et comme il traversait la salle plongée dans la pénombre, il vit qu'elle était pleine d'oiseaux de mer chassés par la tempête ; et il sortit comme pâlissaient les dernières étoiles, à l'ouest, devant le jour grandissant. Alors il remarqua que les vagues énormes de la nuit avaient chassé loin dans les terres, et projeté leurs crêtes écumeuses sur le faîte des collines, et que les algues et les galets jonchaient même les terrasses devant les portes. Et se penchant au-dessus du parapet de la terrasse inférieure, Tuor vit, appuyé contre le mur parmi les galets et les varechs, un Elfe vêtu d'un manteau gris détrempé par l'eau de mer. Il était assis silencieux, contemplant, au-delà des plages dévastées, la brisée des longues houles. Tout était immobile, et nul son ne se faisait entendre sauf le grondement du ressac sur la grève.

Comme Tuor debout regardait le personnage silencieux et tout de gris vêtu, il se ressouvint des paroles d'Ulmo, et un nom, qu'il n'avait pas appris, lui monta aux lèvres, et il s'écria à haute voix :

« Bienvenue à toi, Voronwë ! Je t'attendais[10] ! »

Alors l'Elfe se retourna et leva la tête et Tuor rencontra le vif éclair de ses prunelles gris marine, et il le reconnut pour un des nobles parmi les Noldor. Mais la peur et l'émerveillement se peignirent dans le regard de l'Elfe, lorsqu'il aperçut Tuor dressé de toute sa hauteur sur le mur au-dessus de lui, revêtu de son grand manteau comme d'une ombre d'où scintillait sur sa poitrine la cotte annelée des Elfes.

« Un instant ils demeurèrent ainsi, chacun scrutant la contenance de l'autre, et puis l'Elfe se leva et salua Tuor jusqu'à terre : « Qui es-tu, Seigneur ? dit-il. Longtemps j'ai peiné dans la mer implacable. Dis-moi : de grands événements sont-ils survenus depuis que j'ai foulé la terre ferme ? L'Ombre est-elle renversée ? Le Peuple Caché s'est-il montré ? »

« Non pas, répondit Tuor. L'ombre s'allonge sur terre, et les Cachés demeurent cachés. »

Or donc Voronwë le dévisagea longtemps en silence. « Mais qui es-tu ? demanda-t-il encore. Car il y a bien des années que mon peuple a quitté ce pays, et nul d'entre nous n'a vécu ici depuis lors. Et maintenant je me rends compte que malgré ton vêtement tu n'es pas l'un de nous, comme je le pensais, mais de la race des Hommes. »

« Je le suis assurément, dit Tuor. Et n'es-tu pas le dernier marin du dernier vaisseau qui, appareillant des Havres de Círdan, fit voile vers l'occident ? »

« Je suis, dit l'Elfe, celui-là même ; Voronwë, fils d'Aranwë, suis-je. Mais comment sais-tu mon nom et mon destin, je ne le puis concevoir. »

« Je le sais, car le Seigneur des Eaux m'a parlé hier au soir, répondit Tuor. Et il m'a dit qu'il te dérobera aux fureurs d'Ossë et t'enverra ici pour me servir de guide. »

Lors plein d'effroi et d'étonnement Voronwë s'écria : « Tu as parlé avec Ulmo le Tout-Puissant ? Grande certes doit être ta valeur, et illustre ton destin ! Mais où te conduirai-je, Seigneur ? Car un roi parmi les Hommes es-tu assurément, et ils sont nombreux, ceux qui obéissent à ta voix. »

« Non, je suis un esclave en rupture de ban, dit Tuor, et je suis un hors-la-loi, seul dans un pays désert. Mais j'ai une mission à accomplir auprès de Turgon, le Roi caché. Sais-tu par quelle route je le puis trouver ? »

« Nombreux sont les hors-la-loi et les esclaves en ces temps de malheur, qui n'étaient pas nés tels, répondit Voronwë. Je te pense, par droit de naissance, un Seigneur parmi les Hommes. Mais serais-tu le plus exalté des tiens, nul droit as-tu de rechercher Turgon, et vaine sera ta quête. Car te conduirais-je devant ses portes, que tu ne pourrais entrer. »

« Je ne te demande pas de me conduire au-delà de la porte, dit Tuor. Là, le Mandement d'Ulmo s'affrontera à la Malédiction. Et si Turgon refuse de me recevoir, alors ma mission prendra fin, car la Malédiction l'aura emporté. Mais quant au droit, qui est le mien, d'aller en quête de Turgon : je suis Tuor, fils de Huor, et de la race de Húrin, tous gens dont Turgon n'ignore point les noms. Et le cherchant, j'obéis aussi aux ordres d'Ulmo. Turgon oubliera-t-il ce qui lui fut dit autrefois : *Souviens-toi que l'ultime espoir des Noldor viendra de la Mer* ? Ou encore : *Lorsque le péril est proche, il en viendra un de Nevrast pour t'avertir*[11] ? Je suis celui qui doit venir, et j'ai revêtu la garbe apprêtée à mon intention. »

Tuor s'émerveilla de s'entendre parler ainsi, car les mots prononcés par Ulmo à l'adresse de Turgon, lorsqu'il avait quitté le Nevrast, ces mots ne lui étaient point connus précédemment, ni de personne hors le Peuple Caché. Et plus étonné encore fut Voronwë ; mais il se détourna et portant ses yeux vers la Mer, il soupira.

« Hélas ! dit-il, je souhaite ne jamais revenir. Et souvent ai-je fait vœu, dans les abîmes de la mer, que si jamais je foulais la terre ferme à nouveau, je vivrais en paix, bien loin de l'Ombre qui règne sur le Nord, soit aux abords des Havres de Círdan, soit dans les belles prairies de Nan-tathren où le printemps est plus doux que le doux désir du cœur. Mais si le mal a gagné pendant mon errance, et si l'ultime péril menace mon peuple, alors il me faut aller auprès d'eux. » Il se tourna vers Tuor. « Je te conduirai aux Portes cachées, dit-il, car les sages ne se dérobent pas aux Mandements d'Ulmo. »

« Nous irons donc ensemble, ainsi qu'il nous fut enjoint, dit Tuor. Mais ne perds pas espoir, Voronwë ! Car mon cœur te dit que loin de l'Ombre ta longue route te conduira ; et que ton espérance fera retour à la Mer[12]. »

« Et de même, pour toi, dit Voronwë, mais à présent nous ne devons plus y songer, et il nous faut en hâte partir. »

« Oui, dit Tuor, mais où me mèneras-tu, et à quelle distance ? Et ne nous faut-il pas tout d'abord considérer comment nous allons assurer notre subsistance dans les solitudes ; ou, si le chemin est long, comment passerons-nous l'hiver sans gîte ? »

Mais Voronwë se refusa à fournir une réponse claire touchant le chemin à emprunter. « Tu connais l'endurance des Hommes, dit-il. Quant à moi, je suis un Noldor, et âpre serait la famine et rude l'hiver qui abattraient les gens de la race de ceux qui ont franchi la Glace Broyeuse. Car comment penses-tu que nous avons pu peiner des jours innombrables dans les déserts salés de la mer ? Ou n'as-tu point entendu parler du pain-de-route des Elfes ? Et je conserve toujours par-devers moi ce que tous les marins gardent en dernier recours. » Et il lui montra alors sous son manteau une sacoche scellée pendue à sa ceinture. « Ni l'eau ni les intempéries ne la peuvent altérer tant qu'elle demeure scellée. Mais nous devons la tenir en réserve en cas de dénuement extrême ; et nulle doute qu'un hors-la-loi et un chasseur pourront trouver d'autres nourritures, avant que l'année ne précipite son terme ! »

« Peut-être, dit Tuor, mais il y a des contrées où il ne fait pas bon chasser, si giboyeuses soient-elles. Et les chasseurs s'attardent volontiers en chemin. »

Or donc Tuor et Voronwë s'apprêtèrent pour le départ. Tuor s'arma du petit arc et des flèches qu'il avait apportés en sus du harnois qu'il avait pris dans la salle du trône ; mais sa lance, sur laquelle était écrit son nom en runes des Elfes du Nord, il la posa contre le mur pour marquer son passage. Voronwë n'avait pas d'armes, sauf une courte épée.

Avant qu'il ne fît grand jour, ils quittèrent l'ancienne demeure de Turgon, et Voronwë conduisit Tuor par monts et par vaux, et ils contournèrent, à l'ouest, les pentes abruptes du Taras, et traversèrent le grand promontoire. Là passait autrefois la route de Nevrast à Brithombar, qui lors n'était guère plus qu'une verte sente entre d'anciens talus gazonnés. Et c'est ainsi qu'ils atteignirent le Beleriand et les régions du nord des Falas ; et obliquant vers l'est, ils cherchèrent les sombres surplombs de l'Ered Wethrin, et là ils se dissimulèrent et prirent du repos jusqu'à la tombée du jour. Car bien que les antiques demeures des Falathrim, Brithombar et Eglarest soient encore distantes, les Orcs rôdaient à présent dans les parages, et tout le pays était infesté par les espions de Morgoth : il craignait en effet les navires du Círdan, qui faisaient parfois des incursions sur les côtes, et se joignaient aux expéditions envoyées de Nargothrond.

Et tandis qu'ils étaient là assis, emmitouflés dans leurs manteaux, telles des ombres à l'abri des collines, Tuor et Voronwë conversèrent ensemble longuement. Et Tuor questionna Voronwë au sujet de Turgon, mais Voronwë était peu loquace là-dessus, et parlait plus volontiers des demeures construites sur l'île de Balar, et du Lisgradh, le pays des roseaux, aux Embouchures du Sirion.

« En ces lieux, le nombre des Eldar va toujours croissant, dit-il, car toujours plus nombreux, ils s'y réfugient, gens de l'une et l'autre races, par peur de Morgoth et lassitude des combats. Mais je n'ai pas abandonné mon peuple de mon propre gré. Car après Bragollach et la levée du siège d'Angband, le doute, pour la première fois, s'insinua au cœur de Turgon et il se prit à craindre que Morgoth ne se révélât trop fort. Cette année-là, il renvoya les premiers des gens de son peuple à avoir passé ses portes : une poignée d'entre eux qui furent mandés en mission secrète. Ils descendirent le Sirion jusqu'aux parages des Embouchures, et là ils construisirent des navires. Mais cela ne leur fut d'aucune utilité sinon pour gagner la grande île de Balar et y fonder des établissements isolés, hors d'atteinte de Morgoth. Car les Noldor n'ont pas l'art de construire des vaisseaux qui tiennent durablement contre les vagues de Belegaer-la-Grande [13].

« Mais lorsque Turgon eut vent, par la suite, du ravage des Falas et du sac des anciens Havres des Charpentiers là-bas devant nous, de nouveau il envoya des messagers. Cela se passait il y a peu, et pourtant à mon souvenir, cela me paraît comme la plus longue portion de mon existence. Car j'étais l'un de ceux qu'il dépêcha, étant encore tout jeune d'années, chez les Eldar. Je suis né ici, sur cette Terre du Milieu, en pays Nevrast. Ma mère appartenait aux Elfes-Gris des Falas, et elle était apparentée à Círdan lui-même — il y avait un grand brassage de populations au Nevrast, dans les premiers temps du règne de Turgon —, et j'ai le cœur marin de ceux de ma lignée maternelle. C'est pourquoi je fus parmi les élus, car nous avions mission de nous rendre auprès de Círdan, solliciter son aide dans nos constructions navales, afin que les messages et les prières, appelant à nous secourir, parviennent jusqu'aux Seigneurs de l'Ouest avant que tout ne fût perdu. Mais je me suis attardé en chemin. Car je ne connaissais guère la Terre du Milieu, et nous arrivâmes à Nantathren au printemps de l'année. Belle à ravir le cœur est cette terre, Tuor, comme toi-même le découvriras, si jamais tes pas te mènent sur les routes du Sud qui descendent le cours du Sirion. Là guérit-on de tout languir de la mer, sinon pour ceux que la Malédiction ne veut point lâcher. Là, Ulmo n'est plus que le serviteur de Yavanna, et la terre a doué de vie une profusion de choses merveilleuses, bien au-delà de ce que dans les rudes collines septentrionales, le cœur peut concevoir. En ces pays, confluent le Narod et le Sirion, et ils ne se hâtent plus, mais coulent larges et paisibles, à travers de vivantes prairies ; et tout alentour du fleuve qui scintille foisonnent les iris d'eau — toute une forêt de calices — et l'herbe est semée de fleurs, tels des joyaux, des sonnailles, des flammèches rouge et or, une lande d'étoiles multicolores dans un firmament d'émeraude. Mais plus beaux encore sont les saules de Nan-tathren, vert pâle ou argentés dans le vent, et la rumeur de leurs feuilles innombrables est une musique enchantée : les jours et les nuits s'écoulaient sans que j'en tienne le compte, et là je m'attardais, avec de l'herbe au genou, et j'écoutais. Là je fus comme ensorcelé et j'oubliais la mer en mon cœur. Là j'errais, nommant les fleurs nouvelles, et couché, je rêvais parmi le chant des oiseaux et le bourdonnement des abeilles et des mouches ; et là je pourrais vivre encore dans les délices, abandonnant toute ma parenté, et aussi bien les vaisseaux des Teleri que les épées des Noldor, mais mon destin en a décidé autrement. Ou peut-être le Seigneur des Eaux lui-même ; car il régnait puissant sur cette terre.

« Ainsi, dans le for de mon cœur, je conçus l'idée de faire un radeau avec des branches de saule, et d'aller voguant sur le sein brillant du Sirion ; et c'est ce que je fis, et c'est ainsi que je fus pris. Car un jour où je me trouvais au milieu du fleuve, le vent se leva soudain et se saisit de moi et m'emporta au loin, hors du Pays des Saules, jusqu'à la Mer. Et des messagers, je fus ainsi le dernier à rejoindre Círdan ; et des sept navires qu'il construisit sur la demande de Turgon, tous hormis un seul étaient déjà armés. Et l'un après l'autre, ils firent voile vers l'ouest et aucun d'entre eux n'est jamais revenu, ni a-t-on jamais reçu d'eux la moindre nouvelle.

« Mais voilà que l'air salé du grand large attisa en mon cœur l'âme de ma lignée maternelle ; et je pris plaisir aux vagues, apprenant tout le savoir marin, lequel était d'ailleurs déjà engrangé en mon esprit. De sorte que, lorsque le dernier navire, et le plus considérable, fut appareillé, j'avais hâte de partir, me disant à part moi : “ Si les paroles de Noldor sont vraies, alors à l'occident se trouvent des prairies auprès desquelles le pays des Saules est peu de chose. Et là-bas, il n'est rien qui se flétrisse et le printemps n'a point de fin. Et il se peut que moi-même, Voronwë, je puisse y parvenir. Et au pire, mieux vaut errer sur les eaux que de subir l'Ombre du Septentrion ” ; et je ne craignais rien car nul flot ne peut couler bas les navires des Teleri.

« Mais terrible est la Mer Immense ; et elle porte haine aux Noldor, car elle accomplit la Malédiction des Valar. Bien pire sort vous attend que de sombrer dans l'abîme et d'y périr : l'horreur, la solitude et la démence ; l'effroi du vent et le tumulte des vagues, et le silence et les ombres où tout espoir s'évanouit et toute forme vivante se dérobe. Et elle baigne bien des rives mauvaises et étrangères, et bien des îles de danger et de peur l'infestent. Je n'assombrirai pas ton cœur, fils de la Terre du Milieu, avec les récits de mes travaux, sept ans durant, sur la Mer Immense, au nord au sud, mais jamais à l'ouest, car l'Ouest nous est fermé.

« Enfin, dans le morne désespoir, las du monde entier, nous virâmes de bord et tentâmes d'échapper à la Fatalité qui si longtemps nous avait ménagés seulement pour nous frapper plus cruellement. Car juste comme nous discernions à l'horizon une montagne, et que je m'écriais : “ Voici le Taras et le pays de ma naissance ! ”, le vent se leva, et de grands nuages chargés de tonnerre accoururent de l'Ouest. Alors les vagues, telles des créatures vivantes douées de malignité, nous traquèrent, et la foudre nous frappa ; et lorsque nous nous trouvâmes rompus et réduits à une coque en détresse, les mers nous prirent d'assaut avec furie. Mais comme tu vois, je fus épargné ; car, à ce qu'il me semble, vint une vague, plus puissante et cependant plus calme que toutes les autres, et elle se saisit de moi et m'arracha au vaisseau et me hissa sur ses épaules, et déferlant sur la côte, elle me déposa sur l'herbe tendre, et puis elle s'écoula, se déversant par-dessus la falaise en une puissante cascade. Et il n'y avait guère qu'une heure que j'étais là assis lorsque tu apparus à mes yeux, et que tu me découvris tout étourdi par la mer. Et je ressens encore la peur qu'elle m'inspire et l'amère perte de tous mes compagnons qui peinèrent avec moi si longtemps et si loin, hors de vue de toute terre mortelle. »

Et Voronwë soupira, et poursuivit à mi-voix, comme pour lui-même. « Mais si brillantes étaient les étoiles aux confins de l'univers, lorsque les nuées par instants se déchiraient vers l'occident. Pourtant là-bas, plus loin encore, était-ce bien des nuages que nous apercevions, ou bien, comme l'affirmaient certains, les fugitifs contours des Monts du Pelóri qui dominent les rivages perdus de nos demeures d'antan, je l'ignore. Loin, très loin, ils se dressent, et à ce que je crois, nul venant de terre mortelle n'y retournera jamais. » Et Voronwë se tut, car la nuit était venue, et les étoiles étincelaient blanches et froides.

Peu après, Tuor et Voronwë se levèrent et tournant le dos à la mer, entreprirent leur long périple dans les ténèbres ; dont il y a peu à dire car l'ombre d'Ulmo environnait Tuor, et personne ne les vit passer par les bois et les rochers, par les champs et les marais, entre le coucher et le lever du soleil. Mais toujours aux aguets, ils cheminèrent, évitant les créatures de Morgoth qui chassent de nuit, et s'écartent des chemins battus par les Elfes et les Hommes. Voronwë choisissait leur route et Tuor suivait. Il ne posa aucune vaine question, mais nota bien qu'ils allaient toujours vers l'est, sur le sillage de montagnes de plus en plus hautes, et que jamais ils n'obliquèrent vers le sud : et il s'en étonna car il croyait, comme le commun des Elfes et des Hommes, que Turgon habitait loin des champs de bataille du Nord.

Lente était leur progression au crépuscule et à la nuit dans ces solitudes inexplorées, et un rude hiver s'abattit sur eux, venu du royaume de Morgoth. Malgré le rempart des collines, les vents étaient violents et aigres, et bientôt une neige profonde recouvrit les hauteurs, et elle tourbillonnait dans les ravins et tombait sur les bois de Núath, point encore défeuillés [14]. Ainsi, bien qu'ils se soient mis en route avant la mi-Narquelië, Hisimë vint et la gelée et la froidure, alors qu'ils approchaient seulement des Sources du Narog.

Et là ils firent halte dans la grisaille de l'aube, au terme d'une nuit épuisante ; et regardant tout autour de lui, Voronwë fut atterré, et le chagrin et l'effroi s'emparèrent de lui, car là où autrefois miroitait le bel étang d'Ivrin dans son bassin de pierre creusé par les eaux vives et tout environné de bois, il ne voyait plus qu'une terre souillée et désolée. Les arbres étaient brûlés ou déracinés, et les margelles de l'étang toutes brisées, de sorte que les eaux d'Ivrin s'épanchaient partout et formaient un grand marécage stérile parmi les ruines. Tout n'était plus qu'un chaos de boue glacée, et une puanteur fétide flottait au ras du sol comme un brouillard immonde.

« Hélas le mal est-il venu jusqu'ici ? s'écria Voronwë. Hors d'atteinte de la menace d'Angband fut ce lieu autrefois ; mais les doigts de Morgoth s'avancent toujours plus loin ! »

« Les choses sont bien telles que l'a dit Ulmo, dit

Tuor. *Les sources sont polluées, et mon pouvoir s'est retiré des eaux du pays.* »

« Et pourtant, dit Voronwë, une malignité là s'est exercée, plus puissante que celle des Orcs. La peur rôde en ce lieu. » Et il fouilla les abords du marais et soudain s'immobilisa, s'écriant à nouveau : « Un mal, oui, un grand mal ! » et il fit signe à Tuor, et Tuor s'approchant vit une rainure, se creusant tel un gigantesque sillon, en direction du sud, et des deux côtés, ici brouillées, là inscrites dures et nettes par la gelée, les traces de larges pieds griffus. « Regarde, dit Voronwë, ici a passé tout récemment le Grand Ver d'Angband, la plus redoutable de toutes les créatures de l'Ennemi ! Nous avons déjà bien tardé dans notre mission auprès de Turgon. Il nous faut nous hâter. »

Et ainsi parlait-il lorsqu'ils entendirent une clameur dans les bois, et ils s'immobilisèrent tels deux rochers gris, prêtant l'oreille. Mais la voix était mélodieuse bien que toute baignée de chagrin, et elle appelait sans cesse, semblait-il, un nom, comme un qui a perdu ce qu'il aime. Et ils attendirent, et voilà qu'il s'en vint un, en effet, qui parcourait les bois, et ils virent que c'était un Homme de haute taille, en armes et vêtu de noir, avec une longue épée à nu ; et ils s'étonnèrent car la lame était noire elle aussi, mais son fil étincelait clair et froid. La douleur sillonnait le visage de l'homme, et lorsqu'il aperçut les ruines d'Ivrin, il cria son désespoir, disant : « Ivrin, Faelivrin ! Gwindor et Beleg ! Ici, un jour, je fus guéri. Mais jamais plus je ne boirai à la coupe de paix ! »

Et il s'en fut rapidement vers le nord, comme qui court à la poursuite de quelqu'un ou en quête de quelque chose, et ils l'entendirent crier « *Faelivrin, Finduilas* ! » jusqu'à ce que sa voix s'éteignît au fond des bois[15]. Mais ils ignoraient que Nargothrond était tombée ; et que c'était Túrin, fils de Húrin, le Noire-Épée ; et qu'ainsi pour un bref instant — et par la suite jamais plus — se croisèrent les chemins de Túrin et de Tuor, qui étaient cousins.

Lorsque fut disparu le Noire-Épée, Tuor et Voronwë poursuivirent leur marche quelque temps encore, bien que le jour fût venu ; car la pensée de son désespoir les poignait et ils ne pouvaient souffrir de rester aux abords d'Ivrin profanée. Mais bientôt ils songèrent à se mettre à couvert car un pressentiment maléfique gagnait tout le pays. Ils dormirent peu et d'un sommeil troublé, et le jour s'assombrit, et quand vint la nuit une forte neige se mit à tomber, et il gela à pierre fendre. Et depuis lors, la neige et le gel ne leur laissèrent point de répit, et cinq mois durant le Rude Hiver, dont le souvenir s'est perpétué, tint le Nord en ses fers. Et Tuor et Voronwë éprouvèrent les tourments du froid, et ils craignaient que la neige ne les révélât à la traque ennemie, ou encore de tomber dans des pièges traîtreusement dissimulés. Pendant neuf jours, ils progressèrent toujours plus lentement et plus péniblement, et Voronwë obliqua un peu vers le nord, jusqu'à ce qu'ils aient franchi les trois torrents tributaires de Teiglin ; et alors il prit de nouveau à l'est, laissant derrière eux les montagnes, et il avança avec prudence jusqu'à ce qu'ils aient passé le Glithui et la rivière Malduin, et elle était entièrement prise par les glaces[16].

Or donc Tuor dit à Voronwë : « Terrible est ce froid, et la mort me gagne, si elle ne te gagne pas toi. » Car ils étaient en bien mauvaise posture ; depuis longtemps, ils ne trouvaient plus de nourritures sauvages, et le pain-de-route s'épuisait ; et ils avaient froid et ils étaient las. « C'est chose terrible que d'être pris entre la Malédiction des Valar et la Malignité de l'Ennemi, dit Voronwë. Ai-je donc échappé à la gueule de la Mer, pour m'échouer ici, et demeurer gisant sous la neige ! »

Mais Tuor dit : « Avons-nous encore loin à aller ? Car enfin, Voronwë, il te faut à présent renoncer au secret à mon égard. Me conduis-tu droit ? et où ? Car si je dois user mes forces dernières, je voudrais au moins savoir à quel effet ? »

« Je t'ai conduit aussi droit que, en conscience, je le pouvais, répondit Voronwë. Sache donc maintenant que Turgon vit encore au nord du Pays Eldar, bien qu'ils soient fort peu à y croire. Déjà nous approchons de lui. Et cependant même à vol d'oiseau, il y a encore des lieues et des lieues à faire ; et il nous faut encore franchir le Sirion, et de terribles maux rencontrerons-nous peut-être dans l'entre-deux. Car nous sommes sur le point d'atteindre la Grande Route qui jadis descendait de la Minas du Roi Finrod, jusqu'à Nargothrond[17], et les serviteurs de l'Ennemi seront là aux aguets. »

« Je me comptais le plus endurant des Hommes, dit Tuor, et j'ai supporté les peines de bien des hivers dans les montagnes ; mais en ce temps-là j'avais au moins une caverne pour m'abriter, et du feu, et je doute de mes forces s'il nous faut aller beaucoup plus avant, souffrant la faim dans cette rude saison. Mais allons toujours, et aussi loin que nous le pouvons, jusqu'à ce que s'épuise l'espoir ! »

« Il ne nous reste guère d'autre choix, dit Voronwë, sinon celui de nous coucher ici et d'appeler de nos vœux le sommeil-de-neige. »

Et ils peinèrent ainsi tout ce long jour amer, redoutant moins les dangers de l'ennemi que ceux de l'hiver ; mais à mesure qu'ils avançaient, la neige se faisait moins profonde, car ils se dirigeaient à nouveau vers le sud, descendant la vallée du Sirion, et laissant loin derrière eux les Monts Dor-lómin. Dans le crépuscule qui allait s'épaississant, ils atteignirent la Grande Route au pied d'une haute pente boisée. Soudain ils perçurent des voix, et épiant à travers les ramures, ils virent une lueur rouge, tout en bas. Une compagnie d'Orcs campait au milieu de la route, se pressant autour d'un grand feu de bois.

« *Gurth am Glamhoth* !, murmura Tuor[18], maintenant l'épée jaillira de dessous le manteau ! Je risquerai volontiers la mort pour me rendre maître de ce feu, et même la viande des Orcs serait une aubaine ! »

« Que non ! dit Voronwë. En cette quête, seul le manteau servira. Tu dois renoncer au feu, ou bien renoncer à Turgon. Cette bande n'est nullement isolée dans ces solitudes : ta vue mortelle ne peut-elle donc distinguer au loin les flammes d'autres bivouacs au nord et au sud? Le tumulte amènera toute une armée sur nous. Écoute-moi, Tuor! La loi du Royaume Caché interdit que l'on s'approche de ses portes avec des ennemis aux trousses; et cette loi je ne la transgresserai pas, ni à la demande d'Ulmo, ni sous peine de mort. Donne l'éveil aux Orcs, et je te quitte. »

« Alors qu'on les laisse! dit Tuor. Mais qu'il me soit encore donné de voir le jour où il ne me faudra pas me dérober au regard d'une poignée d'Orcs comme un chien couard! »

« Viens donc, dit Voronwë, ne dispute plus, où ils nous éventeront. Suis-moi! »

Il se coula alors parmi les arbres, et suivi de Tuor obliqua vers le sud, marchant sous le vent, jusqu'à ce qu'ils soient parvenus à mi-chemin, entre le feu de ces Orcs et le suivant. Là, il se tint immobile longtemps, prêtant l'oreille.

« Je n'entends personne bouger sur la route, dit-il, mais nous ne savons pas ce qui peut se trouver là tapi dans l'ombre. » Il scruta les ténèbres et frissonna : « Le mal est dans l'air, murmura-t-il. Hélas! là-bas s'étend le pays de notre quête et notre espoir de vie, mais la mort va et vient dans l'entre-deux. »

« La mort nous environne de toutes parts, dit Tuor, mais il ne me reste de forces que pour le chemin le plus court. Ici dois-je traverser ou périr. Je me confie au manteau d'Ulmo, et il te couvrira toi aussi. A présent je prends la tête! »

Ce disant, il gagna le talus, et tenant Voronwë étroitement embrassé, il se drapa dans la cape grise du Seigneur des Eaux, et il avança.

Tout était immobile. Le vent froid soupirait, balayant l'antique chaussée, et soudain lui aussi se tut. Dans l'intervalle, Tuor sentit un changement dans l'air, comme si le souffle du pays de Morgoth s'était tari un instant, et lointaine évocation de la

Mer, une brise d'ouest les avait effleurés. Brume grise, ils traversèrent la voie pavée et pénétrèrent dans un taillis qui la bordait à l'est.

Soudain s'éleva tout près un hurlement sauvage, et quantité d'autres lui répondirent le long de la route. Une trompe rauque retentit et des pas de course martelèrent le silence mais Tuor poursuivit sa marche. Il avait appris assez de la langue des Orcs durant sa captivité pour pouvoir deviner le sens de ces cris : les guetteurs avaient décelé leur odeur et les avaient entendus, mais ils étaient passés inaperçus. La chasse dès lors était donnée. Avec Voronwë à ses côtés, il se précipita en avant et, trébuchant désespérément, se mit à escalader le coteau où les genêts et les myrtilles poussaient parmi les bosquets de sorbiers et les bouleaux nains.

Ayant atteint la crête, ils firent halte, écoutant les cris derrière eux, et les Orcs se bousculant dans la broussaille à leurs pieds.

Près d'eux, un roc se dressait hors d'un fouillis de ronces et de bruyères, et sous ce roc était un repaire tel qu'en souhaite une bête traquée qui espère échapper à la poursuite, ou du moins, le dos au rocher, vendre chèrement sa vie. Tuor tira Voronwë dans l'ombre opaque et côte à côte sous la mante grise, ils se tapirent haletants, comme des renards à bout de force. Ils ne dirent mot : ils étaient tout oreilles.

Les cris des chasseurs allèrent s'affaiblissant ; car les Orcs ne pénétraient jamais profondément dans les pays sauvages avoisinant de part et d'autre la route, mais se contentaient de patrouiller le long de la voie. Ils ne se préoccupaient guère de fugitifs isolés, mais redoutaient les espions et les éclaireurs envoyés par des adversaires en armes ; car Morgoth avait placé une garde sur la grand-route, non pas pour capturer Tuor et Voronwë (dont, pour l'instant, il ignorait tout), ni personne en provenance de l'Ouest, mais pour guetter le Noire-Épée, de peur qu'il n'échappât, et ne poursuive les prisonniers de Nargothrond, et peut-être avec l'aide de Doriath, cherchât à les délivrer.

La nuit passa, et le morne silence s'appesantit à nouveau sur les terres désolées. Tuor dormait, harassé et fourbu, sous le manteau d'Ulmo ; mais Voronwë s'était glissé dehors, et il se tenait là, dans un silence de pierre, impavide, cherchant à percer l'ombre de ses yeux d'Elfe. Au petit jour, il réveilla Tuor et rampant au-dehors, il vit que le temps s'était momentanément adouci, que les nuages noirs avaient fui. Puis vint une aube pourpre, et il pouvait distinguer à l'horizon les cimes de montagnes inconnues, étincelant aux feux de l'orient.

Alors Voronwë dit à voix basse : « *Alae! Ered en Echoriath, ered e'mbar nin!*[19] ». Car il savait qu'il contemplait le Cercle des Montagnes et les murailles du royaume de Turgon. A leurs pieds, vers l'est, dans un vallon encaissé et ombreux, dormait Sirion la belle, et la bien-chantée ; et au-delà, noyée de brouillard, une terre grise s'élevait de la rivière jusqu'à la ligne brisée des collines au pied des monts. « Là s'étend le Dimbar, dit Voronwë. Plaise au ciel que nous y soyons ! Car il est rare que nos ennemis s'aventurent là-bas. Du moins il en était ainsi, lorsque le pouvoir d'Ulmo s'exerçait sur le Sirion. Mais à présent, tout a pu changer[20] — hormis le péril de la rivière : elle est déjà profonde et rapide, et même pour les Eldar, dangereuse à traverser. Mais je t'ai conduit avec bonheur ; car là-bas, juste un peu au sud, brille le Gué de Brithiach, là où la Route Est, qui autrefois prenait aux Taras occidentaux, franchit la rivière. Personne aujourd'hui n'ose l'emprunter, sinon poussé par l'amère nécessité, ni Elfe ni Homme ni Orc, car la route conduit à Dungortheb et au pays de l'effroi entre le Gorgoroth et l'Anneau de Melian ; et depuis longtemps, elle est perdue dans la broussaille, réduite à un sentier envahi de mauvaises herbes et de chardons[21]. »

Alors Tuor regarda là où Voronwë indiquait, et au loin il perçut un chatoiement comme d'eaux vives sous la brève lumière de l'aube ; mais au-delà se dessinait, ténébreuse, la grande forêt de Brethil, escaladant les hauteurs lointaines vers le sud. Et avec prudence, ils cheminèrent le long du vallon jusqu'à ce qu'ils atteignissent la voie antique qui descend du carrefour, aux confins du Brethil, où elle croise la grande route venant de Nargothrond. Tuor vit alors qu'ils étaient parvenus aux abords du Sirion. En ce lieu les rives de l'étroit vallon encaissé s'évasaient, et les eaux de la rivière, comprimées par la caillasse[22], s'épanchaient sur de vastes hauts-fonds où mille ruisseaux allaient bruissant. Un peu plus loin, la rivière à nouveau rassemblait ses eaux et se creusant un nouveau lit, coulait vers les grands bois et s'évanouissait dans une brume épaisse que l'œil de Tuor ne pouvait percer ; car là s'étendaient, bien qu'il ne le sût pas, les marches septentrionales du pays Doriath, à l'ombre de l'Anneau de Melian.

Tuor voulut se hâter sur l'heure, vers le gué, mais Voronwë le retint, disant : « Nous ne pouvons franchir le Brithiach au grand jour tant que demeure l'ombre d'une possibilité de poursuite. »

« Alors resterons-nous ici à pourrir ? dit Tuor. Car une telle possibilité persistera assurément tant que durera le royaume de Morgoth. Viens ! Sous le couvert du manteau d'Ulmo nous devons poursuivre hardiment. »

Voronwë hésitait encore, et il regardait en arrière, du côté de l'occident ; mais la voie derrière eux était déserte et les alentours paisibles sinon pour la rumeur des eaux. Il leva les yeux, et le ciel était gris et vide, car n'y croisait pas un seul oiseau. Et soudain son visage s'éclaira de joie, et il s'écria à voix haute : « Tout va bien ! Le Brithiach est encore gardé par les ennemis de l'Ennemi. Les Orcs ne nous traqueront pas jusqu'ici ; et sous le manteau nous pouvons passer à présent, sans plus attendre. »

« Quelle est cette chose nouvelle que tu as aperçue ? » dit Tuor.

« Courte est la vue des Mortels ! dit Voronwë. J'aperçois les Aigles des Crissaegrim et ils viennent à nous ; vois donc ! »

Alors Tuor s'immobilisa et regarda, et bientôt très haut dans les airs, il entrevit trois formes qui, depuis les lointaines cimes que la brume regagnait, faisaient force d'aile vers eux. Lentement descendirent les aigles en décrivant de larges cercles et soudain ils fondirent sur les voyageurs ; mais avant que Voronwë ait pu les héler, ils se détournèrent et d'un puissant coup d'aile, s'envolèrent vers le nord, en suivant le tracé de la rivière.

« Partons maintenant, dit Voronwë, s'il y a un Orc dans les parages, il sera plaqué au sol, terrorisé, jusqu'à ce que les aigles aient disparu. »

En toute hâte, ils dévalèrent une longue pente et franchirent le Brithiach, marchant souvent à pied sec sur des bancs de galets ou pataugeant dans les laisses avec de l'eau à peine aux genoux. Très froide et claire était l'eau, et il y avait de la glace dans les flaques, là où les torrents aventureux s'étaient égarés dans la pierraille ; car jamais, même lors du Rude Hiver de la chute de Nargothrond, le souffle implacable du Septentrion a pu geler le cours principal du Sirion[23].

Sur l'autre rive du gué ils trouvèrent une ravine, sans doute le lit d'un ancien torrent où ne coulait plus le moindre filet d'eau ; et pourtant il avait été un temps, semble-t-il, où, jailli du nord et se chassant des flancs de l'Echoriath, le torrent avait foré son chenal encaissé, charriant toutes les pierres du Brithiach dans le Sirion.

« Contre tout espoir, enfin nous le trouvons ! s'écria Voronwë. Voici l'embouchure de la Rivière-à-Sec et voici le chemin qu'il nous faut prendre[24]. » Alors ils s'engagèrent dans la ravine, et comme elle obliquait vers le nord et que le relief du pays s'accusait, ses rives se firent abruptes de part et d'autre, et Tuor trébucha dans la pénombre, parmi les pierres qui jonchaient son lit. « Si c'est là un chemin, dit-il, c'en est un mauvais pour celui qui est fourbu. »

« C'est pourtant le chemin vers Turgon », dit Voronwë.

« Alors je m'étonne d'autant, dit Tuor, que son accès demeure ouvert et non gardé. Je pensais trouver un grand portail et une garde nombreuse ! »

« Cela, il te sera encore donné de voir, dit Voronwë. Nous ne sommes qu'aux abords. Une route, ai-je dit, et cependant sur cette route personne n'a passé depuis plus de trois cents ans, hors quelques rares messagers secrets, et les Noldor ont prodigué leurs efforts pour la dissimuler, depuis que le Peuple Caché l'a empruntée. Est-elle vraiment ouverte à tous vents ? L'aurais-tu reconnue si tu n'avais pas eu pour guide quelqu'un du Royaume Secret ? Ou n'aurais-tu vu là que l'œuvre des intempéries et des eaux au cœur de la solitude ? Et n'as-tu point vu les Aigles ? Ce sont les gens de Thorondor, qui vécurent jadis sur le Thangorodrim même, avant que Morgoth ne se soit fait si puissant, et qui depuis la chute de Fingolfin sont établis dans les Monts de Turgon[25]. Ils sont seuls, hors les Noldor, à connaître le Royaume Caché, et ils patrouillent les cieux au-dessus, bien que jusqu'à présent aucun serviteur de l'Ennemi n'ait osé voler dans les hautes sphères ; et ils apportent au Roi force nouvelles de tout ce qui fait mouvement dans les pays hors les murs. Si nous avions été des Orcs, ils se seraient saisis de nous, n'en doute point, et d'une très grande hauteur, ils nous auraient fracassés sur l'implacable rocher. »

« Je n'ai point de doute là-dessus, dit Tuor, mais je me prends aussi à me demander si les nouvelles de notre approche n'atteindront pas Turgon plus vite que nous. Et toi seul sais si c'est là une bonne ou bien une mauvaise chose. »

« Ni bonne ni mauvaise, dit Voronwë, car nous ne pouvons passer la Porte Gardée sans être remarqués, que notre venue soit ou non prévue. Et si tant est que nous parvenions jusque-là, les Gardes n'auront nul besoin d'être avertis que nous ne sommes pas des Orcs. Mais pour passer, il nous faudra meilleures armes que cela. Car tu ne peux deviner, Tuor, le péril auquel nous aurons alors à faire face. Ne me reproche pas, comme si tu n'avais pas été prévenu, de ce qui alors peut advenir. Que le pouvoir du Seigneur des Eaux se manifeste ! Car c'est dans cet unique espoir que j'ai accepté de te servir de guide, et si cet espoir s'évanouit, alors plus sûrement périrons-nous que par les maléfices des solitudes et de l'hiver. »

Mais Tuor répondit : « Laisse donc ces présages ! La mort dans ces solitudes sauvages est chose certaine ; et malgré tout ce que tu peux dire, la mort au Portail est encore, pour moi, chose incertaine. Conduis-moi plus avant ! »

Ils peinèrent dans la caillasse de la Rivière-à-Sec durant des lieues innombrables jusqu'à ne plus pouvoir poursuivre, et le soir déversa l'obscurité dans le creux de la ravine ; alors ils escaladèrent la rive est, et ils avaient atteint à présent les collines qui se bousculent au pied des montagnes. Et levant les yeux, Tuor vit qu'elles se dressaient fort différentes des montagnes qu'il était accoutumé de voir ; car leurs versants étaient d'abruptes murailles, chacune s'exhaussant au-dessus et en retrait de la muraille sous-jacente, et qui formaient un amoncellement de hautes tours et de précipices étagés. Mais le jour tombait et toute la contrée était grise et brumeuse, et le Val du Sirion s'ensevelissait dans l'ombre. Lors Voronwë le conduisit à une grotte peu profonde, qui s'ouvrait à flanc de coteau sur les pentes solitaires du Dimbar, et ils s'y mussèrent et demeurèrent là, cachés ; et ils mangèrent leurs dernières miettes de nourriture, et ils sentaient le froid et la fatigue, mais point ne dormirent. Et c'est ainsi que Tuor et Voronwë parvinrent en vue des tours de l'Echoriath et sur le seuil de Turgon, au crépuscule du dix-huitième jour de Hisimë, le trente-septième de leur voyage, et qu'ils échappèrent à la Malédiction comme à la Malignité, grâce au pouvoir d'Ulmo.

Lorsque la première lueur du jour filtra grise parmi les brouillards du Dimbar, ils s'engagèrent de nouveau dans le lit de la Rivière-à-Sec ; peu après son cours s'infléchit vers l'est, serpentant jusqu'aux parois mêmes des montagnes, et droit devant eux soudainement s'ouvrit, béant et ténébreux, un terrible précipice au bout d'une pente rapide, tout envahie d'une broussaille épineuse. Le ravin pierreux s'enfonçait dans ce fourré, et il y faisait encore sombre comme la nuit ; ils s'arrêtèrent car les épines poussaient dru jusqu'au pied des parois, et les branches entrelacées formaient un toit touffu, si bas que souvent Tuor et Voronwë devaient ramper comme des bêtes qui regagnent furtivement leur antre souterrain.

Mais enfin, comme à grand-peine ils atteignaient le pied même de la falaise, ils découvrirent une faille, sans doute l'orifice d'un tunnel creusé dans la pierre dure par les eaux qui s'écoulaient du flanc de la montagne. Ils entrèrent, et passé le seuil tout était noir, mais Voronwë cheminait sans hésiter, et Tuor suivait la main sur son épaule, se courbant un peu car la voûte était basse. Ainsi avancèrent-ils un temps à l'aveuglette jusqu'à ce qu'ils sentissent la terre s'aplanir sous leurs pieds et la caillasse disparaître. Ils firent halte alors et respirèrent profondément, se tenant là, l'oreille aux aguets. L'air semblait frais et salubre et ils éprouvaient une sensation de libre espace alentour ; mais le silence régnait et on ne percevait même pas le sourcillement de l'eau. Tuor crut voir du trouble et de la perplexité chez Voronwë, et il murmura : « Où donc est la Porte Gardée ? Ou bien avons-nous déjà passé outre ? »

« Non pas, dit Voronwë, et pourtant je m'étonne, car il est étrange que des intrus puissent pénétrer ainsi sans rencontrer d'opposition. Je redoute quelque mauvais coup dans l'ombre. »

Mais leurs chuchotements éveillèrent les échos sommeillants, qui allèrent croissant et se multipliant, et résonnèrent sous la voûte et contre les parois invisibles, sifflant et susurrant, telles mille voix furtives. Et comme ils se mouraient dans la pierre, Tuor entendit une voix qui du cœur des ténèbres s'exprimait dans la langue des Elfes ; elle usa d'abord du parler noble des Noldor, qu'il ne connaissait pas, puis de la langue du Beleriand, mais avec des inflexions un peu étranges à ses oreilles, celles de gens qui auraient vécu depuis longtemps à l'écart de leurs frères de race[26].

« Ne bougez pas ! disait la voix, ne faites pas un seul mouvement, ou vous périrez, que vous fussiez ennemis ou amis ! »

« Nous sommes des amis » dit Voronwë.

« Alors faites ce que l'on vous ordonne ! » dit la voix.

L'écho de leurs voix s'éteignit dans le silence. Voronwë et Tuor s'immobilisèrent et à Tuor il sembla que de longues minutes s'écoulaient et une peur étreignit son cœur, telle que nul autre péril sur sa route n'avait éveillée en lui. Puis vint un bruit de pas, devenant lourde foulée, comme des trolls martelant le pavé de ce lieu sonore. Soudain quelqu'un démasqua une lanterne d'Elfe, et braqua son rayon brillant sur Voronwë qui le précédait, et Tuor ne vit plus rien, hors l'étoile éblouissante dans l'ombre ; et il savait que tant que le rai était sur lui il ne pouvait ni bouger ni fuir ni se précipiter en avant.

Un temps, ils demeurèrent pris ainsi dans l'œil de la lumière, puis la voix parla de nouveau, disant : « Montrez vos visages », et Voronwë rejeta son capuchon ; et son visage brilla dans le rayon, dur et clair, comme gravé dans la pierre ; et Tuor fut ébloui de sa beauté. Et Voronwë parla fièrement, disant : « Ne reconnais-tu pas celui que tes yeux contemplent ? Je suis Voronwë, fils d'Aranwë de la Maison de Fingolfin. Bien au-delà des confins de la Terre du Milieu ai-je erré, et pourtant je me souviens de ta voix, Élemmakil. »

« Alors Voronwë se souviendra aussi des lois de son pays, dit la voix. Puisque sur ordre il s'en fut, il a le droit de revenir. Mais non point d'amener ici un étranger. Par cet acte, son droit est prescrit, et il lui faut se soumettre captif au jugement du Roi. Quant à l'étranger, il sera ou tué, ou tenu prisonnier, au gré de la Garde. Conduis-le ici que je puisse en juger. »

Et Voronwë conduisit Tuor vers la lumière et comme ils s'approchaient, des Noldor en nombre, revêtus de cottes de mailles et en armes, s'avancèrent hors des ténèbres, et les entourèrent, l'épée nue. Et Élemmakil, capitaine de la Garde, qui tenait la lampe au pur éclat, les considéra longtemps et de près.

« Voilà qui est étrange de ta part, Voronwë, dit-il. Nous étions amis depuis longtemps. Pourquoi me contrains-tu ainsi de choisir cruellement entre mon amitié et la loi ? Tu aurais conduit ici un intrus appartenant à une autre Maison des Noldor, que cela pouvait s'admettre. Mais tu as dévoilé la connaissance du Chemin à un Homme mortel — car, par ses yeux, je devine sa race. Et cependant jamais plus il ne pourra s'en aller libre, connaissant le secret ; et comme un qui est issu de race étrangère et qui a osé pénétrer ici, j'ai obligation de le tuer, fût-il ton ami et quelqu'un qui t'est cher. »

« Dans les vastes pays hors les murs, Élemmakil, bien des choses étranges peuvent advenir, et des tâches imprévues peuvent t'être assignées, répondit Voronwë, et celui qui erre au loin revient autre qu'il était en partant. Ce que j'ai fait, je l'ai fait pour obéir à des ordres plus puissants que la loi de la Garde. Seul le Roi doit me juger, et celui-là qui vient à mes côtés. »

Alors parla Tuor, et il n'éprouvait plus de crainte.

« Je suis venu avec Voronwë, fit d'Aranwë, parce qu'il me fut donné pour guide par le Seigneur des Eaux. À cette fin, il fut sauvé de la fureur des flots et du noir Destin des Valar. Car je suis porteur d'un message d'Ulmo au fils de Fingolfin, et à lui seul je délivrerai le message. »

Là-dessus Élemmakil dévisagea Tuor avec étonnement. « Qui es-tu donc, dit-il, et d'où viens-tu ? »

« Je suis Tuor, fils de Huor, de la Maison de Hador, et de la race de Húrin, et ces noms, me suis-je laissé dire, ne sont pas inconnus au Royaume Caché. J'ai traversé, depuis Nevrast, maints périls pour le trouver. »

« Depuis Nevrast ? dit Élemmakil, on dit que plus personne n'y vit depuis que notre peuple s'en fut. »

« On dit vrai, répondit Tuor. Vides et glacées sont les salles de Vinyamar. Et pourtant tel est le lieu d'où je viens. Mène-moi maintenant à celui qui a construit ces anciennes demeures. »

« En matière aussi grave, je ne puis décider, dit Élemmakil, aussi je te mènerai à la lumière où plus de choses se peuvent révéler, et je te remettrai entre les mains du Gardien de la Grande Porte. »

Ainsi dit-il sur le ton du commandement, et Tuor et

Voronwë furent placés entre des gardes de haute stature, deux les précédant et trois venant à leur suite ; et le capitaine les conduisit hors de la caverne de la Garde Extérieure, et ils franchirent, à ce qu'il leur sembla, un passage en droite ligne et là foulèrent longtemps un sol plan, jusqu'à ce qu'ils soient parvenus en vue d'une pâle lueur ; et ils se tenaient devant une puissante arche reposant de part et d'autre sur de massifs piliers taillés dans le roc, qui encadraient un puissant portail de barres entrecroisées, merveilleusement travaillées et toutes cloutées de fer.

Élemmakil le toucha et sans bruit il se releva, et ils passèrent outre ; et Tuor vit qu'ils se tenaient au bord d'un ravin tel qu'il n'en avait jamais vu de pareil, ni conçu en son imagination, au cours de ses longues errances par les sauvages monts du Septentrion ; car, comparé à ce ravin, l'Orfalch Echor Cirith Ninniach n'était guère qu'une rainure dans le rocher. Ici c'étaient les mains mêmes des Valar, lors d'anciennes guerres des commencements du monde, qui avaient déchiré de part en part les formidables montagnes, et les parois de la faille étaient abruptes, comme taillées à la hache, et elles culminaient à des hauteurs prodigieuses. Là-haut, tout en haut, courait un ruban de ciel, et contre ce ciel se détachaient des crêtes déchiquetées et des pics ténébreux, distants mais durs et cruels, autant que fers de lance. Ces puissantes parois étaient trop hautes pour que le soleil d'hiver s'y glissât, et bien qu'il fît grand jour, de pâles étoiles chatoyaient sur les cimes, et en bas, tout était obscur sauf pour la lueur de lampes posées le long de la route ascendante. Car le sol du ravin s'élevait rapidement vers l'est, et à main gauche, Tuor vit près du lit du torrent une large voie, bien dessinée et pavée de pierre, serpentant vers le haut jusqu'à ce qu'elle s'évanouisse dans l'ombre.

« Vous avez franchi la Première Porte, la Porte de Bois, dit Élemmakil. Le chemin est par là. Il nous faut nous hâter. »

Jusqu'où menait cette route profonde, Tuor ne le pouvait deviner, et les yeux fixés devant lui, une grande fatigue l'envahit comme un nuage. Un vent aigre sifflait sur le parement des pierres et il s'enveloppa dans son manteau. « Au Royaume Caché, le vent souffle froid », dit-il.

« Oui, en effet, dit Voronwë, à un étranger, il pourrait paraître que l'orgueil a endurci le cœur des serviteurs de Turgon. Le chemin qui passe par les Sept Portes sera long et ardu pour ceux qui ont faim et qui sont épuisés. »

« Notre loi aurait-elle été moins rigoureuse, que la ruse et la haine auraient trouvé à s'insinuer depuis longtemps, et nous auraient détruits ! Tu le sais bien, dit Élemmakil. Mais nous ne sommes pas dénués de toute pitié. Il n'y a pas de nourriture ici, et l'étranger ne peut repasser une porte, une fois qu'il l'a franchie. Prenez un peu patience et à la Seconde Porte, vous trouverez soulagement. »

« C'est bien » dit Tuor, et il poursuivit sa marche comme on le lui enjoignait. Après quelque temps, il se retourna et vit que seul le suivait Élemmakil, accompagné de Voronwë. « Il n'est plus besoin de gardes, dit Élemmakil devinant sa pensée. De l'Orfalch, ni Elfe ni Homme ne peut s'échapper, et il n' y a point de retour. »

Ainsi allaient-ils sur le chemin escarpé, parfois empruntant de longs escaliers, parfois des pentes sinueuses, sous l'ombre terrifiante de la falaise, jusqu'à une demi-lieue environ de la Porte de Bois ; et là Tuor constata que le chemin était barré par un grand mur bâti au travers du ravin, d'une paroi à l'autre, flanqué de fortes tourelles de pierre. Un passage voûté avait été ménagé dans le mur, mais des maçons, semblait-il, l'avait obstrué d'une seule pierre massive. Comme ils s'en approchaient, sa face sombre et polie brillait à la lumière d'une lampe blanche pendue au mitan de l'arche.

« Ici se dresse la Seconde Porte, la Porte de Pierre », dit Élemmakil, et il la poussa légèrement. Elle pivota sur des gonds invisibles jusqu'à se présenter de biais, leur libérant le passage de part et d'autre ; et ils pénétrèrent dans une cour où se tenaient de nombreux gardes, tout de gris vêtus. Pas un mot ne fut prononcé, mais Élemmakil conduisit ceux qui étaient confiés à sa charge dans une salle, sous la tour nord ; et là, on leur apporta de la nourriture et du vin, et ils eurent loisir de se reposer un temps.

« Maigre chère, trouveras-tu, dit Élemmakil à Tuor. Mais si tu justifies tes prétentions, dès lors tu seras richement pourvu. »

« Il y a en suffisance, dit Tuor. Faible est le cœur qui a besoin d'un meilleur remède. » Et de fait il se trouva si ragaillardi par le boire et le manger des Noldor qu'il fut bientôt pressé de repartir.

Sous peu, ils atteignirent un rempart encore plus haut et plus formidable que le précédent, et dans ce mur était enchâssée la Troisième Porte, la Porte de Bronze : une gigantesque porte à double battant, toute caparaçonnée de plaques de bronze et de boucliers incrustés de figures et de signes étranges. Trois tours carrées surmontaient le linteau, toutes revêtues de cuivre qui, grâce au savoir-faire du forgeron, gardait son éclat et chatoyait comme flammes sous les rayons de lampes rouges rangées, telles des torchères, le long du mur. Là encore, ils passèrent silencieusement la porte et virent dans la cour une compagnie plus nombreuse de gardes dont les cottes annelées étincelaient d'un feu mat ; et le tranchant de leurs haches était rouge. Et de la race des Sindar originaires du Nevrast étaient la plupart de ceux qui tenaient cette porte.

Et ils parvinrent ainsi au chemin le plus ardu car au cœur de l'Orfalch la pente se faisait abrupte ; et peinant pour la gravir, Tuor aperçut la muraille la plus forte de toutes, qui se découpait obscurément au-dessus de lui. Car ils approchaient enfin de la Quatrième Porte, la Porte de Fer forgé. Haute et noire était cette muraille que nulle lampe n'éclairait. Elle portait quatre tours de fer, et entre les deux tours centrales était sertie l'image d'un grand aigle en fer forgé, à la semblance même du roi Thorondor lorsque du plus haut des cieux il se pose sur une montagne. Et comme Tuor se tenait là devant la Porte, tout ébloui, il eut le sentiment que son regard pénétrait au-delà des rameaux et des branches d'arbres immortels jusqu'à une pâle clairière de la Lune. Car une lumière fusait à travers les arabesques de la Porte, travaillées et martelées en forme d'arbres aux racines tortueuses et aux branches entrelacées, toutes chargées de feuilles et de fleurs. Et comme Tuor franchissait le seuil, il comprit comment cela se pouvait : le mur, en effet, était d'épaisseur considérable, et il n'y avait non pas une grille unique, mais bien trois grilles disposées à la suite les unes des autres de sorte que, pour qui les abordait de front, chacune concourait à l'image d'ensemble ; mais la lumière au-delà était la lumière du jour.

Ils dominaient maintenant, de très haut, les basses terres d'où ils étaient partis, et passé la Porte de Fer la route se déployait presque à plat. Et ils avaient laissé derrière eux le sommet et cœur de l'Echoriath, et les pics-donjons se muaient rapidement en collines ; et le ravin s'évasait et ses parois se faisaient moins escarpées. Ses longs épaulements étaient revêtus de neige blanche, et la lumière du ciel reflétée par la neige se déversait aussi limpide que la lumière de la lune, à travers la brume diaphane qui flottait dans l'air.

Et voici qu'ils longeaient les rangs des Gardes de Fer qui se tenaient derrière la Porte ; noirs étaient leurs manteaux et noirs leurs boucliers et leurs cottes de mailles, et la visière de leurs casques en bec d'aigle leur masquait le visage. Élemmakil prit la tête et ils le suivirent dans la pâle clarté ; et Tuor vit sur le talus une plaque d'herbe où fleurissaient, telles des étoiles, les blanches corolles de l'*uilos,* l'Éternelle-Pensée, qui ne connaît point de saison et jamais ne se fane[27] ; et ainsi plein d'étonnement et le cœur en liesse, il fut conduit devant la Porte d'Argent.

Le mur de la Cinquième Porte était de marbre blanc, et bas et massif ; et le parapet était un treillis d'argent ajointant cinq puissants globes de marbre ; et là se tenaient de nombreux archers vêtus de blanc. Le portail était formé de trois arcs de cercle, façonnés dans l'argent et les perles du Nevrast à la semblance de la Lune ; et au-dessus de la Porte, sur le globe central se dressait l'image de l'Arbre Blanc Telperion, tout d'argent ciselé et de malachite, et les fleurs étaient ouvrées dans des grosses perles de Balar[28]. Et au-delà de la Porte, dans une vaste cour pavée de marbre blanc et vert, veillaient des archers maillés d'argent, portant le casque à cimier blanc, une centaine de part et d'autre. Lors Élemmakil conduisit Tuor et Voronwë entre leurs rangs silencieux, et ils s'engagèrent sur une longue route blanchoyante, qui menait droit à la Sixième Porte ; et comme ils allaient, l'herbe des talus gagnait et parmi les blanches étoiles de l'*uilos,* s'épanouissaient quantité de menues fleurs telles des prunelles d'or.

Et ils parvinrent ainsi à la Porte d'Or, la dernière des antiques portes de Turgon, édifiées avant Nirnaeth ; et elle ressemblait fort à la Porte d'Argent, sinon que le mur était de marbre jaune, et les globes et les parapets d'or rouge ; et il y avait six globes, et sertie parmi eux sur une pyramide dorée, une image de Laurelin, l'Arbre du Soleil, avec ses fleurs de topaze qui pendaient en longues touffes à des chaînes d'or. Et la Porte elle-même était ornée de disques d'or radiés à la semblance du Soleil, enchâssés de grenats, de topazes et de diamants jaunes. Dans la cour, au-delà, trois cents archers étaient déployés en bataille avec leurs grands arcs, et leurs cottes étaient maillées d'or, et de hautes plumes d'or flottaient à leurs cimiers ; et leurs grands boucliers ronds flamboyaient.

Le soleil à présent frappait la route au loin, car la pente des collines s'adoucissait et verdoyait de part et d'autre, sauf pour la neige qui couronnait leurs cimes ; et Élemmakil se hâtait en avant, car on approchait de la Septième Porte, dite la Grande, la Porte d'Acier que Maeglin forgea à son retour de Nirnaeth, barrant la large entrée de l'Orfalch Echor.

Nul mur ne s'élevait là, mais de part et d'autre faisaient saillie deux tours rondes d'une très grande hauteur et aux nombreuses fenêtres, et ces tours allaient en diminuant sur sept étages pour se terminer en un campanile d'acier, poli ; et reliant les tours, la puissante grille d'acier qui ne rouillait point, chatoyait froide et blanche. Il y avait sept grands piliers d'acier, pareils, pour la hauteur et la circonférence, à de jeunes arbres vigoureux, mais s'achevant en une pointe acérée comme celle d'une aiguille ; et entre les piliers, sept traverses d'acier, et dans chaque entre-deux, sept fois sept barres de fer verticales, couronnées d'une lame de la largeur d'un fer de lance. Mais au centre, coiffant le pilier du milieu, le plus massif, on avait érigé une puissante image de l'emblème royal, l'emblème de Turgon : la couronne du Royaume Secret toute sertie de diamants.

Tuor ne vit pas de porte ménagée dans cette forte haie de fer, mais comme il s'approchait des interstices entre les barreaux, il en jaillit, à ce qu'il lui sembla, une lumière éblouissante, et il se voila les yeux, et demeura immobile, encore plein d'effroi et d'émerveillement. Élemmakil s'avança, et nulle porte ne s'ouvrit à son toucher ; mais il frappa un barreau et la grille résonna comme une harpe aux cordes multiples, émettant des notes cristallines en harmonie avec celles qui se répondaient d'une tour à l'autre.

Et sitôt des cavaliers sortirent des tours, et à la tête de ceux issus de la tour nord, vint un homme sur un cheval blanc ; et il mit pied à terre et marcha vers eux. Et si hautain et noble que fût Élemmakil, plus hautain et magnifique était Echtelion, Seigneur des fontaines, et, à cette époque, Gardien de la Grande Porte [29]. Son casque brillant était surmonté d'un dard d'acier à pointe de diamant ; et lorsque l'écuyer prit son bouclier, il étincela comme s'il avait été semé de gouttes de pluie, car il était constellé de cabochons de cristal.

Élemmakil le salua et dit : « Voici Voronwë Aranwion que j'ai escorté ici, à son retour de Balar, et voici l'étranger qu'il a conduit en ce lieu et qui demande à voir le Roi. »

Echtelion se tourna alors vers Tuor, mais celui-ci s'enveloppa dans son manteau et ne dit mot, lui faisant face ; et à Voronwë il sembla qu'une nuée revêtait Tuor et qu'il croissait en stature jusqu'à ce que la pointe de son haut capuchon dominât le casque du Seigneur-Elfe, telle la crête d'une vague marine déferlant grise sur la grève. Mais Echtelion posa son regard brillant sur Tuor, et après un silence, parla gravement, disant[30] : « Tu es parvenu à la dernière porte. Sache donc qu'un étranger qui la franchit jamais plus ne s'en retourne, hors par la porte de la mort. »

« Ne donne pas voix à des présages funestes ! Si le messager du Seigneur des Eaux passe par cette porte, alors tous ceux qui demeurent ici le suivront. Seigneur des Fontaines, ne fais point obstacle au messager du Seigneur des Eaux ! »

Alors Voronwë et tous ceux qui se tenaient alentour contemplèrent de nouveau Tuor avec émoi, frappés de stupeur par ses paroles et par sa voix. Et Voronwë crut entendre la voix puissante de qui appelle de très loin. Quant à Tuor, il lui semblait qu'il s'écoutait parler comme si quelqu'un d'autre parlait par sa bouche.

Un instant Echtelion demeura silencieux, contemplant Tuor, et peu à peu un révérend effroi se peignit sur ses traits. Lors il s'inclina, et se dirigea vers la grille et y posa les mains et les portes s'ouvrirent vers l'intérieur, de part et d'autre du pilier de la Couronne. Et Tuor passa outre, et foulant l'herbe foisonnante d'une douce prairie, il entrevit au loin Gondolin environnée de blanche neige. Et si enchanté fut-il que de longtemps il ne put détacher ses yeux, car il voyait enfin la vision de son désir née des rêves de son languir.

Il se tenait ainsi debout, et ne prononça nulle parole. Et silencieuse, veillait de part et d'autre une milice de l'armée de Gondolin ; chacun des sept types de gardes postés aux sept Portes se trouvait là représenté ; mais leurs capitaines et leurs chefs étaient à cheval, sur des coursiers blancs et gris. Et tandis que, frappés du prodige, ils contemplaient Tuor, le manteau de celui-ci se détacha, et il leur apparut revêtu de la puissante livrée de Nevrast. Et nombreux parmi eux étaient ceux qui avaient vu Turgon en personne suspendre ce harnois sur le mur, derrière le grand trône de Vinyamar.

Et Echtelion enfin parla : « Il n'est plus besoin d'autres preuves ; et même le nom qu'il revendique, en tant que fils de Huor, importe moins que cette lumineuse vérité, qu'il est messager d'Ulmo en personne[31]. »

NOTES

1. Dans *le Silmarillion* il est dit que lorsque les Havres de Brithombar et d'Eglarest furent détruits en l'année qui suivit Nirnaeth Arnoediad, les Elfes des Falas qui trouvèrent à s'échapper gagnèrent avec Círdan l'Ile de Balar et *(Second Âge)* « ils en firent un refuge pour tous ceux qui viendraient. Ils avaient aussi un avant-poste à l'embouchure du Sirion où ils avaient caché beaucoup de bateaux rapides et légers dans les méandres du fleuve, là où les roseaux faisaient comme une forêt ».

2. Il est question ailleurs des lampes à l'éclat bleuté, utilisées par les Elfes Noldorin, bien que ces lampes ne figurent pas dans la version publiée du *Silmarillion*. Dans des versions antérieures de l'histoire de Túrin, Gwindor, l'Elfe du Nargothrond qui s'échappa de l'Angband, et que devait trouver Beleg dans la forêt de Taur-nu-Fuin, possède une de ces lampes (on peut la voir représentée dans la peinture de mon père, qui illustre cette rencontre, voir *Pictures by J.R.R. Tolkien*, 1979, n° 37) ; la lampe de Gwindor est renversée et dévoilée, et c'est à la faveur de cet accident que Túrin reconnaît le visage de Beleg qu'il a tué. Dans une note à l'histoire de Gwindor, ces lampes sont dénommées « lampes fëanoriennes » et il est dit que les Noldor eux-mêmes en ignorent le secret ; la description évoque des « cristaux retenus dans un fin réseau maillé, cristaux qui toujours brillent d'un sourd rayonnement azuré. »

3. « Le soleil sur ton chemin déversera sa clarté » — le récit beaucoup plus bref qui figure dans *le Silmarillion* ne dit pas comment Tuor trouva la Porte des Noldor, ni ne mentionne les Elfes Gelmir et Arminas. Ces derniers apparaissent cependant dans le récit de Túrin *(le Silmarillion)* comme les messagers qui portent à Nargothrond l'avertissement d'Ulmo ; et ils sont dits appartenir au peuple d'Angrod, le fils de Finarfin, qui après Dagor Bragollach s'établit dans le Sud, auprès de Círdan le Charpentier. Dans une version plus poussée du récit de leur venue à Nargothrond, Arminas, comparant défavorablement Túrin à son cousin Tuor, dit avoir rencontré Tuor « dans les solitudes de Dor-lómin » ; voir *Second Âge*.

4. Dans *le Silmarillion* il est dit que lorsque Morgoth et Ungoliant s'affrontèrent dans cette région pour la possession des Silmarils « Morgoth poussa un terrible cri qui retentit dans les montagnes. Et cette région fut nommée Lammoth ; car les échos de sa voix y séjournèrent à jamais, de sorte que quiconque élève la voix dans ces lieux en réveille les échos, et que toute la lande déserte qui s'étend entre les collines et la mer s'emplit d'une clameur comme de voix nouées par l'angoisse ». Ici, en revanche, l'idée serait plutôt d'un lieu où tout son émis est amplifié en lui-même ; et manifestement, c'est aussi l'idée exprimée au début du chapitre 13 du *Silmarillion* (dans un passage très proche du présent contexte) : « Au moment où les Noldor mirent le pied sur la grève, leurs voix furent reprises et renvoyées par les collines alentour de sorte qu'une grande clameur, comme celle d'une foule immense, retentit sur le rivage du Nord. » Il semble donc que selon une des « traditions », le Lammoth et l'Ered-lomin (les Montagnes de l'Écho) furent ainsi nommés pour avoir conservé les échos du cri épouvantable de Morgoth se débattant dans les rets d'Ungoliant ; et que, selon l'autre, ces noms renvoient simplement à la nature du fond sonore dans cette région.

5. Cf. *le Silmarillion :* « Túrin se hâtait sur la route du nord, à travers les terres désormais dévastées qui étaient entre le Narog et le Teiglin. Un cruel hiver s'abattit à sa rencontre, car cette année-là la neige tomba avant la fin de l'automne tandis que le printemps fut tardif et sans chaleur. »

6. Dans *le Silmarillion,* on lit qu'Ulmo apparut à Turgon, à Vinyamar, et lui enjoignit d'aller à Gondolin, disant : « Il se peut donc que la malédiction des Noldor te rejoigne ici avant la fin, et que la trahison se réveille derrière tes remparts, qui seront alors en danger d'incendie. Mais si vraiment ce péril approchait, c'est de Nevrast encore qu'un messager viendra t'en avertir et c'est grâce à lui, malgré les ruines et les flammes, qu'un espoir nouveau naîtra pour les elfes et pour les Humains. Laisse donc dans cette maison des armes et une épée, afin que le jour venu il puisse les y trouver, et ainsi tu le connaîtras et tu ne te tromperas pas. » Et Ulmo dit à Turgon ce que devront être le heaume, la cotte de mailles et l'épée qu'il doit laisser derrière lui, et leur taille.

7. Tuor fut le père d'Eärendil, qui fut père d'Elros Tar-Minyatur, le premier Roi de Númenor.

8. Ceci doit renvoyer au message d'avertissement qu'Ulmo fait parvenir à Nargothrond, par l'entremise de Germir et d'Arminas ; p. 243.

9. Les Iles d'Ombre sont très probablement les Iles Enchantées dont il est question à la fin du chapitre 2 *(le Silmarillion)* « … jetées comme un filet sur les Mers de la Brume, du nord au sud », à l'époque de la Disparition de Valinor.

10. Cf. *le Silmarillion :* « Quand Turgon apprit cela il envoya des messagers à l'embouchure du Sirion pour demander l'aide de Círdan le Charpentier, qui construisit à sa demande sept navires très rapides qui firent aussitôt voile vers l'ouest, mais Balar n'eut jamais plus de

leurs nouvelles, sauf du dernier. Les marins avaient longtemps erré sur la mer et avaient fait demi-tour de guerre lasse quand ils avaient été pris dans une tempête alors qu'ils étaient en vue des Terres du Milieu. L'un des marins fut sauvé par Ulmo des foudres d'Ossë et porté par les vagues sur le rivage de Nevrast. Il s'appelait Voronwë, et c'était un des messagers que Turgon avait envoyés de Gondolin. » Cf. aussi *le Silmarillion*.

11. On retrouve les paroles qu'Ulmo adresse à Turgon dans *le Silmarillion*, ch. 15, sous la forme suivante : « Souviens-toi que le véritable espoir des Noldor est à l'ouest et qu'il viendra de la mer. » « Mais si vraiment ce péril approchait, c'est de Nevrast encore qu'un messager viendra t'en avertir. »

12. Rien n'est dit dans *le Silmarillion* sur le sort ultérieur de Voronwë après son retour à Gondolin avec Tuor ; mais dans le récit primitif (« De Tuor et des Exilés de Gondolin »), il est l'un de ceux qui échappent au sac de la ville — comme les paroles de Tuor l'impliquent ici.

13. Cf. *le Silmarillion :* « Turgon crut aussi que la fin du siège annonçait la chute des Noldor s'ils restaient sans secours, et il envoya secrètement des troupes à l'embouchure du Sirion et sur l'île de Balar. Là, ils construisirent des navires et partirent loin vers l'ouest comme le voulait Turgon, à la recherche de Valinor demander aux Valar leur pardon et leur aide. Ils demandèrent aux oiseaux de mer de les aider, mais l'océan était immense et sauvage, parsemé d'ombres et de maléfices, et Valinor resta cachée. — Aucun des messagers de Turgon ne parvint à l'ouest, beaucoup disparurent, très peu reparurent. »

Dans l'un des « textes constitutifs » du *Silmarillion,* il est dit que si les Noldor « ne possédaient pas l'art des constructions navales et, de fait, tous les vaisseaux qu'ils construisaient s'échouaient ou bien étaient chassés à la côte par les vents, cependant après Dagor Bragollach, Turgon a toujours maintenu un avant-poste secret sur l'île de Balar » et après Nirnaeth Arnoediad, lorsque Círdan et les restes de son peuple fuyant Brithombar et Eglarest se réfugièrent à Balar, « ils se mêlèrent aux colons de Turgon ». Mais cet élément de l'histoire devait être éliminé, et dans le texte publié du *Silmarillion,* il n'est pas question d'Elfes de Gondolin s'établissant sur l'île de Balar.

14. Les bois de Núath ne sont pas mentionnés dans *le Silmarillion* et ils ne sont pas nommés sur la carte qui l'accompagne. Ils se déployaient à l'ouest, depuis le cours supérieur du Narog vers la source de la rivière Nenning.

15. Voir *le Silmarillion :* « Mais Finduilas, la fille du Roi Orodreth, le (Gwindor) reconnut et le reçut avec joie, car elle l'avait aimé avant Nirnaeth et lui-même la trouvait si belle qu'il l'avait appelée Faelivrin, l'éclat du soleil sur les fontaines d'Ivrin. »

16. Il n'est pas question de la rivière Glithui dans *le Silmarillion,* et elle n'est pas nommée sur la carte, mais seulement indiquée : un tributaire du Teiglin qui se jette dans cette rivière, un peu au nord de son confluent avec le Malduin.

17. On retrouve cette route dans *le Silmarillion :* « Ils descendirent

l'ancienne route qui longeait les gorges du Sirion, dépassèrent l'île où s'était dressée la tour de Finrod, Minas Tirith, traversèrent la contrée qui sépare le Malduin du Sirion et allèrent jusqu'au Carrefour de Teiglin, en longeant la lisière de Brethil. »

18. « Mort aux *Glamhoth* ! » Ce nom, bien qu'il ne figure pas dans *le Silmarillion* ou dans *le Seigneur des Anneaux,* est un terme générique de la langue sindarine pour désigner les Orcs. Le sens en est « Horde glapissante », « Légion du tumulte ». Cf. l'épée *Glamdring* de Gandalf, et *Tol-in-Gaurhoth,* l'île (de la meute) des Loups-Garous.

19. *Echoriath* : le « Cercle des Montagnes », qui environnent la plaine de Gondolin. *Ered e'mbar nin* : les montagnes de mon pays.

20. Dans *le Silmarillion,* Beleg de Doriath dit à Túrin (à une époque qui se situe quelques années avant le présent récit) que les Orcs ont fait une route pour franchir la Passe d'Anach « et que Dimbar, qui vivait en paix, est sur le point de tomber sous le joug de la Main Noire ».

21. C'est par cette route que Maeglin et Aredhel ont gagné Gondolin poursuivis par Eöl (*le Silmarillion,* ch. 16) ; et Celegorm et Curufin devaient l'emprunter par la suite lorsqu'ils furent chassés de Nargothrond (*ibid.* Appendice). C'est seulement dans le présent texte que l'on trouve mention de son prolongement occidental jusqu'à Vinyamar, à l'ombre du mont Taras ; et son tracé cesse d'être indiqué sur la carte à partir dé sa jonction avec la vieille route du sud vers Nargothrond, aux confins nord-ouest du Brethil.

22. Le nom *Brithiach* contient l'élément *brith,* « gravier », qui se retrouve dans le nom de la rivière, *Brithon,* et le havre de *Brithombar.*

23. Dans une version parallèle de ce passage, très probablement rejetée en faveur de celle que nous donnons, les voyageurs ne traversent pas le Sirion par le Gué de Brithiach, mais atteignent la rivière à plusieurs milles en amont. « Ils peinèrent sur un chemin raboteux jusqu'au bord de la rivière, et là Voronwë s'écria : " Contemple une grande merveille ! Et qui présage et du bien et du mal. Le Sirion est pris par les glaces bien que de mémoire d'homme cela ne se soit vu depuis que les Eldar sont venus du Levant. Ainsi nous pouvons passer et nous épargner nombre de lieues harassantes, trop longues pour nos forces. Mais d'autres que nous ont pu passer eux aussi, ou ils pourront emprunter le même chemin que nous. " » Ils franchirent sans encombre la rivière sur la glace, et « ainsi les mandements d'Ulmo mirent-ils à profit la malignité de l'Ennemi, car le chemin en fut raccourci, et à bout de force et d'espoir, Tuor et Voronwë parvinrent à la Rivière-à-Sec là où elle sourd des flancs de la montagne ».

24. *Le Silmarillion :* « Mais il existait un passage creusé sous les Montagnes, dans les profondeurs obscures du monde, par les eaux qui se frayaient un chemin vers le lit du Sirion. Turgon découvrit ce passage ; il se retrouva dans la plaine verdoyante au milieu des montagnes et il vit de ses yeux la colline de pierre dure et lisse qui se dressait comme une île, car jadis la vallée avait été un lac. »

25. Il n'est pas dit dans *le Silmarillion* que les grands aigles aient

jamais vécu sur le Thangorodrim. Dans le chapitre 13, « Manwë... avait envoyé la race des Aigles pour surveiller Morgoth et leur avait dit de s'établir dans les montagnes du Nord. » Tandis que, dans le chapitre 18, « Thorondor descendit en hâte de son aire, là-haut sur les sommets des Crissaegrim », pour se saisir du corps de Fingolfin devant les portes d'Angband, et le soustraire aux Orcs. Cf. également *le Retour du Roi* VI,4 : « Le vieux Thorondor qui faisait son aire sur les cimes inaccessibles du Cercle des Montagnes lorsque la Terre du Milieu était jeune. » En toute probabilité, le Thangorodrim comme premier séjour de Thorondor, idée que l'on trouve également dans un des premiers textes du *Silmarillion,* fut par la suite abandonnée.

26. Dans *le Silmarillion,* rien n'est dit de spécifique en ce qui concerne le parler des Elfes de Gondolin, mais ce passage suggère que pour certains d'entre eux, le Parler Noble (Quenya) des Noldor était d'usage courant. Dans un essai linguistique ultérieur, on lit que le Quenya était parlé quotidiennement dans la maison de Turgon et que c'était la langue maternelle d'Eärendil ; mais « pour la plupart des gens de Gondolin, il s'agissait désormais d'une langue livresque, et comme les autres Noldor, ils utilisaient le Sindarin dans la vie de tous les jours ». Cf. *le Silmarillion ;* après l'édit de Thingol, « les exilés ne parlèrent plus que le Sindarin pour leur usage quotidien, et l'Ancien Langage de l'Ouest ne fut plus employé que par les seigneurs Noldor entre eux. Il survécut pourtant comme la langue des chroniques et des poèmes, partout où il y eut des Noldor. »

27. Il s'agit des fleurs qui poussaient à foison sur les tertres funéraires des Rois du Rohan, sous Edoras, et que Gandalf nommait dans la langue des Rohirrim (traduite en vieil anglais), *simbelmynë,* c'est-à-dire « l'Éternelle-Pensée », car « elles fleurissent à toutes les saisons de l'année et poussent là où reposent les morts » (*les Deux tours,* III, 6). Le nom en langue elfe, *uilos,* ne figure que dans ce passage, mais on retrouve le mot dans *Amon uilos,* le sindarin pour le nom quenya *Oiolossë* (Toujours-blanche-comme-neige, la Montagne de Manwë). Dans « Cirion et Eorl », la fleur porte un autre nom en parler elfe, *alfirin (Troisième Âge).*

28. Dans *le Silmarillion,* il est dit que Thingol récompensa les Nains de Belegost avec des perles en profusion : « Et Thingol leur offrait des perles que Círdan lui apportait, car on les trouvait nombreuses sur les hauts-fonds qui entourent l'île de Balar. »

29. Echtelion de la Fontaine apparaît dans *le Silmarillion* comme l'un des capitaines de Turgon qui après Nirnaeth Arnoediad fut chargé de protéger les ailes de l'armée de Gondolin lors de sa retraite le long du Sirion ; et aussi comme celui qui devait tuer Gothmog, le Seigneur des Balrogs, aux mains de qui lui-même devait trouver la mort, lors de l'assaut de la cité.

30. A partir d'ici, le manuscrit soigneusement rédigé, malgré d'abondantes corrections, prend fin et le reste du récit est griffonné à la hâte sur un bout de papier.

31. Le récit s'achève finalement ici, et il ne reste plus que des indications hâtives sur le déroulement ultérieur de l'histoire.

Tuor demande le nom de la Ville et on lui livre sept noms ; on notera — et il y a là intention délibérée — que le nom de Gondolin n'est pas une seule fois utilisé dans le récit avant les toutes dernières lignes : il n'est question que du Royaume, ou de la Cité, Caché(e). Echtelion donne ordre de faire retenir le signal et on sonne de la trompette sur les tours de la Grande Porte, et les collines renvoient leurs échos. Après un silence, on entend les trompettes au loin faisant réponse, qui sonnent sur les murs de la ville. On amène des chevaux (pour Tuor, un cheval gris) et ils chevauchent vers Gondolin.

Devait suivre une description de Gondolin : les escaliers menant à la haute terrasse et le gigantesque portail ; les monticules (ce mot est douteux) de mallorns, de bouleaux et de sapins ; la Place de la Fontaine, et la Tour du Roi dressée sur une arcade à piliers, la maison du Roi et la Bannière de Fingolfin. Sur ce, Turgon lui-même devait apparaître « le plus grand de tous les Enfants du Monde, hormis Thingol », avec une épée blanche et or dans un fourreau d'ivoire, et il devait souhaiter la bienvenue à Tuor. On devait voir Maeglin debout à la droite du trône, et Idril, la fille du Roi, assise à sa gauche ; et Tuor devait s'acquitter du message d'Ulmo soit « de façon que tous puissent entendre », soit « dans la salle du Conseil ».

D'autres notes éparses indiquent qu'il devait y avoir une description de Gondolin telle que Tuor l'avait entrevue au loin ; que le manteau d'Ulmo devait disparaître lorsque Tuor prononçait le message adressé à Turgon ; qu'on expliquerait l'absence d'une reine de Gondolin ; et qu'on préciserait — soit à l'instant où il aperçoit Idril pour la première fois, soit avant — que Tuor n'avait eu l'occasion de connaître ou même de voir que peu de femmes au cours de son existence. On avait renvoyé au sud la plupart des femmes et tous les enfants du groupe d'Annael ; et durant sa captivité, Tuor n'avait pu voir que les femmes orgueilleuses et barbares des Easterlings, qui le traitaient comme une bête, où les misérables esclaves contraintes de peiner dès l'enfance, et pour qui il n'avait que pitié.

On notera que les mentions ultérieures de mallorns à Númenor, au Lindon et au Lothlórien ne suggèrent nullement, mais n'excluent nullement non plus, que ces arbres aient pu fleurir à Gondolin dans les Jours Anciens ; quant à la femme de Turgon, Elenwë, elle aurait péri longtemps auparavant, lors du passage du Helcaraxë par l'armée de Fingolfin *(le Silmarillion)*.

ENTRACTE

AU PROGRAMME

■ LA VIE N'EST PAS UN ROMAN
- Premier chapitre : les années sombres

■ À LA DÉCOUVERTE D'UN NOUVEAU MONDE
- Terra incognita
- Des êtres et des choses : - Les Elfes
  - Les Hommes

■ CLÉ DES SONGES

■ HÉRITAGES
- Tuor et les chevaliers de la Table ronde
- Dragons et donjons

LA VIE N'EST PAS UN ROMAN

PREMIER CHAPITRE : LES ANNÉES SOMBRES

Tragédies familiales

Tout commence pourtant comme un roman à l'eau de rose ! Arthur tombe follement amoureux de la jolie Mabel mais les parents ne consentiront au mariage que s'il a une « situation ». Le voilà donc parti de Birmingham pour faire fortune dans la lointaine Afrique du Sud ; enfin, en 1891, leur rêve se réalise : il dirige une banque à Bloemfontein, elle prend le bateau pour le rejoindre. Ils se marient, vivent heureux et ont deux fils, **John Ronald**, en 1892, et Hilary. Mabel se languit des siens et des pluies anglaises, les enfants supportent mal la chaleur, ils décident de prendre de longues vacances dans leur famille mais Arthur, qui travaille sans relâche, ne peut les accompagner. Épuisé, malade, il meurt loin d'eux en 1896, John a 4 ans.

Tout continue comme un mélodrame. Ce n'est pas la misère mais il faut économiser. Mabel veut vivre indépendante tout en assurant à ses fils une éducation distinguée. Elle leur enseigne le latin, ils habitent à la campagne où les loyers sont moins chers. Quel bonheur ! Tolkien se souviendra toute sa vie des prairies, des arbres et des ruisseaux de ce paradis enfantin. Ils lisent ensemble des contes parmi lesquels il préfère les aventures d'Arthur et celles de Sigurd, un héros nordique.

Il part en expédition avec Hilary ; le meunier devient L'Ogre Blanc, un vieux jardinier L'Ogre Noir.

« Nous passions des étés merveilleux à cueillir des fleurs et faire les quatre cents coups. L'Ogre Noir prenait les chaussures et les chaussettes de ceux qui les avaient laissées sur la berge pour aller ramer et, quand on les réclamait, il donnait la fessée. L'Ogre Blanc était moins terrible mais nous surveillait de près quand nous traversions son territoire pour ramasser des mûres car nous chapardions quelques fleurs ou fruits au passage. »

Hélas, pour continuer les études, il faut retourner en ville. La vie en est plus grise. Mabel se convertit au catholicisme et sa famille, farouchement anglicane, la rejette : plus de petits cadeaux pour égayer le quotidien ou arrondir les fins de mois. À son tour, minée par les fatigues et le diabète, Mabel meurt à 34 ans. Tolkien, à 12 ans, se retrouve chef de famille ; il gardera toujours pour sa mère une profonde affection et restera catholique en mémoire d'elle ; elle inspire la douceur lumineuse et généreuse de Yavanna, déesse de la Terre, ou de Melian.

Amours et combats

Le père Francis Morgan, à qui Mabel a confié les enfants en mourant, s'en occupe avec soin et affection, organise leurs études, équilibre leur budget, les emmène en vacances à la mer. Mais il ne peut leur rendre ni un foyer ni la tendresse qui les entourait.

À 16 ans, John s'éprend d'une jeune voisine, Edith Bratt, âgée de 19 ans. Orpheline elle aussi, elle mène une vie presque cloîtrée entre couture et piano. Tolkien prend alors goût à la musique. Tout à son amour naissant, il néglige ses études ; quand le père Francis découvre cette intrigue clandestine, il est furieux et exige une séparation radicale d'au moins trois ans. Il transforme ainsi un penchant en passion ; les jeunes gens s'écrivent, s'attendent, ils se fiancent enfin en 1914 et se marient en 1916. Ces années romantiques inspirent à Tolkien de belles histoires d'amour entre Elfes et Humains ; il rêve Edith en Lúthien, va-t-il jusqu'à s'imaginer en Beren, le héros intrépide ?

Entre hommes

Au collège de King Edward, tout en cultivant le souvenir d'Edith, il découvre les joies de l'amitié masculine. Entre deux parties de rugby, il apporte sa contribution en victuailles et en conversation au T.C.B.S. (Tea Club Barrovian Society) fondé avec quelques camarades : l'un connaît bien les mathématiques et la musique, l'autre la peinture, Tolkien les écrits nordiques : il leur récite des passages de sagas et des poèmes sur les elfes qu'il s'est mis à composer après avoir vu *Peter Pan* au théâtre.

Il obtient une bourse à Oxford en 1911 ; ravi de la vie d'étudiant, il fume la pipe, participe aux chahuts universitaires comme aux longs débats entre amis ; ils pratiquent un argot bizarre où « breakfast » devient *brekker*, « lecture » *lekker*... Mais il travaille aussi et réussit ! Grâce à J. Wright, un professeur qui l'enthousiasme, il se met à la philologie comparée. « Plonge-toi dans le celtique, lui dit-il, il y a de l'argent là-dedans ! » Tolkien suit le conseil mais pas exactement comme Wright l'a imaginé ! Sa vocation pour la linguistique ne date-t-elle pas en fait de l'enfance ? À sept ans, il écrit une histoire de dragon qu'il montre à sa mère.

« Elle me fit remarquer qu'on ne disait pas "un vert grand dragon" mais "un grand dragon vert". Je me demandais pourquoi et me le demande encore aujourd'hui ; je n'ai pas écrit d'autre histoire pendant longtemps et je me suis mis à l'étude de la langue. »

Vers 10 ans, il invente avec sa cousine un langage, le nevbosh : « *Dar fys ma vel gom palt Hoc* » signifie par exemple : « Un vieil homme disait », et, au collège, en autodidacte, il apprend l'anglais médiéval et le vieux nordique. Adolescent, il s'enferme des heures pour inventer des mots à partir d'un manuel de gothique.

Il est reçu brillamment en 1915 à son dernier examen et part faire la guerre en France en 1916. Tombé malade, il n'y reste que quelques mois mais n'oubliera jamais « l'horreur animale » de la guerre de tranchées et verra toujours l'expression absolue du Mal dans la violence des combats. Ses deux amis les plus proches meurent sous les obus, en lui léguant ce qui a été le projet du T.C.B.S. : écrire une mythologie anglaise. « Que Dieu te bénisse, mon cher John Ronald, et te permette de dire ce que j'ai tenté de dire longtemps après que je ne serai plus là », écrit l'un d'eux.

À suivre...

Si vous souhaitez connaître plus de détails sur la vie de Tolkien, lisez *J.R.R. Tolkien, une biographie* de Humphrey Carpenter (Pocket, n° 4614). Dans la même collection, vous trouverez aussi *Le Seigneur des Anneaux* (en trois volumes), *Le Silmarillion*, *Les Aventures de Tom Bombadil*, *Ferrant de Bourg-aux-Bois* (édition bilingue).

À LA DÉCOUVERTE D'UN NOUVEAU MONDE

TERRA INCOGNITA : INVENTION D'UNE HISTOIRE ET D'UNE GÉOGRAPHIE

En Grèce, en Orient, en Scandinavie ou en Amérique..., les mythologies commencent par expliquer la formation du monde et l'apparition des hommes à la surface de la Terre. Tolkien, grand lecteur et admirateur des « Eddas[1] *», compose lui aussi son livre sacré des Origines avec* Le Silmarillion *(Pocket, n° 2276). En voici un bref aperçu.*

La création du monde

Au commencement était Ilúvatar, le Père Universel, qui créa par sa pensée les Ainur ou « Bénis » et les dota d'une flamme immortelle. Il les instruisait du Destin du Monde par la musique ; un jour, il leur proposa un thème grandiose que les voix des Ainur développèrent en une harmonie merveilleuse ; or voilà que Melkor, le plus savant des Ainur, y mêla des thèmes venus de ses propres pensées pour que sa partie l'emporte sur les autres. Alors une discordance s'éleva et l'harmonie dégénéra en une orageuse cacophonie. Ilúvatar opposa de nouveaux thèmes beaux et tristes qui affrontaient la musique bruyante et vaine produite par Melkor ; il finit par tout arrêter et dit : « Puissants sont les Ainur et Melkor est le plus puissant d'entre eux. Les mélodies que vous avez chantées sur mes thèmes, je vous montrerai ce qu'elles ont formé. Et toi, Melkor, tu verras que nul ne peut jouer de thème qui ne vienne de moi. »

Melkor fut alors pris de honte et de colère. Ilúvatar donna aux Ainur la vue et leur révéla le Monde nouveau, une sphère suspendue au milieu du Vide ; il leur exposa ce qui est, fut et sera, mais leur cacha une partie des événements, en particulier la fin des temps. Il leur fit voir dans l'avenir l'arrivée des Enfants d'Ilúvatar : les Premiers-Nés ou Elfes, les Seconds-Nés ou Hommes, sur Arda, la Terre, quelque part dans les vastes espaces. Les Ainur furent saisis d'admiration mais, dans le secret de son cœur, Melkor enviait les dons qu'Ilúvatar destinait à ses Enfants et souhaitait former de sa propre initiative des créatures dont il puisse diriger les volontés.

1. Ces poèmes islandais, rassemblés au XIe siècle, racontent aussi bien l'histoire du monde que des aventures héroïques.

Enfin Ilúvatar prononça la Parole « Eä ! que le monde soit » et le Monde fut. Beaucoup des Ainur décidèrent alors de descendre dans le Monde pour le préparer et reçurent le nom de Valar, « les Puissants ».

Les principaux Valar

Les Valar avaient vu le Monde futur dans la Prophétie ; c'était à eux maintenant de l'accomplir ! Ils entreprirent donc d'immenses travaux dans les déserts infinis, creusèrent des vallées, édifièrent des montagnes, formèrent des océans… Mais Melkor n'avait pas renoncé à devenir le Maître du Monde ; depuis les terres lointaines où il s'était retiré, il s'ingéniait à tout contrarier, à combler les vallées, aplanir les monts. Pourtant la Terre prend forme : quand Melkor imagine le froid pour ternir les lacs, les canicules pour tarir les sources, la pluie de Manwë arrose le sol, la neige embellit les eaux.

La guerre des dieux

Aulë plaça sur de hautes colonnes deux lampes pour éclairer Arda et faire pousser les plantes, ce fut le printemps d'Arda, et les Valar, sur leur île d'Almaren, au milieu du Grand Lac, célébrèrent les noces de Tulkas et de Nessa. Melkor en profita pour se bâtir au nord la puissante forteresse d'Utumno et, sous le souffle de sa haine, les plantes pourrirent, les animaux engendrèrent des monstres ; il

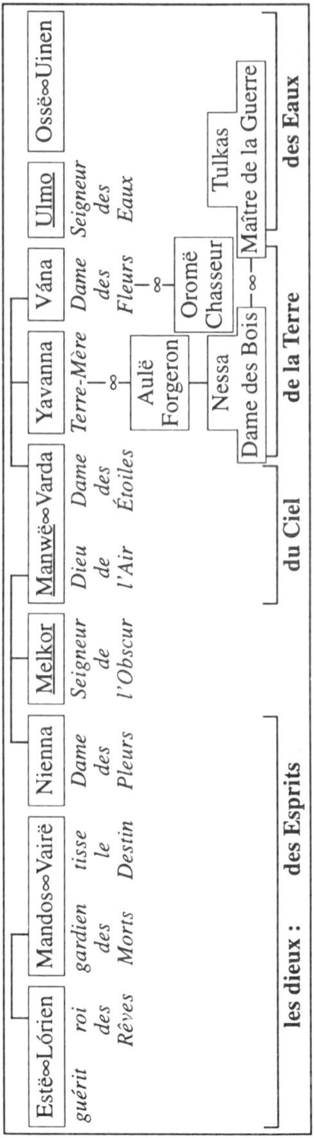

brisa les lampes, et les colonnes, en s'effondrant, fendirent le sol, un raz de marée engloutit l'île des Dieux. Les Valar durent alors quitter les Terres-du-Milieu pour l'extrême Ouest du Monde, le pays d'Aman. Dans la région de Valinor, ils bâtirent Valmar, la cité aux mille cloches, et firent pousser deux Arbres de Lumière, Laurelin et Telperion (voir tome II, « L'Arbre et la Forêt »). Ainsi commencèrent pour de nombreux siècles les Jours Heureux de Valinor : sur cette terre bénie, rien ne fanait, tout était pur. Varda recueillit la rosée de l'Arbre d'Argent et en forma les étoiles. Pendant ce temps, Melkor rassemblait ses démons, les Balrogs (voir tome III) et créait des monstres innombrables pour terroriser le

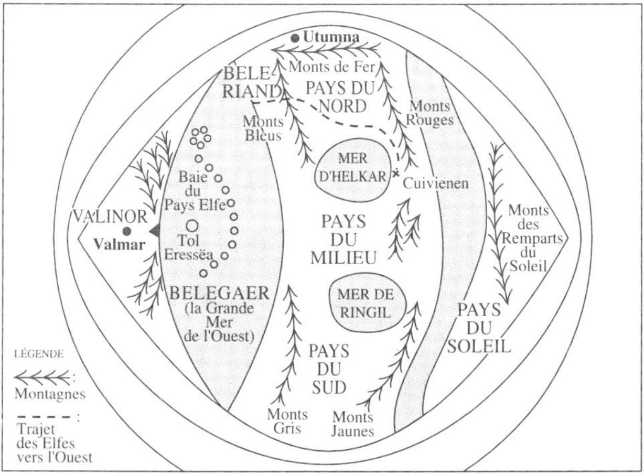

« Aspect du Monde en l'an 500 des Valar » (après la chute des Lampes et la première fortification du Nord par Melkor), Carte 4 de *L'Ambarkanta*.

Monde ; il construisit au nord une autre forteresse, Angband, qu'il confia à son lieutenant, Sauron.

Le temps des Elfes

Alors les Premiers-Nés s'éveillèrent sous les étoiles à Cuiviénen (voir carte p. VIII) et les Valar les invitèrent à les rejoindre par affection et pour les défendre de Melkor, le Cavalier Noir, qui les haïssait et tâchait de les pervertir (voir « Orcs » au tome III). Les Puissances de l'Ouest chevauchèrent donc contre le Nord ; le combat fut affreux, les mers soulevées, la forme des terres changée, Belegaer même devint plus large et plus profonde. Enfin Tulkas vainquit Melkor et l'enchaîna dans un fort aux limites ouest du Monde. Hélas, les Valar ne découvrirent pas tous les souterrains où se cachaient Sauron et mille créatures malfaisantes.

Quant aux Elfes, certains refusèrent d'écouter l'appel des Valar mais la plupart entreprirent le Grand Voyage vers le Pays de la Lumière dont ils gardèrent toujours le reflet au fond du regard. Fleurit alors un véritable âge d'or : Elfes et Valar vivaient en harmonie dans la lumière des Arbres. Mais quand Melkor fut relâché, sa peine accomplie, il sema lentement des germes de discorde, il réussit à brouiller Fëanor, l'habile orfèvre des Silmarils, avec ses demi-frères et avec les Valar. Et quand Morgoth coupa les Arbres, tua Finwë et vola les Silmarils, Fëanor entraîna les siens dans la rébellion en décidant de poursuivre lui-même « le Noir Ennemi » ; il tua certains de ses frères Teleri pour s'emparer de leurs vais-

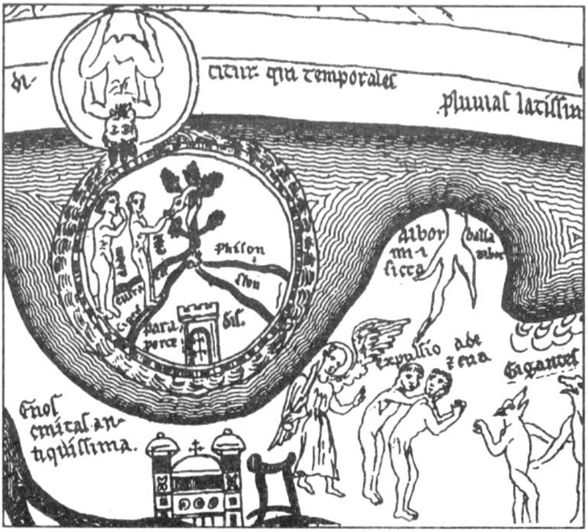

« Et ce fut comme en Paradis... » (*Carte médiévale*)

seaux et ce meurtre, comme le serment inexpiable qu'il fit jurer à ses fils contre tout détenteur des Silmarils, attira sur lui et sa descendance la Malédiction des Dieux (Prophétie de Mandos).

Pour contrer les entreprises de Morgoth qui se plaît dans les ténèbres, les Valar dissipèrent l'obscurité sur Arda en créant le Soleil ; on compta dès lors le Temps d'après le Soleil. Ils supprimèrent tout accès à Valinor en élevant des remparts et en peuplant la Grande Mer de terreurs et d'enchantements (voir la ceinture des Îles Magiques sur la carte, p. VIII).

Il était une fois en Beleriand

Avec le premier Soleil, enfin, s'éveillèrent les Seconds-Nés, les Hommes, et certains rencontrèrent des Elfes, d'autres des suppôts de Morgoth. En Terre-du-Milieu débutèrent les Guerres du Beleriand. Les hordes de Morgoth attaquèrent d'abord le royaume de Thingol qui résista en perdant beaucoup de soldats ; aussi Melian, sa femme, entoura-t-elle le territoire de Doriath d'un Anneau magique. Ce fut le Premier Royaume Caché. Après d'atroces souffrances, les fils de Finwë se retrouvèrent tous au nord de la Terre-du-Milieu pour assiéger Angband, la forteresse de Morgoth. Et il y eut bien des combats héroïques, bien des morts et bien des défaites dans ce Premier Âge. Et Turgon bâtit Gondolin, le Second Royaume Caché, à l'abri de la malfaisance de l'Ennemi tandis que Finrod fortifiait au sud Nargothrond. Nous voici arrivés à la veille de la terrible bataille de Nirnaeth Arnoediad où commencent les Contes…

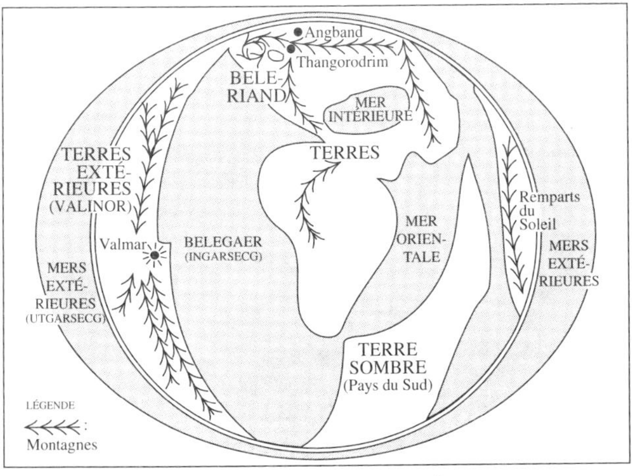

« Aspect du Monde au Premier Âge »
extrait de *L'Ambarkanta* : « Après la guerre des Dieux ».

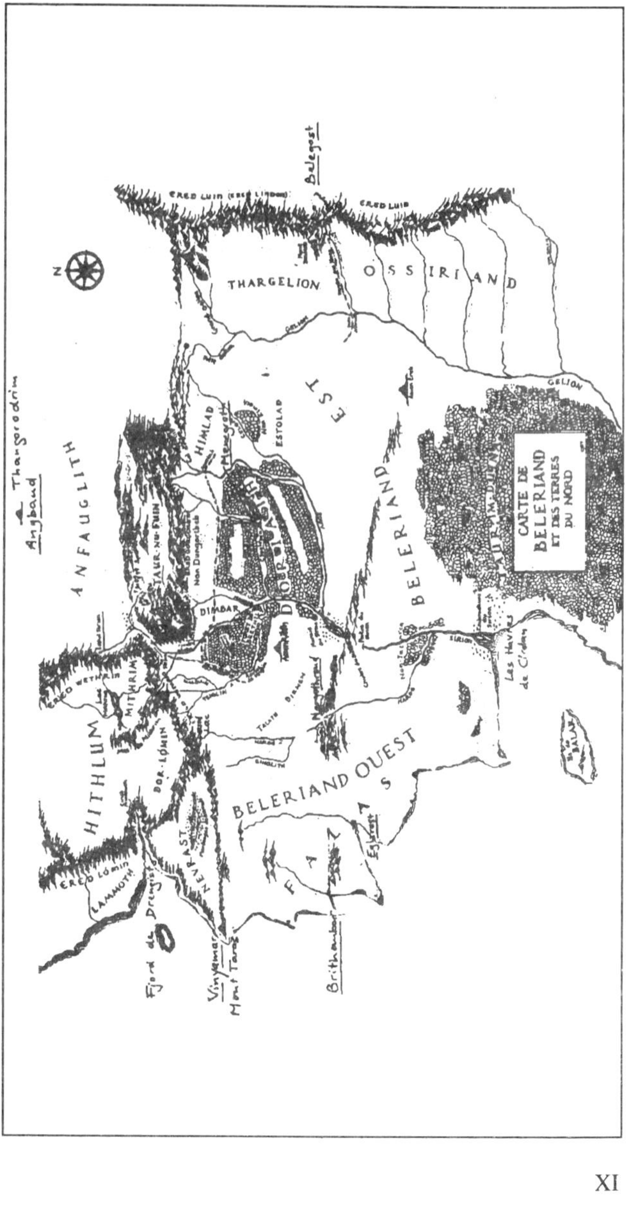
CARTE DE BELERIAND ET DES TERRES DU NORD
Thangorodrim
Angband
ANFAUGLITH
HITHLUM
ERED LÓMIN
LAMMOTH
ERED WETHRIN
MITHRIM
DOR-LÓMIN
NEVRAST
Fjord de Drengist
Vinyamar
Mont Taras
TAUR-NU-FUIN
Nan Dungortheb
DIMBAR
DORIATH
HIMLAD
ESTOLAD
Nargothrond
BELERIAND OUEST
FALAS
Brithombar
Eglarest
BELERIAND EST
TAUR-IM-DUINATH
SIRION
Les Havres de Círdan
BALAR
THARGELION
OSSIRIAND
GELION
ERED LUIN (ERED LINDON)
ERED LUIN
Belegost
N

DES ÊTRES ET DES CHOSES

LES ELFES

Qu'est-ce qu'un Elfe ?

Les Elfes ou Alfes apparaissent dans les religions nordiques et germaniques comme des êtres supérieurs dont la route croise souvent celle des dieux. Ils donnent à la terre sa fertilité, gardent les esprits des morts et protègent les hommes qui leur rendent un culte, particulièrement au moment du solstice d'hiver. Dans les légendes plus récentes, ils revêtent forme humaine : les Alfes clairs sont bénéfiques, les Alfes sombres ont le pouvoir de rendre malade ou fou ! On les retrouve dans les ballades populaires, le Roi des Elfes devient l'Alberich de la littérature allemande. (Voir Contes et légendes inachevés, Le Deuxième Âge.*)*

Tolkien s'est inspiré de ces légendes anciennes pour rêver ses Elfes et il les a dotés des talents qu'il jugeait essentiels, comme l'art de la danse et du chant.

Les Elfes ressemblent beaucoup aux hommes mais les dépassent par la taille (1,80 m à 2 m) et ne peuvent mourir de vieillesse ni de maladie. Minces et élégants, on les reconnaît à leur beauté frappante et à leur éternelle jeunesse. Leur ouïe comme leur vue sont spécialement fines, même de nuit ; ils résistent au froid, aux fatigues sans avoir besoin de sommeil, et guérissent rapidement de leurs blessures sans garder de cicatrices.

Les Vanyar aux cheveux dorés et aux yeux violets, remarquables musiciens, n'ont pas quitté Valinor. Les Noldor aux cheveux et aux yeux sombres (sauf les descendants d'Indis qui ont hérité des cheveux d'or de leur mère) surpassent les autres au combat et sont habités d'une soif de connaissance qui les mène parfois au désastre. Les Teleri, qui ont souvent les cheveux châtains et les yeux gris, séduisent par la pureté de leur chant et construisent de fins vaisseaux, deux arts que leur enseigna Ossë ; parmi eux, Sindar et Nandor, qui n'ont pas connu les Terres de l'Ouest, présentent une stature moins imposante, une peau plus bronzée, un regard moins lumineux.

Les Elfes se regroupent en communautés laborieuses qui travaillent le métal ou les pierres précieuses, édifient de belles cités… Ils aiment aussi les fêtes, même s'ils ne célèbrent pas Eru Ilúvatar, le Dieu Unique, en de grandioses cérémonies dans des temples majestueux ; ils préfèrent le révérer dans leur cœur et leurs actes. Ils respectent les Valar un peu comme des frères aînés car ils estiment égales toutes les créatures d'Ilúvatar : Valar, Elfes, Hommes ou plantes... C'est ce qui leur donne ce goût et ce souci très écologique de la Nature dont ils apprécient surtout les arbres et les eaux. Ils vivent souvent dans des régimes monarchiques et manifestent un penchant pour l'ordre et la hiérarchie. Par tous ces aspects, ils évoquent plus les Anglais que les peuples-fées !

Peuples et personnages

Les Elfes, parfois nommés les Premiers-Nés puisque ce sont les premières créatures apparues en Terre du Milieu, se sont séparés en plusieurs peuples au fur et à mesure de leur histoire. On distingue surtout ceux qui qui vécurent avec les Valar, dans la lumière de l'Ouest (cf. chronologie) et ceux qui restèrent en Terre du Milieu. Les histoires de Tuor et Túrin ne nous font rencontrer que des Eldar, « le peuple des Étoiles ».

Les Eldar

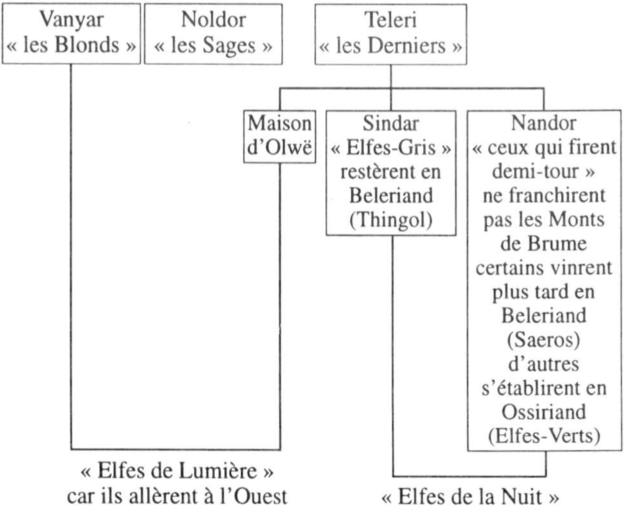

Principaux elfes rencontrés au Premier Âge

Annael : *Sindarin de Mithrim*, recueille et élève Tuor.

Arminas : *Noldorin*, messager d'Ulmo chargé de prévenir Nargothrond du danger d'invasion.

Beleg : (« puissant ») Sindarin de Doriath, vaillant guerrier qui défend les frontières, ami et éducateur de Túrin.

Círdan : (« sage ») Sindar, marin et constructeur de navires, seigneur des Falas, se réfugie après la destruction des Ports dans l'île de Balar où il accueille les Elfes et les Hommes victimes de l'Ennemi.

Echtelion : Seigneur des fontaines, gardien de la Grande Porte de Gondolin.

Finduilas : princesse Noldor, amoureuse de Túrin ; les Orcs la capturent lors de la prise de Nargothrond et la tuent avant que Túrin, égaré par Glaurung, ne puisse la sauver ; enterrée à Haudh-en-Elleth.

Finwë et sa Maison : Fingon, Fëanor, Fingolfin, Finarfin… (voir généalogie).

Finrod (Felagund) : ami de Turgon ; d'abord établi à Tol Sirion et Minas Tirith, il bâtit Nargothrond, capitale du plus grand royaume Noldor en Beleriand, sur les conseils d'Ulmo ; il meurt en aidant Beren.

Gelmir : compagnon d'Arminas.

Lúthien : fille de Thingol et Melian, héroïne d'un tragique roman d'amour avec Beren (voir tome II).

Mablung : *Sindar de Doriath*, capitaine de Thingol, vaillant guerrier, témoin de la mort de Túrin et Nienor.

Maedhros : *Noldor*, fils de Fëanor, conduit les forces de l'Est dans les guerres du Beleriand ; vers 472, il forme l'Union de Maedhros pour attaquer Angband mais il sera vaincu à Nirnaeth par trahison.

Maeglin : *Eldar de Beleriand*, neveu de Turgon, amoureux de sa cousine Idril, trahit Gondolin par jalousie.

Nellas : amie de Túrin en Doriath, lui enseigne le sindarin et la vie des bois et témoigne en sa faveur.

Saeros : *Nandor*, conseiller de Thingol ; jaloux de Túrin, il meurt accidentellement en l'attaquant.

Thingol (Elwë) : chef des Teleri, il reste en Beleriand par amour pour Melian, la Maia ; devenu suzerain des Sindar et roi de Doriath, il s'oppose aux amours de sa fille Lúthien avec Beren ; il est tué par les Nains qui veulent lui dérober ses joyaux dont le Silmaril.

Turgon : *Noldor*, fils de Fingolfin ; revenu en Terre-du-Milieu avec sa fille Idril, il s'établit en Nevrast où il bâtit la citadelle de Vinyamar ; sur l'ordre d'Ulmo, il construit la cité cachée de Gondolin où il règne cinq cents ans ; il refuse d'obéir au conseil d'Ulmo transmis par Tuor.

Voronwë : marin envoyé vers l'Ouest par Turgon pour obtenir le pardon des Valar, échappe seul au naufrage de la flotte et sert de guide à Tuor.

Maisons elfiques

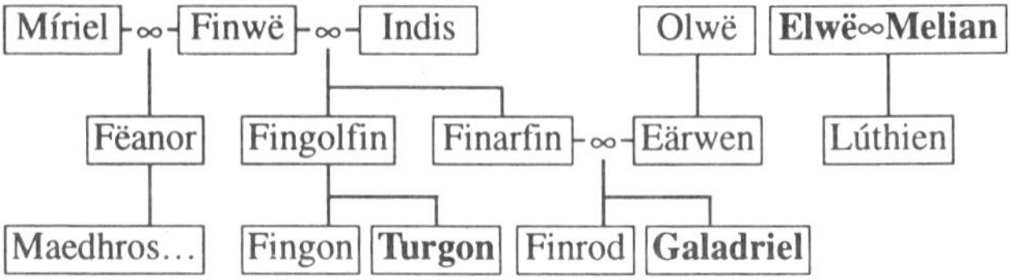

Objets magiques

Les Silmarils : ces trois joyaux, fabriqués par l'Elfe Fëanor, renferment sous une enveloppe de cristal le silima, la lumière des Arbres de Valinor et émettent donc leur rayonnement propre. Si une main impure les touche, elle en est irrémédiablement brûlée et desséchée. Ils éveillent de telles convoitises qu'ils suscitent des tragédies : la mort de Beren et Lúthien, l'assassinat de Thingol et la chute de Doriath… Un des Silmarils finira dans l'abîme avec son porteur, un autre dans la Mer, le troisième deviendra étoile pour rappeler les Elfes et les Hommes à l'espoir.

Le lembas : de l'ancien elfe *lenn* « voyage » et *mbass* « pain », ce pain-de-route est enveloppé de feuilles qui le gardent frais tant qu'il n'est pas entamé ; une tranche suffit pour une journée.

Les lampes que portent Gelmir et Arminas sont formées de fins réseaux de mailles qui enserrent des cristaux blancs rayonnant d'une lumière azurée ; ni vent ni eau ne peuvent les éteindre ; inventées jadis en Valinor, leur secret de fabrication s'est perdu.

Le mithril : cet alliage, inventé par les Nains, blanc, brillant et inaltérable, sert à forger des casques ou des cottes de mailles particulièrement efficaces.

L'Anneau de Melian : barrière enchantée créée par Melian pour protéger Doriath et le cacher aux pensées ténébreuses de Morgoth après le retour de celui-ci en Terre-du-Milieu. Nul n'a pu le franchir sans l'accord de Melian pendant des siècles, sauf Beren et Carcaroth (lire dans le tome III « La triste histoire de la belle Lúthien et du vaillant Beren »).

Cités merveilleuses des Elfes

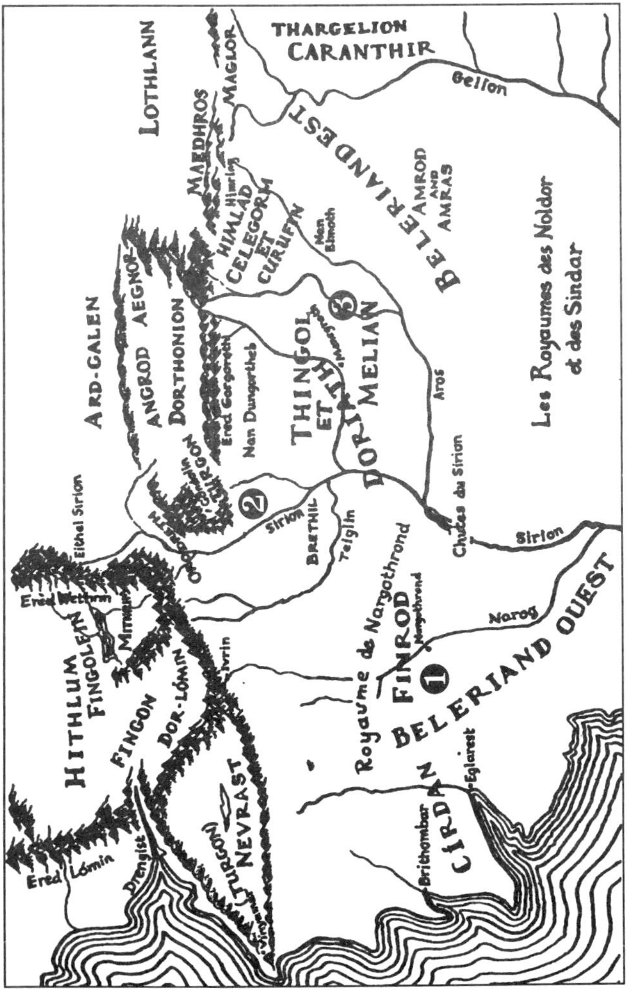

Nargothrond, la forteresse de Finrod ❶

Finrod fut émerveillé par la puissance et la majesté de Menegroth, ses trésors, ses arsenaux, les salles aux mille colonnes de pierre, et le désir lui vint de construire une vaste demeure aux portes gardées nuit et jour, creusée sous la montagne dans un endroit retiré et secret. Il ouvrit son cœur à Thingol, lui raconta son rêve, et le Roi lui parla de la rivière Narog, de ses gorges encaissées et des cavernes qui donnaient sur la rive ouest, très escarpée. Quand Finrod partit, le Roi lui donna des guides pour le conduire à cet endroit encore presque ignoré. Alors, Finrod se rendit aux Cavernes de Narog et y fit construire des salles et des arsenaux à la manière de Menegroth, et il appela cette place forte Nargothrond. Les Nains des Montagnes Bleues aidèrent aux travaux et en furent largement récompensés, car Finrod avait apporté de Tirion plus de trésors qu'aucun autre prince des Noldor.

Le Silmarillion, *op. cit.*, p. 145.

Gondolin, la Ville Cachée de Turgon ❷

Gondolin sur Amon Gwareth devint une ville d'une beauté digne d'être comparée avec la cité des Elfes, Tirion d'au-delà des mers. Hautes et blanches étaient ses murailles, et ses marches de marbre, haute et puissante était la Tour du Roi.

Il y avait le jeu étincelant des fontaines et dans les palais de Turgon se dressaient des images des Arbres d'autrefois, taillées par le Roi lui-même avec le talent des Elfes. L'arbre qu'il sculpta dans l'or fut nommé Glingal, celui dont les fleurs étaient d'argent fut nommé Belthil. Mais la plus belle encore de toutes les merveilles de Gondolin était Idril, la fille de Turgon, celle qu'on appela Celebrindal, la Fille au Pied d'Argent dont les cheveux étaient du même or que Laurelin.

Le Silmarillion, *op. cit.*, p. 161.

Menegroth, capitale du roi Thingol ❸

Ainsi les Nains, satisfaits de travailler pour Thingol, creusèrent longtemps pour lui aménager des demeures à leur manière, profondément enfouies dans la terre. Au bord de l'Esgalduin, la rivière qui sépare les forêts de Neldoreth et de Region, une éminence rocheuse s'élevait au milieu des bois, sa base baignée par les flots. C'est là qu'ils dressèrent les portes du palais de Thingol, et leur seul accès était un pont de pierre qui franchissait la rivière.

Passé les portes, de larges couloirs menaient à de grandes salles et plus bas à des chambres creusées dans le roc, si nombreuses et si vastes qu'on appela ce palais Menegroth, les Mille Cavernes.

Mais les Elfes aussi prirent part aux travaux avec les Nains et les deux races, grâce à leurs dons différents, donnèrent corps aux visions de Melian, lointains reflets des merveilles de Valinor. Les piliers de Menegroth furent taillés à la semblance des hêtres d'Oromë, tronc, branches, feuilles, et des lanternes dorées les éclairaient. Des rossignols y chantaient comme dans les jardins de Lórien, il y avait des fontaines d'argent, des bassins de marbre et des sols en mosaïques multicolores. Des oiseaux et des animaux sculptés dans la pierre couraient sur les murs, sur les colonnes, et on en voyait perchés sur les branches parmi les guirlandes de fleurs. Au cours des années Melian et ses suivantes recouvrirent les murs de tapisseries où étaient décrits les exploits des Valar, ce qui s'était passé sur Arda depuis le commencement du monde et même les fantômes des choses encore à venir. Ce fut le plus beau palais qu'un roi eut jamais à l'est de la Grande Mer.

Le Silmarillion, *op. cit.*, p. 117.

Savez-vous parler elfe ?

Les Elfes furent les premiers en Terre du Milieu à utiliser le langage, d'où leur surnom de « Quendi », « ceux qui parlent », et ils apprirent aux autres races à s'exprimer selon leur nature. Les Eldar à l'ouest adoptèrent ensuite la langue des dieux qui restera la langue sacrée, le quenya, mais ne sera plus couramment parlée. Chaque peuple, selon son accent et ses usages, modifiera la langue d'origine et aura son propre langage mais les Elfes parlent et comprennent une langue commune, le sindarin. Ce sont eux aussi qui inventèrent l'écriture, un poète noldor imagina la cursive, un barde sindar les runes ou Cirth.

Apprenez à reconnaître dans les noms qui désignent les lieux ou les personnes les ***racines elfiques*** *les plus courantes ; vous procédez par puzzle, chaque élément ayant un sens propre, et vous serez bientôt capable d'inventer à votre tour...*

amon (pluriel *emyn*) « la colline », Amon Rûdh « la colline chauve », Amon Ereb « la colline solitaire »...

duin « le fleuve », d'où Malduin, Esgalduin... et *sir* « la rivière » d'où Sirion...

faug « la brèche », comme dans Anfauglith, Dor-Na-Fauglith.

kir « la fente » se retrouve dans le nom du défilé Cirith Ninniach.

nan signifie « la vallée », *talath* « la plaine », *groth* ou *grod* « la caverne » (Menegroth « mille cavernes »).

orod « la montagne » devient *ered* au pluriel : Thangorodrim, Ered Wethrin...

anna « le don » forme le nom de Yavanna « don des fruits », de Melian « don d'amour ».

bar « la demeure » donne Dimbar « demeure obscure », Bar-En-Danweh « maison de la rançon », Vinyamar.

brethil (la forêt) signifie « bouleau blanc » et *brith* « gravier » (le gué de Brithiach, le port de Brithombar).

dagor « la bataille ».

dôr « la terre » forme Dorlomin « terre de l'écho », Doriath « terre fortifiée », Gondor…

fin « la chevelure » forme les noms de Finrod, Finduilas, Glorfindel…

gond « la pierre » d'où Gondolin « chant de pierre ».

kano « le chef » se lit dans la finale de Fingon, Turgon ; *man* « le béni » dans le nom du Valar Manwë.

tur et *val* désignent « le pouvoir » : Túrin, Turgon, Valar, Valinor…

ril marque « l'éclat » : Silmarils, Idril, mithril…

wen « la jeune fille » finit de nombreux noms de femmes : Eärwen, Morwen…

Pour parler correctement elfe, il conviendrait que vous appliquiez aussi quelques principes de grammaire : par exemple, les pluriels se forment souvent en ajoutant le suffixe -rim. *Pour continuer votre initiation, rendez-vous au tome II !*

Quelques runes

Les Edain sont les Hommes des trois maisons amies des Elfes (Maisons de Bëor, Hador et Haleth) ; attirés par la lumière de l'Ouest, ils sont arrivés au IVe *siècle du Premier Âge en Beleriand. Beaucoup sont entrés au service des Elfes et ont combattu vaillamment à leurs côtés dans les Guerres du Beleriand. Malgré leur courage, ils furent décimés par les hordes de Morgoth ; les survivants s'enfuirent vers l'est ou le sud, certains naviguèrent jusqu'à Númenor et s'appelèrent désormais Dúnedain.*

Les Maisons des Edain

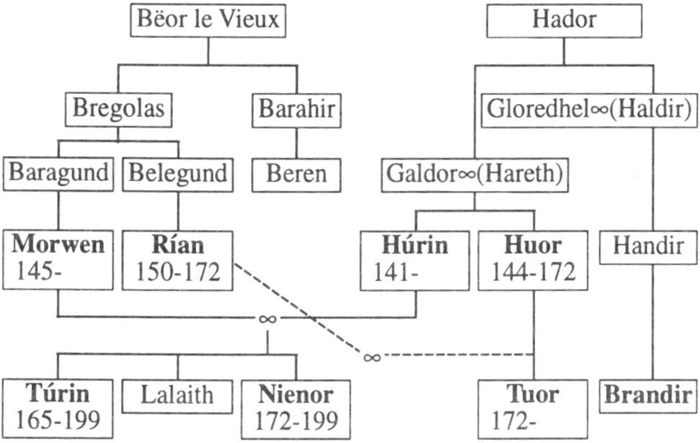

Humains rencontrés au Premier Âge

Aerin, femme de la maison de Hador, mariée de force à l'Easterling Brodda, aide Morwen et Túrin.

Barahir, seigneur de la 1re Maison, à Dagor Bragollach il sauve Finrod qui lui donne son anneau.

Beren, seigneur de la 1re Maison, intrépide ennemi de Sauron, ami des animaux, amoureux de Lúthien.

Brandir, seigneur des Haladin, parvient à les cacher à Morgoth ; il recueille Húrin, ce qui cause sa perte.

Easterlings, tribus d'Hommes qui pénètrent en Beleriand après Dagor Bragollach pour piller le pays ; certains entrent au service de Fëanor mais d'autres trahissent pour Morgoth, ce qui provoque la défaite de Nirnaeth ; ils s'établissent ensuite dans l'Hithlum où ils asservissent Hommes et Elfes.

Hador « aux cheveux d'or », seigneur de la 3e Maison, vassal et ami de Fingolfin ; le moment où il gouverne Dorlomin est considéré comme celui de la plus grande gloire des Edain en Beleriand.

Haladin, 2e Maison des Edain ; chassés de Thargelion par Morgoth, les Haladin menés par Haleth se fixent en Brethil où ils protègent les frontières de Doriath et Nargothrond.

Lorgan, chef des Easterlings d'Hithlum qui capture Tuor et le garde trois ans en esclavage.

Morwen « la Dame sombre », surnommée Eledhwen « au teint d'Elfe », dame de Dorlómin.

Nienor « deuil » (Niniel) naît après la disparition de son père Húrin à Nirnaeth, vit vingt ans dans Dorlomin occupé par les Easterlings avec Morwen, sa mère, avant de partir à la recherche de son frère Túrin.

Túrin surnommé Neithan « le dépossédé », Mormegil « Noire-Épée », Turambar « Maître du Destin ».

CLÉ DES SONGES

Eau de vie, eau des rêves…

« L'apparition du Roi des Mers était terrible, telle une haute vague qui s'avancerait dans les terres, un heaume noir couronné d'écume et une cotte de mailles où l'argent ruisselle, moiré d'ombres vertes. »

Le Silmarillion, *op. cit.*, p. 27.

Source de vie, l'eau est un élément essentiel ; les poèmes de l'Inde la célèbrent ainsi :

Vous les Eaux qui réconfortez,
apportez-nous force, grandeur,
joie et vision,
Souveraines des merveilles,
régentes des peuples,
emportez mon péché.

Lieu originel d'où sont sortis tous les êtres vivants dans beaucoup de mythes, elle symbolise la fécondité ; comme le point d'eau attendu au milieu du désert, elle apparaît comme signe de bénédiction, donnée par les dieux, et peut être l'image d'une vie spirituelle pieuse. Les fidèles se purifient avant la prière par des ablutions rituelles. Le Paradis est arrosé de quatre fleuves ; chez les Grecs, les sources de Léthè et de Mnémè (Oubli et Mémoire) lavent et régénèrent les âmes. Autour des sources, considérées comme guérisseuses, s'organisent fréquemment, surtout en terre celtique, cultes et pèlerinages.

L'eau noire, dormante, des étangs ou des marécages, signifie au contraire le danger et la mort, mais cette valeur négative n'apparaît pas chez Tolkien, où les pays maudits sont desséchés, terres de la soif et du rocher (voir tome III).

Vous avez pu remarquer sur les cartes et à la lecture des *Contes* l'importance des rivières qui traversent tout le Beleriand. Dans ce Premier Âge, encore sous l'influence d'Ulmo, elles protègent et vivifient, les Elfes les chérissent particulièrement, comme Tolkien lui-même en souvenir de son enfance. Elles guident les héros jusque dans les profondeurs de la terre.

Dans *Le Silmarillion* (pp. 19 et 28), voici ce qu'on lit sur les Eaux :

« Les Valar admiraient surtout l'eau sur Arda. Ainsi les Eldar disent que l'eau recèle encore l'écho de la musique des Valar plus que toute autre substance de la Terre et nombreux sont les Enfants d'Ilúvatar qui ne se lassent pas d'écouter les voix de la Mer sans pourtant savoir ce qu'ils cherchent à entendre. »

« Ulmo s'adresse aux habitants des Terres du Milieu par des voix qu'on entend comme la musique des eaux. Car les mers, les étangs, les rivières, les sources et les ruisseaux sont tous sous son autorité, ce qui fait dire aux Elfes que l'esprit d'Ulmo court dans les veines du monde. Il connaît ainsi, même au plus profond des eaux, tous les besoins et toutes les douleurs d'Arda qui resteraient sans lui ignorés de Manwë. »

Oiseaux sacrés

L'Aigle se définit par son ascension vers les cimes, la promptitude de son vol, la hardiesse de son regard qui fixe le Soleil sans s'y brûler. Aussi est-il considéré comme le roi des oiseaux, compagnon ou messager du roi des dieux, comme Zeus par exemple. Emblème des empereurs, de Charles-Quint à Napoléon, et des empires : chaque légion romaine s'identifiait par son aigle. Il peut incarner le Soleil ; les Aztèques sacrifiaient des guerriers et offraient leur cœur à l'aigle solaire pour renouveler son énergie. Il joue un rôle protecteur : les sorciers indiens utilisent des plumes d'aigle pour soigner, l'aigle sauve parfois les héros en les arrachant au monde d'en bas pour les emporter au ciel (ainsi Zeus — mais dans une intention plus amoureuse que spirituelle — fit enlever Ganymède). Dans la mythologie celtique, il est un des animaux primordiaux qui instruisent les hommes.

Créés par Manwë avant l'éveil des Enfants d'Ilúvatar, les aigles vivent très longtemps et sont peut-être immortels. Assez forts pour porter un homme, ils peuvent atteindre jusqu'à 60 m d'envergure (pour Thorondor). Dans les *Contes* ou *Le Silmarillion*, les Aigles des Crissaegrim sont les amis des Elfes et des Edain dont ils parlent les langages. Ils se battent contre les dragons ailés de Morgoth et montent une garde fidèle autour de Gondolin. Leur seigneur, Thorondor, aide Maedhros, puis Beren et Lúthien à fuir le domaine ténébreux. Au Deuxième Âge, ce sont eux qui avertissent les Númenoréens avant le cataclysme ; au Troisième Âge, ils secourent Gandalf, Frodo, Sam…

Le Cygne est célébré dans de nombreux mythes pour sa grâce et sa blancheur immaculée ; il incarne la Lumière : lumière du jour, solaire et mâle, lumière de la nuit, lunaire et femelle (voir encadré).

En Grèce, il accompagne Apollon, dieu de la musique et de la divination (sept cygnes firent sept fois le tour de l'île de Délos au moment de sa naissance), et peut donc symboliser le poète. Chez les Celtes, les êtres de l'Autre Monde, pour visiter la Terre, prennent souvent l'apparence de cygnes.

De même qu'ils servent Lohengrin, ils semblent servir Tuor. Dans les *Contes*, sept cygnes le guident vers Vinyamar et lui donnent, chacun, une plume pour son casque ; d'ailleurs le bouclier qui lui est destiné est blasonné d'une aile de cygne.

Les Walkyries vinrent se baigner et laissèrent sur la rive leur plumage de cygne. Wieland et ses frères volèrent les plumes... et purent ravir les jeunes filles...

« Pendant sept hivers, les trois couples vécurent heureux, les femmes restant au foyer, travaillant et filant, les hommes allant à la chasse, poursuivant les ours et les aurochs sauvages.

Lorsque le huitième hiver fut venu, les Walkyries retrouvèrent leur plumage de cygne et, au même moment, elles éprouvèrent le violent désir de reprendre leur ancienne vie, de voler sur les champs de bataille pour ramener vers leur père Wotan les âmes des héros valeureux. Alors, déployant leurs ailes, elles s'envolèrent bien haut au-dessus de la forêt aux noirs sapins, loin du lac merveilleux où se mirait tranquille la maison de leurs époux. »

N. Weiller, *Légendes et épopées d'Outre-Rhin*, Nathan, p. 12.

Trois couleurs : blanc

Comme le blanc ne peut varier que par plus ou moins de brillance, il représente l'Absolu. C'est la couleur de la Lumière. Parfois le blanc peut devenir couleur de deuil, quand il se lie à l'Ouest, à la lune, au crépuscule et recouvre les fantômes. Plus souvent, blanc de l'Est, lieu de l'aube, il évoque l'énergie et la vie. Le peintre Kandinsky le ressent comme un silence prometteur de vie, antérieur à toute naissance. Symbole de pureté, il habille ceux qui vont être ou viennent d'être initiés, à l'orée de leur nouvelle vie : les candidats romains à une élection, les baptisés, les communiants, les mariées. Couleur du sacré, il revêt les druides et les anges.

Pour Tolkien, le Blanc signifie le Bien : Tuor porte des armes d'argent, est guidé par des cygnes, il arrive à l'Echoriath neigeux dans une pâle lueur lunaire. Gondolin est une ville blanche, comme Telperion l'arbre magique de Valinor... Faut-il voir des connotations politiques à l'inversion de sens des points cardinaux puisque, sur Arda, c'est l'Ouest qui est le lieu divin et paradisiaque ?

Du Moyen Âge, Tolkien aime les romans de chevalerie qu'il étudie, traduit, utilise.

Il en a aussi hérité la passion des cartes… (Ici, une mappemonde du temps de Charles V, extraite des *Grandes Chroniques de Saint-Denis*.)

TUOR ET LES CHEVALIERS DE LA TABLE RONDE

Comme Tuor, ***Arthur*** *reçoit magiquement des armes à lui seul destinées, signe de son élection.*

Arthur, confié au chevalier Antor par Merlin le magicien, ignore que son vrai père est le roi Uter Pendragon. Après la mort de celui-ci, les barons demandent à Merlin de leur désigner son successeur…

— Attendez le jour de Noël, répondit Merlin.

Donc, la veille de Noël, les barons se réunirent à Londres et parmi eux se trouvait Antor avec Keu et Artus, ses deux enfants dont il ne savait à présent lequel il préférait.

En procession, ils allèrent tous à la messe de minuit, puis, selon la coutume, à la messe du jour. Quand ils sortirent de l'église, ils entendirent des cris, tout un brouhaha, et ils demandèrent ce qui se passait d'extraordinaire.

On leur montra une grosse pierre au milieu de la place, venue on ne savait d'où, qui ne ressemblait à rien, avec à son sommet une enclume de fer dans laquelle une épée se trouvait fichée jusqu'à la garde.

Ces mots étaient inscrits en lettres d'or sur la pierre :

« Celui qui ôtera cette épée sera le roi. »

Il y eut alors une véritable bousculade. Tous les barons, puissants et hauts seigneurs, se précipitèrent pour lire à leur tour ces mots magiques et certains voulurent tirer au sort pour décider qui en ferait le premier l'essai. Une querelle s'ensuivit et l'on entendait déjà le cliquetis des armes, quand l'évêque intervint en choisissant lui-même deux cent cinquante chevaliers pour tenter l'aventure.

Or, pas un, malgré beaucoup de force, d'adresse et de bonne volonté, non, pas un ne parvint à faire bouger l'épée.

Qui en fut amusé ? Keu et Artus, ces deux grands adolescents de seize ans qui observaient la scène d'un œil critique. Estimant qu'eux aussi avaient droit à cette étrange « course à l'épée », la prenant comme un jeu, ils s'approchèrent de la pierre fabuleuse. Artus dit :

— Voyons si je pourrai…

Mais avant qu'il eût achevé sa phrase, il tirait l'épée par la poignée et la montrait à Keu et à Antor médusés.

Les barons n'acceptent pas sans combats ce bâtard comme souverain mais Arthur finit par l'emporter…

Il tira aussitôt son épée, celle qu'il avait arrachée à la pierre merveilleuse. Elle portait un nom : Escalibor, ce qui signifie en hébreu « tranche fer et acier », et elle jetait autant de clarté que deux gros cierges allumés. Tout ragaillardi, Artus s'élança de nouveau dans le combat et tailla en pièces l'armée des rebelles.

Contes et légendes des Chevaliers de la Table ronde,
Pocket, « Mythologies », pp. 20-22.

Les Elfes recueillent et élèvent Tuor qui a perdu ses parents ; une fée, Viviane, la Dame du Lac, enlève ***Lancelot*** *dont le père, le roi Ban, vient de mourir.*

Hélène se mit à crier comme une folle, appelant à tous les échos, lorsqu'une damoiselle apparut, tenant contre elle le bébé qu'elle câlinait. Aussitôt, la reine se précipita :

— Je vous en prie, lui disait-elle, rendez-moi mon enfant. Son père est mort et il a perdu son royaume, il n'a plus que moi…

La damoiselle, comme si de rien n'était, semblait ne pas la remarquer. Elle avança au bord du lac et, les pieds joints, s'élança sur les eaux. Je vous laisse à penser l'angoisse de la pauvre mère… Pouvait-elle savoir que celle qui emportait son fils pour toujours était une fée ? Eh oui, la Dame du Lac elle-même, qui n'était autre que Viviane, la belle amie de Merlin.

Hélène, folle de chagrin, alla se réfugier dans un couvent, selon la coutume de l'époque. Quant à la Dame du Lac, elle éleva l'enfant, qu'elle appela Lancelot, en ce palais extraordinairement beau qu'avait fait surgir Merlin et que personne, sauf elle et ses gens, ne pouvait voir.

À cinq ans, elle lui donna un maître, qui lui apprit le maniement de l'arc et des flèches ; quand on lui renforça ses armes, il eut un cheval sur lequel il se promenait, aux environs du lac, toujours accompagné de valets et de seigneurs. Plus tard, il se montra si bien doué qu'il apprit tout ce qu'on pouvait savoir.

Dans chacun de ses mouvements, on sentait un gentilhomme, et un athlète connaissant sa force. Visiblement, il n'avait peur de personne ; pourtant, il savait être doux et généreux, car si son corps était bien fait, son cœur ne l'était pas moins.

Lancelot reçoit de la Dame du Lac tous les enseignements de chevalerie. Quand Lancelot atteint l'adolescence, elle lui donne des armes et ses derniers conseils.

Depuis longtemps, elle avait préparé un haubert blanc, léger et fort, un heaume argenté, et un écu couleur de neige, à boucle d'argent.

— Fils de roi, il faut nous séparer. Mais auparavant, je veux que vous sachiez, vous que j'ai élevé, que je ne suis pas votre mère. Un jour, vous apprendrez le nom de vos parents et ce nom vous emplira de fierté. Demain soir, vous prierez le roi Artus de vous faire chevalier ; avant la nuit, vous quitterez son palais, et vous irez errant par tous pays, cherchant aventure, car c'est le moyen pour vous de gagner félicitations, louanges et valeur.

Contes et légendes des chevaliers de la Table ronde,
op. cit., pp. 20-22, 49 et 59.

Les légendes nordiques et germaniques racontent les aventures de Sigurd (nommé Siegfried dans les Nibelungen), un héros intrépide qui, entre autres exploits, affronte et tue un dragon au cœur de la forêt. Wagner reprend ce cycle dans la tétralogie de ***L'Anneau des Nibelungen :*** *Wotan, le roi des dieux, a engendré deux jumeaux, Siegmund et Sieglinde, qui ont été séparés dès leur naissance. Par une nuit de tempête, Siegmund demande l'hospitalité à une cabane au milieu des bois sans savoir qu'y habite Hunding, son ennemi, avec son épouse, Sieglinde. Une passion immédiate et totale naît entre le héros et la jeune femme ; alors que la passion qui unit Turin et Niniel est maudite, Wagner ne porte aucun jugement moral ni social mais présente cette union comme un symbole, courant dans les mythologies primitives, de la parfaite harmonie du masculin et du féminin. Siegmund et Sieglinde s'enfuient, Hunding et Siegmund finiront par s'entretuer, Sieglinde survit le temps de mettre au monde leur fils, Siegfried, qu'elle confie au Nain forgeron Mime. Or dix-huit ans plus tard...*

Après une marche longue et pénible, le héros arriva enfin à l'entrée du pays des Nibelunge. C'est là que demeuraient Schilbung et Niblung, rois des Nibelunge, entourés de leurs vaillants guerriers. Ils possédaient d'énormes richesses, de l'or et des pierreries, de l'or surtout, du bel or rouge, si rare et si précieux.

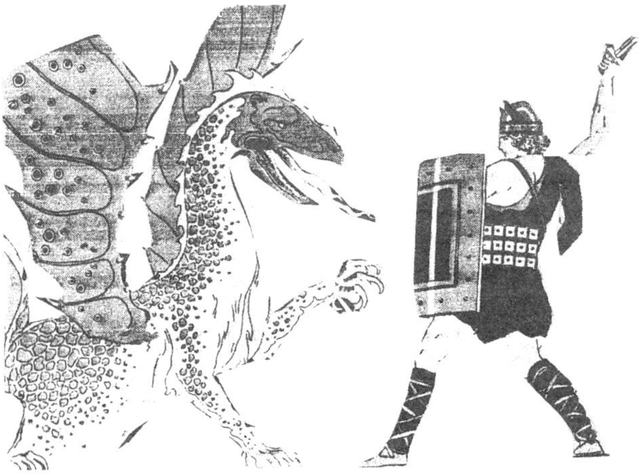

Mais le dragon veillait et Siegfried, de sa voix puissante, le provoqua au combat.

Le monstre, déroulant lentement ses anneaux, sortit de la montagne. Il poussa un rugissement si terrible qu'il eût fait fuir épouvanté le plus hardi des chevaliers, mais non pas Siegfried.

Il ne resta même pas à distance ; il s'élança contre le dragon. Et le terrible combat s'engagea. La gueule du dragon lançait des flammes, les anneaux de sa queue s'enroulaient autour du fils de Siegelinde. Mais le héros intrépide gagnait toujours du terrain. Il faisait tournoyer au-dessus de sa tête sa bonne épée dont la lame retombait en sifflant sur la croupe du dragon. Jamais une épée d'acier bien trempé n'entama une cuirasse de chevalier avec autant de force que l'épée de Siegfried s'abattant sur les écailles du monstre.

Le dragon, furieux, continuait à lancer des flammes. Son haleine empoisonnée empestait l'air et Siegfried crut un moment qu'il allait défaillir.

Mais il ne recula pas d'un pouce ; Son courage croissait avec le danger. Ses yeux lançait des éclairs et, après une lutte terrible, il planta enfin son épée en plein cœur du monstre.

Siegfried se forgea une épée et partit sans défiance afin de remplir la mission dont l'avait chargé son maître.

Comme il passe devant le rocher, le dragon sort de son antre, s'élance furieux sur lui, ouvre son énorme gueule et s'apprête à le dévorer.

Mais Siegfried fait un bond de côté et, sans s'arrêter à de longues réflexions, il déracine le premier arbre qu'il trouve à portée de la main et le lance à la tête du dragon. Celui-ci s'embarrasse si bien dans les racines de l'arbre qu'il ne parvient pas à se dégager.

Siegfried, qui l'observe, en profite pour déraciner tous les arbres qui l'entourent et les jeter sur le monstre. Puis, sans perdre de temps, il court jusqu'à la hutte du charbonnier pour chercher du feu. Alors, brandissant les tisons, il les lance sur les arbres qu'il allume et qui brûlent, consumant le dragon dont les cris retentissent au loin dans la forêt.

Alors, sous les arbres en flammes, un ruisseau de graisse, la graisse du dragon, se met à couler. Siegfried y trempe le doigt et quand la graisse est refroidie, son doigt est devenu aussi dur que de la corne.

Lorsqu'il s'en aperçut, en hâte il se dévêtit, et s'enduisit tout le corps de la graisse du monstre. Mais tandis qu'il faisait ainsi, une feuille du tilleul sous lequel il se trouvait lui tomba par hasard sur le dos, juste entre les deux épaules. Et ce fut là le seul endroit de son corps qui resta vulnérable.

À partir de ce moment, le héros du Niederlant, Siegfried, fils de Siegmund et de la belle Siegelinde, fut appelé *Siegfried l'Encorné*, c'est-à-dire : à la peau aussi dure que de la corne.

D'autres racontent aussi que c'est dans le sang du dragon qu'il se baignait lorsque la feuille de tilleul lui tomba sur le dos.

Légendes et épopées d'Outre-Rhin, op. cit., pp. 36-38.

AUTRES HISTOIRES DE DRAGONS

Dans les Contes et Légendes de la Table Ronde *(*op. cit.*, p. 14), le sénéchal, Voltiger, s'empare de l'héritage du prince Uter Pendragon ; or la tour qu'il veut élever s'écroule sans cesse, aussi consulte-t-il Merlin le divin.*

— Sous les fondations de la tour, habitent deux dragons. L'un est rouge et l'autre est blanc. Quand le poids de la tour devient trop pesant pour eux, ils éprouvent le besoin de se retourner. c'est à ce moment que les murs s'écroulent.

— Dans ce cas, il ne reste qu'une chose à faire, dit le roi, creuser le sol.

Et aussitôt des ouvriers se mirent au travail. Dès qu'ils atteignirent la base des fondations, ils trouvèrent deux énormes dalles qu'ils soulevèrent. Merlin avait raison : deux dragons en sortirent qui se jetèrent sauvagement l'un contre l'autre.

Stupéfaits, intrigués, Voltiger, sa cour et tous les ouvriers suivirent la bataille, qui dura deux jours. Le dragon rouge parut d'abord avoir le dessus, mais le blanc, plus agile parce que plus jeune, finit par le tuer. Cependant, son triomphe fut bref, car il se coucha et mourut à son tour.

S'adressant à Voltiger, Merlin lui dit :

— Maintenant, tu peux faire édifier une tour.

Voltiger hocha la tête. Après un temps de réflexion, il demanda :

— Saurais-tu me dire ce que signifie la bataille des deux dragons ?

Merlin sourit :

— Promets-moi d'abord de ne point me malmener pour t'avoir dit la vérité.

— Je te le promets.

— Alors, écoute bien : le dragon rouge, c'est toi, Voltiger ; le dragon blanc, c'est Uter Pendragon. Dans quelques jours, vous entrerez en lutte : toi pour garder, lui pour reconquérir son royaume usurpé. Et le dragon blanc sera vainqueur du dragon rouge.

Dans Le Silmarillion *(p. 283), Túrin rencontre à Nargothrond le redoutable dragon Glaurung qui accomplit la malédiction de Morgoth en l'égarant puis en rendant Niniel, sa sœur, amnésique.*

Ceux qui, en petit nombre, l'avaient suivi s'étaient enfuis, il resta seul et à ce moment Glaurung apparut dans les portes béantes et se mit entre Túrin et le pont. Soudain il parla, grâce à l'esprit malin qui était en lui : « Salut, fils de Húrin. À nous ! »

Túrin bondit, se jeta vers le dragon, et les tranchants de Guthang brillèrent comme du feu. Glaurung reçut le coup sans broncher et ouvrit tout grand ses yeux de serpent qu'il dirigea sur Túrin. Túrin les regarda sans crainte et leva son épée, c'est là qu'il tomba sous l'effet paralysant des yeux sans paupières et ne bougea plus. Il resta longtemps comme une statue de pierre, seul avec son ennemi dans le silence, devant les portes de NargothroND. Glaurung parla encore pour le provoquer : « Tu t'es bien mal conduit, fils de Húrin. Fils ingrat, hors-la-loi, meurtrier de ton ami, voleur d'amour, usurpateur de Nargothrond, capitaine imprudent, et déserteur des tiens. Ta mère et ta sœur sont esclaves à Dor-lómin, dans la misère et le besoin. Tu es vêtu comme un prince alors qu'elles sont en haillons, elles implorent ta venue alors que tu les ignores. Ton père serait heureux de savoir qu'il a fait un tel fils, et il le saura. » Túrin, ensorcelé par Glaurung, entendit ces paroles, se vit comme dans un miroir déformant et fut pris de haine contre lui-même.

ARDA, UN MERVEILLEUX TERRAIN DE JEUX

Le jeu de rôles des Terres du Milieu (JRTM pour les intimes) vous permet d'imaginer mille aventures dans l'univers de Tolkien. Édité par Hexagonal, il peut être complété par une carte-poster des Terres du Milieu (vue d'ensemble grande, colorée, bref jolie, mais forcément peu détaillée), ou des livrets thématiques en français comme *La Lórien* ou *Les Valar et Maiar*, produits par I.C.E. et diffusés par Hexagonal, ou en anglais comme *Middle Earth Campaign Guide, a source book*, éditions I.C.E. Ils proposent des explications détaillées sur l'univers de Tolkien, des plans, cartes et illustrations, des suggestions de parcours ; on ne regrettera que leur prix !

2

NARN I HÎN HÚRIN *

La Geste des Enfants de Húrin

L'enfance de Túrin

HADOR Tête-d'Or était un seigneur des Edain, et très aimé des Eldar. Il vécut les jours qui lui furent alloués, sous la suzeraineté de Fingolfin qui lui donna de vastes domaines dans cette région du Hithlum qu'on nomme Dor-lómin. Sa fille Glóredhel épousa Haldir, fils de Halmir, seigneur des Hommes du Brethil ; et au cours des mêmes festivités, Galdor le Grand prit pour femmes Hareth, fille de Halmir.

Galdor et Hareth eurent deux fils, Húrin et Huor. Húrin était l'aîné de trois ans, mais il était plus court de taille que les autres hommes de sa race ; en cela il tenait de la lignée de sa mère, mais pour tout le reste il ressemblait à Hador son grand-père, étant clair de visage et blond de cheveux, et bâti en force et l'âme ardente. Mais le feu dans son âme brûlait avec constance, et il était persévérant en son vouloir. De tous les Hommes du Nord, il en savait le plus long sur les desseins des Noldor. Huor, son frère, était de haute taille, le plus grand de tous les Edain, hors son propre fils Tuor, et un coureur rapide ; mais si la course était longue et dure, c'était Húrin qui touchait au but le premier, car il courait d'une foulée égale, du commencement à la fin. Les frères s'aimaient d'amour tendre, et dans leur jeunesse, on les voyait rarement séparés l'un de l'autre.

Húrin épousa Morwen, la fille de Baragund, fils de Bregolas, de la Maison de Bëor ; par là, elle était proche parente de Beren le Manchot. Morwen était noire de cheveux et élancée, et tel était l'éclat de ses prunelles et la beauté de son visage, que les hommes l'appelaient Eledhwen, Belle-comme-une-Elfe, mais elle était d'humeur plutôt sombre et fière. Les malheurs de la maison de Bëor attristaient son cœur ; car c'est exilée de Dorthonion qu'elle était venue à Dor-lómin, après le désastre de Bragollach.

Le fils aîné de Húrin et de Morwen se nommait Túrin, et il était né en cette année où Beren vint au Doriath et trouva Lúthien Tinúviel, la fille de Thingol. Morwen donna aussi une fille à Húrin, et elle fut nommée Urwen ; mais tous ceux qui la connurent, durant sa courte existence, l'appelèrent Lalaith, l'Allégresse.

Huor épousa Rian, la cousine de Morwen : elle était fille de Belegund, le fils de Bregolas. Ce fut un sort cruel qui la fit naître en ces jours d'affliction, car elle était douce de cœur et ne goûtait ni la chasse, ni la guerre. Tout son amour allait aux arbres et aux fleurs sauvages, et volontiers elle chantait, et elle inventait des chansons. Elle n'avait été mariée à Huor que deux mois lorsqu'il s'en alla avec son frère à la bataille de Nirnaeth Arnoediad, et jamais plus elle ne le revit [1].

Dans les années qui suivirent Dagor Bragollach et la chute de Fingolfin, l'ombre terrifiante de Morgoth s'allongea. Mais en l'année quatre cent soixante-neuf après le retour des Noldor en la Terre du Milieu, l'espoir se ranima parmi les Elfes et les Hommes ; car ils eurent vent des hauts faits de Beren et de Lúthien, et de l'humiliation infligée à Morgoth alors même qu'il siégeait sur son trône d'Angband, et il y en avait qui soutenaient que Beren et Lúthien vivaient encore, ou qu'ils étaient revenus d'entre les Morts. Et en cette année-là, les grands desseins de Maedhros furent près de s'accomplir, et la force renaissante des Eldar et des Edain repoussa l'avance de Morgoth, et les Orcs furent chassés du Beleriand. Et certains se prirent alors à parler de victoires à venir et d'une revanche imminente sur la Bataille de Bragollach, et ils disaient que l'on allait voir Maedhros, à la tête des armées coalisées, refouler Morgoth sous terre, et sceller les Portes de l'Angband.

Mais ceux qui en savaient plus long étaient dans l'inquiétude toujours, craignant que Maedhros ne révélât trop tôt sa force croissante et qu'on laisserait à Morgoth le temps de s'armer contre lui. « Toujours quelque nouveau mal s'en va éclore dans l'Angband, que ni Elfes ni Hommes ne sauraient prévoir », disaient-ils. Et à l'automne de cette année-là, comme pour corroborer leurs paroles, voilà qu'un mauvais vent se mit à souffler du nord sous des cieux de plomb. Et on l'appela le Souffle Pernicieux car il était pestilentiel ; et nombreux furent ceux qui prirent la maladie et moururent à l'automne de l'année, en ces terres septentrionales qui confinent à l'Anfauglith, et c'étaient pour la plupart des enfants ou des jeunes gens, la future vigueur des maisons des Hommes.

En cette année, Túrin, fils de Húrin, n'avait guère que cinq ans, et Urwen sa sœur eut ses trois ans au début du printemps. Lorsqu'elle courait dans l'herbe, ses cheveux étaient d'or comme les jonquilles des prés, et son rire était comme le joyeux babil du ruisseau qui sourcillait des collines et baignait les murs de la maison de son père. Nen Lalaith, appelait-on ce ruisseau, et en son honneur tous les gens de la maison appelèrent l'enfant Lalaith, et leur cœur se réjouissait lorsqu'elle était parmi eux.

Mais on aimait Túrin moins bien qu'elle. Il était noir de cheveux, comme sa mère, et promettait d'être de même disposition, car il n'avait pas l'humeur joyeuse, et il parlait peu, bien qu'il apprît à parler très tôt, et qu'il parût toujours plus vieux que son âge. Túrin ne pardonnait guère une injustice ou une moquerie ; mais le feu de son père l'habitait également, et il pouvait être brusque et violent. Et cependant il était prompt à s'apitoyer, et les souffrances ou chagrins des créatures vivantes l'émouvaient aux larmes ; et en cela encore, il ressemblait à son père, car Morwen était aussi dure envers autrui qu'elle l'était envers elle-même. Il aimait sa mère car elle lui parlait sérieusement et sans détours ; mais il voyait peu son père, car Húrin était souvent absent de chez lui pour de longues périodes, avec l'armée de Fingon qui gardait les frontières orientales du Hithlum, et lorsqu'il revenait, sa parole abrupte, pleine d'expressions étrangères et de bons mots et de demi-mots, troublait Túrin et le mettait mal à l'aise. Dans ces moments-là, toute la chaleur de son cœur allait à Lalaith, sa sœur ; mais il jouait rarement avec elle, et préférait la surveiller inaperçu, tandis qu'elle foulait l'herbe et passait sous les arbres, chantant les chansons telles qu'en inventaient autrefois les enfants de l'Edain, lorsque la langue des Elfes était encore neuve sur leurs lèvres.

Belle comme une enfant-Elfe est Lalaith », dit Húrin à Morwen. « Mais plus brève hélas ! et peut-être plus belle ainsi, et plus chérie encore ! » et entendant ces mots Túrin se prit à songer, mais ne les put comprendre. Car il n'avait jamais vu d'enfant-Elfe. Aucun des Eldar ne vivait à l'époque sur les terres de son père, et il ne les avait entrevus qu'une seule fois, lorsque le roi Fingon avait traversé à cheval Dor-lómin, escorté d'une foule de seigneurs, et que, tout étincelants d'argent et de blancheur, ils avaient franchi le pont de Nen Lalaith.

Mais avant que ne s'achevât l'année, les paroles de son père se vérifièrent ; car le Souffle Pernicieux atteignit Dor-lómin, et Túrin tomba malade et demeura longtemps couché avec de la fièvre et en proie à un rêve ténébreux. Et lorsqu'il fut guéri, car tel était son destin et telle la force de vie en lui, il demanda à voir Lalaith. Et sa nourrice répondit :

« Tu ne dois plus parler de Lalaith, fils de Húrin. Mais va-t'en demander à ta mère des nouvelles de ta sœur Urwen. »

Et lorsque Morwen vint à lui, Túrin lui dit : « Je ne suis plus malade, et je voudrais voir Urwen ; mais pourquoi ne dois-je plus dire Lalaith ? »

« Parce qu'Urwen est morte et que l'allégresse a fui cette maison, répondit-elle. Mais tu vis, toi, fils de Morwen ; et l'Ennemi qui nous a fait cela est en vie, lui aussi ! »

Elle ne chercha pas à le consoler, non plus qu'elle ne chercha elle-même consolation ; car elle prenait son chagrin dans le silence et la froidure de son cœur. Mais Húrin se lamenta ouvertement, et il prit sa harpe et il voulut faire un thrène, mais il ne le put, et il brisa sa harpe, et sortant, il brandit le poing vers le nord, criant : « Toi qui as gâté la Terre du Milieu, plaise au ciel que je te voie face à face, et que je te gâte la face, comme le fit mon seigneur Fingolfin ! »

Et Túrin pleura amèrement la nuit tout seul, bien que devant Morwen il ne prononçât jamais plus le nom de sa sœur. En ce temps-là il ne recherchait la compagnie que d'un seul ami, et à celui-ci il parla de son chagrin et du vide de la maison. Cet ami s'appelait Sador, et c'était un serf domestique au service de Húrin ; il était infirme et homme de peu. Il avait été forestier, et par malchance ou maladresse dans le maniement de la hache, il s'était tranché le pied droit, et la jambe privée de pied avait raccourci ; et Túrin l'appelait Labadal, ce qui veut dire « Cloche-pied », mais le nom ne contrariait pas Sador, parce qu'il lui était donné par pitié et non par moquerie. Sador travaillait dans les communs, pour fabriquer ou réparer les humbles objets d'usage courant dans la maison, car il était assez habile à travailler le bois ; et Túrin lui procurait ce qui lui manquait, afin d'épargner sa pauvre jambe, et parfois il emportait en cachette quelque outil ou pièce de bois qu'il trouvait à l'abandon, s'il pensait que son ami en aurait l'emploi. Alors Sador souriait, mais il lui enjoignait de remettre ces cadeaux en place : « Donne à pleines mains ; mais donne seulement ce qui est à toi » disait-il. Il récompensait comme il le pouvait la bonté de l'enfant, et lui sculptait des figurines d'hommes et de bêtes ; mais Túrin s'enchantait surtout des récits de Sador, car il avait été jeune homme à l'époque de Bragollach et aimait s'attarder sur les jours brefs où il avait été un homme en pleine possession de ses moyens, avant de devenir un estropié.

« Ce fut là une grande bataille, dit-il, fils de Húrin. Tels furent les besoins, cette année-là, que l'on m'arracha à mes besognes forestières ; mais je ne me suis pas trouvé à Bragollach, où j'aurais pu gagner mon mauvais coup aussi bien, mais avec plus d'honneur. Car nous arrivâmes trop tard, sinon pour remporter le cercueil du vieux seigneur Hador qui tomba en protégeant le roi Fingolfin. Là-dessus je m'en allais soldat et je fus en garnison à Eithel Sirion, la grande forteresse des Rois-Elfes, pour de nombreuses années ; du moins à ce qu'il me semble aujourd'hui, car les mornes années qui se sont écoulées depuis ont bien peu pour les rehausser. J'étais à Eithel Sirion, lorsque le Roi Noir l'a investi, et Galdor, le père de ton père, était capitaine là-bas, au nom du roi. Il fut tué dans l'assaut ; et je vis ton père assumer son titre et son commandement, bien qu'il ait tout juste atteint l'âge d'homme. Il y avait un feu en lui qui, disait-on, rendait son épée ardente dans sa main. A sa suite, nous refoulâmes les Orcs dans les sables ; et jamais plus ils n'ont osé se montrer en vue de ces murs. Mais hélas, mon amour des combats était rassasié, car j'avais vu assez de sang versé et de blessures ; et on m'accorda de revenir aux forêts dont je me languissais ; et c'est là que je reçus mon mauvais coup ; car un homme qui fuit sa peur peut bien découvrir qu'il n'a fait qu'emprunter un raccourci pour la retrouver. »

Ainsi parlait Sador à Túrin qui grandissait ; et Túrin commença à poser un grand nombre de questions auxquelles Sador avait peine à répondre, songeant qu'il appartenait à de plus proches de l'instruire. Et un jour Túrin lui dit : « Lalaith était-elle vraiment pareille à une enfant-Elfe, comme l'a dit mon père ? Et que voulait-il dire lorsqu'il a dit qu'elle était plus brève ? »

« Toute pareille, dit Sador, car dans leur première jeunesse les enfants des Hommes et ceux des Elfes semblent proches parents. Mais les enfants des

Hommes grandissent plus vite, et leur jeunesse passe rapidement ; tel est notre destin. »

Alors Túrin lui demanda : « Qu'est-ce que le destin ? »

« Quant au destin des Hommes, dit Sador, il te faut interroger ceux qui en savent plus long que Labadal. Mais comme tout le monde peut voir, nous nous épuisons bientôt, et nous mourons ; et nombreux sont ceux qui par malchance rencontrent la mort plus tôt encore. Mais les Elfes, eux, ne s'épuisent pas aussi vite, et ils ne meurent pas, sinon de coups inouïs. De blessures et de chagrins qui tueraient les Hommes, ils peuvent guérir ; et alors même que leur corps est brisé, ils recouvrent vie, disent certains. Il n'en va pas ainsi pour nous. »

« Alors Lalaith ne reviendra pas, dit Túrin ; où est-elle donc partie ? »

« Elle ne reviendra pas, dit Sador. Mais où elle est partie, nul homme ne le sait ; ou moi, du moins, je l'ignore. »

« Et cela a toujours été comme cela ? Ou souffrons-nous de la malédiction du mauvais Roi, peut-être, comme du Souffle Pernicieux ? »

« Je ne sais pas. Derrière nous s'étendent les ténèbres, et de ces ténèbres, peu de récits ont émergé. Les pères de nos pères ont pu avoir des choses à raconter, mais ils n'ont rien dit. Leur nom même est oublié. Les Montagnes se dressent entre nous et la vie dont ils sont issus, fuyant on ne sait quoi. »

« Est-ce qu'ils avaient peur ? » dit Túrin.

« Peut-être, dit Sador, il peut se faire que nous ayons fui la peur de l'Obscur, seulement pour le retrouver ici-bas devant nous, et nulle part ou fuir ailleurs, sinon vers la Mer. »

« Nous n'avons plus peur, dit Túrin. Nous n'avons pas tous peur. Mon père n'a pas peur, et je n'aurai pas peur ; ou du moins, comme ma mère, j'aurai peur, mais je ne le montrerai pas. »

Il sembla alors à Sador que les yeux de Túrin n'étaient pas ceux d'un enfant, et il songea à part lui : « Le chagrin affûte un esprit robuste. » Mais à haute voix, il dit : « Fils de Húrin et de Morwen, comment il en sera de ton cœur, Labadal ne le peut deviner ; mais à de rares moments et à de rares gens, montreras-tu ce qu'il contient. »

Alors Túrin dit : « Peut-être vaut-il mieux ne pas dire ce que l'on souhaite si on ne peut l'obtenir. Mais je souhaite, Labadal, être un des Eldar. Alors Lalaith pourrait revenir et je serais encore ici, même si elle demeurait longtemps absente. Je me ferai soldat à la suite d'un Roi-Elfe, dès que je le pourrai, comme tu as fait, Labadal. »

« Tu apprendras d'eux bien des choses, dit Sador, et il soupira. C'est un peuple de beauté et de grâce, et ils ont pouvoir sur le cœur des Hommes. Et cependant je me prends parfois à penser qu'il aurait peut-être mieux valu que nous ne les ayons jamais rencontrés, et ayons persisté dans notre humble voie. Car ils détiennent un savoir déjà ancien ; et ils sont fiers et endurants. A leur lumière, nous paraissons ternes, ou nous brûlons d'une flamme trop vive et qui trop rapidement se consume, et le poids de notre destinée pèse sur nous d'autant. »

Mais mon père les aime, dit Túrin, et il n'est pas heureux sans eux. Il dit que d'eux nous avons appris presque tout ce que nous savons, et qu'à les fréquenter, nous avons gagné en noblesse ; et il dit que les Hommes qui sont venus récemment de par-delà les Montagnes ne valent guère mieux que des Orcs. »

« C'est vrai, dit Sador, vrai au moins de certains d'entre nous. Mais s'élever est pénible, et de ces hauts, il est facile de retomber au plus bas. »

Túrin avait alors presque huit ans, et on était au mois de Gwaeron à compter selon le calendrier des Edain, en cette année que nul n'oubliera jamais. Déjà circulaient des rumeurs parmi les grandes personnes, et on parlait d'un formidable ralliement d'hommes et rassemblement d'armes, et lui, Túrin, n'en savait mot encore ; mais Húrin, connaissant le courage et la langue prudente de

Morwen, s'entretenait souvent avec elle des projets des Rois-Elfes, et de ce qu'il pourrait advenir, en bien ou en mal. Son cœur était plein d'espoir et il ne craignait pas l'issue de la bataille ; car il ne concevait pas qu'une force quelconque issue de la Terre du Milieu puisse renverser la puissance et la splendeur des Eldar. « Ils ont contemplé la Lumière de l'Ouest, dit-il, et à la fin, les Ténèbres doivent cesser d'offusquer leur visage. » Morwen ne le contredisait pas car en compagnie de Húrin l'espérance se faisait toujours plus vraisemblable ; mais dans sa propre lignée, on avait aussi connaissance des traditions des peuples Elfes, et en son for intérieur elle se disait : « Et pourtant n'ont-ils pas abandonné la Lumière ? Et ne sont-ils pas à présent tenus à l'écart d'Elle ? Et il se pourrait que les Seigneurs de l'Ouest les aient chassés de leurs pensées ; et si cela est, comment les Premiers-Nés pourront-ils triompher de l'un des Puissants ? »

Mais nulle ombre d'un doute analogue ne semblait effleurer Húrin Thalion ; et cependant un matin de printemps, en cette année fatidique, il s'éveilla comme d'un sommeil agité, et un nuage ternissait son ardeur, ce jour-là. Et vers le soir, il dit soudain : « Lorsque je serai convoqué, Morwen Eledhwen, je laisserai en ta garde l'héritier de la Maison de Hador. La vie des Hommes est brève, et sujette à bien d'amères vicissitudes, même en temps de paix. »

« Il en fut toujours ainsi, répondit Morwen. Mais que recouvrent tes paroles ? »

« La prudence très certainement » dit Húrin. Et cependant il paraissait troublé. « Mais quiconque interroge l'avenir doit voir ceci : que les choses ne vont pas demeurer en leur état actuel. Il s'apprête un puissant affrontement ; et un des côtés tombera très bas, bien plus bas qu'il ne se trouve aujourd'hui. Si la chute sera celle des Rois-Elfes, alors un sort funeste se prépare pour l'Edain ; et nos demeures, à nous autres, sont à portée de l'Ennemi. Mais même si les choses tournent au pire, je ne te dis pas : *ne crains rien* ! Car tu redoutes ce qui est véritablement redoutable, et cela seulement ;

et la peur ne te trouble pas. Mais je te dis : *n'attends pas* ! Je reviendrai comme je le pourrai, mais n'attends point ! Va-t'en au sud, aussi vite que tu le peux ; et je te suivrai, et je te trouverai, même s'il me faut chercher à travers tout le Beleriand. »

« Le Beleriand est vaste, et sans nulle ressource ou abri pour des exilés, dit Morwen. Où m'enfuirai-je donc, et avec qui : une poignée de serviteurs ou en nombre ? »

Húrin se prit alors à réfléchir quelques instants en silence. « Il y a la parenté de ma mère en Brethil, dit-il. A vol d'oiseau, ce n'est guère qu'à une trentaine de lieues. »

« Si ces temps de malheurs adviennent effectivement, de quel secours seraient des Hommes ? dit Morwen. La Maison de Bëor est tombée. Si l'illustre Maison de Hador tombe, dans quels trous se mottera le petit peuple de Haleth ? »

« Ils sont peu nombreux et sans grande lumière, mais ne doute pas de leur vaillance, dit Húrin. Et en qui d'autre mettre notre espoir ? »

« Tu ne parles pas de Gondolin », dit Morwen.

« Non, car ce nom n'a jamais passé mes lèvres, dit Húrin, et cependant ce que tu as entendu dire est vrai : j'y suis allé. Mais je te dis en vérité ce qu'à nul autre je n'ai dit, et point ne dirai : j'ignore où cela se trouve. »

« Mais tu le devines, et à ce que je pense, tu devines presque juste », dit Morwen.

« Cela se peut, dit Húrin, mais à moins que Turgon lui-même ne me délivre de mon serment, je ne puis dire ce qu'effectivement je pressens, même à toi. De sorte que ta quête serait vaine. Et même si, à ma honte, je parlais, tu ne parviendrais au mieux qu'à une porte close ; car sauf si Turgon sort lui-même guerroyer (et on n'a rien entendu dire de pareil et on ne le prévoit pas), personne ne peut rentrer. »

« Alors si ta parenté est de si piètre secours, et si tes amis te renient, dit Morwen, il me faut m'en remettre à moi-même ; et c'est à Doriath que je songe maintenant. L'Anneau de Melian sera bien la dernière défense à capituler, me semble-t-il, et la Maison de Bëor n'encourra pas le mépris en pays Doriath. Car ne suis-je pas en parenté avec le roi ? Beren, fils de Barahir, n'était-il pas petit-fils de Bregor, comme l'était mon père ? »

« Mon cœur ne m'entraîne pas vers Thingol, dit Húrin. Il ne portera nulle aide au roi Fingon ; et je ne sais quelle ombre recouvre mon esprit lorsque l'on prononce le nom de Doriath. »

« Mon cœur à moi s'offusque de même au nom de Brethil » dit Morwen.

Là-dessus Húrin se prit soudain à rire, et dit : « Nous voilà assis, à discuter de choses bien au-delà de notre pouvoir, et d'ombres nourries de rêves. Les choses n'iront pas si mal ; mais si malheur arrive, je confie tout à ton courage et à ta prudence. Fais donc ce que ton cœur t'enjoint de faire ; mais fais-le vite. Et si nous triomphons, alors les Rois-Elfes ont résolu de restituer tous les fiefs de la Maison de Bëor à ses héritiers ; et notre fils héritera de grands biens. »

Cette nuit-là Túrin s'éveilla à demi, et il lui sembla que son père et sa mère se tenaient à son chevet ; et qu'ils le contemplaient à la lueur des bougies qu'ils tenaient à la main ; mais il ne pouvait distinguer leurs traits.

Le matin de l'anniversaire de Túrin, Húrin donna à son fils un cadeau : un couteau de fabrication Elfe, et le manche et le fourreau étaient d'argent et de jais. Et il dit : « Héritier de la Maison de Hador, voici un cadeau en l'honneur de ce jour. Mais prends garde ! C'est une lame acérée, et l'acier sert seulement celui qui sait le manier. Il te coupera la main aussi volontiers qu'autre chose. » Et posant Túrin sur une table, il embrassa son fils, disant : « Et voilà que tu me domines déjà, fils de Morwen ; bientôt tu seras aussi haut que cela sur tes propres jambes. Et ce jour-là nombreux seront ceux qui redouteront le tranchant de ta lame ! »

Sur ce Túrin s'échappa de la chambre et s'en alla tout seul, et il avait une douce brûlure au cœur, comme le rayonnement du soleil lorsque, échauffant la terre gelée, il éveille toute chose à la germination. Et il se répétait à lui-même les paroles de son père : héritier de la Maison de Hador; mais d'autres mots lui venaient aussi à l'esprit : « Donne à pleines mains, mais donne ce qui est à toi. » Et il alla trouver Sador et s'écria : « Labadal, c'est mon anniversaire, l'anniversaire de l'héritier de la Maison de Hador ! Et je t'ai apporté un cadeau pour marquer le jour. Voici un couteau, celui-là même dont tu as justement le besoin ; il coupera tout ce que tu peux souhaiter, fin comme un cheveu. »

Mais Sador fut confus, car il savait bien que Túrin avait lui-même reçu le couteau ce jour-là ; or parmi les Hommes, on tenait pour indigne de refuser un don librement prodigué, de quelque main que ce soi. Il s'adressa à lui gravement : « Tu viens d'une race généreuse, Túrin fils de Húrin. Je n'ai rien fait pour me rendre digne de ton cadeau, et je ne puis espérer guère mieux faire dans les jours qui me sont laissés ; mais ce que je peux faire, je le ferai. » Et lorsque Sador tira le couteau du fourreau, il dit : « Voici un cadeau véritable : une lame d'acier trempée par les Elfes-forgerons ! Depuis bien longtemps, j'en avais perdu le toucher ! »

Húrin remarqua bientôt que Túrin ne portait pas le couteau, et il lui demanda si sa mise en garde le lui avait rendu redoutable ; alors Túrin répondit : « Non, mais j'ai donné le couteau à Sador, le charpentier. »

« Serait-ce que tu dédaignes le cadeau de ton père ? » dit Morwen ; et de nouveau Túrin répondit : « Non ; mais j'aime Sador et j'ai pitié de lui. »

Et Húrin dit : « Les trois donc étaient tiens, pour en user à ta guise, Túrin : l'amour, la pitié, et le couteau, le plus pauvre des trois. »

« Et pourtant je doute que Sador le mérite, dit Morwen. Il s'est mutilé lui-même, par maladresse, et il est lent à la tâche, car il passe beaucoup de son temps à des babioles qui ne lui ont pas été commandées. »

« Accorde-lui cependant la pitié, dit Húrin. Une main honnête et un cœur loyal peuvent trancher de travers, et le mal accompli peut bien être plus dur à supporter que l'œuvre de l'ennemi. »

« Toutefois, il te faudra maintenant attendre pour avoir une autre lame, dit Morwen, et ainsi le cadeau sera un cadeau véritable, à tes propres dépens. »

Túrin remarqua cependant que l'on traitait désormais Sador avec plus de mansuétude et qu'on lui attribua la fabrication d'un grand trône destiné au Seigneur lorsqu'il siégeait en sa salle d'honneur.

Vint un clair matin de Lothron, où Túrin fut réveillé par des soudaines fanfares, et courant vers la porte, il vit un grand concours d'hommes, fantassins et cavaliers, et tous armés de pied en cap pour la guerre. Et parmi eux se tenait Húrin, et il parlait aux hommes et donnait des ordres ; et Túrin apprit qu'ils s'en allaient ce jour-là pour Barad Eithel. Et c'était la garde personnelle de Húrin et les hommes de sa maison ; mais on avait convoqué aussi tous ses vassaux. Certains étaient déjà partis avec Huor, le frère de son père ; et nombre d'autres devaient rejoindre le Seigneur de Dor-lómin en route, et suivre sa bannière pour se rendre au grand rassemblement du Roi.

Et Morwen fit ses adieux à Húrin sans larmes verser, et elle dit : « Je veillerai sur ce que tu laisses à mes soins, tant ce qui est que ce qui sera. »

Et Húrin répondit : « Adieu, Dame de Dor-lómin ; nous chevauchons à présent avec plus d'espoir que nous n'en avons jamais eu auparavant. Songeons que la prochaine fête du solstice d'hiver sera la plus gaie qui fut jamais, et qu'elle sera suivie d'un printemps de gloire ! »

Puis il souleva Túrin sur ses épaules, et cria à ses hommes : « Que l'héritier de la maison de Hador voie l'éclat de vos épées ! » Et cinquante épées jaillies du fourreau flamboyèrent au soleil, et la cour résonna du cri de guerre des Edain du Nord : *Lacho calad ! Drego morn* ! Que flambe le Jour ! Que fuie la Nuit !

Enfin Húrin sauta en selle, et on déploya son oriflamme mordorée, et les trompettes retentirent encore une fois dans l'air du matin ; et ainsi Húrin Thalion s'en fut chevauchant vers Nirnaeth Arnoediad.

Mais Morwen et Túrin se tinrent immobiles à la porte jusqu'à ce qu'ils perçoivent au loin le faible appel d'un cor porté par le vent : Húrin avait passé la crête de la colline, et de l'autre versant il ne pouvait plus apercevoir sa demeure.

Les paroles de Húrin et de Morgoth

On a chanté bien des complaintes et fait bien des récits Nirnaeth Arnoediad, la Bataille des Larmes Innombrables où tomba Fingon et fut fauchée la fleur des Eldar. Une vie d'homme suffirait à peine pour en décrire les péripéties[2], mais ici on racontera seulement ce qu'il advint à Húrin, fils de Galdor, seigneur de Dorlómin, lorsque sur les berges du torrent Rivil il fut enfin pris vivant, par ordre de Morgoth, et traîné dans l'Angband.

Húrin fut amené devant Morgoth, car Morgoth savait, par ses maléfices et ses espions, que Húrin avait l'amitié du Roi de Gondolin ; et il cherchait à le subjuguer par l'éclat de ses prunelles. Mais Húrin ne pouvait pas encore être subjugué, et il défia Morgoth. Aussi Morgoth le fit charger de chaînes et le soumit à de lentes tortures ; et après quelque temps, il se rendit auprès de lui, et lui offrit le choix de s'en aller librement où il voulait, ou de recevoir les pouvoirs et le rang de premier capitaine de ses armées, à lui Morgoth, sous condition qu'il révélât où se trouvait la citadelle de Turgon, et toute autre chose qu'il savait concernant les secrets de ce roi. Mais Húrin le Vaillant se rit de lui, disant : « Aveugle es-tu, Morgoth Bauglir, et aveugle tu seras toujours, n'entrevoyant que les ténèbres. Tu ne sais pas ce qui gouverne les cœurs des Hommes, et le sachant, tu ne pourrais le donner. Mais bien fou qui se fierait à ce qu'offre Morgoth ! Tu t'approprierais d'abord le prix, et ensuite faillirais à ta promesse ; et je ne gagnerais qu'une mort certaine, à te dire ce que tu me demandes. »

Et Morgoth de rire, et il dit : « Peut-être me supplieras-tu un jour de t'accorder la mort comme un bienfait ! » Alors il emmena Húrin au Haudh-en-Nirnaeth qui venait d'être érigé, et la puanteur de la mort y flottait ; et Morgoth fixa Húrin au sommet, et lui enjoignit de regarder vers l'ouest, en direction du Huthlum, et de penser à sa femme et à son fils et à ses autres parents. « Car ils vivent à présent sous ma loi, dit Morgoth, et ils sont à ma merci. »

« Tu n'as pas autorité sur eux, répondit Húrin. Et tu ne parviendras pas jusqu'à Turgon à travers eux, car ils ne savent rien de ses secrets. »

La rage alors s'empara de Morgoth, et il dit : « Et pourtant je saurai t'atteindre et toute ta maison maudite ; et tu seras rompu sur l'acier de ma volonté, quand bien même vous seriez tous faits d'acier ! » Et il prit une longue épée qui se trouvait là et la rompit devant les yeux de Húrin, et un éclat de l'épée le blessa au visage ; mais Húrin ne cilla point. Alors Morgoth, étendant son long bras vers Dor-lómin, frappa d'anathème Húrin et Morwen, et toute leur descendance, disant : « Vois ! L'ombre de ma pensée pèsera sur eux partout où ils iront, et ma haine les poursuivra jusqu'aux confins du monde. »

Mais Húrin dit : « Tu parles en vain. Car tu ne peux les voir, ni les gouverner de loin ; tu ne le peux tant que tu revêts cette forme et ambitionnes encore d'être Roi, et un Roi visible sur terre. »

Alors Morgoth se retourna sauvagement vers Húrin, et il dit : « Fou que tu es, et infime parmi les Hommes, Et eux-mêmes, quantités infimes parmi tous les êtres doués de parole ! As-tu vu les Valar, ou mesuré le pouvoir de Manwë et de Varda ? Connais-tu la portée de leur esprit ? Ou crois-tu peut-être que leur pensée peut t'atteindre et te sauvegarder de loin ? »

« Je ne sais, dit Húrin. Et cependant cela se pourrait si tel était leur bon plaisir. Car l'Ancien Roi ne sera pas détrôné tant que perdurera Arda. »

« Tu dis vrai, répondit Morgoth. Je suis l'Ancien Roi : Melkor, le premier et le plus puissant des Valar, qui fut avant que le monde ne fût, et qui fit le monde. L'ombre de mon dessein se projette sur Arda, et tout ce qui s'y trouve se soumet lentement et sûrement à mon vouloir. Mais sur tous ceux qui te sont chers, ma pensée pèsera comme un sombre brouillard fatidique, et elle les plongera dans les ténèbres et la désespérance. Partout où ils iront, le mal régnera. Dès qu'ils parleront, leurs paroles seront de mauvais conseil. Tout ce qu'ils feront se retournera contre eux. Ils mourront sans espoir, maudissant et la vie et la mort. »

Mais Húrin répondit : « Oublies-tu à qui tu parles ? Ces choses-là, tu les as dites autrefois à nos pères ; mais nous avons échappé à ton ombre. Et maintenant nous savons à quoi nous en tenir sur toi, car nous avons considéré les visages de ceux qui ont vu la Lumière, et entendu les voix qui ont parlé avec Manwë. Arda, tu as contemplé ; mais d'autres également ; et tu ne l'as point faite. Ni es-tu le plus puissant ; car tu as gaspillé tes forces sur toi-même, et t'es épuisé dans ton propre néant. Tu n'es guère plus qu'un esclave des Valar, un esclave évadé, mais leur chaîne t'attend encore. »

« Tu as appris par cœur les leçons de tes maîtres, dit Morgoth, mais de tels enfantillages ne te seront d'aucun secours, maintenant qu'ils ont tous fui au loin. »

« Ceci encore, je te dirai, esclave Morgoth, dit Húrin. Et cela ne provient pas du savoir des Eldar, mais est né en mon cœur en cet instant même. Tu n'es pas le Seigneur des Hommes, et ne le seras point quand bien même tout Arda et tout Menel tomberaient en ton pouvoir. Au-delà des Cercles du Monde, tu ne poursuivras pas ceux qui te renient. »

« Au-delà des Cercles du Monde, je ne les poursuivrai certes pas, dit Morgoth. Car au-delà des Cercles du Monde, c'est le Néant. Mais en deçà, ils ne m'échapperont pas, et cela jusqu'à ce qu'ils entrent dans le Néant. »

« Tu mens ! » dit Húrin.

« Tu verras, et tu viendras à confesser que je ne mens pas », dit Morgoth. Et ramenant Húrin à Angband, il le fixa sur un siège de pierre, au sommet du Thangorodrim, d'où son regard plongeait sur le pays Hithlum à l'ouest, et sur les terres du Beleriand, au sud. Et il se trouva lié par les maléfices de Morgoth ; et Morgoth debout à ses côtés, une fois encore, le maudit, et lui imposa ses pouvoirs, de telle sorte qu'il ne pouvait ni bouger de ce lieu, ni mourir, jusqu'à ce que l'en délivrât Morgoth.

« Demeure donc là assis, dit Morgoth, et contemple les terres où le Mal et le désespoir vont visiter ceux que tu m'as livrés. Car tu as osé me tourner en dérision et douter de la puissance de Melkor, Maître des destinées d'Arda. Dès lors, avec mes yeux, tu verras, et avec mes oreilles, tu entendras, et rien ne te sera celé. »

Le départ de Túrin

Trois hommes seulement trouvèrent à s'en retourner à Brethil, par le Taur-nu-Fuin, un faux chemin plein d'embûches ; et lorsque Glóredhel, la fille de Hador, apprit la chute de Haldir, elle s'affligea et mourut.

Aucune nouvelle n'atteignit Dor-lómin. Rian, la femme de Huor, fuit tout éperdue dans les solitudes sauvages, mais elle fut secourue par les Elfes-Gris des collines de Mithrim, et lorsque son enfant Tuor naquit, ils le prirent en nourrice et l'élevèrent. Mais Rian s'en alla au Haudh-en-Nirnaeth, et là elle se coucha à terre et mourut.

Morwen Eledhwen demeura en Hithlum, silencieuse dans sa douleur. Son fils Túrin n'avait que neuf ans, et elle était de nouveau enceinte. Elle connut des jours funestes. Les Easterlings avaient envahi le pays en grand nombre, et ils traitèrent cruellement le peuple de Hador. Tous les habitants des domaines de Húrin qui pouvaient travailler ou servir à quelque chose furent traînés en captivité, même de toutes jeunes filles et des gamins, et ils tuèrent les vieux ou les chassèrent, les réduisant à mourir de faim dans les solitudes désolées. Mais ils n'osèrent lever la main sur la Dame de Dor-lómin ou l'expulser de sa demeure ; car le bruit courait parmi eux qu'elle était dangereuse, une sorcière qui fréquentait les blancs-démons : tel était le nom qu'ils décernaient aux Elfes, les haïssant mais les redoutant d'autant[3]. Pour cette raison, ils craignaient aussi les montagnes et évitaient de s'y aventurer, car de nombreux Eldar y avaient trouvé refuge, plus particulièrement au sud du pays ; et après quelques razzias et expéditions de pillage, les Easterlings se retirèrent vers le nord. Car la maison de Húrin se trouvait au sud-est de Dor-lómin, et les montagnes étaient proches. De fait, Nen Lalaith jaillissait à l'ombre de l'Amon Darthir, que franchissait un sentier escarpé. Par là, les intrépides pouvaient escalader l'Ered Wethrin et redescendre par les gorges du Glithui jusqu'au Beleriand. Mais cela, les Easterlings l'ignoraient, et Morgoth aussi pour lors ; car tout ce pays, tant que perdurait la Maison de Fingolfin, était hors de sa portée, et aucun de ses serviteurs n'y avait mis le pied. Il tenait l'Ered Wethrim pour une muraille infranchissable, interdisant toute fuite vers le nord, comme tout assaut venant du sud ; et en vérité, il n'y avait aucun passage pour qui ne possédait pas des ailes entre le Serech et les confins ouest où Dor-lómin rejoignait le Nevrast.

Ainsi advint-il qu'après les premières incursions, on laissa Morwen en paix, mais des hommes rôdaient dans les bois alentour et il y avait danger à trop s'écarter. Sous la protection de Morwen demeuraient encore Sador le Charpentier et quelques vieux, hommes et femmes, et Túrin, qu'elle ne laissait pas sortir du courtil. Mais la demeure de Húrin en vint bientôt à menacer ruines, et bien que Morwen travaillât dur, elle était miséreuse, et elle aurait connu la faim si ce n'avait été pour les secours que lui faisait tenir secrètement Aerin, une parente de Húrin, qu'un certain Brodda, l'un des Easterlings, avait de force épousée. L'aumône était chose amère pour Morwen, mais elle acceptait cette aide pour Túrin et pour son enfant à naître, et parce que, disait-elle, il s'agissait somme toute de son propre bien. Car ce Brodda avait saisi les gens, les biens et le bétail de Húrin, et les avait fait transférer dans ses demeures. C'était un audacieux mais un homme de peu parmi les siens, avant qu'il ne vienne au Hithlum ; et avide de richesses, il était prêt à s'emparer de terres que d'autres de son espèce ne convoitaient pas. Il n'avait vu Morwen qu'une seule fois, lorsqu'à l'occasion d'une razzia, il avait chevauché jusqu'à la maison ; mais à sa vue, il avait été pris d'effroi, croyant contempler les yeux terribles d'une blanche-démone, et il était resté plein d'une angoisse mortelle à l'idée que ces yeux lui avaient jeté un sort néfaste ; et c'est pourquoi il ne mit pas sa maison à sac, ni ne découvrit Túrin, autrement la vie de l'héritier du seigneur légitime aurait été brève.

Brodda réduisit en esclavage les Têtes-de-paille, comme il nommait les gens de Hador, et il les commit à lui construire un palais en bois sur les terres qui s'étendaient au nord de la maison de Húrin ; et il parquait ses esclaves derrière des palissades, comme du bétail dans un enclos, mais ils étaient mal gardés. Et il s'en trouvait encore parmi eux que la peur n'avait pas abattus, et qui au péril de leur vie étaient prêts à secourir la Dame de Dor-lómin ; et ils faisaient parvenir à Morwen de secrets renseignements sur la situation, bien qu'il n'y eût guère de quoi nourrir l'espoir dans les nouvelles qu'ils apportaient. Mais Brodda fit d'Aerin son épouse, non son esclave, car il y avait peu de femmes parmi ceux de son peuple, et aucune qui se pouvait comparer aux filles de l'Edain. Et il ambitionnait de se faire seigneur du lieu, et d'avoir un héritier qui détiendrait le domaine après lui.

De ce qui était advenu et de ce qui pouvait advenir dans les jours prochains, Morwen ne parlait guère à Túrin ; et il craignait de rompre son silence par ses questions. Lorsque les Easterlings pénétrèrent pour la première fois dans Dor-lómin, il dit à sa mère : « Quand est-ce que mon père reviendra pour renvoyer ces affreux brigands ? Pourquoi ne vient-il pas ? »

Morwen répondit : « Je ne sais pas. Il se peut qu'il ait été tué, ou fait prisonnier ; ou encore qu'on l'ait chassé au loin et qu'il ne puisse à ce jour se frayer un passage jusqu'à nous, à travers les ennemis qui l'environnent. »

« Alors je pense qu'il est mort », dit Túrin, et devant sa mère, il retint ses larmes. « Car personne n'est capable de l'empêcher de venir à notre secours, s'il est vivant. »

« Je crois que rien de cela n'est vrai, mon fils », dit Morwen.

Avec le temps qui passait, le cœur de Morwen s'assombrissait ; elle craignait pour son fils Túrin, héritier de Dor-lómin et de Ladros. Car elle n'entrevoyait d'autre sort pour lui, dès qu'il aurait pris de l'âge, que de devenir esclave des Easterlings. Aussi lui revinrent en mémoire les paroles de Húrin, et ses pensées se tournèrent à nouveau vers Doriath ; et enfin elle résolut de faire partir Túrin secrètement, si elle le pouvait, et de supplier le roi Thingol de lui accorder asile. Et comme elle demeurait là assise à réfléchir comment réaliser la chose, elle entendit clairement en sa pensée la voix de Húrin lui disant : « *Pars en toute hâte, ne m'attends pas !* » Mais la naissance de son enfant approchait, et la route serait dure et périlleuse ; et plus elle tardait, plus s'amenuisaient les chances d'échapper. Et son cœur la trompait toujours d'un espoir inavoué ; en son for intérieur, elle n'admettait pas que Húrin fût mort, et insomnieuse elle prêtait l'oreille à son pas dans la nuit, ou elle se réveillait, croyant entendre dans la cour le hennissement de son cheval Arroch. De plus, si elle admettait que son fils soit élevé dans un palais étranger, selon la coutume de l'époque, elle ne pouvait plier son orgueil à vivre elle-même d'aumône fût-ce à la cour d'un roi. Et ainsi fut enfreinte l'injonction de Húrin, ou bien le souvenir de sa parole, et tissé le premier fil du noir destin de Túrin.

L'automne de l'Année de Lamentations tirait déjà à sa fin avant que Morwen n'en vienne à prendre une décision, et alors elle voulut faire vite ; il fallait maintenant presser le voyage car elle redoutait que Túrin fût fait prisonnier si elle attendait la fin de l'hiver. Des Easterlings rôdaient autour du courtil et espionnaient les allées et venues de la maison. C'est pourquoi un jour elle dit soudainement à Túrin : « Ton père ne vient pas. Alors il te faut, toi, partir, et partir vite. C'est lui qui l'aurait voulu ainsi. »

« Partir ! s'écria Túrin. Mais où partirons-nous ? Au-delà des Montagnes ? »

« Oui, dit Morwen, au-delà des Montagnes, vers le sud, au loin. Au sud : là est peut-être l'espoir. Mais je n'ai pas dit « nous », mon fils. Tu dois partir, mais je dois rester. »

« Je ne peux pas partir seul ! dit Túrin. Je ne vais pas te laisser. Pourquoi ne partirions-nous pas ensemble ? »

« Je ne peux pas partir, dit Morwen. Mais tu ne t'en iras pas seul. J'enverrai Gerthon avec toi, et Grithnir aussi, peut-être. »

« Et pas Labadal ? » dit Túrin.

« Non, car Sador est infirme, dit Morwen, et la route sera rude ; et parce que tu es mon fils et que les temps sont durs, je te parlerai durement et sans détours : tu peux mourir en route. L'année est avancée. Mais si tu demeures ici, ton sort sera bien pire : le sort d'un esclave. Si tu souhaites être un homme, alors que tu approches de l'âge d'homme, tu feras bravement ce que je t'enjoins de faire. »

« Mais je te laisserai toute seule, avec Sador et Ragnir l'aveugle, et les vieilles femmes ! dit Túrin. Mon père n'a-t-il pas dit que j'étais l'héritier de Hador ? L'héritier doit demeurer dans la maison de Hador pour la défendre. Maintenant je regrette de ne plus avoir mon couteau. »

« L'héritier devrait rester, mais il ne le peut, dit Morwen. Un jour viendra cependant, où il pourra revenir. Maintenant, prends courage ! Si les choses s'aggravent, je te suivrai ; si je le peux. »

« Mais comment me trouveras-tu, perdue dans ces solitudes », dit Túrin ; et soudain défaillit son cœur, et il pleura amèrement.

« Si tu pleurniches, d'autres choses te trouveront avant moi, dit Morwen. Je connais le lieu où tu vas, et si tu y parviens et si tu y demeures, je saurai t'y retrouver, si je le puis. Car je t'envoie auprès du Roi Thingol, au Doriath. Ne préfères-tu pas être l'hôte d'un roi plutôt qu'un esclave ? »

« Je ne sais pas, dit Túrin. Je ne sais pas ce que c'est qu'un esclave. »

« Je t'envoie au loin pour que tu n'aies pas à l'apprendre », répondit Morwen. Et elle prit Túrin devant elle, et le regarda au fond des yeux, comme si elle cherchait à y déchiffrer une énigme : « C'est une dure chose, Túrin, mon fils, dit-elle, enfin. Dure, non seulement pour toi. Difficile pour moi aussi, en ces jours de malheur, de juger ce qu'il y a de mieux à faire. Mais je fais ce que je crois être juste : sinon pourquoi me séparerais-je de ce qui me reste de plus cher au monde ? »

Ils n'en parlèrent plus ensemble, et Túrin fut chagrin et troublé. Le matin il vint trouver Sador qui avait fait du bois pour les feux, car n'osant s'enfoncer dans la forêt, ils manquaient de bois à brûler ; et voilà que, s'appuyant sur sa béquille, il regardait le grand trône de Húrin qu'on avait relégué, inachevé, dans un coin. « Il faudra bien qu'il y passe, dit-il, car en ces jours d'aujourd'hui on ne doit songer qu'à satisfaire les besoins immédiats. »

« Ne le casse pas encore, dit Túrin. Peut-être qu'il reviendra à la maison, et que cela lui fera plaisir de voir ce que tu as fait pour lui en son absence. »

« Les espoirs fallacieux sont plus dangereux que la peur, dit Sador, et ils ne nous réchaufferont pas cet hiver. » Il caressa les moulures du bois et soupira : « J'ai perdu mon temps, dit-il, bien que les heures passées me fussent bonnes ; mais ce sont choses de courte durée ; et en la seule joie du travail tient leur but véritable. Et maintenant mieux vaut que je te rende ton cadeau. »

Túrin tendit la main, et promptement la retira. « Un homme ne reprend pas ce qu'il a donné », dit-il.

« Mais c'est à moi. Ne puis-je en faire ce que je veux ? », dit Sador.

« Oui, dit Túrin, à tout homme, sauf à moi. Mais pourquoi souhaiterais-tu t'en défaire ? »

« Je n'ai aucun espoir de m'en servir pour des tâches dignes de lui, dit Sador. Il n'y aura point d'ouvrage pour Labadal dans les jours à venir, sinon de la besogne d'esclave. »

« Qu'est-ce donc qu'un esclave ? » dit Túrin.

« Un homme qui fut homme mais qui est traité comme une bête, répondit Sador. Nourri tout juste pour le maintenir en vie, maintenu en vie tout juste pour peiner, peiner tout juste par peur de la douleur et de la mort. Et de ces bandits, il peut attendre souffrances et trépas par pur jeu. J'ai entendu dire qu'ils choisissaient les meilleurs coureurs pour les courser à mort avec leurs chiens. Ils ont été plus aptes écoliers des Orcs, que nous du Peuple de Beauté. »

« Maintenant je comprends mieux tout cela », dit Túrin.

« C'est une honte qu'il te faille comprendre ces choses si jeune, dit Sador, voyant l'étrange expression sur le visage de Túrin. Et que comprends-tu maintenant ? »

« Pourquoi ma mère m'envoie au loin ? » dit Túrin et ses yeux s'embuèrent de larmes.

« Ah ! » dit Sador, et il marmotta par-devers lui : « Mais pourquoi avoir tant tardé ? » Et se tournant vers Túrin, il dit : « Cela ne me paraît pas à moi des nouvelles à vous arracher les larmes ! Mais tu ne dois pas ébruiter les décisions de ta mère devant Labadal ou devant quiconque. Ces jours-ci, il n'est murs ou palissades qui n'aient des oreilles, et des oreilles qui ne poussent pas sur des têtes nobles. »

« Mais il me faut bien parler avec quelqu'un, dit

Túrin, et je t'ai toujours dit les choses. Je ne veux pas te quitter, Labadal. Je ne veux pas quitter cette maison, ni ma mère. »

« Mais si tu ne la quittes pas, dit Sador, c'en sera bientôt fait de la maison de Hador à jamais, car tu dois comprendre maintenant : Labadal ne souhaite pas que tu t'en ailles ; mais Sador, serviteur de Húrin, sera plus heureux lorsque le fils de Húrin sera hors d'atteinte des Easterlings. Allons, allons, on n'y peut rien ! il nous faut dire adieu ! Maintenant ne prendras-tu pas mon couteau comme cadeau de départ ? »

« Non, dit Túrin, car je m'en vais chez les Elfes, chez le roi de Doriath, m'a dit ma mère. Là j'en recevrai d'autres, pareils à celui-là. Mais il ne sera plus en mon pouvoir de t'envoyer des cadeaux, Labadal. Je serai au loin tout seul. » Et Túrin se mit à pleurer ; mais Sador lui dit : « Eh bien, où donc est le fils de Húrin ? Car je l'ai entendu qui disait, il n'y a guère, *Je m'en irai soldat avec un Roi-Elfe, dès que je le pourrai.* »

Alors Túrin ravala ses larmes et dit : « Très bien, si le fils de Húrin a dit cela, il doit garder parole, et s'en aller. Mais chaque fois que je promets de faire ceci ou cela, les choses paraissent toutes différentes quand vient le temps. Aujourd'hui je m'en vais à regret. Je dois prendre garde de ne plus dire ce genre de choses. »

« Cela vaudrait sans doute mieux, dit Sador. La plupart des hommes sont d'accord là-dessus. Et cependant il y en a bien peu qui appliquent ce qu'ils disent. Mais laissons à eux-mêmes les jours non advenus. Car à chaque jour suffit sa peine ! »

Or donc on apprêta Túrin pour son voyage et il fit ses adieux à sa mère et s'en alla secrètement avec ses deux compagnons. Mais lorsqu'ils engagèrent Túrin à se retourner pour jeter un dernier regard sur la maison de son père, l'angoisse de la séparation le transperça comme d'une épée, et il s'écria : « Morwen, Morwen, quand te reverrai-je ? » Et debout sur le seuil de la porte, Morwen perçut ce cri que lui renvoyaient les pentes boisées, et elle étreignit le chambranle de la porte jusqu'à s'en déchirer les doigts. Tel fut le premier des chagrins de Túrin.

Tôt dans l'année qui suivit le départ de Túrin, Morwen donna naissance à sa fille, et elle la nomma Nienor, ce qui veut dire Deuil ; mais Túrin était déjà au loin lorsqu'elle vit le jour. Long et ardu fut le cheminement de Túrin, car les pouvoirs de Morgoth s'étendaient sur tout le pays ; mais il avait Gethron et Grithnir pour guides, qui avaient été jeunes du temps de Hador, et bien qu'ils fussent alors âgés, ils avaient gardé toute leur vaillance, et ils connaissaient bien le pays pour avoir souvent parcouru le Beleriand, aux jours d'autrefois. Ainsi par la bonne grâce du destin et la vertu de leur courage, ils franchirent les Montagnes d'Ombre et descendirent dans le Val du Sirion pour s'enfoncer dans la forêt de Brethil ; et épuisés et hagards, ils atteignirent enfin les confins du Doriath. Mais là se fourvoyèrent, et dans les labyrinthes de la Reine s'égarèrent et errèrent perdus dans d'impénétrables sous-bois, jusqu'à ce que leurs vivres fussent épuisés. Et survint l'hiver et la froidure du Nord et ils côtoyèrent la mort. Mais d'un poids autrement onéreux était le destin de Túrin. Alors même qu'ils gisaient là dans le désespoir, ils entendirent le son d'un cor. Beleg à l'Arc de Fer chassait dans les parages, car il vivait toujours sur les marches de Doriath, le plus illustre forestier de son temps. Il entendit leurs plaintes et alla à eux, et lorsqu'il leur eut donné à manger et à boire, il apprit leurs noms et d'où ils venaient, et la stupeur et la pitié l'envahirent ; et il considéra Túrin avec amitié, car il avait la beauté de sa mère et les yeux de son père, et il était robuste et fort.

« Quel bienfait attends-tu du Roi Thingol ? » dit Beleg à l'enfant.

« Je voudrais être l'un de ses chevaliers, et marcher contre Morgoth, et venger mon père », dit Túrin.

« Et pourquoi pas, lorsque les ans t'auront fortifié, dit Beleg. Car bien que tu sois encore petit, il y a en toi de quoi faire un homme de valeur, le digne fils de Húrin l'Inébranlable, si cela se pouvait. » Car le nom de Húrin était tenu en grand honneur dans tous les pays elfes. Aussi Beleg se fit volontiers le guide des voyageurs, et il les amena à une cabane où il logeait avec d'autres chasseurs, et on leur donna l'hospitalité, tandis qu'un messager était dépêché à Menegroth. Et quand la réponse vint, que Thingol et Melian recevraient le fils de Húrin et ceux qui lui faisaient escorte, Beleg les conduisit par des chemins détournés jusqu'au Royaume Caché.

Et Túrin emprunta le grand pont qui enjambe l'Esgalduin, et passa les Portes du palais de Thingol ; et, enfant, il contempla les merveilles de Menegroth, que nul Homme mortel n'avait jamais entrevues, sauf Beren. Alors Gethron délivra le message de Morwen devant Thingol et Melian ; et Thingol les reçut avec bonté, et fit ployer le genou à Túrin en l'honneur de Húrin, le plus puissant des Hommes, et de Beren son parent. Et tous ceux qui assistaient s'étonnèrent, car cela signifiait que Thingol prenait Túrin pour fils adoptif, et en ce temps-là, cela ne se faisait pas chez les rois, et cela ne s'est jamais vu depuis de la part d'un Seigneur-Elfe à l'égard d'un Homme.

Or donc Thingol lui dit : « Ici même, fils de Húrin, sera ta maison, ta vie durant, et on te traitera comme mon fils bien que tu sois un Homme. La Sagesse te sera départie bien au-delà de ce qu'en jouit Homme mortel, et les armes des Elfes seront placées entre tes mains. Peut-être viendra le temps où tu recouvreras les domaines de ton père au Hithlum, mais pour l'instant demeure ici dans l'amour de nous. »

Ainsi commença le séjour de Túrin à Doriath. Pendant quelque temps, Grithnir et Gethron, ses serviteurs, restèrent avec lui, bien qu'ils aient langui de retourner auprès de leur Dame, à Dor-lómin. Puis l'âge et la maladie eurent raison de Grithmir, et il demeura auprès de Túrin jusqu'à sa mort ; mais Gethron s'en alla, et

Thingol envoya avec lui une escorte pour le guider et le protéger, et ils étaient porteurs de paroles de Thingol adressées à Morwen. Et ils parvinrent enfin à la maison de Húrin, et lorsque Morwen apprit que Túrin avait été reçu avec honneur dans le palais de Thingol, son chagrin en fut allégé ; et les Elfes lui remirent aussi de riches présents de la part de Melian, et un message la conviant à revenir avec les gens de Thingol, à Doriath. Car Melian était sage et prévoyante, et elle espérait prévenir, de la sorte, le mal qui avait éclos dans le cerveau de Morgoth. Mais Morwen ne voulut pas quitter sa maison car son cœur était toujours le même, et son orgueil toujours haut placé ; au surplus, Nienor était encore un bébé au berceau. Aussi elle renvoya les Elfes de Doriath avec ses remerciements et leur donna en présents de retour les dernières bricoles d'or qui lui restaient, dissimulant sa pauvreté, et elle leur demanda d'apporter à Thingol le Heaume de Hador. Mais Túrin guettait sans cesse le retour des messagers de Thingol, car il savait la teneur du message de Melian, et il avait tant espéré que Morwen s'y rendrait. Et ce fut le second chagrin de Túrin.

Lorsque les messagers lui dirent la réponse de Morwen, Melian fut prise de compassion car elle devinait son état d'esprit. Et elle vit que le destin qu'elle pressentait ne se laisserait pas si aisément déjouer.

Le Heaume de Hador fut remis entre les mains de Thingol. Ce heaume était d'acier gris tout ouvragé d'or, et s'y trouvaient gravées les runes de la victoire. Un pouvoir l'habitait, qui protégeait quiconque le portait des blessures et de la mort, car l'épée se rompait qui l'effleurait, et le trait déviait brusquement qui le frappait. Il avait été fabriqué par Telchar, le forgeron de Nogrod, célèbre pour ses ouvrages. Le heaume avait une visière (semblable à celle qu'utilisaient les Nains dans leurs forges, pour s'abriter les yeux), et le visage de qui le portait jetait l'épouvante dans les cœurs, mais restait, lui, à l'abri de toute flèche et de toute flamme. Sur son cimier se dessinait, haute figure de défi, la tête dorée de Glaurung le Dragon ; car le heaume avait été fabriqué peu après que des portes de Morgoth fut issu le monstre. Bien souvent Hador, et Galdor après lui, l'avaient porté à la guerre ; et les cœurs des soldats du Hithlum s'exaltaient à sa vue, lorsqu'ils l'apercevaient, haut dressé, dans le feu du combat, et ils criaient : « Gloire au Dragon de Dor-lómin, et honte au Ver-d'Or d'Angband ! »

Mais à la vérité, ce heaume n'avait point été fait à l'intention des Hommes, mais pour Azaghâl, Seigneur de Belegost, qui fut tué par Glaurung, l'Année de Lamentations[4]. Il fut donné à Maedhros par Azaghâl, pour prix de la vie et des trésors qu'il lui avait sauvés lorsque Azaghâl tomba dans une embuscade d'Orcs, sur la Route-des-Nains, dans le Beleriand oriental[5]. Par la suite, Maedhros l'envoya en présent à Fingon, avec qui il échangeait volontiers des témoignages d'amitié, se souvenant comment Fingon avait refoulé le Glaurung dans l'Angband. Mais dans tout le Hithlum, on ne trouva ni tête ni épaules assez solides pour porter le heaume nain avec aisance, sauf celles de Hador et de son fils Galdor. Aussi Fingon en fit-il don à Hador, lorsqu'il reçut la seigneurie de Dor-lómin. La malchance voulut que Galdor ne le portât pas lorsqu'il défendit Eithel Sirion, car l'alerte avait été soudaine, et il avait couru aux remparts tête nue, et une flèche d'Orc lui avait crevé l'œil. Mais Húrin ne portait pas le Heaume du Dragon avec aisance, et de toute manière dédaignait de s'en coiffer, disant : « Je préfère contempler mes ennemis à visage découvert ! » Il n'en tenait pas moins le Heaume pour le bien le plus précieux de sa maison.

Or Thingol possédait à Menegroth d'immenses armureries où étaient entreposées armes et armures à profusion : des cottes de métal travaillées comme des écailles de poisson, et brillantes comme l'eau sous la lune ; des épées et des haches, des boucliers et des heaumes, fabriqués par Telchar lui-même, ou par son maître Gamil Zirak l'ancien, ou bien par les Forgerons-Elfes, plus habiles encore. Car certaines pièces venaient de Valinor, et Thingol les avait reçues en don, et elles étaient l'œuvre de Fëanor, le maître forgeron, dont l'art n'a jamais été égalé depuis que le monde est monde. Et pourtant Thingol prit dans ses mains le Heaume de Hador comme si son propre fonds n'était rien, et il en parla en termes courtois, disant : « Fière fut la tête qui porta ce heaume, que les pères de Húrin ont porté ! »

Puis lui vint une idée, et il fit appeler Túrin, et lui dit que Morwen avait envoyé à son fils une puissante merveille, le trésor de ses ancêtres : « Prends à présent la tête-du-dragon du Nord, dit-il, et lorsque le temps viendra, porte-la à bon escient. » Mais Túrin était encore bien trop jeune pour soulever le heaume, et il n'y prêta guère attention à cause du chagrin qu'il avait au cœur.

Túrin en Doriath

Durant les années de son enfance au royaume de Doriath, Túrin fut pris en charge par Melian, quoiqu'il ne la vît que rarement. Mais il y avait une jeune fille nommée Nellas qui vivait dans les bois ; et sur ordre de Melian, elle suivait Túrin lorsqu'il s'en allait errer en forêt, et souvent elle se trouvait sur son passage, comme par hasard. De Nellas, Túrin apprit beaucoup concernant les coutumes du Doriath et la vie sauvage, et elle lui enseigna le Sindarin tel qu'on le parlait dans l'ancien royaume, la vieille langue, plus courtoise et plus riche en mots splendides[6]. Et ainsi, pour un temps, son humeur s'éclaira, jusqu'à ce qu'il revienne à nouveau sous l'emprise de l'ombre, et alors cette amitié s'évanouit comme un matin de printemps. Car Nellas n'allait pas à Menegroth, et elle répugnait à marcher sous des voûtes de pierre ; de sorte que l'enfance de Túrin passa, et il tourna ses pensées vers les exploits des Hommes, et il vit Nellas de moins en moins souvent, et finalement, il cessa de la rechercher. Mais elle continua à veiller sur lui, bien qu'à présent elle demeurât cachée[7].

Neuf années durant, Túrin vécut dans le palais de Menegroth. Mais son cœur et sa pensée le portaient sans cesse vers les siens, et de temps à autre, il recevait des nouvelles, et son cœur s'apaisait. Car Thingol envoyait aussi souvent que possible des messagers à Morwen, et elle renvoyait à son fils de bonnes paroles ; ainsi Túrin apprit-il que sa sœur Nienor croissait en beauté, une fleur dans la grisaille du Nord, et que la dure condition de Morwen s'améliorait. Et Túrin grandit en stature, jusqu'à devenir un des plus grands parmi les Hommes, et sa force et sa hardiesse étaient célèbres au royaume de Thingol. Au cours de ces années, il apprit beaucoup de choses, écoutant avec avidité les récits des jours anciens ; et il devint réfléchi et peu loquace. Souvent Beleg à l'Arc de Fer venait à Menegroth le chercher, et l'emmenait loin dans les bois, lui enseignant les arts forestiers et le tir à l'arc, et aussi (et c'est ce qu'il préférait) le maniement de l'épée ; mais il était moins habile à la fabrication d'objets divers, car il fut lent à maîtriser sa propre force, et souvent il gâchait ce qu'il avait fait d'un geste trop brusque. Dans d'autres domaines également, il semblait que la fortune lui soit contraire, de sorte que souvent ses projets avortaient, et ses désirs ne se réalisaient pas ; et il ne gagnait pas facilement l'amitié d'autrui, car il n'était pas gai, et il riait peu et une ombre recouvrait sa jeunesse. Toutefois ceux qui le connaissaient bien lui vouaient de l'amour et de l'estime, et il était honoré comme le fils adoptif du Roi.

Pourtant il y en avait un qui lui disputait cet honneur, et toujours plus à mesure que Túrin se faisait homme. Saeros, fils d'Ithilbor, était son nom. C'était un Nandor, l'un de ceux qui avaient cherché refuge au Doriath après la chute de leur seigneur Denethor, sur l'Amon Ereb, lors de la première bataille du Beleriand. Ces Elfes vivaient pour la plupart en Arthórien, entre l'Aros et le Celon, à l'est du Doriath, et ils franchissaient parfois le Celon pour errer dans les solitudes au-delà ; et ils n'avaient pas d'amitié pour les Edain, depuis leur passage à travers l'Ossiriand et leur établissement en Estolad. Mais Saeros vivait la plupart du temps à Menegroth, et il avait gagné l'estime du roi ; il était orgueilleux, traitant avec dédain ceux qu'il considérait de moindre condition et de moindre valeur que lui. Il avait obtenu l'amitié de Daeron le-ménestrel[8], car il était habile dans l'art du chant ; et il n'avait point d'amour pour les Hommes, et un éloignement tout particulier pour les parents de Beren Erchamion. « N'est-ce point étrange, disait-il, que ce pays accueille encore un représentant de cette race malheureuse ? L'autre a causé suffisamment de dommage au Doriath ! » Et depuis lors, il regardait Túrin de travers et critiquait tout ce qu'il faisait, en disant tout le mal possible ; mais ses paroles étaient artificieuses et sa malice voilée.

Lorsqu'il rencontrait Túrin seul à seul, il lui parlait avec hauteur et lui manifestait clairement son mépris ; et Túrin s'en offusqua, bien que longtemps il répondît à ses paroles malhonnêtes par le silence, car Saeros était puissant parmi les gens de Doriath et un conseiller du roi. Mais le silence de Túrin déplaisait à Saeros autant que ses dires.

En l'année de ses dix-sept ans, le chagrin de Túrin s'aviva, car, à cette époque, toutes communications avec les siens s'interrompirent. Le pouvoir de Morgoth n'avait cessé de croître et tout le Hithlum vivait maintenant sous son ombre. Très certainement, il en savait long sur les agissements de la parenté de Húrin, et s'il les avait laissés en paix un temps, c'était pour que son dessein malfaisant s'accomplisse ; mais voilà que pour en venir à ses fins, il fit garder étroitement les passes des Montagnes de l'Ombre, de sorte que personne ne puisse désormais sortir du Hithlum ni y entrer, sinon au péril de sa vie, et les Orcs fourmillaient vers les sources du Narog et du Teiglin, le long du cours amont du Sirion. Et il vint un temps où l'on ne revit plus les messagers de Thingol, et il n'en envoya plus. Il avait toujours répugné à laisser ses gens vaguer au-delà de ses frontières bien gardées, et rien n'avait si fortement marqué son bon vouloir envers Húrin et les siens que d'avoir depêché ses messagers, par les routes dangereuses, auprès de Morwen, à Dor-lómin.

Et Túrin s'attrista en son cœur, ignorant quel nouveau malheur le guettait et redoutant qu'un noir destin n'ait englouti Morwen et Nienor, et plusieurs jours durant, il demeura assis, silencieux, songeant à la chute de la maison de Hador et des Hommes du Nord. Alors il se leva et s'en alla à la recherche de Thingol. Et il le trouva siégeant avec Melian sous le Hirilorn, le grand hêtre de Menegroth.

Thingol considéra Túrin avec étonnement, voyant soudain à la place de son fils nourricier un homme et un étranger, grand et noir de cheveux, qui le fixait d'un regard profond dans un blanc visage. Alors Túrin demanda à Thingol une cotte de mailles, une épée et un bouclier, et il réclama à présent le Heaume du Dragon de Dor-lómin, et le roi lui accorda ce qu'il demandait, disant : « Je vais t'assigner une place parmi mes chevaliers de l'épée ; car l'épée sera toujours ton arme. A leurs côtés, tu pourras faire ton apprentissage de la guerre sur les marches du pays, si tel est ton désir. »

Mais Túrin dit : « Bien au-delà des marches frontières du Doriath, me porte mon cœur. Je languis de me mesurer à l'Ennemi plutôt que de défendre les confins du pays. »

« En ce cas, il te faut aller seul, dit Thingol. Je décide selon la sagesse qui est mienne, du rôle que mon peuple doit assumer dans la guerre avec l'Angband, Túrin fils de Húrin. Aucune force armée du Doriath n'enverrai-je guerroyer hors les murs en ce moment, ni en aucun moment que je puisse actuellement prévoir. »

« Toutefois tu es libre d'aller à ta guise, fils de Morwen, dit Melian. L'Anneau de Melian ne s'oppose pas au passage de ceux qui y pénètrent avec notre consentement. »

« A moins que de sages conseils ne te retiennent », dit Thingol.

« Quels sont tes conseils, Seigneur ? », dit Túrin.

« Un homme parais-tu, de par ta stature, répondit Thingol. Cependant tu n'as pas atteint ta pleine force, tu n'es pas l'homme fait que tu seras un jour. Lorsque ce temps viendra, peut-être pourras-tu te remémorer les tiens ; mais il n'y a guère d'espoir qu'un homme seul puisse faire plus contre le Roi Noir que de soutenir l'action de défense des Seigneurs-Elfes, tant que dure celle-ci. »

Alors Túrin dit : « Beren, mon parent, a fait plus. »

« Beren et Lúthien, dit Melian, mais il y a de la présomption à parler ainsi au père de Lúthien. Ta destinée n'est pas si exaltée, à ce que je pense, Túrin fils de Morwen, bien que ton sort soit noué à celui du peuple des Elfes, pour le meilleur ou pour le pire. Prends bien garde à toi, que ce ne soit pour le pire. » Puis après un silence, elle lui parla de nouveau, disant : « Va maintenant, fils nourricier ; et écoute le conseil du roi. Et cependant je crois que tu ne demeureras pas longtemps avec nous au Doriath, lorsque tu auras accédé à l'âge d'homme. Si dans les jours à venir tu te souviens des paroles de Melian, ce sera pour ton bien : redoute tant l'ardeur de ton cœur que sa froidure. »

Alors Túrin s'inclina devant eux et prit congé. Et promptement il coiffa le Heaume du Dragon, et s'arma, et s'en alla vers les marches septentrionales, et là il s'enrôla parmi les chevaliers-Elfes qui guerroyaient sans cesse contre les Orcs et tous les serviteurs et les créatures de Morgoth. Et c'est ainsi qu'à peine sorti de l'enfance, il prouva sa force et sa vaillance ; et se souvenant des malheurs de sa race, il fut toujours le premier à s'illustrer par de hauts faits d'armes et il reçut de nombreuses blessures par la lance et les flèches et par les lames crochues des Orcs. Mais son destin lui épargna la mort ; et le bruit courut par les bois, et il retentit bien au-delà du Doriath, que le Heaume du Dragon de Dor-lómin avait réapparu. Et nombreux furent ceux qui s'interrogèrent, disant : « L'esprit de Hador ou de Galdor le Grand serait-il revenu du séjour des morts ? Ou Húrin de Hithlum s'est-il échappé des mines de l'Angband ? »

Un seul, à cette époque, était plus fort que Túrin dans le maniement des armes, parmi les gardes-frontières de

Thingol et c'était Beleg Cúthalion ; et Beleg et Túrin combattaient côte à côte dans tous les périls, et ils parcouraient les grands bois sauvages ensemble.

Trois années s'écoulèrent de la sorte, et durant ce temps Túrin vint rarement au palais de Thingol ; et il ne prêtait plus attention à son apparence et à ses vêtements, et ses cheveux étaient hirsutes, et sa cotte annelée couverte d'un manteau gris tout usé par les intempéries. Mais voici que le troisième été, comme Túrin atteignait l'âge de vingt ans, désirant prendre un peu de repos et faire réparer ses armes par un forgeron, il vint à l'improviste un soir, à Menegroth, et entra dans la grande salle du trône. Thingol était absent, car, au fort de l'été, il se plaisait à séjourner dans les vertes forêts, en compagnie de Melian. Túrin se dirigea vers un siège sans prêter attention, car il était épuisé et préoccupé ; et la malchance voulut qu'il s'assît justement à une table d'anciens du royaume, et à la place même où Saeros avait coutume de s'asseoir. Saeros, entrant tardivement, fut saisi de colère, croyant que Túrin avait fait la chose par orgueil et pour lui faire un affront délibéré, et sa colère ne fut guère apaisée lorsqu'il vit que Túrin n'encourait aucun reproche de la part de ceux qui siégeaient alentour, mais au contraire, qu'on lui souhaitait la bienvenue.

Un temps, Saeros feignit de lui faire bon visage et prit un autre siège face à Túrin, de l'autre côté de la table. « Rarement le garde-frontière nous fait la faveur de sa présence, dit-il, et je lui cède bien volontiers mon siège coutumier pour le plaisir de l'entretenir. » Il dit bien d'autres choses encore, questionnant Túrin sur les nouvelles des frontières et sur ses exploits dans les solitudes ; mais bien que ses paroles fussent courtoises en apparence, la moquerie dans sa voix ne se pouvait dissimuler. Et lors Túrin éprouva comme de l'ennui, et il jeta les yeux autour de lui, et connut l'amertume de l'exil ; et au-delà des lumières et des rires du palais des Elfes, sa pensée retourna à Beleg et à leur vie au fond des bois, et plus loin encore, à Morwen dans la maison de son père, au pays Dor-lómin ; et il se rembrunit, si noires étaient les pensées qui l'assaillaient, et il ne répondit pas à Saeros. Et sur ce, pensant que cette sombre humeur s'adressait à lui, Saeros ne maîtrisa plus sa rage, et il saisit un peigne d'or et le jeta sur la table devant Túrin, s'écriant : « Sans doute, Homme du Hithlum, tu es venu en toute hâte à cette table, et on peut excuser ton manteau haillonneux ; mais rien ne t'oblige à garder la tête embroussaillée ; peut-être que si tes oreilles n'étaient pas cachées tu entendrais mieux ce que l'on te dit ! »

Túrin ne répondit mot, mais il tourna ses yeux vers Saeros, et un éclair passa dans ses noires prunelles. Mais Saeros ne prit pas garde à la menace qui avait fusé, et poursuivit avec un regard de mépris, disant de façon que tous l'entendent : « Si les hommes du Hithlum sont à ce point sauvages et rudes, que penser des femmes de ce pays ? Courent-elles comme des biches, revêtues de leur seule chevelure ? »

Alors Túrin empoigna une lourde coupe et la lança au visage de Saeros, et il s'écroula en arrière, se faisant grand mal ; et Túrin tira son épée et l'aurait pourfendu, si Mablung le Chasseur, assis à son côté, ne l'eût retenu. Et Saeros se relevant cracha du sang sur la table, et de sa bouche rompue, dit : « Combien de temps allons-nous encore héberger cet Homme des bois[9] ? Qui est maître ici ce soir ? La loi du Roi est rigoureuse envers qui blesse ses pairs dans les salles du palais. Et pour celui qui tire l'épée, la proscription est le moindre châtiment. Hors du palais, je pourrai te répondre, Homme des bois ! »

Mais lorsque Túrin vit le sang sur la table, son humeur se glaça ; et s'arrachant à la poigne de Mablung, il quitta la salle sans un mot.

Et Mablung dit à Saeros : « Qu'est-ce qui te prend ce soir ? Pour ce mal, je te tiens responsable ; et il se peut que la loi du Roi jugera qu'une bouche en sang est le juste prix de tes sarcasmes. »

« Si ce jeune loup a des doléances, qu'il les soumette au jugement du Roi, répondit Saeros. Mais tirer l'épée ici n'est d'aucune manière excusable. Hors de ce palais, si l'Homme des bois brandit son épée contre moi, je le tuerai. »

« Cela ne me paraît pas si certain, dit Mablung. Mais si l'un ou l'autre est tué, ce sera une action mauvaise, plus digne d'Angband que de Doriath, et il en sortira quelque mal accru. D'ailleurs je penserais volontiers qu'une ombre du Nord est venue jusqu'à nous et nous a effleurés cette nuit. Prends garde, Saeros, fils d'Ithilbor, de peur que tu n'accomplisses dans ta superbe les vœux de Morgoth, et souviens-toi que tu es de la race des Eldar. »

« Je ne l'oublie point », dit Saeros, mais il ne tempéra pas son courroux, et la nuit durant, sa rancœur alla croissante, nourrissant son désir de vengeance.

Au matin, lorsque Túrin quitta Menegroth pour retourner aux marches septentrionales, Saeros le guetta au passage et se rua sur lui de derrière, l'épée nue et l'écu au bras. Mais Túrin, en véritable forestier, était toujours aux aguets, et il l'avait aperçu du coin de l'œil, et sautant de côté, il dégaina promptement et se précipita sur son adversaire. « Morwen, s'écria-t-il, celui qui t'a bafouée va payer maintenant son injure ! » Et il fendit en deux l'écu de Saeros, et ils croisèrent le fer vivement. Mais Túrin avait été depuis longtemps à rude école, et il était devenu aussi agile qu'un Elfe, et plus robuste. Bientôt, il eut le dessus, et lui blessant le bras qui tenait l'épée, il tint Saeros à merci. Alors il mit le pied sur l'épée que Saeros avait laissée choir : « Saeros, lui dit-il, tu as une longue course à faire, et les vêtements te seront un embarras : les cheveux te suffiront ! » Et le jetant brusquement à terre, il le dénuda, et Saeros éprouva la grande force de Túrin et eut très peur. Mais Túrin le laissa se relever, et : « Cours, lui cria-t-il, cours tant que tu peux, et à moins que tu n'ailles aussi vite que le cerf, je viendrai derrière t'éperonnant ! » Et Saeros s'enfuit éperdu dans les bois, appelant désespérément au secours ; mais Túrin venait derrière le pourchassant comme chien courant, et quelque rapide il fut et quelques détours il prit, toujours Túrin, de son épée, l'aiguillonnait plus avant.

Les cris de Saeros amenèrent nombre d'autres à la

traque, et ils suivirent la course mais seuls les plus rapides pouvaient soutenir le train des coureurs. Au premier rang de ceux-ci venait Mablung, et il était troublé en son esprit car si les sarcasmes lui avaient paru blâmables, « la malignité qui s'éveille au matin devient le rire de Morgoth avant la tombée de la nuit » ; et de plus, c'était chose grave que de ridiculiser un Elfe, et de se faire à soi-même justice sans en référer au jugement du Roi. Personne, à l'époque, ne savait que Túrin avait été agressé le premier par Saeros, et que celui-ci voulait sa mort.

« Assez, assez, Túrin, cria-t-il, c'est faire œuvre d'Orcs dans les bois. » Mais Túrin répliqua : « De la besogne d'Orcs dans les bois, pour des paroles d'Orcs dans la salle du palais », et il se rua à la suite de Saeros qui désespérant que l'on vienne le secourir, pensant que la mort le talonnait de près, courait toujours comme un fou, jusqu'à ce qu'il arrivât au bord d'un torrent tributaire de l'Esgalduin, qui coulait dans une gorge profonde entre des parois abruptes, et c'était large pour un saut de cerf. Cependant mû par l'effroi, Saeros tenta sa chance et sauta, mais il lâcha pied sur l'autre rive et tomba en arrière avec un cri, se fracassant sur un grand rocher à fleur d'eau. Ainsi acheva-t-il sa vie en Doriath ; et Mandos n'allait pas le lâcher de sitôt.

Túrin contempla son corps gisant dans le torrent et il pensa : « Misérable imbécile ! D'ici, je t'aurais laissé revenir au pas jusqu'à Menegroth, et voilà que tu m'as posé sur les épaules le fardeau d'une culpabilité imméritée. » Et il se tourna et regarda sombrement Mablung et ses compagnons qui s'approchaient et qui l'entourèrent sur la rive. Après un silence Mablung dit : « Hélas ! Mais à présent viens avec nous, Túrin, car le Roi doit juger ces faits. »

Et Túrin dit : « Si le Roi est juste, il me jugera innocent. Mais ce Saeros n'était-il point un de ses conseillers ? Comment se fait-il qu'un Roi juste choisisse un cœur perfide pour ami ? J'abjure sa loi et son jugement ! »

« Tes paroles sont peu sages », dit Mablung, bien

qu'en son cœur il éprouvât de la pitié pour Túrin. « Tu ne vas pas t'en aller courir les bois. Je t'enjoins de revenir avec moi, en ami. Et il y a d'autres témoins. Lorsque le Roi apprendra la vérité, tu peux espérer son pardon. »

Mais Túrin était las des palais des Elfes, et il craignait d'être retenu captif ; et il dit à Mablung : « Je refuse de me plier à tes ordres. Je ne solliciterai aucun pardon du Roi Thingol ; et j'irai à présent là où ses arrêts ne peuvent m'atteindre. Tu n'as que deux choix : me laisser aller librement, ou me tuer, si cela est conforme à ta loi. Car vous êtes trop peu nombreux pour me prendre vivant. »

Ils lurent dans ces yeux sa résolution, et ils le laissèrent partir et Mablung dit : « Il suffit d'une mort. »

« Je ne l'ai pas voulue, dit Túrin, mais je ne le pleurerai point. Que Mandos le juge avec équité ; et si jamais il revient au pays des vivants, qu'il se montre plus sage. Bonne chance à vous ! »

« Libre chance à toi, dit Mablung, car tel est ton vœu. Mais du bien, je n'en pressens aucun, si tu t'en vas de cette manière. Une ombre est sur ton cœur. Lorsque nous nous retrouverons, plaise au ciel qu'il ne se soit pas enténébré plus encore ! »

A cela Túrin ne fit aucune réponse, mais il les laissa, et s'en fut rapidement, nul ne sait où.

On dit que lorsque Túrin ne réapparut pas sur les marches septentrionales de Doriath, et qu'il ne donna pas signe de vie, Beleg à l'Arc-de-Fer vint lui-même à Menegroth le chercher ; et le cœur lourd, il écouta l'histoire des méfaits de Túrin et les circonstances de sa fuite. Peu après Thingol et Melian revinrent en leur palais, car l'été tirait à sa fin ; et lorsque le Roi entendit le récit de ce qui s'était passé, il s'assit sur le trône dans la grande salle de Menegroth, et rassembla autour de lui les seigneurs et conseillers de Doriath. Tout alors fut dit et pesé avec scrupule, jusqu'aux paroles d'adieu de Túrin, et à la fin Thingol soupira, et dit : « Hélas ! comment cette ombre s'est-elle insinuée dans mon royaume ? Je tenais Saeros pour loyal et prudent ; mais s'il avait survécu, il aurait senti le poids de mon courroux, car c'était mal faire que de prononcer des paroles de sarcasme, et je le considère à blâmer pour tout ce qui est advenu dans l'enceinte du palais. Pour cela, Túrin a mon pardon. Mais humilier Saeros et le pourchasser jusqu'à ce que mort s'ensuive, c'est là un tort plus grave que l'offense, et sur de tels actes, je ne peux passer. Ils sont l'œuvre d'un cœur dur et fier. » Et Thingol se tut, et après un silence il parla avec tristesse : « C'est un pupille ingrat, et c'est un Homme trop fier pour son état. Comment pourrais-je donner asile à qui me bafoue, moi et ma loi ? ou pardonner à qui se refuse au repentir ? Aussi vais-je bannir Túrin, fils de Húrin, du royaume de Doriath. S'il cherche à y pénétrer, qu'il soit amené en jugement devant moi ; et tant qu'il n'a pas sollicité mon pardon à mes pieds, il n'est plus mon fils. Si quelqu'un ici y voit un manque à l'équité, qu'il parle ! »

Le silence se fit dans la salle et Thingol leva la main pour prononcer son arrêt. Mais à cet instant Beleg entra précipitamment, criant : « Seigneur, puis-je encore parler ? »

« Tu viens tard, dit Thingol, n'as-tu pas été mandé comme les autres ? »

« Oui, seigneur, répondit Beleg, mais j'ai été retardé ; je cherchais quelqu'un que je connaissais. Et voici que j'amène enfin un témoin qui doit être entendu, avant que ne soit prononcé ton arrêt. »

« Ont été convoqués tous ceux qui avaient quelque chose à dire, dit le Roi. Que pourrait-on encore ajouter qui pèserait plus lourd que ce que j'ai écouté ? »

« Tu en jugeras lorsque tu auras entendu, dit Beleg. Accorde-le-moi, si jamais j'ai mérité grâce de ta part. »

« A toi, je l'accorde », dit Thingol. Alors Beleg sortit, et revint conduisant par la main Nellas, la jeune fille qui vivait dans les bois et ne venait jamais à Menegroth ; et elle était grandement effarouchée, tant par la vaste salle à colonnes et la voûte de pierre, que par tous les yeux fixés sur elle. Et lorsque Thingol l'engagea à parler, elle dit :

« Seigneur j'étais assise dans un arbre » et elle se troubla, toute confuse devant le roi, et ne put dire un mot de plus.

Le Roi sourit et dit : « D'autres en ont fait de même qui n'ont pas éprouvé le besoin de me le raconter. »

« D'autres en effet, dit-elle, encouragée par son sourire, et ainsi faisait Lúthien, et c'est à elle que je pensais ce matin-là, et à Beren l'Homme. » A cela Thingol ne répondit pas, et il ne souriait plus, mais attendait que Nellas reprît.

« Car Túrin me rappelle Beren, dit-elle enfin. Ils sont de même race, m'a-t-on dit, et leur parenté est visible pour certains ; pour ceux qui regardent attentivement. »

Alors Thingol s'impatienta : « Cela se peut, dit-il, mais Túrin, fils de Húrin, s'en est allé, me bafouant, et tu n'auras plus jamais l'occasion d'interroger la parenté de ses traits. Car je vais à présent prononcer mon arrêt. »

« Seigneur Roï, s'écria-t-elle, prends patience et laisse-moi parler d'abord. J'étais là assise dans un arbre, et je regardais Túrin qui s'en retournait ; et je vis Saeros sortir du couvert des bois avec son épée et son écu, et bondir sur Túrin par surprise. »

A ces mots, il y eut une rumeur dans la salle, et le Roi leva la main, disant : « Tu apportes à mon oreille des nouvelles plus graves qu'on avait lieu de croire. Pèse bien toutes tes paroles, car ici on juge du destin d'un Homme. »

« C'est ce que m'a dit Beleg, répondit-elle, et c'est seulement pour cette raison que j'ai osé venir ici, afin que Túrin ne soit pas méjugé. Il est vaillant mais il est exorable. Ils se sont battus, Seigneur, ces deux-là, jusqu'à ce que Túrin ait dépouillé Saeros de son écu et de son épée ; mais il l'a épargné. C'est pourquoi je ne crois pas qu'il ait voulu sa mort au bout du compte. Si Saeros a connu la honte, c'est une honte qu'il avait lui-même gagnée. »

« C'est à moi qu'il appartient de juger, dit Thingol, mais ce que tu as dit pèsera sur mon arrêt. » Et il questionna Nellas de près ; et à la fin, il se tourna vers

Mablung, disant : « Il est étrange que Túrin ne t'ait rien dit de tout cela en te quittant. »

« Et pourtant il n'a rien dit, dit Mablung, car en eût-il parlé, mes mots d'adieu à son égard auraient été tout autres. »

« Et tout autre sera mon arrêt, dit Thingol. Qu'on m'écoute ! Quelque faute que l'on puisse imputer à Túrin, ici même je l'en absous, car je tiens pour prouvé qu'il a reçu offense et provocation. Et comme ce fut en effet, ainsi qu'il l'a dit, un qui siégeait en mon conseil, qui lui a fait injure, il n'aura pas à venir quêter son pardon, mais je le lui ferai parvenir, partout où il pourra se trouver, et je le rappellerai en tout honneur dans mes palais. »

Mais lorsque l'arrêt fut rendu, soudain Nellas se mit à pleurer. « Et où pourra-t-on le trouver ? dit-elle, il a quitté notre pays, et le monde est grand. »

« On le recherchera », dit Thingol, et il se leva et Beleg emmena Nellas hors de Menegroth ; et il lui dit : « Ne pleure pas ; car si Túrin vit et s'il court le monde, je le trouverai, même si tous les autres échouent. »

Le jour suivant, Beleg se rendit devant Thingol et Melian, et le roi lui dit : « Donne-moi un conseil, Beleg, car j'ai grand'peine. J'ai pris le fils de Húrin pour mien, et tel il demeurera jusqu'à ce que Húrin lui-même, resurgi de l'ombre, vienne réclamer son sang. Je ne voudrais point que l'on dise que Túrin a été chassé injustement dans les solitudes sauvages, et avec joie j'accueillerai son retour ; car je l'aimais d'amour vrai. »

Et Beleg répondit : « Je chercherai Túrin jusqu'à ce que je le trouve et je le ramènerai à Menegroth, si je le puis ; car je l'aime aussi. » Et il s'en alla, et parcourut les monts et les plaines du Beleriand, tentant mais en vain de recueillir des nouvelles de Túrin, à travers maints périls ; et l'hiver s'écoula et le printemps suivant.

Ici on retrouve Túrin. Se croyant lui-même un hors-la-loi que le roi allait faire traquer, il ne retourna pas auprès de Beleg sur les marches septentrionales du Doriath, mais s'en alla vers l'ouest, et passant secrètement hors du Royaume Gardé, pénétra dans les forêts au sud de Teiglin. Là, avant Nirnaeth, vivaient de nombreux Hommes, dans des domaines éparpillés ; ils étaient pour la plupart du peuple de Haleth mais ne se reconnaissaient pas de seigneur et vivaient de la chasse et de l'agriculture, gardant des troupeaux de porcs dans les hêtraies et cultivant des clairières qu'ils clôturaient pour se protéger des dangers de la forêt. Mais à l'époque, la plupart d'entre eux avaient péri ou fui en Brethil, et toute la région vivait dans la crainte des Orcs et des Hors-la-loi. Car en ces temps de malheur des Hommes sans feu ni lieu ni espérance se dévoyaient, qui avaient vu des batailles et des défaites et des campagnes ravagées ; et certains étaient des Hommes que de noirs forfaits avaient relégués dans les solitudes. Ils chassaient et ramassaient ce qu'ils pouvaient pour se nourrir ; mais en hiver, lorsque la faim les tenaillait, ils étaient aussi redoutables que des loups ; et ceux qui défendaient encore leurs maisons les appelaient Gaurwaith, les Hommes-loups. Une cinquantaine d'entre eux avaient formé une bande, errant dans les bois le long des marches occidentales du Doriath ; et on les haïssait presque autant que les Orcs, car parmi eux il y avait des proscrits au cœur endurci, qui en voulaient à tous ceux de leur propre race. Le plus terrible d'entre eux était un nommé Andróg, chassé de Dor-lómin pour avoir tué une femme ; et il y en avait d'autres originaires de ce pays : le vieil Algund, l'ancien de la bande, qui avait fui Nirnaeth, et Forweg, comme il se nommait lui-même, le capitaine de la bande, un homme aux cheveux blonds, et aux yeux allumés d'une flamme vacillante, grand et hardi, mais ayant bien failli aux coutumes de l'Edain et du peuple de Hador. Ils devenaient très méfiants, et soit qu'ils fassent mouvement, soit qu'ils fassent halte, ils plaçaient des éclaireurs ou des gardes alentour ; aussi furent-ils vite au courant des allées et venues de Túrin lorsqu'il vint errer dans les parages. Ils le suivirent à la trace et l'encerclèrent ; et comme il débouchait dans une clairière au bord d'un torrent, il se trouva soudain entouré d'hommes, l'arc bandé et l'épée nue.

Alors Túrin s'arrêta, mais ne marqua aucune peur : « Qui êtes-vous, dit-il, je pensais que seuls les Orcs piégeaient les Hommes, mais je vois que je me suis trompé. »

« Tu maudiras peut-être ton erreur, dit Forweg, car ce sont nos terrains de chasse, et nous n'autorisons pas les Hommes à les parcourir. Nous prenons leur vie en gage, à moins de pouvoir en tirer rançon. »

Alors Túrin rit : « Tu n'obtiendras pas de rançon de moi, dit-il, un banni et un hors-la-loi ! Tu peux me fouiller lorsque je serai mort, mais il t'en coûtera cher de prouver que je dis vrai ! »

Sa mort, cependant, semblait proche, car les flèches étaient encochées dans les cordes, attendant un mot du capitaine ; et aucun de ses ennemis ne se tenait à portée d'une brusque estocade. Túrin, apercevant des pierres en bordure du torrent à ses pieds, se baissa soudain, et au même instant, un des hommes irrité par ses paroles lâcha sa flèche ; mais elle fila au-dessus de Túrin, qui se redressant d'un bond lança sa pierre avec force ; et il visa juste et l'archer tomba au sol, le crâne fracassé.

« Je pourrai vous être plus utile vivant, à la place de cet homme malchanceux », dit Túrin ; et se tournant vers Forweg il dit : « Si tu es le capitaine ici, tu ne devrais pas permettre à tes hommes de tirer sans commandement. »

« Je ne le leur permets pas, dit Forweg, mais il a été promptement puni et je te prendrai à sa place, si tu obéis mieux à mes ordres. »

Mais deux des hors-la-loi protestèrent, et l'un d'eux était l'ami de l'homme abattu. Ulrad était son nom. « Une étrange manière de s'ouvrir les rangs d'un groupe de compagnons, dit-il, en tuant l'un des meilleurs d'entre eux ! »

« Non sans provocation, dit Túrin. Mais voyons ! Je me mesurerai contre vous deux ensemble, soit avec des armes, soit à mains nues ; et vous verrez alors si je suis digne de remplacer l'un de vos meilleurs hommes. » Et il se dirigea vers eux. Mais Ulrad se retira et ne voulut pas combattre. L'autre jeta son arc à terre et considéra Túrin des pieds à la tête ; et cet homme était Androg de Dor-lómin.

« Tu es trop fort pour moi, dit-il enfin, en secouant la tête. Personne ici ne peut te défier, m'est avis. Tu peux te joindre à nous, en ce qui me concerne. Mais tu as une mine singulière ; tu es un homme dangereux ; quel est ton nom ? »

« Neithan, le Dépossédé, je me nomme », dit Túrin, et de ce jour les proscrits l'appelèrent Neithan.

Il leur dit qu'il avait souffert des injustices (et à quiconque prétendait au même, il prêtait une oreille bien trop complaisante), mais il ne voulut rien révéler de plus, touchant sa vie ou sa maison. Et cependant ils voyaient à l'évidence qu'il était déchu d'une haute condition, et quoique pour tout bien il ne possédât que ses armes, celles-ci décelaient le travail des forgerons-Elfes. Bientôt il gagna leurs bonnes grâces car il était fort et vaillant, et plus habile qu'eux dans les arts forestiers, et ils lui firent confiance, car il n'était pas cupide, et ne pensait guère à lui ; mais ils le craignaient pour ses brusques colères, auxquelles ils ne comprenaient pas grand-chose. Au Doriath, Túrin ne pouvait ou, par orgueil, ne voulait retourner ; et depuis la chute de Felagund, personne ne trouvait admission à Nargothrond. Aux petites gens de Haleth, dans la forêt de Brethil, il ne daignait se mêler ; et à Dor-lómin, il n'osait se rendre car Dor-lómin était assiégée de toutes parts, et un homme seul, à cette époque, ne pouvait espérer, pensait-il, franchir les Passes des Montagnes de l'Ombre. Ainsi Túrin fit-il même feu et pot avec les hors-la-loi, car la compagnie d'hommes, quels qu'ils soient, rendait moins dures à supporter les rigueurs de la vie sauvage ; et parce qu'il souhaitait vivre et ne pouvait pas être toujours en guerre avec ses compagnons, il ne cherchait guère à refréner leurs passions criminelles. Et cependant, par moments, la pitié et la honte l'envahissaient, et il devenait dangereux dans sa colère. Ainsi passa-t-il l'année, à travers le dénuement et la faim de l'hiver, jusqu'à ce que Stirring vînt, et à sa suite un doux printemps.

Or on a vu que dans les bois au sud du Teiglin, il y avait encore quelques domaines menés par des Hommes, courageux et prudents, bien que peu nombreux désormais. Ils n'aimaient pas les Gaurwaith, et n'éprouvaient guère de pitié à leur égard ; toutefois au plus fort de l'hiver, ils déposaient les nourritures dont ils pouvaient se passer là où les Hommes-Loups les pouvaient trouver ; ainsi espéraient-ils se prémunir contre les attaques de leurs hordes affamées. Mais ils recevaient moins de gratitude des proscrits que des bêtes et des oiseaux, et leur salut, ils le devaient plutôt à leurs chiens et à leurs palissades. Car les terres mises en culture autour de chaque domaine étaient clôturées, et la maison était entourée d'un fossé et fortifiée d'une enceinte ; et des chemins menaient d'une maison à l'autre et les hommes pouvaient appeler au secours en sonnant du cor.

Lorsque le printemps battait son plein, il y avait danger cependant pour les Gaurwaith de s'attarder si près des maisons des Forestiers, qui pouvaient se rassembler et leur courir sus ; et Túrin se demandait pourquoi Forweg ne les conduisait pas ailleurs. Car il y avait plus de nourriture et de gibier et moins de danger au sud, en ces solitudes où les Hommes ne s'aventuraient pas. Puis un jour, Túrin constata l'absence de Forweg et celle aussi d'Androg, son ami ; et il demanda où ils étaient, mais ses compagnons ne firent que rire.

« A leurs affaires, sans doute, dit Ulrad. Ils reviendront sous peu, et nous lèverons le camp. Et peut-être en toute hâte, car nous aurons de la chance s'ils n'amènent pas à leurs trousses toutes les abeilles de la ruche ! »

Le soleil brillait et les jeunes pousses verdoyaient ; et Túrin souffrait du sordide campement des hors-la-loi, et il s'en alla errer seul assez loin sous la ramée. Malgré lui il se remémora le Royaume Caché, et il lui sembla entendre les noms des fleurs de Doriath comme les échos d'une très ancienne langue quasiment oubliée. Mais soudain il perçut des cris, et d'une trochée de coudriers une jeune femme émergea précipitamment ; ses vêtements étaient déchirés par les épines, et elle avait grand-peur, et trébuchant, elle tomba haletante à terre. Túrin se ruant vers le bosquet l'épée nue abattit un homme qui jaillissait du fourré à la poursuite de la jeune femme ; et c'est seulement en frappant qu'il reconnut dans son adversaire Forweg.

Et comme il se tenait là regardant avec stupeur le sang sur l'herbe, Androg surgit, et s'immobilisa, stupéfait également. « Du mauvais travail, Neithan », cria-t-il, et il tira son épée ; mais l'humeur de Túrin se figea, et il dit à Androg : « Où sont donc les Orcs ? Vous les avez gagnés de vitesse pour lui porter secours ? »

« Les Orcs, dit Androg, fou que tu es ! Et tu te prétends un hors-la-loi ! Les hors-la-loi n'ont de loi que leurs besoins. Occupe-toi des tiens, Neithan, et laisse-nous aux nôtres. »

« Ainsi ferai-je, dit Túrin, mais aujourd'hui nos chemins se sont croisés. Tu laisseras la femme, ou tu iras rejoindre Forweg. »

Androg se mit à rire : « Si c'est comme ça, fais ce que tu veux, dit-il, je n'ai pas l'intention de me mesurer seul à seul avec toi ; mais les nôtres trouveront peut-être à redire à ce meurtre. »

Alors la femme se releva et posa sa main sur le bras de Túrin. Elle regarda le sang, et elle regarda Túrin, et son regard brillait de plaisir : « Tue-le, seigneur, dit-elle, tue-le aussi, et viens ensuite avec moi. Si tu lui apportes leurs têtes, cela ne déplaira pas à Larnach, mon père. A des hommes, il a offert bonne compensation pour deux têtes-de-loups. »

Mais Túrin dit à Androg : « Il y a loin jusqu'à chez elle ? »

« Environ une lieue, répondit Androg. C'est là-bas, dans un domaine enclos ; elle s'était égarée au-dehors. »

« Va-t'en vite, dit Túrin, se tournant vers la jeune femme. Et dis à ton père de te mieux surveiller. Mais je ne trancherai pas la tête de mes compagnons pour gagner ses faveurs, ni rien d'autre. »

Et il remit l'épée au fourreau. « Viens, dit-il à Androg, nous rentrons. Mais si tu souhaites enterrer ton capitaine, tu dois t'en charger toi-même. Et fais vite, car on va nous courir sus. Et rapporte ses armes. »

Túrin s'en alla de son côté sans un mot de plus et Androg le regarda partir, le sourcil froncé, comme qui cherche le mot de l'énigme.

Lorsque Túrin revint au camp des hors-la-loi, il les trouva nerveux et inquiets, car ils avaient séjourné trop longtemps au même endroit, aux abords d'habitations bien gardées, et ils s'indignaient contre Forweg : « Il nous fait courir des risques, disaient-ils, et d'autres pourront avoir à payer pour ses plaisirs. »

« Alors choisissez-vous un nouveau capitaine, dit Túrin, se tenant devant eux. Forweg ne peut plus vous commander ; car il est mort. »

« Comment le sais-tu ? dit Ulrad. Est-ce que tu as été voler du miel à la même ruche que lui ? Et les abeilles t'ont-elles piqué ? »

« Non, dit Túrin, un dard a suffi. Je l'ai tué. Mais j'ai épargné Androg et il sera bientôt de retour. » Alors il leur dit ce qui avait eu lieu, leur reprochant d'agir ainsi, et tandis qu'il parlait, Androg revint portant les armes de Forweg. « Tu vois, Neithan, dit-il, l'alerte n'a pas été donnée. Peut-être espère-t-elle te rencontrer de nouveau ! »

« Si tu te moques de moi, dit Túrin, je regretterai de lui avoir disputé ta tête. Maintenant dis ton histoire, et sois bref. »

Alors Androg raconta sans détour tout ce qui s'était passé. « Qu'allait faire Neithan par là, dit-il, je me le demande ; mais pas la même chose que nous, semble-t-il. Car lorsque je me suis approché, il avait déjà tué Forweg. Il plaisait bien à la femme, et elle offrit de le suivre, demandant nos têtes, pour prix-de-la-fiancée. Mais il n'en voulut pas, et il l'a renvoyée chez elle ; de sorte que pourquoi il en avait après le capitaine, je ne le peux deviner. Il m'a laissé ma tête sur mes épaules, ce pourquoi je lui suis reconnaissant, bien que fort perplexe. »

« Alors je te dénie la prétention d'appartenir au Peuple de Hador, dit Túrin. Tu appartiens plutôt à Uldor le Maudit, et devrais aller prendre du service avec l'Angband. Mais écoutez-moi maintenant ! s'écria-t-il. Voici le choix que je vous donne. Vous devez me prendre pour capitaine à la place de Forweg ou me laisser partir. Ou bien je gouvernerai cette confrérie, ou bien je m'en irai. Mais si vous voulez me tuer, en garde ! Je vous combattrai tous jusqu'à la mort ! la mienne ou la vôtre ! »

Là-dessus plusieurs d'entre eux coururent aux armes, mais Andróg s'interposa : « Non ! La tête qu'il a épargnée n'est pas privée de cervelle. Si nous nous battons, plus d'un mourra inutilement, avant que nous parvenions à tuer le meilleur d'entre nous. » Et il se mit à rire : « Comme cela s'est fait lorsqu'il s'est joint à nous, eh bien de même aujourd'hui. Il tue pour faire de la place. Et si nous nous en sommes trouvés bien alors, il en sera de même aujourd'hui ; et peut-être nous conduira-t-il à fortune plus haute que de rôder autour des tas de fumier de nos voisins ! »

Et le vieux Algund dit : « Le meilleur d'entre nous. Il fut un temps où nous aurions agi pareillement, si nous avions osé ; mais nous avons oublié beaucoup de choses. Peut-être qu'à la fin, il nous ramènera chez nous. »

Et la pensée vint à Túrin que de cette petite bande il pourrait se forger une libre seigneurie tout à lui. Mais il regarda Algund et Andróg et il dit : « Chez nous, dites-vous ? Au pays ? Mais entre nous et lui se dressent les Montagnes de l'Ombre, hautes et froides, et derrière se tient le peuple d'Uldor, et alentour les légions de l'Angband. Si de telles choses ne rebutent pas votre ardeur, sept fois sept hommes, alors je peux vous ramener au pays. Mais jusqu'où, avant que la mort ne gagne sur nous ? »

Ils demeurèrent tous silencieux. Et Túrin parla de nouveau. « Me prenez-vous pour votre capitaine ? Si oui, je vous conduirai dans les solitudes sauvages loin des maisons des Hommes. Là il se peut que nous trouvions un sort plus clément, ou pas ; au moins nous ne nous attirerons plus la haine de nos propres frères de race ! »

Alors tous ceux qui étaient du peuple de Hador se rassemblèrent autour de lui et le prirent pour capitaine ; et les autres, bien qu'avec moins de bon vouloir, l'acceptèrent. Et immédiatement, il les conduisit hors du pays [10].

Thingol avait envoyé de nombreux messagers à la recherche de Túrin en Doriath même et sur les terres des confins ; mais durant toute l'année de sa fuite, ils le cherchèrent en vain, car personne ne savait, ou ne pouvait deviner, qu'il était avec les hors-la-loi et les ennemis des Hommes. Lorsque vint l'hiver, ils retournèrent auprès du Roi, tous sauf Beleg. Car lorsque tous les autres furent rentrés, il poursuivit sa quête seul.

Mais au Dimbar, et le long des marches septentrionales du Doriath, la situation s'était aggravée. On ne voyait plus guerroyer le Heaume du Dragon, et l'Arc de fer manquait lui aussi ; et les serviteurs de Morgoth avaient repris courage et croissaient toujours en nombre et en audace. L'hiver vint et passa, et avec le printemps leur assaut reprit : ils envahirent le Dimbar et les Hommes de Brethil avaient peur, car le Mal rôdait maintenant le long de toutes leurs frontières, sauf au sud.

Il y avait près d'un an à présent que Túrin s'était enfui, et Beleg le cherchait encore, mais son espoir allait s'amenuisant. Il poussa son errance vers le nord jusqu'aux Gués du Teiglin, mais là les mauvaises nouvelles lui firent rebrousser chemin, car les Orcs, sortis du

Taur-nu-Fuin, ravageaient de nouveau le pays. Et c'est ainsi qu'il tomba par hasard sur les demeures des Forestiers, peu après que Túrin eut quitté la région. Là il entendit l'étrange histoire qui circulait parmi eux. Un homme de haute taille et de noble allure, d'après certains un Elfe-guerrier, s'était précipité hors d'un taillis pour porter secours à la fille de Larnach, et avait tué le Gaurwaith qui la poursuivait. « Très fier était-il, dit la fille de Larnach à Beleg, avec des yeux brillants qui ont à peine daigné me regarder. Et cependant, il nommait les " Hommes-Loups " " Compagnons ", et se refusa à en tuer un autre qui se tenait là, et qui savait son nom : Neithan, l'appelait-il. »

« Peux-tu déchiffrer cette énigme ? », dit Larnach à l'Elfe.

« Je le puis, hélas ! dit Beleg. L'Homme dont vous parlez est bien celui que je cherche. » Il n'en dit pas plus sur Túrin aux Forestiers ; mais il les mit en garde contre d'inquiétantes concentrations, vers le nord. « Sous peu les Orcs vont dévaler en force pour piller le pays, et ils seront trop nombreux pour que vous puissiez résister, dit-il. Voici venue l'année où il vous faudra sacrifier enfin votre liberté ou votre vie. Allez-vous-en vite au Brethil tant qu'il est encore temps ! »

Alors Beleg reprit son chemin en toute hâte, et chercha les repaires des hors-la-loi, et les signes qui pouvaient montrer par où ils étaient passés. Il les trouva bientôt, mais Túrin avait plusieurs journées d'avance, et il se déplaçait rapidement, craignant d'être poursuivi par les Forestiers, et il usait de tous les artifices qu'il connaissait pour dérouter ou égarer quiconque essayait de les suivre. Ils demeuraient rarement plus de deux nuits au même endroit. Et il advint ainsi que même Beleg les traqua en vain. Conduit par des signes qu'il pouvait déchiffrer, ou par la rumeur du passage d'Hommes parmi les créatures sauvages avec qui il avait communication, il s'approcha souvent d'eux, mais toujours leur repaire était vide lorsqu'il y parvenait ; car ils montaient la garde jour et nuit, et dès qu'ils soupçonnaient une présence, ils levaient le camp en toute hâte, et disparaissaient. « Hélas !, se lamenta-t-il, j'ai trop bien appris à cet enfant des Hommes les secrets des bois et des champs ; on croirait presque une bande d'Elfes ! » Pour leur part, ils finirent par se rendre compte qu'ils étaient traqués par un poursuivant infatigable, qu'ils ne pouvaient apercevoir et dont cependant ils ne pouvaient se débarrasser ; et ils devinrent inquiets [11].

Peu de temps après, comme Beleg l'avait redouté, les Orcs franchirent le Brithiath, et repoussés par Handir de Brethil avec toutes les forces qu'il put rameuter, ils franchirent au sud les Gués du Teiglin, en expédition de pillage. Beaucoup parmi les Forestiers avaient suivi les conseils de Beleg, et envoyé leurs femmes et leurs enfants quêter refuge au Brethil. Ceux-là et ceux qui leur faisaient escorte eurent la vie sauve, car ils passèrent les Gués à temps. Mais les hommes en armes qui protégeaient leur retraite se heurtèrent aux Orcs, et ils furent battus. Quelques-uns se frayèrent un chemin les armes à la main, jusqu'au Brethil, mais la plupart furent tués ou faits prisonniers ; et les Orcs envahirent les habitations et les mirent à sac et les brûlèrent. Puis ils rebroussèrent chemin sur l'heure, filant vers l'ouest, et cherchant à rejoindre la Route, car ils voulaient revenir le plus vite possible au nord avec leur butin et leurs captifs.

Mais les éclaireurs des hors-la-loi eurent tôt fait de les repérer ; et s'ils ne tenaient pas aux prisonniers, en revanche le butin des Forestiers leur paraissait bon à prendre. Túrin jugeait qu'il y avait danger pour eux à se révéler aux Orcs, jusqu'à ce qu'ils sachent l'importance des forces à affronter. Mais les hors-la-loi ne voulurent pas l'écouter, car bien des choses leur faisaient défaut dans les solitudes, et certains regrettaient déjà d'avoir pris Túrin pour chef. C'est pourquoi, avec un certain Orleg pour seul compagnon, Túrin partit espionner les Orcs, laissant le commandement de la bande à Andróg, à qui il ordonna de rester sur place et bien caché durant leur absence.

Or l'armée des Orcs était beaucoup plus importante que la bande des proscrits, mais elle parcourait des terres où les Orcs avaient rarement osé s'aventurer, et ils savaient aussi qu'au-delà de la Route s'étendait la Talath Dirnen, la Plaine Fortifiée, que surveillaient les guetteurs et les espions de Nargothrond. Et pressentant le danger, ils avançaient précautionneusement, et leurs éclaireurs se glissaient d'arbre en arbre, flanquant leurs lignes de marche. Et ainsi furent surpris Túrin et Orleg par trois éclaireurs Orcs, et bien qu'ils en tuassent deux, le troisième s'échappa et donna l'alerte, criant *Golug! Golug!* — nom que les Orcs donnaient aux Noldor. Et soudain la forêt fut pleine d'Orcs s'égaillant de tous côtés silencieusement, et fouillant partout. Alors Túrin, voyant qu'ils avaient peu de chances d'en réchapper, chercha au moins à égarer ses poursuivants et à les conduire loin du repaire de ses hommes ; et comprenant par le cri de *Golug*! qu'ils redoutaient les espions de Nargothrond, il prit la fuite avec Orleg vers l'ouest ; mais malgré leurs tours et détours, ils furent bientôt repérés et comme ils tentaient de traverser la Route, Orleg fut abattu par une volée de flèches. Túrin dut la vie sauve à sa cotte de mailles, forgée par les Elfes, et il s'échappa seul dans les solitudes au-delà, et grâce à sa promptitude et à sa ruse, il éluda ses ennemis, et poursuivit sa course jusqu'à des terres inconnues de lui. Alors les Orcs, craignant que l'alerte soit donnée chez les Elfes de Nargothrond, tuèrent leurs prisonniers et déguerpirent vers le nord.

Or trois jours s'étaient écoulés, et Túrin et Orleg ne revenaient point, et parmi les hors-la-loi, il y en avait qui souhaitaient quitter les grottes où ils étaient restés tapis ; mais Andróg s'y opposa. Et tandis qu'ils débattaient la chose, une silhouette grise se dressa soudain devant eux. Beleg les avait enfin trouvés. Il s'avança désarmé, tenant les paumes de ses mains ouvertes vers eux ; mais ils sursautèrent d'effroi, et Andróg, se faufilant derrière le visiteur, lui passa une corde par-dessus la tête, de manière à lui maintenir les bras.

« Si vous ne voulez pas d'invités, il vous faut faire meilleure garde, dit Beleg. Pourquoi m'accueillir de la sorte ? Je viens en ami, et je cherche seulement un ami, celui que vous appelez, m'a-t-on dit, Neithan. »

« Il n'est pas ici, dit Ulrad, mais à moins que tu nous espionnes depuis longtemps, comment sais-tu ce nom ? »

« Depuis longtemps, il est là à nous espionner, dit Andróg, c'est lui, l'ombre qui nous a pourchassés. A présent, nous saurons peut-être son véritable dessein. » Et il leur ordonna d'attacher Beleg à un arbre près de la grotte ; et lorsqu'il eut pieds et poings liés, ils le questionnèrent. Mais à toutes leurs questions Beleg ne donnait qu'une seule réponse : « J'ai été l'ami de ce Neithan depuis le moment où je l'ai trouvé dans les bois, et il n'était alors qu'un enfant. Je le cherche par amour, et pour lui apporter de bonnes nouvelles. »

« Tuons-le, et débarrassons-nous de son espionnage », dit Andróg en colère et il regardait le grand arc de Beleg avec convoitise, car c'était un archer. Mais d'autres moins durs de cœur parlèrent contre lui, et Algund lui dit : « Le capitaine peut encore revenir ; et il t'en cuira s'il apprend qu'il a été dépouillé et d'un ami et d'heureuses nouvelles ! »

« Je n'ajoute pas foi au récit de cet Elfe, dit Andróg. C'est un espion du roi de Doriath. Mais s'il a en effet des nouvelles, qu'il nous les dise à nous, et nous jugerons si elles justifient que nous lui laissions la vie sauve. »

« J'attendrai ton capitaine », dit Beleg.

« Alors tu resteras là jusqu'à ce que tu parles », dit Andróg.

Et à l'instigation d'Andróg, ils laissèrent Beleg attaché à l'arbre sans nourriture et sans eau, et ils s'assirent à proximité et ils mangèrent et ils burent ; mais il ne leur adressa plus la parole. Lorsque deux jours et deux nuits se furent écoulés ainsi, la colère les prit et l'angoisse, et ils eurent hâte soudain de partir ; et ils furent d'avis, pour la plupart, de tuer l'Elfe. Comme la nuit montait, ils s'assemblèrent autour de lui, et Ulrad approcha un tison tiré du feu de brindilles qu'ils avaient allumé à l'orée de la caverne. Mais à l'instant surgit Túrin. Venu silencieusement, comme à l'accoutumée, il s'était trouvé dans l'ombre, au-delà du cercle des hommes, et il avait aperçu le visage hagard de Beleg à la lueur du tison.

Et il fut comme transpercé de part en part, et en une subite débâcle, les larmes trop longtemps retenues lui montèrent aux yeux. Il bondit et courut à l'arbre. « Beleg, Beleg, cria-t-il, toi ici ! Et pourquoi ligoté ainsi ? » A l'instant il coupa les liens de son ami, et Beleg tomba en avant dans ses bras.

Lorsque Túrin eut écouté tout ce que les Hommes avaient à dire, il fut en grande colère et tristesse ; mais au début, il n'eut de souci que de Beleg, le soignant avec tout l'art de guérir dont il disposait ; puis il songea à sa vie dans les bois, et sa colère se tourna contre lui-même. Car souvent des étrangers avaient été tués, qui s'étaient aventurés près des repaires des Hors-la-loi ou étaient tombés dans leurs rets, et il avait laissé faire ; et souvent il avait lui-même médit du roi Thingol et des Elfes-Gris de sorte que s'ils étaient traités en étrangers, il pouvait bien s'en prendre à lui. Alors il se tourna avec amertume vers ses hommes. « Vous avez été cruels, dit-il, et cruels sans nécessité. Jamais jusqu'aujourd'hui nous n'avons torturé un prisonnier ; mais à mener la vie que nous menons, on en vient à faire œuvre d'Orc. Sans loi et sans fruit ont été toutes nos entreprises, utiles à nous seuls, et nourrissant la haine dans nos cœurs. »

Mais Andróg protesta : « Et qui donc servirions-nous, sinon nous-mêmes ? Qui aimer, lorsque tous nous haïssent ! »

« Mes mains, du moins, jamais plus ne se lèveront à l'encontre des Elfes et des Hommes, dit Túrin. L'Angband a des serviteurs en suffisance. Si d'autres ne prononcent pas ce vœu avec moi, je m'en irai seul. »

Alors Beleg ouvrit les yeux et souleva la tête : « Non pas seul, dit-il. A présent je peux enfin t'annoncer la bonne nouvelle ! Tu n'es plus proscrit, et Neithan est un nom qui ne te convient pas. Les fautes qui te furent imputées t'ont été pardonnées. Une année entière, on t'a cherché pour te ramener dans l'honneur et au service du Roi. Depuis bien trop longtemps, on ne voit plus le Heaume du Dragon ! »

Mais Túrin ne manifesta aucune joie à ces nouvelles, et il demeura longtemps assis en silence ; car aux paroles de Beleg, une ombre l'avait envahi. « Laissons passer la nuit sur tout ceci, dit-il à la longue. Et puis je déciderai. Quoi qu'il en soit, nous devons quitter ce repaire demain, car bien des gens nous cherchent, et ils ne nous veulent pas tous du bien. »

« Que non », dit Andróg, et il jeta un regard mauvais à Beleg.

Au matin Beleg se trouva rapidement guéri de ses blessures, comme en avaient pouvoir les Elfes des temps anciens, et il prit à part Túrin.

« Je m'attendais à ce que les nouvelles que j'apporte soient accueillies avec plus de joie, dit-il. Tu reviendras, n'est-ce pas, à Doriath ? » Et il supplia Túrin de le faire ; mais plus il insistait, plus Túrin hésitait. Néanmoins il questionna Beleg étroitement à propos du jugement de Thingol. Alors Beleg lui dit tout ce qu'il savait, et à la fin Túrin dit : « Alors Mablung s'est révélé mon ami, comme bien il m'avait paru l'être jadis ? »

« L'ami de la vérité plutôt, dit Beleg, et c'était mieux en fin de compte. Mais pourquoi, Túrin, ne lui as-tu pas parlé de la perfide attaque de Saeros ? Bien différentes toutes choses auraient pu être ! Et, dit-il, jetant un regard sur les hommes affalés à l'entrée de la caverne, tu porterais toujours bien haut ton heaume, et tu n'en serais pas venu à cette déchéance. »

« Cela se peut, dit Túrin, si tu vois là déchéance ; cela se peut ; mais il en a été autrement, et les mots me sont restés dans la gorge. Il y avait un reproche dans les yeux de Mablung, et on ne me posa aucune question au sujet d'un forfait que je n'avais pas commis. Mon cœur d'Homme est fier, comme a dit le Roi-Elfe. Et il l'est resté, Beleg Cúthalion. Et il ne m'autorise pas encore à retourner à Menegroth et à supporter les regards de pitié et de pardon, comme ceux que l'on accorde à un garçon fourvoyé et qui s'est amendé.

« C'est à moi d'accorder un pardon, non pas d'en recevoir, je ne suis plus un enfant, mais un homme, un homme de ma race ; et, de par mon destin, un homme rude. » Beleg alors se troubla : « Et que vas-tu donc faire ? » dit-il.

« Je vais courir ma libre chance, dit Túrin, ainsi que me l'a souhaité Mablung, lors de notre séparation. Je doute que la grâce de Thingol s'étende jusqu'à recevoir en ses palais ces compagnons de mon errance ; mais je ne vais pas me séparer d'eux à présent, s'ils ne souhaitent pas se séparer de moi. Je les aime à ma façon, même les pires d'entre eux, un peu. Ils sont de ma race, et il y a en chacun d'eux une parcelle de bien qui pourrait fructifier. Je crois qu'ils me demeureront fidèles. »

« Tu vois les choses avec d'autres yeux que les miens, dit Beleg. Si tu essayes de les sevrer du mal, ils te trahiront. Ils m'inspirent méfiance, et l'un d'eux tout particulièrement. »

« Comment un Elfe pourrait-il juger des Hommes ? » dit Túrin.

« Comme il juge de toute action quiconque en est l'auteur », répondit Beleg, mais il ne poursuivit pas, et il ne dit rien de la vilenie d'Andróg, le principal responsable des mauvais traitements qu'il avait subis ; car percevant l'humeur de Túrin, il craignit de n'être pas cru et de porter ombrage à leur ancienne amitié, et de renvoyer ainsi Túrin à ses mauvais penchants.

« Ta libre chance, dis-tu, Túrin, mon ami ; que veux-tu dire ? »

« Je veux commander mes propres hommes, et faire la guerre à ma manière, répondit Túrin. Mais sur un point, au moins, mon cœur a changé : je me repens de tous les coups donnés, sauf ceux infligés à l'Ennemi des Hommes et des Elfes. Et plus que tout, je souhaiterais te garder auprès de moi. Reste avec moi ! »

« Si je restais près de toi, ce serait obéir à l'amour, et non à la sagesse, dit Beleg. Mon cœur m'avertit qu'il nous faut retourner au Doriath. »

« Et cependant je n'irai pas » dit Túrin.

Alors Beleg s'efforça, une fois encore, de le convaincre de revenir au service du Roi Thingol, disant qu'on avait grand besoin de sa force et de sa vaillance là-bas, sur les marches septentrionales du Doriath, et il lui parla des nouvelles incursions des Orcs qui quittaient l'ombre de la Taur-nu-Fuin, pour s'infiltrer dans le Dimbar en franchissant la Passe d'Anach. Mais toutes ses paroles furent vaines, et enfin il s'exclama : « Tu t'es dit un homme dur, Túrin. Dur, tu es, et obstiné. Maintenant à mon tour. Si tu souhaites vraiment avoir l'Arc-de-Fer à tes côtés, viens me chercher au Dimbar ; car c'est là que je m'en retourne. »

Et Túrin demeura assis, silencieux, luttant avec son orgueil qui lui interdisait de revenir en arrière ; et il songea sombrement aux années qui s'étendaient derrière lui. Mais émergeant soudain de ses pensées, il dit à Beleg : « La jeune Elfe que tu as nommée, je lui dois beaucoup pour son témoignage opportun ; et pourtant je ne puis me souvenir d'elle. Pourquoi veillait-elle sur mes allées et venues ? »

Alors Beleg le considéra étrangement : « Pourquoi, en effet ! dit-il. Túrin, as-tu toujours vécu avec ton cœur et la moitié de ton esprit au loin ? Tu t'es promené avec Nellas dans les bois de Doriath lorsque tu étais encore gamin. »

« C'était il y a bien longtemps, dit Túrin. Ou du moins est-ce ainsi qu'aujourd'hui m'apparaît mon enfance, et un brouillard recouvre tout — hors le souvenir de la maison de mon père à Dor-lómin. Mais comment se fait-il que je me sois promené avec une fillette-Elfe ? »

« Sans doute pour apprendre ce qu'elle pouvait t'enseigner, dit Beleg. Hélas, enfant des Hommes ! il y a bien d'autres chagrins en cette Terre du Milieu que les tiens, et des blessures saignent, que nulle arme n'a infligées. Et vraiment je commence à penser que les

Elfes et les Hommes ne devraient pas se rencontrer ni se fréquenter. »

Túrin ne répondit pas, mais il scruta longtemps le visage de Beleg, comme s'il voulait y lire l'énigme de ses paroles. Mais Nellas de Doriath jamais ne le revit, et d'elle à jamais, son ombre s'éloigna [12].

Où l'on rencontre Mîm le Nain

Après le départ de Beleg (et cela se passait le second été de la fuite de Túrin hors de Doriath [13]), les choses allèrent fort mal pour les proscrits. Il y eut des pluies hors saison, et les Orcs, plus nombreux que jamais, dévalèrent du nord, et par l'ancienne route du sud, traversèrent le Teiglin, infestant tous les bois sur les frontières ouest de Doriath. Et il n'y avait plus ni sécurité, ni tranquillité nulle part, et la bande de Túrin était plus souvent gibier que chasseur.

Un jour qu'ils étaient tapis dans les ténèbres sans feu, Túrin contempla sa vie, et trouva qu'il y avait bien lieu de chercher à l'améliorer. « Il me faut trouver un refuge sûr, pensa-t-il, et faire quelques provisions pour l'hiver et la famine. » Et le jour suivant il mena ses hommes au loin, bien plus loin qu'ils n'avaient jamais encore été du Teiglin et des confins de Doriath. Après trois jours de marche, ils firent halte à l'orée d'un bois aux abords du Val du Sirion. Le pays se faisait plus maigre et plus aride, à mesure qu'ils gagnaient les hautes brandes.

Peu après, comme s'amassait le gris crépuscule d'un jour de pluie, Túrin et ses hommes s'abritèrent sous un bosquet de houx ; dans la clairière au-delà, quantité de grosses pierres étaient appuyées ou éboulées les unes contre les autres. Tout était immobile sinon la pluie qui dégouttait sur le feuillage, lorsque soudain une sentinelle hucha, et surgissant de leur abri précaire, ils virent trois formes encapuchonnées, vêtues de gris, qui cheminaient prudemment dans l'éboulis. Elles portaient chacune un grand sac, mais n'en allaient pas moins d'un pas rapide.

Túrin leur cria de s'arrêter, et les hommes se précipitèrent sur eux comme des chiens lâchés sur du gibier, mais les encapuchonnés poursuivirent leur chemin, et malgré les flèches que leur décocha Andróg, deux d'entre eux disparurent dans les ténèbres ; le troisième traînait derrière, étant plus lent, et plus lourdement chargé ; et il fut bientôt saisi, jeté à terre, et plaqué au sol par des mains brutales, quoiqu'il se débattît avec rage et mordît comme une bête. Mais Túrin s'approcha et rabroua ses hommes : « Qu'est-ce que vous avez trouvé là, dit-il, et pourquoi tant de férocité ! C'est vieux et tout petit. Quel mal y a-t-il là-dedans ? »

« Ça mord, dit Androg montrant sa main qui saignait. C'est un Orc, ou de la race des Orcs. Tuons-le. »

« Ça ne mérite guère mieux pour avoir déçu notre espoir, dit un autre qui s'était emparé du sac. Il n'y a rien là-dedans que des racines et des petits cailloux. »

« Non, dit Túrin, c'est barbu. Je crois bien que ce n'est qu'un Nain. Laissez-le se relever et nous parler. »

Ainsi Mîm vint-il à figurer dans la Geste des Enfants de Húrin. Car il se mit à genoux aux pieds de Túrin et supplia qu'on lui laissât la vie sauve. « Je suis vieux, dit-il, et pauvre, rien qu'un Nain, comme vous dites, et pas du tout un Orc. Mîm est mon nom. Ne les laisse pas me tuer, Seigneur, comme ça pour rien, comme font les Orcs ! »

Alors Túrin, en son cœur, fut pris de pitié pour lui, mais il dit : « Tu sembles pauvre, Mîm, ce qui est singulier pour un Nain ; mais nous sommes plus pauvres encore, je pense ; des Hommes sans feu ni lieu, et sans amis. Si je dis que je t'épargnerai par pure pitié, qu'offriras-tu pour ta rançon, à nous qui sommes dans le plus âpre dénuement ? »

« Je ne sais pas ce que tu désires, Seigneur » dit Mîm prudemment.

« Pour l'instant bien peu de chose, dit Túrin, regardant autour de lui amèrement avec de la pluie dans les yeux : Un endroit sûr pour dormir hors des bois détrempés. Tu as certainement un tel endroit à ta propre convenance. »

« J'en ai bien un, dit Mîm, mais ne peux pas le donner en rançon. Je suis trop vieux pour vivre sous la nue. »

« Il n'est pas vraiment nécessaire que tu vieillisses encore ! dit Andróg, s'approchant avec un couteau dans sa main non blessée : Je peux t'éviter ça ! »

« Seigneur, dit Mîm, en grand effroi, si je perds la vie, tu perdras la maison ; parce que tu ne la trouveras pas sans Mîm. Je ne peux pas la donner, mais je peux la partager. Il y a plus de place qu'il n'y en eut jadis, si nombreux sont-ils qui ont disparu à jamais », et il se mit à pleurer.

« Tu as la vie sauve, Mîm », dit Túrin.

« Au moins jusqu'à ce que nous atteignions son repaire ! » dit Andróg.

Mais Túrin se tourna vers lui et dit : « Si Mîm nous amène jusqu'à sa maison sans traîtrise et si la maison est bonne, alors il aura payé rançon de sa vie, et il ne souffrira la mort aux mains d'aucun de ceux qui me suivent. Et de cela j'en fais le serment ! »

Alors Mîm étreignit les genoux de Túrin, disant : « Mîm sera ton ami, Seigneur. Au début, j'ai cru que tu étais un Elfe, par ton parler et le son de ta voix ; mais tu es un Homme, et c'est mieux. Mîm n'aime pas les Elfes. »

« Où est cette maison ? dit Andróg. Il la faut bonne certes pour qu'Andróg la partage avec un Nain. Car Andróg n'aime pas les Nains. Son peuple ne rapporte pas grand bien de cette race venue de l'Orient. »

« Vous jugerez ma maison quand vous la verrez, dit Mîm, mais vous aurez besoin de lumière en chemin, vous autres Hommes trébuchants. Je reviendrai en temps utile, et je vous conduirai. »

« Oh que non ! dit Andróg. Voilà assurément ce que tu ne permettras pas, capitaine ? Tu ne reverrais jamais plus le vieux coquin ! »

« La nuit tombe, dit Túrin. Qu'il nous laisse un gage quelconque. Nous laisseras-tu ton sac et son contenu, Mîm ? »

A ces mots, le Nain tomba à genoux, à nouveau tout bouleversé. « Si Mîm n'avait pas l'intention de revenir, il ne reviendrait pas pour un vieux sac plein de racines, dit-il. Je reviendrai. Laissez-moi partir ! »

« Non, je ne te laisserai pas, dit Túrin. Si tu ne veux pas te séparer de ton sac, eh bien tu resteras avec ! Peut-être qu'une nuit sous la ramée t'inspirera, à ton tour, quelque pitié à notre égard. » Mais il remarqua, et les autres également, que Mîm semblait attacher plus de prix à son fardeau qu'il n'en paraissait valoir à première vue.

Ils conduisirent le vieux Nain dans leur morne campement, et il marmottait tout en marchant dans une langue étrange, qu'une très ancienne haine hérissait de sonorités rauques ; mais lorsqu'ils lui ligotèrent les jambes, il se tut soudain. Et ceux qui montaient la garde le virent rester là toute la nuit durant, silencieux et immobile comme une pierre, mais les yeux grands ouverts, scrutant les ténèbres de ses prunelles étincelantes.

Peu avant le jour, la pluie cessa, et un vent frissonna dans le feuillage. L'aube se leva plus brillante qu'elle n'avait été ces jours derniers, et de belles éclaircies en provenance du sud échancrèrent le ciel pâle et limpide aux abords du soleil levant. Mîm demeurait assis, impavide et comme mort ; car à présent les lourdes paupières de ses yeux étaient baissées, et à la lumière du matin, il apparut tout flétri et racorni de vieillesse. Túrin se leva et le considéra : « Il fait suffisamment jour à présent », dit-il.

Alors Mîm ouvrit les yeux et indiqua ses liens ; et lorsqu'il fut délivré, il parla avec fureur : « Apprenez donc, imbéciles que vous êtes ! dit-il. Ne ligotez jamais un Nain ! Il ne vous le pardonnera pas. Je ne souhaite pas mourir, mais pour ce que vous m'avez fait, mon cœur brûle. Je me repens de ma promesse. »

« Moi pas, dit Túrin. Tu vas nous conduire à ta maison. Jusque-là nous ne parlerons pas de mort. Telle est *ma* volonté. » Il fixa le Nain droit dans les yeux, et

Mîm ne put soutenir son regard ; rares, en effet, étaient ceux qui pouvaient affronter le regard de Túrin, lorsque sa volonté parlait haut et fort ou que la colère l'animait. Bientôt Mîm détourna la tête et se leva : « Suis-moi, Seigneur » dit-il.

« Bien, dit Túrin, mais maintenant je vais ajouter ceci : je comprends ta fierté. Tu mourras peut-être, mais tu ne seras plus ligoté. »

Alors Mîm les ramena au lieu où il avait été fait prisonnier, et il indiqua l'ouest : « Ceci est ma maison ! dit-il. Vous l'avez souvent vue, j'imagine, parce qu'elle domine l'horizon. Nous l'appelions Sharbhund avant que les Elfes ne changent tous les noms. » Et ils virent alors qu'il leur montrait Amon Rûdh, le Mont Chauve, dont la cime dénudée veille sur maintes et maintes lieues de pays sauvages.

« Nous l'avons vue, mais jamais de près, dit Andróg. Est-ce qu'on peut trouver un abri sûr là-haut, et de l'eau, et toutes les autres choses dont nous avons besoin ? Je savais bien qu'il y avait de la ruse là-dedans ! Est-ce que des hommes se cachent en haut d'une colline ? »

« Voir venir de loin peut être une meilleure sauvegarde que de rôder à l'ombre, dit Túrin. Amon Rûdh épie les lointains. Combien de temps nous faudra-t-il, à nous autres Hommes trébuchants, pour l'atteindre ? »

« Toute la journée, jusqu'au soir » répondit Mîm.

La bande se mit en route vers l'ouest, et Túrin allait en tête avec Mîm à ses côtés. Lorsqu'ils émergèrent du couvert des bois, ils cheminèrent prudemment, mais tout le pays était désert et paisible. Ils repassèrent l'éboulis et commencèrent à grimper ; car Amon Rûdh se dressa en bordure des hautes brandes qui se déploient entre le Val du Sirion et celui du Narog, et il culmine à bien mille pieds au-dessus de la lande pierreuse. Sur le versant oriental, on accédait aux hautes crêtes par un sentier rugueux mais peu abrupt, qui gravissait lentement le flanc du mont parmi les trochées de bouleaux et de sorbiers, et les vieilles épines enracinées dans les anfractuosités. Au pied d'Amon Rûdh poussaient des buissonnées d'*aeglos* ; mais grise et nue était sa cime escarpée, sauf pour le *seregon* qui revêtait la pierre d'écarlate [14].

L'après-midi était déjà avancé, lorsque les proscrits atteignirent les bas de pente. Ils abordaient le mont, à présent, par le nord, car Mîm les avait fait passer par là, et l'éclat du soleil couchant frappait le faîte d'Amon Rûdh, et le *seregon* était tout en fleurs.

« Regarde, il y a du sang sur le sommet », dit Andróg.

« Pas encore », répondit Túrin.

Le soleil sombrait à l'horizon et les ténèbres envahissaient les ravines. Le mont surgissait maintenant droit devant eux, et ils se demandèrent quel besoin était d'un guide pour atteindre un lieu si en évidence. Mais à mesure que Mîm les conduisait plus avant, et qu'ils commençaient à gravir les derniers escarpements, ils s'aperçurent que le Nain suivait une piste jalonnée par des signes secrets ou par une très ancienne coutume. Le chemin serpentait ici et là, et lorsqu'ils jetaient les yeux de côté, de sombres gorges et des abîmes s'entrouvraient de part et d'autre, ou encore le sentier se perdait dans des étendues de caillasse semées de failles et de trous que masquaient les épines et les ronces. Sans guide, ils auraient erré et peiné des jours durant pour gagner le sommet.

Enfin, ils parvinrent à un terrain plus pentu, mais moins accidenté. Ils passèrent à l'ombre d'antiques sorbiers et dans des allées d'*aeglos* à la silhouette élancée, et le clair-obscur exhalait une senteur exquise [15]. Et soudain ils se heurtèrent à une paroi de pierre presque à pic qui s'élevait très haut au-dessus de leurs têtes pour disparaître dans le crépuscule.

« Est-ce la porte de ta maison ? dit Túrin. Les Nains aiment la pierre, dit-on. » Et il se rapprocha de Mîm, de peur qu'il ne leur jouât, au dernier moment, un tour de sa façon.

« Non pas la porte de la maison, mais le portail du

courtil », dit Mîm, et il tourna vers la droite, au pied de la paroi, et après avoir compté vingt pas, fit brusquement halte ; Túrin aperçut alors une faille ménagée par des mains d'homme ou par les intempéries, et les deux parements de rocher chevauchaient mais, sur la gauche, par-derrière, se dessinait une ouverture. L'accès en était dissimulé par des plantes enracinées dans les crevasses au-dessus, mais s'y insinuait un raidillon pierreux qui grimpait dans l'obscurité. L'eau ruisselait le long de la faille qui baignait dans l'humidité. L'un après l'autre, ils gravirent le raidillon qui, au sommet, prenait sur la droite, puis obliquait de nouveau vers le sud et à travers un buisson d'épines débouchait enfin sur un terre-plein verdoyant, pour filer plus loin et disparaître dans l'ombre. Ils étaient arrivés à Bar-en-Nibin-noeg[16], la demeure de Mîm dont il n'est parlé que dans les anciennes chroniques du Doriath et de Nargothrond, et que nul Homme n'avait jamais vue. Mais la nuit tombait, et à l'orient, le ciel était jonché d'étoiles, et ils saisissaient encore mal la disposition de ce lieu étrange.

Amon Rûdh se couronne d'une grande masse rocailleuse, une sorte de calotte de pierre, arasée et dénudée au sommet. Du côté nord, un ressaut forme une terrasse plane et presque carrée, que l'on ne peut apercevoir d'en bas, car le couronnement du mont forme paroi derrière, et les versants ouest et est tombent à pic. C'est seulement par le nord, de là où ils étaient venus, que ceux qui savent le chemin[17] peuvent l'atteindre sans peine. Un sentier qui prenait dans la faille conduisait à un petit bosquet de bouleaux nains qui ombrageaient les abords d'une fontaine limpide entre ses margelles taillées dans le roc. Cette fontaine était alimentée par une source qui jaillissait juste au pied de la paroi, formant un ruisselet qui déferlait en un blanc filet d'eau, pardessus la corniche occidentale. Derrière l'écran des arbres entourant la source, entre deux forts remparts de roc, s'ouvrait une caverne. En apparence, une grotte peu profonde, basse et voûtée ; mais la grotte s'enfonçait sous la colline, car elle avait été excavée plus avant par les mains patientes des Petits-Nains, durant les longues années où ils avaient vécu là, sans que les viennent troubler les Elfes-Gris des grands bois.

Il faisait presque nuit close lorsque, conduits par Mîm, ils longèrent le bassin où miroitaient les pâles étoiles parmi les ombres des rameaux de bouleaux. A l'entrée de la grotte, Mîm se retourna et s'inclina devant Túrin : « Entre, dit-il, voici Bar-en-Danwedh, la Maison de la Rançon ; car tel sera son nom. »

« Cela se peut, dit Túrin, je vais d'abord regarder. » Et il entra avec Mîm, et les autres, le voyant pénétrer sans peur, suivirent, même Andróg qui était le plus méfiant envers le Nain. Ils furent bientôt plongés dans de noires ténèbres ; mais Mîm frappa des mains et une petite lumière apparut d'une encoignure ; et d'un passage ménagé dans le fond de la grotte extérieure, survint un autre Nain portant une petite torche.

« Ah, je l'ai manqué, comme je le craignais » s'exclama Andróg. Mais les Nains se mirent à parler entre eux avec véhémence, dans leur langue rocailleuse et Mîm, apparemment bouleversé ou indigné par ce qu'il entendit, se précipita dans le passage et disparut. Alors Andróg voulut pousser de l'avant : « Il faut attaquer les premiers, dit-il, il y en a peut-être toute une ruche ; mais ils sont petits. »

« Trois seulement, je crois », dit Túrin, et il prit les devants, tandis que les hors-la-loi le suivaient, tâtonnants, le long des murs rugueux. A plusieurs reprises, le passage obliquait d'un côté puis d'un autre à angle aigu ; mais à la fin une lueur indistincte brilla confusément au loin, et ils débouchèrent dans une salle de dimensions restreintes mais haute de plafond, éclairée obscurément par des lampes qui pendaient à de fines chaînes. Mîm n'était pas là, mais on pouvait entendre sa voix et conduit par elle, Túrin vint à la porte d'une chambre qui s'ouvrait vers le fond de la salle. Jetant un regard à l'intérieur, il vit Mîm agenouillé par terre. A côté de lui se tenait silencieux le Nain à la torche ; mais sur un lit de pierre, près du mur du fond, un autre nain gisait.

« Khîm ! Khîm ! Khîm ! » se lamentait le vieux Nain en s'arrachant la barbe.

« Tes flèches n'ont pas toutes dévié, dit Túrin à Andróg. Mais le coup se révélera peut-être bien malheureux. Tu lâches tes flèches par trop inconsidérément ; mais aussi il est probable que tu ne vivras pas assez vieux pour t'amender. » Et entrant doucement, Túrin se plaça derrière Mîm, et lui parla : « Qu'est-ce qui te fait souci, Mîm ? dit-il. Je sais quelque secret de guérison. Est-ce que je peux te venir en aide ? »

Mîm tourna la tête et il y avait une flamme ardente dans ses yeux : « Non, à moins que tu puisses renverser le cours du temps, et ensuite couper les mains cruelles de tes hommes, répondit-il. Voici mon fils, transpercé d'une flèche. A présent, il est au-delà de la parole. Il est mort au couchant. Tes liens m'ont empêché de venir le secourir. »

De nouveau, la pitié, depuis longtemps figée en lui, afflua au cœur de Túrin, comme l'eau sourd d'un rocher : « Hélas, dit-il, je rappellerais le trait si j'en avais le pouvoir. Bar-en-Danwedh est bien à présent la Maison de la Rançon, la bien-nommée en vérité. Car que nous y vivions ou pas, je me tiendrai pour ton débiteur ; et si jamais je viens à posséder de la richesse, je paierai une rançon en pièces d'or de bon aloi pour ton fils, en gage de chagrin, bien que cela ne puisse redonner joie à ton cœur. »

Alors Mîm se leva et longuement considéra Túrin : « Je t'entends bien, dit-il, et j'en suis tout émerveillé. Tu parles comme un Seigneur-Nain d'autrefois. Mon cœur, à présent, est apaisé, s'il n'est point joyeux. Je paierai ma propre rançon donc : si vous le souhaitez, vous pouvez vivre ici. Mais j'ajouterai seulement ceci : celui qui a décoché le trait, celui-là brisera son arc et ses flèches et les déposera aux pieds de mon fils ; et jamais plus il ne maniera l'arc et les flèches. Et s'il le fait, il gagnera d'en mourir. Voilà la malédiction que j'appelle sur sa tête. »

Andróg eut grand-peur lorsqu'il entendit ces mots ; et à son amer regret, il brisa son arc et ses flèches, et les posa au pied du lit du Nain mort. Mais ressortant de la chambre, il jeta un regard mauvais à Mîm, murmurant : « La malédiction d'un Nain ne s'épuise jamais, dit-on, mais celle d'un Homme peut aussi toucher au but. Qu'il meure donc avec un trait dans la gorge [18] ? »

Cette nuit-là, ils couchèrent dans la grande salle, et leur sommeil fut troublé par les lamentations de Mîm et d'Ibun son second fils. Quand elles cessèrent, ils ne s'en rendirent point compte, mais lorsqu'ils s'éveillèrent enfin les Nains avaient disparu, et la chambre était fermée par une pierre. La journée était de nouveau radieuse, et sous le soleil matinal, les hors-la-loi se lavèrent à la fontaine et apprêtèrent les nourritures qui leur restaient ; et comme ils mangeaient, Nîm se trouva debout devant eux.

Il s'inclina devant Túrin : « Il est parti, et tout est accompli, dit-il. Il gît avec ses pères. Maintenant nous nous tournons vers la vie qui demeure, bien que les jours nous soient peut-être comptés. La maison de Mîm te plaît-elle ? La rançon est-elle acquittée, et favorablement agréée ? »

« Elle l'est » dit Túrin.

« Alors tout est à ta disposition pour que tu organises ton séjour ici à ta guise ; sauf pour ceci : cette chambre qui est fermée, nul autre que moi ne l'ouvrira. »

« Nous t'entendons, dit Túrin, et quant à notre vie ici, nous sommes en sécurité, ou du moins il semble ; mais il nous faut cependant de la nourriture et d'autres choses. Comment sortirons-nous ? Et surtout, comment retrouverons-nous le chemin du logis ? »

Ils se troublèrent au grand rire de Mîm : « Vous craignez donc d'avoir suivi une araignée au cœur de sa toile ? dit-il. Mîm ne mange pas les Hommes ! Et une araignée qui aurait à affronter trente guêpes d'un coup ! Vois donc, vous êtes armés, et me voilà devant vous les mains nues. Non, il nous faut partager, vous et moi : la maison, la nourriture et le feu et peut-être d'autres gains. La maison, je pense que vous veillerez sur elle et que vous en garderez le secret dans votre propre intérêt, même lorsque vous connaîtrez les moyens d'y entrer ou d'en sortir. Vous les apprendrez avec le temps. Mais en attendant Mîm doit vous guider, ou bien Ibun, son fils. »

A cela Túrin acquiesça, et il remercia Mîm, et la plupart de ses hommes se réjouirent ; car sous le soleil du matin, au fort de l'été, c'était un lieu bel et bon où séjourner. Andróg, seul, était mécontent. « Plus rapidement serons-nous maîtres de nos allées et venues, mieux cela vaudra, dit-il. Jamais encore avons-nous traîné avec nous dans nos opérations un prisonnier qui aurait eu quelque raison de nous en vouloir ! »

Ce jour-là ils se reposèrent et nettoyèrent leurs armes et raccommodèrent leurs hardes ; car ils avaient encore de quoi subsister un jour ou deux, et Mîm leur fit l'appoint. Il leur prêta trois grandes marmites et du bois pour le feu, et il apporta un sac : « Pas grand-chose, dit-il, ça ne vaut même pas d'être volé ! Juste des racines sauvages. »

Mais cuites, ces racines se révélèrent bonnes à manger, un peu comme du pain ; et les hors-la-loi les trouvèrent à leur goût, car ils avaient perdu depuis longtemps le goût du pain, sinon celui qu'ils arrivaient parfois à dérober. « Les Elfes sauvages ne les connaissent pas ; les Elfes-Gris ne les ont pas trouvées ; et les fiers, ceux d'outre-mer, ils sont trop fiers pour fouir la terre ! » dit Mîm.

« Quel est leur nom ? » dit Túrin.

Mîm lui jeta un regard en coin : « Elles n'ont pas de nom, sinon dans la langue des Nains que nous n'enseignons pas, dit-il. Et nous n'enseignons pas aux Hommes à les trouver, car les Hommes sont trop avides et trop imprévoyants, et ils n'épargneraient pas les jeunes pousses, mais ils les ramasseraient toutes, jusqu'à la dernière ; à l'heure actuelle, lorsqu'ils vont fureter dans la nature, ils passent sans les voir. De moi, tu n'apprendras rien de plus ; mais je te prodiguerai mes richesses tant que tu me diras paroles courtoises, et ne m'épieras ni ne me voleras. » Et de nouveau, il rit de son rire de gorge. « Ces racines ont grande valeur, dit-il, elles valent plus que de l'or lorsque la faim rôde, l'hiver ; car on peut en faire provision, comme l'écureuil ses noisettes, et déjà nous engrangeons les premières venues à maturité. Mais vous êtes bien fous si vous pensiez que je n'étais pas prêt à abandonner ma charge pour sauver ma vie ! »

« Je t'entends bien, dit Ulrad qui avait fouillé dans le sac de Mîm lorsqu'il avait été fait prisonnier. Et pourtant tu n'as pas voulu t'en séparer, et tes paroles m'ont intrigué d'autant. »

Mîm se tourna vers lui et le considéra sombrement : « Tu es l'un de ces imbéciles que le printemps ne pleurerait pas si tu périssais en hiver, dit-il. J'avais donné ma parole, de sorte que je serais revenu, de bon ou de mauvais gré, avec le sac ou sans, quoique tu puisses penser, homme sans foi ni loi ! Mais je n'aime pas que mon bien me soit arraché par des vilains, quand bien même ce ne serait qu'une lanière de chaussure ! Crois-tu que j'ai oublié que tes mains étaient parmi celles qui m'ont chargé de liens et maintenu prisonnier, de sorte que je n'ai jamais plus parlé avec mon fils ? Et chaque fois que je répartirai le pain-de-la-terre de mes réserves, tu passeras ton tour, et si tu en manges, tu le devras à la prodigalité de tes compagnons, pas à la mienne. »

Et Mîm s'en alla. Mais Ulrad, qui avait baissé la tête sous l'orage, s'exclama lorsqu'il eut le dos tourné : « De grands mots ! et pourtant le vieux coquin avait autre chose dans son sac, de forme analogue, mais plus dur et plus lourd. Peut-être y a-t-il encore autre chose dans la nature sauvage, hors ce pain-de-la-terre que les Elfes n'ont pas trouvé et que les Hommes ne doivent pas connaître [19] ? »

« Cela se peut, dit Túrin, cependant le Nain a dit vrai sur un point au moins, lorsqu'il t'a appelé un imbécile ! Pourquoi dire ce qui te passe par la tête ? Le silence, si les paroles de courtoisie te restent dans la gorge, aurait bien mieux servi nos affaires ! »

La journée s'écoula paisiblement et aucun des proscrits ne désira aller au-dehors. Túrin arpentait la verte pelouse de la terrasse, d'un bord à l'autre ; et il regardait à l'est, et à l'ouest et au nord, et s'étonnait que son regard portât si loin dans l'air limpide. Vers le nord, il scruta l'horizon et distingua la forêt de Brethil verdoyant sur les pentes de l'Amon Obel cher à son cœur, et encore et toujours ses yeux étaient attirés par là, il ne savait pourquoi ; car son cœur le portait plutôt vers le nord-ouest, où à des lieues et des lieues, en lisière du ciel, il croyait entrevoir les Montagnes de l'Ombre, les remparts de sa maison natale. Mais au soir, Túrin regarda vers l'ouest, dans le foyer du couchant, tandis que le soleil plongeait écarlate dans les brumes qui flottaient sur les côtes lointaines, et que le vallon du Narog s'enténébrait dans l'entre-deux.

Ainsi commença le séjour de Túrin, fils de Húrin, dans la demeure de Mîm, à Bar-en-Danwedh, la Maison de la Rançon.

Pour l'histoire de Túrin depuis sa venue à Bar-en-Danwedh jusqu'à la chute de Nargothrond, voir le Silmarillion, *et ci-dessous, l'Appendice à* La Geste des Enfants de Húrin, p. 227.

Le retour de Túrin à Dor-lómin

Exténué par sa longue course précipitée (car il avait fait plus de quarante lieues sans souffler), Túrin parvint avec les premières glaces de l'hiver aux étangs d'Ivrin, où la guérison jadis lui fut prodiguée. Mais ce n'était plus à présent qu'un bourbier gelé, et il ne put y boire.

De là, il gagna les passes qui mènent à Dor-lómin[20] ; une âpre neige s'était mise à tomber et les chemins étaient glacés et dangereux. Bien que vingt-trois ans se fussent écoulés depuis qu'il avait foulé ce chemin, il le portait gravé en son cœur, tant aigu avait été son chagrin de quitter Morwen. Et c'est ainsi qu'il retourna au pays de son enfance. Et il trouva une terre morne et désolée ; et une population clairsemée, et de mœurs grossières, et qui s'exprimaient dans le rude parler des Easterlings, et l'ancienne langue était devenue celle des esclaves ou des ennemis.

Aussi prudemment allait Túrin, dissimulé sous son capuchon, et voilà qu'il atteignit la maison qu'il cherchait. Mais elle se dressait vide et sombre, et nul signe de vie alentour ; car Morwen était partie, et Brodda l'Immigrant (celui-là qui de vive force avait épousé Aerin, parente de Húrin) avait pillé sa maison et pris tout ce qui lui restait : et ses biens et ses gens. La maison de Brodda s'élevait toute proche de l'ancienne demeure de Húrin, et là se rendit Túrin, épuisé par ses errances et son chagrin, et il quémanda l'hospitalité, laquelle lui fut accordée, car sous l'influence d'Aerin, on tenait encore en honneur quelques-unes des pratiques charitables d'autrefois. On lui donna un siège près du feu, parmi les serviteurs et quelques gueux quasiment aussi misérables et fourbus que lui ; et il demanda des nouvelles du pays.

A cela, la compagnie fit silence, et certains s'écartèrent, regardant l'étranger de travers. Mais un vieux vagabond à béquilles dit : « S'il te plaît de parler l'ancienne langue, mon maître, parle donc plus bas et ne pose pas de questions. Crains qu'on ne te rosse comme un vilain, ou qu'on ne te pende comme espion ! Car à te voir, il se pourrait bien que tu sois l'un et l'autre. Ce qui revient à dire — et il baissa la voix et, s'approchant de Túrin, lui murmura à l'oreille — de ces gens de bien qui vinrent avec Hador, dans les jours dorés, lorsque les têtes ne portaient pas poils de loup. Certains, ici, sont de cette race, mais réduits aujourd'hui à l'état de mendiants ou d'esclaves, et n'était-ce pour la Dame Aerin, on ne leur baillerait ni feu, ni potage. D'où es-tu et quelles nouvelles apportes-tu ? »

« Il y avait une dame nommée Morwen, répondit Túrin. Et au temps jadis, je vivais dans sa maison. Et en ce lieu, après avoir erré au loin, je suis revenu chercher ma bienvenue, mais il n'y a ni feu ni âme qui vive là-bas. »

« Et cela depuis une année entière et plus, répliqua le vieillard. Mais peu nourris étaient le feu et les gens de la maison depuis cette guerre meurtrière ; car la Dame était de l'ancienne race, comme assurément tu le sais : la veuve de notre seigneur Húrin fils de Galdor ; et elle était fière et belle comme une reine, avant que le chagrin ne la ravageât. « Femme-de-sorcier » l'appelait-on, et on l'évitait. Femme-de-sorcier, c'est-à-dire, dans le nouveau langage, « Amie-des-Elfes ». Et cependant ils la dépouillèrent de tout. Bien souvent, elle et sa fille auraient connu la faim si ce n'avait été pour la Dame Aerin. Elle les secourait en secret, et maintes fois, dit-on, elle fut battue pour prix de ses bienfaits par Brodda le Brutal, son mari par nécessité. »

« Et durant cette année entière ou plus, dit Túrin, sont-elles mortes, ou réduites en servitude ? Les Orcs se seraient-ils emparés d'elles ? »

« On ne sait au juste, dit le vieillard, mais elle est partie avec sa fille ; et ce Brodda a fait main basse sur ce qu'elle avait, et il a tout rapiné ; pas un chien qui ne lui reste ! Et de ses quelques gens, il a fait des esclaves ; hors ceux qui s'en sont allés mendier, comme moi. Je l'ai servie de longues années, et l'illustre Maître auparavant ; on me nomme Sador l'Éclopé : une maudite hache dans les bois, il y a longtemps ; sinon je reposerais aujourd'hui sous le Grand Tertre. Je me souviens bien du jour où l'on fit partir le garçon de Húrin, et comme il pleurait ! On a dit qu'il s'en fut au Royaume Caché. »

Là-dessus le vieillard se tut, et il dévisagea Túrin avec inquiétude. « Je suis vieux et je jase volontiers, dit-il. Ne prête pas attention à moi ! Car si c'est un plaisir de parler l'ancienne langue avec qui la parle noblement comme par le passé, les temps sont mauvais et il faut être prudent. Ils n'ont pas tous le cœur noble, ceux qui parlent la langue noble ! »

« C'est vrai, dit Túrin, mon cœur à moi est sombre. Mais si tu redoutes que je sois un espion du Nord ou de l'Est, alors tu n'es guère plus sage qu'autrefois, Sador Labadal. »

Le vieillard le contempla avec stupeur ; puis tremblant, il parla : « Viens dehors ! Il y fait plus froid mais on est plus en sécurité. Tu parles trop fort et moi je parle trop, pour la salle de festin d'un Easterling. »

Lorsqu'ils furent dans la cour, il saisit le manteau de Túrin : « Tu as vécu jadis dans cette maison, dis-tu. Seigneur Túrin, fils de Húrin, pourquoi es-tu revenu ? Enfin s'ouvrent mes yeux et mes oreilles ; tu as la voix de ton père. Mais le jeune Túrin était le seul à me donner ce nom, Labadal. Et ce n'était pas en mauvaise part : nous étions de joyeux compagnons, tous les deux, en ces jours d'autrefois. Que cherche-t-il ici à présent ? Nous ne sommes plus que quelques-uns ; et vieux et sans armes. Plus heureux sont ceux du Grand Tertre ! »

« Je ne suis pas venu ici songeant à la bataille, dit Túrin, bien que tes paroles aient éveillé ces pensées dans mon cœur, Labadal. Mais pour cela, il faut attendre. Je suis venu chercher la Dame Morwen et Nienor. Que peux-tu m'apprendre et vite ? »

« Pas grand-chose, Seigneur, dit Sador. Elles s'en furent secrètement. On a chuchoté parmi nous que le Seigneur Túrin les avait mandées auprès de lui. Car nous ne doutions point qu'avec les années, il ne fût devenu un homme considérable, un Roi ou un Seigneur dans quelque contrée du Sud. Mais il semble que non. »

« Non, en effet, répondit Túrin. Bien que je sois maintenant un vagabond, je fus seigneur dans un pays du Sud. Mais je ne les ai point mandées auprès de moi. »

« Alors je ne sais que te dire, répliqua Sador. Mais la Dame Aerin, elle, saura, j'en suis sûr. Elle était dans la confidence de ta mère. »

« Comment puis-je l'approcher ? »

« Cela, je l'ignore. Il lui en coûtera gros si on l'attrape chuchotant entre deux portes avec un misérable de la race des vaincus, quand bien même on parviendrait par un message à la faire venir. Et à peine un mendiant de ton espèce s'avancerait-il vers le haut bout de table que les Easterlings se saisiraient de lui, et le battraient, sinon pire. »

De colère, Túrin s'écria : « Il ne me serait pas permis, à moi, de traverser la salle de Brodda, et ils oseraient lever la main sur moi ! Viens donc et tu verras ! »

Et il pénétra dans la salle du festin, et rejeta son

capuchon, et repoussant tous ceux qui se trouvaient sur son passage, il marcha à grands pas jusqu'à la table où siégeaient le maître de maison et sa femme, et d'autres seigneurs des Easterlings. Et certains lui coururent sus, mais il les précipita au sol, et clama : « Personne n'est-il maître ici, ou est-ce une tanière d'Orcs ? Où est le maître de céans ? »

Alors Brodda se leva en grand courroux et dit : « C'est moi qui gouverne cette maison. »

Mais avant même qu'il pût prononcer un mot de plus, Túrin s'écria : « Alors tu n'as pas appris la courtoisie qui régnait dans ce pays avant ta venue. Est-ce l'usage des Hommes, à présent, de laisser des laquais malmener les parents de leurs femmes ? Tel je suis, et j'ai à entretenir la Dame Aerin. Viendrai-je librement, ou viendrai-je en me frayant un chemin à ma manière ? »

« Viens ! » dit Brodda, l'air menaçant, et Aerin devint toute pâle.

Alors Túrin s'avança jusqu'à la haute table, et il se tint là debout et s'inclina : « Je te prie de m'excuser, dit-il, Dame Aerin, d'avoir fait irruption ainsi devant toi ; mais ce que j'ai à te dire ne souffre pas de répit, et m'amène de loin. Je cherche Morwen Dame de Dor-lómin, et Nienor, sa fille, mais sa maison est vide, et de fond en comble dévastée. Que peux-tu m'apprendre ? »

« Rien, dit Aerin pleine d'effroi, car Brodda la surveillait de près. Rien, sinon qu'elle est partie. »

« Voilà ce que je ne puis croire », dit Túrin.

Alors Brodda se dressa et une rage avinée l'empourprait. « Suffit ! cria-t-il. Ma femme se verra-t-elle infliger un démenti sous mes yeux, et par un mendiant qui parle la langue des serfs ? Il n'y a pas de Dame de Dor-lómin. Quant à Morwen, elle était de la gent esclave, et comme une esclave, elle a pris la fuite. Et hâte-toi de faire de même, et sans plus attendre, ou je te ferai pendre à un arbre. »

Túrin bondit sur lui, et il tira sa noire épée, et saisit Brodda par les cheveux et lui renversa la tête. « Que personne ne bouge, dit-il, ou cette tête quittera ces épaules ! Dame Aerin, je te prierai une fois encore de me pardonner si je pensais que cette brute t'avait jamais fait autre chose que du mal. Mais parle maintenant, et ne te dérobe plus à ma demande. Ne suis-je pas Túrin, Seigneur de Dor-lómin ? Dois-je te donner ordre de parler ? »

« Ordonne-moi de parler », dit-elle.

« Qui a pillé la maison de Morwen ? »

« Brodda », répondit-elle.

« Quand a-t-elle fui, et où ? »

« Voilà plus d'une année et trois mois, dit Aerin. Messire Brodda et d'autres parmi les Immigrants d'Orient ici présents l'opprimèrent durement. Depuis longtemps elle était conviée à se rendre au Royaume Caché, et enfin, elle se décida. Car toutes les contrées de l'entre-deux se trouvaient, pour un temps, libres de l'oppression, grâce aux exploits du Noire-Épée qui, dit-on, guerroyait sur les marches sud du pays ; mais c'est fini à présent. Elle espérait retrouver son fils l'attendant là-bas. Mais si tu es celui-là même, alors je crains fort un malencontre. »

Túrin se prit à rire amèrement : « Un malencontre ! Un malencontre ! s'écria-t-il. Oui, tout est vicié ! Comme est vicié Morgoth lui-même ! » Et soudain il fut secoué d'un noir courroux ; car ses yeux se dessillèrent et se détachèrent les derniers liens du maléfice que lui avait jeté Glaurung ; et il connut enfin les mensonges dont on l'avait abreuvé. « Aurais-je été par duperie et traîtrise amené jusqu'ici pour y trouver la mort dans le déshonneur, moi qui pouvais au moins achever mon existence vaillamment devant les Portes de Nargothrond ! » Et du cœur de la nuit qui environnait la salle, il crut entendre la plainte de Finduilas.

« Mais je ne serai pas le premier à périr ici », s'écria-t-il. Et il saisit Brodda par les cheveux, et mû par une colère et une angoisse épouvantables, le souleva de terre et le secoua en l'air comme un chien. « Morwen de la gent esclave, dis-tu ? Toi, fils de chienne, esclave d'esclaves ! » Et il jeta Brodda tête première au travers de sa propre table, au visage d'un Easterling qui s'était levé pour l'assaillir.

Et dans sa chute, Brodda se rompit le cou ; et Túrin bondit sur sa lancée et en tua trois autres qui se rencognaient terrorisés car ils étaient pris sans armes. Et le tumulte fut grand dans la salle. Les Easterlings assis à la table du festin se seraient rués sur Túrin, mais il y avait bien d'autres gens assemblés là qui, eux, étaient de l'ancien peuple de Dor-lómin ; ils avaient longtemps servi avec soumission, mais voilà qu'ils se soulevaient avec des cris de révolte. En un instant, la salle du festin fut un champ de bataille, et bien que les esclaves n'eussent que des tranchoirs et autres ustensiles de ce genre en guise de dagues et d'épées, il y eut bientôt des mots dans les deux camps, avant même que Túrin ne sautât parmi eux, et ne tuât le dernier des Easterlings qui restait dans la salle.

Alors il reprit souffle, appuyé contre une colonne, et le feu de sa rage était cendres. Mais le vieux Sador se traîna à ses pieds et lui étreignit les genoux, car il était blessé à mort. « Trois fois sept ans et plus, ce fut long à attendre pour voir cette heure, dit-il, mais maintenant pars, pars, Seigneur ! Pars et ne reviens pas, sinon avec des forces plus puissantes. Car ils vont ameuter tout le pays contre toi. Et ils se sont échappés nombreux du palais. Pars, ou ici même sera ta fin. Adieu ! » Et il s'affaissa et expira.

« Il parle avec la vérité de la mort, dit Aerin. Tu as appris ce que tu voulais savoir. A présent, pars et fais vite ! Mais d'abord va auprès de Morwen et rassure-la. Sinon j'aurai peine à pardonner les ravages que tu as perpétrés. Car si mauvaise que fut ma vie, tu m'as apporté la mort ici, avec ta violence. Les Immigrants tireront vengeance de cette nuit sur tous ceux qui vivent en ce pays. Inconsidérés sont tes actes, fils de Húrin, comme si tu n'étais encore que l'enfant que j'ai connu. »

« Et craintive de cœur, es-tu, Aerin fille d'Indor. Tout comme tu étais lorsque je t'appelais tante, et qu'un chien un peu hargneux t'effraya, dit Túrin. Tu étais faite pour un monde plus clément. Mais viens avec moi. Je t'amènerai auprès de Morwen. »

« La neige gît sur la terre, mais elle gît plus épaisse

encore sur ma tête, dit-elle. Je mourrai aussi bien avec toi au fond des bois, que de la main brutale des Easterlings. Tu ne peux réparer ce que tu as fait. Pars ! Rester ne fera qu'aggraver les choses, et privera Morwen de son bien, et sans fruit pour personne. Pars, je t'en conjure ! »

Alors Túrin s'inclina profondément devant elle et se détourna, et il quitta la salle de Brodda ; et les rebelles qui en avaient la force le suivirent. Et ils s'enfuirent dans les montagnes, car certains d'entre eux connaissaient bien les sentiers d'arrière-pays, et ils furent reconnaissants à la neige qui tombait derrière eux, recouvrant leurs traces. Et ainsi, malgré la traque promptement lancée contre eux avec des hommes et des chiens en nombre, et des chevaux hennissant, ils s'échappèrent vers le sud, s'enfonçant dans les collines. C'est alors que jetant un regard en arrière ils virent une rouge clarté au loin, dans la contrée qu'ils avaient fuie.

« Ils ont mis le feu au palais, dit Túrin. Et pourquoi cela ? »

« Non pas “ ils ”, Seigneur ; “ elle ” je pense, dit celui qui avait nom Asgon. Souvent un homme de guerre méconnaît les vertus de patience et de douceur. Elle faisait beaucoup de bien aux nôtres, et ça lui coûtait cher. Son cœur n'était pas lâche, et la patience un jour s'épuise. »

Quelques-uns des plus endurants, et qui pouvaient braver les rigueurs de l'hiver, demeurèrent avec Túrin, et le conduisirent par des chemins détournés à un refuge de montagne, une grotte connue des seuls hors-la-loi et fugitifs ; et s'y trouvaient cachées quelques provisions. Et là ils patientèrent jusqu'à ce que la neige cessât, et alors ils munirent Túrin de nourriture et l'amenèrent à une passe peu fréquentée, par laquelle on gagnait le Val du Sirion où la neige n'avait pas fait son apparition. Et sur le chemin de la descente, ils se séparèrent.

« Adieu donc, Seigneur de Dor-lómin, dit Asgon. Mais ne nous oublie pas ; car nous serons à présent des hommes pourchassés ; et pour prix de ta venue, le Peuple-loup sera plus cruel d'autant. C'est pourquoi je te dis pars, et ne reviens point, sinon en force pour nous libérer. Adieu ! »

Túrin vient au Brethil

Or donc Túrin descendit vers le Sirion, et il sentait en son esprit un déchirement ; car, lui semblait-il, si auparavant il avait eu deux choix, amers tous deux, voici qu'il en avait trois ; et l'appelait son peuple opprimé à qui il n'avait apporté qu'un surcroît de malheur. Un seul réconfort lui restait : la certitude que Morwen et Nienor étaient parvenues depuis longtemps au Doriath, et cela grâce aux seules prouesses du Noire-Épée qui leur avait ouvert la route. Et il se prit à songer : « Quand bien même je serais venu plus tôt, en des mains plus sûres je n'aurais pu les confier ! Si l'Anneau de Melian cède, alors tout est fini. Non, les choses sont mieux ainsi ; car par la fureur qui est en moi et par mes actes inconsidérés, je jette une ombre partout où je m'attarde. Que Melian les garde ! Et je les laisserai en paix, hors de mon ombre portée quelque temps. »

Mais trop tard se mit-il en quête de Finduilas, fouillant les forêts au chevet de l'Ereth Wethrin, allant sauvage et défiant comme une bête des bois ; et il tendit des embuscades sur toutes les routes qui gagnent, par le nord, la Passe du Sirion. Trop tard. Car les pluies et les neiges avaient brouillé toutes les pistes. Mais voici que descendant le cours du Teiglin Túrin tomba sur des Hommes d'Haleth, vivant en forêt de Brethil. La guerre les avait fort réduits en nombre et ils habitaient pour la plupart secrètement, à l'abri d'une palissade fortifiée sur les pentes d'Amon Obel, au cœur de la forêt. Et le lieu de leur séjour avait nom Ephel Brandir ; car son père ayant été tué, Brandir fils de Handir était maintenant leur seigneur. Et Brandir n'avait rien d'un homme de guerre car il boitait d'une jambe qu'il s'était cassée, enfant, par accident ; et il était homme de disposition pacifique, aimant le bois plutôt que le métal, et préférant à toute autre science le savoir des choses qui croissent en terre.

Mais certains des forestiers s'obstinaient à traquer l'Orc sur les confins ; et ainsi advint-il que Túrin, errant dans les parages, perçut le cliquetis d'une mêlée. Et lui d'y courir, mais prudemment néanmoins, s'avançant à pas furtifs parmi les arbres ; et il vit une petite troupe d'hommes encerclés par des Orcs. Ils se défendaient désespérément, le dos à un boqueteau qui poussait à l'écart dans une clairière ; mais les Orcs étaient en nombre, et sauf à être secourus, les hommes avaient peu de chances de réchapper. Aussi, prenant bien garde de rester au couvert des bois, Túrin se mit à faire grand tapage, avec force piétinement et branches cassées, et puis s'écria d'une voix haute et claire, comme s'il menait au combat toute une compagnie : « Holà ! Vous autres ! Les voilà ! Suivez-moi ! A l'assaut, et qu'on les tue ! »

A ces cris, nombre des Orcs, de saisissement, se retournèrent, et Túrin se précipita d'un bond, gesticulant comme s'il appelait ses hommes à le suivre, et le tranchant de Gurthang étincelait comme flamme dans sa main. Les Orcs ne connaissaient que trop bien cette lame, et avant même que Túrin ait sauté parmi eux, ils s'étaient débandés au loin et enfuis. Les forestiers s'empressèrent de se joindre à lui, et ensemble ils pourchassèrent leurs ennemis et les jetèrent à l'eau ; et peu, parmi les Orcs, s'en sortirent vivants.

Enfin les forestiers firent halte sur la rive, et Dorlas, leur chef, dit : « Tu es rapide à la course, Seigneur ; mais tes hommes sont lents à suivre ! »

« Non pas, dit Túrin. Nous courons de concert, comme un seul homme, et jamais ne nous séparons. »

Et les hommes de Brethil de rire, et ils dirent : « Eh bien ! un seul de ta force en vaut certes plusieurs ! Et nous te devons une grande reconnaissance. Mais qui es-tu, et qu'est-ce que tu fais ici ? »

« Je ne fais guère que mon métier, qui est de tuer de l'Orc, dit Túrin. Et je vis là où s'exerce mon métier. Je suis " L'homme-sauvage-des-Bois ". »

« Alors viens donc vivre avec nous, dirent-ils. Car

nous habitons la forêt, et nous avons bien besoin d'artisans de ton espèce ! Tu seras le bienvenu ! »

Sur ce, Túrin les regarda étrangement et dit : « Existent-ils donc, ceux-là qui souffriraient que j'assombrisse leurs seuils ? Mais, amis, il me faut d'abord mener à bien ma quête douloureuse : je dois retrouver Finduilas, fille d'Orodreth de Nargothrond, ou du moins apprendre de ses nouvelles. Hélas, bien des semaines se sont écoulées depuis qu'elle a été emmenée de Nargothrond, mais il me faut coûte que coûte poursuivre. »

Alors les forestiers le considérèrent avec compassion, et Dorlas dit : « Ne cherche plus. Car une colonne d'Orcs est passée, qui venait de Nargothrond et se dirigeait vers les Gués du Teiglin, et nous en fûmes avertis, longtemps à l'avance ; elle cheminait lentement, à cause du grand nombre de prisonniers qu'elle escortait. Et nous avons voulu frapper nous aussi notre coup, si modeste soit-il, dans cette guerre, et avec tous les archers que nous pûmes rameuter, nous dressâmes une embuscade, et nous avions bon espoir de sauver quelques-uns des prisonniers. Mais hélas ! dès qu'ils se virent attaqués, les Orcs infâmes tuèrent leurs captives d'abord ; et d'une flèche, ils clouèrent à un arbre la fille d'Orodreth.

Túrin demeurait là, un homme touché à mort : « Comment le savez-vous ? » dit-il.

« Parce qu'elle s'adressa à moi avant de mourir, dit Dorlas. Elle nous dévisageait tous, comme si elle cherchait quelqu'un qu'elle attendait, et elle dit : “ Mormegil. Dites au Mormegil que Finduilas est ici ”, et puis se tut. Mais en raison de ses dernières paroles, nous lui avons donné sépulture à l'endroit où elle expira. Elle repose sous un tertre, proche du Teiglin. Il y a un mois de cela. »

« Menez-moi en ce lieu », dit Túrin ; et ils le conduisirent à une petite butte près des Gués du Teiglin. Et parvenu là, il se coucha à terre et tomba en pâmoison, de sorte qu'ils le crurent mort. Mais Dorlas, le contemplant couché là, se tourna vers ses hommes et dit : « Trop tard ! Voici un funeste hasard. Car voyez donc :

ci-gît le Mormegil en personne, l'illustre capitaine de Nargothrond. A son épée, nous aurions dû le reconnaître, comme ont fait les Orcs. » Car la gloire du Noire-Épée qui guerroyait dans le Sud avait essaimé au loin et jusqu'au plus profond des grands bois.

Et ils le soulevèrent avec révérence et l'amenèrent ainsi à Ephel Brandir : et Brandir, venant à leur rencontre, s'étonna fort de cette civière qu'ils portaient ; et retirant la couverture, ses yeux rencontrèrent le visage de Túrin fils de Húrin, et une ombre envahit son cœur.

« Ô Hommes d'Haleth, hommes cruels ! s'écria-t-il. Pourquoi avez-vous soustrait cet homme à la mort ? A grand labeur et peine, vous avez amené jusqu'ici l'ultime destruction de notre peuple. »

Mais dirent les forestiers : « Non pas ; c'est le Mormegil de Nargothrond[21], un fameux tueur d'Orcs, et s'il revient à la vie, il nous sera d'un grand secours. Et quand cela serait, devions-nous abandonner un homme terrassé par le malheur, au bord de la route comme une charogne ? »

« Certes non, dit Brandir. Le Destin en a décidé autrement. » Et il prit Túrin dans sa demeure et lui prodigua ses soins.

Et lorsque Túrin émergea enfin des ténèbres, le printemps était revenu ; et il s'éveilla et vit le soleil sur les pousses verdissantes. Alors s'émut également en lui le courage de la Maison de Hador, et il se leva et en son cœur, il se dit : « Mes actions et mes jours révolus ont été sombres et embués de Mal. Mais voici qu'un jour neuf est né. Ici ferai-je ma demeure, et je renoncerai à mon nom et à ma parenté ; et peut-être me dépouillerai-je ainsi de mon ombre, ou du moins ne la projetterai-je pas sur ceux que j'aime. »

C'est pourquoi il prit un nouveau nom, s'appelant lui-même Turambar, qui dans le parler des Grands-Elfes, signifie « Maître du Destin » ; et il vécut parmi les forestiers, et ceux-ci lui vouèrent de l'affection, et il les engagea à oublier son nom de jadis, et à voir en lui un natif du Brethil. Toutefois, changeant de nom, il ne pouvait changer de caractère, ni perdre la mémoire de ses anciens griefs contre les serviteurs de Morgoth ; et il allait chasser l'Orc, en compagnie de certains qui partageaient sa disposition d'esprit, bien que cela déplût à Brandir qui espérait plutôt protéger son peuple par le silence et le secret.

« Le Mormegil n'est plus, dit-il, cependant prends garde que la vaillance de Turambar ne déchaîne sur Brethil une vengeance semblable ! »

C'est pourquoi Turambar remisa sa noire épée, et ne s'en servit plus au combat, et il mania plus volontiers l'arc et le javelot. Mais il ne souffrait pas que les Orcs empruntassent les Gués du Teiglin, ou qu'ils s'approchassent du tertre où reposait Finduilas. Et on l'avait nommé Haudh-en-Elleth, le Tertre-de-la-jeune-Elfe, et bientôt les Orcs apprirent à redouter ce lieu et à l'éviter. Et Dorlas dit à Turambar : « Tu as renoncé au nom, mais le Noire-Épée tu demeures ; et, à en croire la rumeur, n'était-il pas le fils de Húrin de Dor-lómin, Seigneur de la Maison de Hador ? »

Et Turambar répondit : « Je l'ai entendu dire, en effet. Mais je t'en prie, si tu es mon ami, ne le divulgue point. »

Le voyage de Morwen et de Nienor à Nargothrond

Lorsque le Rude Hiver lâcha prise, on reçut à Doriath des nouvelles fraîches de Nargothrond. Car certains qui avaient réchappé au sac de la forteresse et survécu aux rigueurs du froid dans les solitudes sauvages s'en vinrent chercher refuge auprès de Thingol, et les gardes-frontières les menèrent au Roi. Et certains disaient que tous les ennemis s'étaient repliés vers le nord, et d'autres que Glaurung gîtait encore dans le palais de Felagund ; et ceux-là disaient que le Mormegil avait été tué, et d'autres qu'il avait été ensorcelé par le Dragon, et qu'il vivait encore là-bas, comme changé en pierre.

Mais tous déclarèrent que l'on savait, à Nargothrond, bien avant le dénouement, que le Noire-Épée n'était autre que Túrin, fils de Húrin de Dor-lómin.

Quels furent alors l'effroi et le chagrin de Morwen et de Nienor ! Et Morwen dit : « De telles incertitudes sont l'œuvre même de Morgoth ! Ne pouvons-nous découvrir la vérité, et venir à savoir clairement le pire de ce qu'il vous faudra endurer ? »

Or Thingol lui-même désirait fort en apprendre plus long sur le sort de Nargothrond, et il songeait déjà à envoyer des hommes en reconnaissance, qui iraient prudemment se rendre compte sur place, mais il était convaincu que Túrin avait été tué, ou bien qu'il se trouvait au-delà de tout secours, et il redoutait de voir l'heure où Morwen l'apprendrait, et sans plus de doutes possibles. C'est pourquoi il lui dit : « C'est là chose fort périlleuse, Dame de Dor-lómin, et il convient d'y donner réflexion. Des incertitudes de ce genre peuvent fort bien, en effet, être l'œuvre de Morgoth, pour nous inciter à quelque action irréfléchie et téméraire. »

Mais Morwen éperdue s'écria : « Téméraire, Seigneur ! Si mon fils erre affamé par les bois ; s'il se morfond dans les fers ; si sa dépouille gît sans sépulture, alors je serai, oui, téméraire, et je ne perdrai pas une heure pour partir à sa recherche ! »

« Dame de Dor-lómin, dit Thingol, cela, le fils de Húrin ne le souhaiterait point, assurément. Il jugerait que tu te trouves ici en un lieu plus sûr qu'aucune des autres contrées encore accessibles ; ici, sous la sauvegarde de Melian. Au nom de Húrin, et en celui de Túrin, je ne souffrirai pas que tu ailles errant au loin, dans ces temps de péril extrême. »

« Tu n'as pas retenu Túrin d'aller au-devant du péril, et tu m'empêcherais, moi, de le rejoindre ! s'écria Morwen. Sous la sauvegarde de Melian ! Oui, dis plutôt prisonnière de l'Anneau ! Longtemps ai-je hésité à y pénétrer, et maintenant je maudis ce jour ! »

« Non, Dame de Dor-lómin, dit Thingol. Si tu dis de telles choses, alors sache bien ceci : l'Anneau est ouvert. Libre tu es venue ici ; libre tu y demeureras — ou partiras. »

Alors Melian, qui avait gardé le silence, prit la parole :

« Ne t'en vas pas d'ici, Morwen. Tu as dit un mot de vérité : ces incertitudes nous viennent de Morgoth. Si tu t'en vas, c'est sous son empire. »

« La peur de Morgoth ne me retiendra pas de répondre à l'appel de mon sang, dit Morwen. Mais si tu redoutes quelque danger pour moi, Seigneur, prête-moi donc quelques-uns de tes hommes. »

« A toi, je n'ai point d'ordre à donner, dit Thingol. Mais à mon peuple, il m'appartient de commander. Je ne les enverrai que si je le juge opportun. »

Là-dessus Morwen se tut, mais elle pleura ; et elle quitta la présence du Roi. Thingol avait le cœur lourd, car il lui semblait que folle était la résolution de Morwen, et il demanda à Melian si elle ne pouvait user de ses pouvoirs pour la retenir.

« Je puis beaucoup pour empêcher le Mal d'entrer, répondit-elle. Mais rien pour empêcher de sortir ceux qui le désirent. Cela, c'est ta partie. Si on doit la garder ici, il te faut la faire garder de force. Mais peut-être risques-tu alors d'ébranler sa raison. »

Or donc Morwen se rendit auprès de Nienor, et dit : « Adieu, fille de Húrin. Je vais à la recherche de mon fils, ou de la vérité sur son sort, puisque personne ici ne s'en souciera avant qu'il ne soit trop tard. Attends-moi jusqu'à ce que rassurée je revienne. »

Et Nienor, pleine de craintes et de désarroi, voulut la dissuader, mais Morwen ne répondit mot et se retira dans sa chambre, et lorsqu'il fut jour, elle était montée à cheval, et avait disparu.

Or Thingol avait donné ordre que personne ne la retienne ou ne fasse mine de l'arrêter au passage. Mais dès qu'elle fut partie, il rassembla les plus audacieux et les plus entendus de ses gardes-frontières, et il donna le commandement de cette compagnie à Mablung.

« Suis-la promptement, dit-il, sans toutefois qu'elle ne s'en aperçoive. Mais lorsqu'elle sera en pays sauvage, si le danger menace, alors montrez-vous ; et si elle refuse de revenir, protégez-la au mieux de vos forces. Mais à certains d'entre vous, je donne mission de pousser la reconnaissance aussi loin que vous pouvez, et de recueillir tous renseignements possibles. »

Ainsi se fit-il que Thingol envoya une force bien plus considérable qu'il n'avait d'abord prévu, et parmi eux dix cavaliers avec des chevaux de rechange. Ils suivirent Morwen, et elle se dirigeait vers le sud à travers la Région, et parvint enfin aux rives du Sirion, juste en amont de Twilit Meres ; et là elle fit halte, car le Sirion était large et impétueux, et elle ignorait le passage. Et les gardes durent dès lors révéler leur présence ; et Morwen dit : « Thingol veut-il me retenir ? Ou me mande-t-il tardivement le secours qu'il m'a refusé ? »

« L'un et l'autre, répondit Mablung. Refuses-tu de rebrousser chemin ? »

« Je refuse », dit-elle.

« Alors je suis chargé de t'aider, dit Mablung, bien que fort contre mon propre gré. Le Sirion est large et profond en cet endroit ; et périlleux à franchir à la nage pour bêtes et gens. »

« Eh bien fais-moi traverser là où passent les Elfes, dit Morwen. Ou bien je tenterai ma chance à la nage. »

Aussi Mablung la conduisit-il à Twilit Meres. Là, dans les criques de la rive est, on gardait des barques traversières dissimulées parmi les roseaux ; car c'était la voie qu'empruntaient les messagers qui allaient et venaient entre Thingol et sa parenté à Nargothrond[22]. Et ils attendirent jusqu'au terme de la nuit criblée d'étoiles, et ils passèrent dans les brouillards laiteux, juste avant l'aube. Et comme le soleil se levait rouge au-delà des Montagnes Bleues et qu'un fort vent matinal dispersait les nuées, les gardes escaladèrent la rive ouest, laissant derrière eux l'Anneau de Melian. C'étaient des Elfes du Doriath, de haute taille, et un ample manteau recouvrait leurs cottes de mailles. De la barque, Morwen les regardait défiler en silence ; et soudain elle poussa un cri, montrant le dernier de la compagnie à aborder.

« Celui-là, d'où vient-il ? dit-elle. Trois fois dix étiez-vous, lorsque vous m'avez retrouvée. Et vous voilà trois fois dix, plus un, à prendre pied sur la berge ! »

Les autres alors se retournèrent, et virent le soleil briller sur une tête d'or ; car c'était Nienor, et le vent avait rabattu son capuchon. Ainsi fut révélé qu'elle avait suivi les cavaliers et les avait rejoints dans la pénombre, avant le passage de la rivière. Ils en furent contrariés, et Morwen plus que tous. « Rentre vite ! Rentre vite ! Je te l'ordonne ! » s'écria-t-elle.

« Si la femme de Túrin peut aller contre l'avis de tous, à l'appel de son sang, dit Nienor, alors aussi le peut la fille de Húrin. Deuil, tu m'as nommée, mais je ne resterai pas endeuillée toute seule, à pleurer père, frère et mère. Et de ces trois-là, je n'ai connu que toi, et je t'aime plus que tout. Et ce qui ne te fait point peur, je n'en ai point peur non plus. »

Et en vérité, il n'y avait nulle apparence de peur dans son maintien et sa contenance ; car ceux de la Maison de Hador étaient de haute taille, et ainsi revêtue de la livrée des Elfes, elle était bien accordée avec les gardes, et ne le cédait en stature qu'aux plus grands d'entre eux.

« Et que veux-tu faire ? » dit Morwen.

« Aller où tu iras, fit Nienor. Voici le choix que je te propose. Ou bien tu me ramènes à Doriath, et me remets saine et sauve en la garde de Melian ; car il est peu sage de dédaigner ses avis. Ou bien sache que j'affronterai le danger, si toi-même l'affrontes. » Car Nienor était venue, en vérité, surtout dans l'espoir que par souci et amour d'elle, sa mère rebrousserait chemin ; et Morwen fut certes troublée et tiraillée en son esprit.

« Une chose est de refuser un conseil, dit-elle, et une tout autre de refuser d'obéir à sa mère. Maintenant, retourne-t'en incontinent ! »

« Non, dit Nienor. Le temps est loin où je n'étais qu'une enfant. J'ai une volonté et une sagacité bien à moi, même si jusqu'à présent elles n'ont pas été à l'encontre de ton propre vouloir. Je vais avec toi. De préférence à Doriath, par respect pour ceux qui règnent là-bas ; mais sinon, eh bien à l'ouest ! Au surplus, si l'une de nous doit poursuivre, c'est bien plutôt à moi de le faire, qui suis en la plénitude de mes forces neuves ! »

Et Morwen vit dans les yeux gris de Nienor la fermeté d'âme de Húrin ; et elle hésita, mais elle ne put faire taire son orgueil, et (nonobstant les belles paroles) se résoudre à ce que sa fille la ramenât au château, comme une personne d'âge et qui n'a plus toute sa tête.

« Je m'en tiens à ma résolution, dit-elle. Viens donc aussi, mais sache que c'est contre ma volonté. »

Alors Mablung dit à ses hommes : « En vérité, c'est bien par défaut de jugement mais non de vaillance, que ceux de la race de Húrin font le malheur d'autrui ! Et de même pour Túrin ; et pourtant il n'en allait pas ainsi de ses pères. Mais à présent, ils ont tous perdu l'esprit, et je n'aime point cela du tout. J'appréhende plus cette mission du Roi que la chasse au loup. Que faire ? »

Mais Morwen avait pris pied sur la rive, et s'approchant, elle entendit ses derniers mots. « Fais, dit-elle, ce que le Roi t'a enjoint de faire. Efforce-toi de recueillir des nouvelles de Nargothrond et de Túrin. Car tel est le but pour lequel nous nous trouvons ici rassemblés. »

« Le chemin est encore long, et il est périlleux, dit Mablung. Si vous êtes décidées à poursuivre, on vous donnera à chacune un cheval, et vous chevaucherez au milieu des cavaliers, et ne vous écarterez point d'eux. »

Et il faisait grand jour lorsqu'ils se mirent en marche, et lentement et prudemment, ils quittèrent le pays des roseaux et des saules nains, et parvinrent jusqu'aux bois grisonnants qui couvraient une grande partie de la plaine, au sud de Nargothrond. Toute la journée, ils cheminèrent droit vers l'ouest, et ne virent que désolation, et n'eurent écho de rien ; car les terres faisaient silence, et à Mablung, il sembla qu'une vivante épouvante s'attardait dans les parages. Ce même chemin, Beren l'avait foulé des années auparavant, et en ce temps-là les regards furtifs des chasseurs aux aguets emplissaient les bois ; mais à présent, le peuple de Narog s'en était allé, et les Orcs apparemment ne rôdaient pas encore si loin au sud. Cette nuit-là, ils campèrent dans la grisaille de la forêt, sans feu ni lumière.

Les deux jours suivants, ils poursuivirent leur route et trois jours après avoir quitté le Sirion, ils atteignirent la plaine, vers le soir, et s'avancèrent jusqu'à la rive ouest du Narog. Et là une telle angoisse s'empara de Mablung qu'il supplia Morwen de ne pas pousser plus avant. Mais elle ne fit que rire, et dit : « Sous peu, comme c'est fort probable, tu auras le bonheur d'être débarrassé de nous. Mais il te faut nous supporter encore quelque temps. Nous touchons de trop près au but maintenant pour tourner bride par peur ! »

Alors Mablung s'exclama : « Vous êtes folles, l'une et l'autre, et d'une folle témérité ! Vous ne favorisez nullement la quête de renseignements, mais l'entravez bien au contraire. Maintenant écoutez-moi ! On m'a enjoint de ne pas vous retenir de forcc ; mais aussi de vous protéger de tout mon pouvoir. En ce mauvais pas, je ne puis faire les deux, et je choisis de vous protéger. Demain je vous conduirai sur Amon Ethir, la Colline des Espions, toute proche ; et là vous patienterez sous bonne garde, et vous n'irez pas plus loin, tant que c'est moi qui commande ici. »

Or Amon Ethir était un tertre de la hauteur d'une colline, que Felagund avait fait ériger jadis, à grand labeur, dans la plaine, devant ses Portes, à une lieue à l'est du Narog. Un tertre planté d'arbres sauf au sommet, et d'où l'on pouvait surveiller l'horizon et toutes les routes qui aboutissaient au grand pont de Nargothrond, et toutes les terres alentour. Ils atteignirent ce tertre en fin de matinée, et le gravirent par le flanc est. De là, scrutant le Haut Faroth brun et dénudé au-delà de la rivière[23], Mablung distingua, avec la vue perçante des Elfes, les terrasses de Nargothrond, sur le versant escarpé à l'ouest, et tel un minuscule point noir dans la colline, les Portes béantes de Felagund. Mais il ne percevait aucun bruit, ni n'entrevoyait le moindre signe de l'ennemi, ou la moindre trace du Dragon, sinon les ravages de l'incendie qu'il avait déchaîné tout autour des Portes, lors du sac de la forteresse. Tout reposait en paix sous un pâle soleil.

Or donc Mablung, comme il l'avait dit, donna ordre à dix de ses cavaliers de veiller sur Morwen et Nienor au sommet de la colline, et de n'en point bouger jusqu'à son retour, à moins d'un péril immédiat, et s'il survenait, les cavaliers devaient placer Morwen et Nienor au milieu d'eux et filer à bride abattue vers l'est, en direction de Doriath, en dépêchant l'un d'eux en avant pour porter la nouvelle et demander du secours.

Là-dessus Mablung prit avec lui les vingt autres, et ils se glissèrent au bas de la colline, puis traversant les champs à l'ouest, où les arbres se faisaient rares, ils s'égaillèrent et chacun s'en alla de son côté, audacieux mais prudent, rallier les rives du Narog. Mablung, quant à lui, prit le chemin du milieu, se dirigeant vers le pont, qu'il trouva effondré ; et la rivière profondément encaissée, grossie par les pluies abondantes tombées plus au nord, se déchaînait, écumant et grondant parmi les pierres éboulées.

Mais Glaurung était tapi là, dans l'ombre du grand passage qui conduisait à l'intérieur des Portes ruinées, et il avait repéré depuis longtemps les éclaireurs, bien que rares eussent été les habitants de la Terre du Milieu capables de les discerner. Mais le regard de ses prunelles féroces était plus perçant que celui des aigles, et portait beaucoup plus loin que la vue acérée des Elfes ; il savait même qu'une partie d'entre eux était restée en arrière, et qu'ils attendaient sur la cime dénudée d'Amon Ethir.

Or donc juste comme Mablung se frayait un chemin parmi les rochers, cherchant à franchir la rivière sauvage à gué, sur les débris du pont, soudain surgit Glaurung dans une puissante gerbe de flammes, et il se coucha dans le lit de la rivière ; et il y eut un bouillonnement strident et la vapeur jaillit de tous côtés ; et Mablung et ses compagnons qui rôdaient alentour furent plongés dans une buée aveuglante et une puanteur fétide ; et la plupart s'enfuirent à tâtons vers la Colline des Espions.

Mais comme Glaurung passait le Narog, Mablung se jeta de côté et se blottit sous un surplomb rocheux et n'en bougea ; car sa mission, lui semblait-il, n'était pas accomplie. Il savait maintenant que Glaurung se terrait dans les ruines de Nargothrond, mais on lui avait aussi enjoint d'apprendre, si faire se pouvait, la vérité sur le destin échu au fils de Húrin, et intrépide de cœur, il se proposait de franchir la rivière, sitôt Glaurung parti, et de fouiller les décombres du palais de Felagund. Car il pensait avoir tout fait pour assurer la sécurité de Morwen et de Nienor : du haut de la colline, les guetteurs avaient dû déceler l'approche de Glaurung, et à cet instant même, les cavaliers filaient, croyait-il, à toute allure vers Doriath.

Ainsi Glaurung glissa-t-il devant Mablung, une monstrueuse silhouette dans le brouillard ; et il allait vite, car c'était un ver énorme mais néanmoins souple et agile. Et Mablung à sa suite passa à gué le Narog, au péril de sa vie. Mais les guetteurs sur Amon Ethir aperçurent le Dragon émergeant de son antre, et ils furent épouvantés ; et ils engagèrent incontinent Morwen et Nienor à prendre cheval sans discuter et à fuir vers l'est, comme ils en avaient reçu l'ordre. Mais à peine débouchaient-ils en plaine, après avoir dévalé le versant de la colline, qu'un vent méphitique leur souffla au visage des miasmes pestilentiels, et la puanteur était telle qu'aucun cheval ne la pouvait endurer ; et aveuglés par le brouillard et affolés par le relent du Dragon, les chevaux prirent le mors aux dents et s'emballèrent, filant de tous côtés sans qu'on pût les maîtriser ; et les gardes furent dispersés et jetés contre les arbres, et souvent blessés gravement ; ou encore ils allaient, se cherchant vainement les uns les autres. Et les hennissements des chevaux et les clameurs des cavaliers vinrent aux oreilles de Glaurung, et il en fut réjoui.

Un des Elfes-cavaliers, luttant avec son cheval dans le brouillard, vit la Dame Morwen passer au galop, spectre gris sur une cavale déchaînée ; et elle s'évanouit dans la brume criant « Nienor ! » ; et on ne devait plus jamais la revoir.

Lorsque l'aveugle terreur s'empara des cavaliers, le cheval de Nienor s'emporta lui aussi et trébuchant la jeta à terre. Chutant doucement sur l'herbe, elle ne se fit aucun mal ; mais lorsqu'elle se releva elle était toute seule, perdue dans les nuées, sans cheval ni compagnon. Mais elle ne se laissa pas abattre, et se prit à réfléchir ; il lui parut vain de se diriger ici ou là d'après les cris qui l'environnaient de toutes parts et allaient d'ailleurs s'affaiblissant. Mieux valait, pensa-t-elle, chercher à regagner la colline ; nul doute que Mablung y monterait avant de repartir, ne serait-ce que pour s'assurer qu'aucun de ses hommes n'était resté à l'attendre.

Et marchant au hasard, elle sentit le sol s'élever sous ses pas, et retrouva la colline, en fait toute proche ; et lentement elle gravit le sentier qui y conduisait, venant de l'est. Et à mesure qu'elle grimpait le brouillard se dissipait, et c'est en plein soleil qu'elle déboucha sur le sommet dénudé. Et elle s'avança et tourna ses regards vers l'ouest. Et, lui faisant face, se dressait la tête gigantesque de Glaurung, qui s'était hissé au même instant par l'autre versant ; et avant même d'en être consciente, elle avait plongé ses yeux dans les siens, et c'étaient des yeux terribles, d'où dardait l'esprit maléfique de Morgoth, son Maître.

Et Nienor lutta contre Glaurung, car elle avait l'âme forte et bien trempée ; mais il braqua tout son pouvoir contre elle. « Que cherches-tu ici ? » dit-il.

Et contrainte de répondre, elle dit : « Je cherche seulement un nommé Túrin qui a vécu un temps en ces lieux. Mais peut-être est-il mort ? »

« Je l'ignore, dit Glaurung. On l'a commis ici à la défense des femmes et de tous ceux qui ne pouvaient se battre ; mais j'ai paru, et il les a incontinent abandonnés et a pris la fuite. C'est un arrogant, mais un poltron, semble-t-il ; pourquoi cherches-tu un de son espèce ? »

« Tu mens, dit Nienor. Les enfants de Húrin ne sont pas lâches, cela au moins ils ne le sont pas. Et nous n'avons pas peur de toi. »

Alors Glaurung se mit à rire, car par ces mots, la fille de Húrin se révélait à lui, et à sa malignité. « Eh bien, vous êtes bien téméraires, toi et ton frère, dit-il. Et ta superbe te sera de piètre secours. Car je suis Glaurung ! »

Alors il capta ses yeux dans les siens, et la volonté de Nienor fut anéantie. Et il lui sembla que le soleil dépérissait et tout se brouilla autour d'elle ; et une profonde obscurité lentement l'envahit et au cœur de l'obscurité, c'était le néant ; elle ne savait rien, elle n'entendait rien et elle ne se ressouvenait plus de rien.

Longtemps Mablung explora les salles de la grande forteresse de Nargothrond, du mieux qu'il put dans les ténèbres et la puanteur ; mais il n'y trouva aucune vie : rien ne remuait parmi les ossements et personne ne répondit à ses appels. A la fin, oppressé par l'horreur du lieu, et redoutant le retour de Glaurung, il revint aux Portes. Le soleil déclinait à l'ouest, et les ombres du Faroth, à l'arrière-plan, assombrissaient les terrasses et la sauvage rivière en contrebas ; mais au loin, sous Amon Ethir, il crut distinguer la forme hideuse du Dragon. Plus dur et périlleux encore fut son retour au travers du Narog, dans la précipitation et l'effroi ; et à peine avait-il pris pied sur la rive est et s'était-il tapi à l'écart sous la berge, que Glaurung s'approcha. Il allait maintenant avec lenteur et comme avec défiance, car il avait consumé ses feux, et ses pouvoirs s'étaient retirés de lui, et à présent il lui fallait refaire ses forces et dormir dans l'obscurité. Il se coula dans l'eau et rampa jusqu'aux Portes, tel un énorme serpent cendreux, souillant la terre de son ventre visqueux.

Mais avant de disparaître, il tourna son regard vers l'est, et il émit le rire de Morgoth, immonde, mais comme assourdi, tel l'écho d'une malignité issue des noirs tréfonds de l'univers. Et sa voix résonna derrière lui, glacée et profonde, disant : « Tu es là, Mablung le grand, mussé sous la rive comme un rat d'eau ! Tu t'acquittes bien mal des missions de Thingol. Hâte-toi jusqu'à la colline et vois ce qu'est devenue celle qui te fut confiée. »

Et Glaurung se faufila dans son antre, et le soleil sombra à l'horizon et la froide grisaille du crépuscule se répandit sur tout le pays. Mais Mablung s'empressa de retourner à Amon Ethir ; et comme il atteignait le sommet, les étoiles s'allumèrent à l'orient. Et à leur clarté, il discerna, sombre et figée, une silhouette debout,. telle une figure de pierre. Ainsi se tenait Nienor, et elle n'entendit rien de ce qu'il lui dit et ne lui fit pas réponse. Mais lorsque enfin il lui prit la main, elle frissonna et se laissa emmener ; et tant qu'il la tenait, elle suivait mais dès qu'il la lâchait, elle s'immobilisait.

Et combien pesants furent le chagrin et le désarroi de Mablung ; mais il n'avait d'autre choix que de conduire Nienor de cette façon, et longtemps ils cheminèrent vers l'est, sans nul secours ni compagnie. Et ils passèrent ainsi, marchant tels des somnambules dans la plaine annuitée. Et lorsque le matin revint, Nienor trébucha et tomba, et demeura à terre, sans mouvement ; et Mablung s'assit à son chevet, en proie au désespoir.

« Je redoutais cette mission ; et avec bonne raison, dit-il, car ce sera, semble-t-il, ma dernière. Auprès de ce malheureux enfant des Hommes, je périrai dans la solitude sauvage, et mon nom restera un objet d'opprobre au Doriath ; si tant est qu'on y apprend quelque chose de notre sort. Nul doute que tous les autres aient péri, et qu'elle seule fut épargnée, mais non point exemptée. »

Ils furent découverts en cette situation, par trois de la compagnie qui avaient fui le Narog à la venue de Glaurung, et après avoir longtemps erré, étaient retournés vers la colline lorsque le brouillard s'était dissipé ; et n'y trouvant personne, s'étaient résolus à reprendre le chemin de Doriath. L'espoir se réveilla en Mablung, et ils repartirent ensemble, bifurquant vers le nord et vers l'est, car nulle route n'accédait à Doriath par le sud, et depuis la chute de Nargothrond, les gardes postés au passage des bacs avaient ordre de ne faire traverser que ceux qui venaient de l'intérieur du pays.

Ils allaient lentement, comme des gens qui traînent après eux un enfant fatigué. Mais à mesure qu'ils s'éloignaient de Nargothrond et se rapprochaient de Doriath, Nienor reprenait peu à peu force, et soumise, marchait heure après heure, conduite par la main. Et cependant ses grands yeux ne voyaient rien, et ses oreilles ne percevaient aucune parole, et ses lèvres ne prononçaient aucune parole.

Et enfin, après des jours et des jours de marche, ils atteignirent les confins ouest du Doriath, un peu au sud du Teiglin, car ils comptaient passer les frontières du petit royaume de Thingol au-delà du Sirion, et parvenir ainsi au pont gardé, non loin de son confluent avec l'Esgalduin. Là, ils firent halte un temps ; et ils étendirent Nienor sur un lit d'herbe, et elle ferma les yeux, ce qu'elle n'avait pas fait jusque-là, et elle parut s'assoupir. Et les Elfes se reposèrent eux aussi, et par pure lassitude, relâchèrent leur vigilance. Mais une bande de chasseurs-Orcs les attaquèrent en traître, car il y en avait qui rôdaient maintenant dans les parages, s'approchant le plus qu'ils osaient des frontières du Doriath. Et dans le feu de la bataille, Nienor bondit soudain de sa couche, comme qui s'éveille la nuit dans un sursaut d'épouvante, et avec un cri, elle s'élança dans le couvert des bois et disparut. Les Orcs aussitôt la prirent en chasse, les Elfes à leurs trousses. Mais un étrange changement s'était opéré en Nienor, et elle les distança tous, volant comme une biche au travers des fourrés, ses cheveux épars dans le vent de la course. Mablung et ses compagnons eurent vite fait de rejoindre les Orcs, et ils les tuèrent sans merci, et reprirent leur poursuite. Mais Nienor s'était évanouie comme un spectre ; et jamais plus ils ne purent ni l'entrevoir ni retrouver la moindre trace d'elle, bien qu'ils la recherchassent des jours durant.

Et à la longue, Mablung revint à Doriath, courbé de chagrin et de honte. « Choisis-toi un nouveau maître de tes chasseurs, Seigneur, dit-il. Car j'ai perdu la face. »

Mais Melian dit : « Non point, Mablung. Tu as fait tout ce que tu as pu et personne d'autre parmi les serviteurs du Roi en aurait fait autant. Mais ce fut ta mauvaise chance que d'affronter une puissance trop forte pour toi ; trop forte, en fait, pour tous ceux qui vivent à ce jour en la Terre du Milieu. »

« Je t'ai envoyé en quête de nouvelles ; et des nouvelles, tu en as ramené, dit Thingol. Ce n'est pas ta faute si ceux que ces nouvelles touchaient au premier chef se trouvent à présent hors de toute atteinte. Douloureuse, certes, est cette fin de toute la race de Húrin, mais on ne saurait te l'attribuer. »

Car non seulement Nienor errait par les grands bois, l'esprit égaré ; mais Morwen avait disparu, et ni alors ni jamais plus, au Doriath comme à Dor-lómin, on ne devait apprendre quoi que ce soit de certain sur son sort. Néanmoins Mablung ne put trouver de repos, et avec quelques compagnons il s'en alla dans les solitudes sauvages, et durant trois ans erra au loin, depuis l'Ered Wethrin jusqu'aux Embouchures du Sirion, en quête de traces ou de nouvelles des disparus.

Nienor en Brethil

Quant à Nienor, elle alla toujours courant par les grands bois, prêtant l'oreille aux cris des poursuivants ; et elle arracha ses vêtements, et dans sa fuite éperdue, les sema, tant et si bien qu'elle alla nue ; et tout le jour, elle courut, comme une bête traquée au point de défaillir, et qui n'ose s'arrêter ou souffler. Mais vers le soir soudain sa folie s'apaisa. Un instant elle se tint coite, comme interdite, puis, fourbue, se laissa choir pâmée de fatigue sur un lit de fougères ; et là, à l'ombre des hautes fougères et des fraîches frondaisons printanières, elle resta, profondément endormie, insoucieuse de tout.

Au matin, elle s'éveilla et se réjouit de la lumière, comme qui s'ouvre à la vie ; et toutes les choses alentour lui parurent neuves et singulières, et elle n'avait pas de nom à leur donner. Car derrière elle il n'y avait qu'un néant obscur d'où n'émergeait aucun souvenir de ce qu'elle avait su autrefois, ni l'écho du moindre mot. Seule l'ombre d'une peur l'habitait, l'incitant à aller, furtive, cherchant toujours à se cacher ; et elle grimpait dans les arbres ou se blottissait dans les fourrés, plus prompte que l'écureuil et le renard, si quelque bruit ou forme l'effrayait ; et de sa cachette, elle épiait longtemps à travers les branches avant de repartir.

Cheminant ainsi dans la direction de sa course première, elle parvint à la rivière Teiglin et étancha sa soif, mais elle ne trouva aucune nourriture ni ne savait-elle s'en procurer, et elle avait grand faim et froid. Et parce que les arbres de l'autre côté de l'eau lui parurent plus sombres et plus touffus (et en effet, car c'était l'accrue de la forêt de Brethil), elle traversa enfin, et atteignit un tertre verdoyant et là s'affaissa car elle était épuisée, et les ténèbres qu'elle avait laissées derrière elle, à nouveau, lui semblait-il, la gagnaient, et le soleil à nouveau s'offusquait.

Mais en réalité, du sud était accouru un ténébreux orage, chargé d'éclairs et d'une forte averse ; et Nienor gisait là, terrifiée par le tonnerre, et la pluie obscure fouettait sa nudité.

Or il se trouva que quelques forestiers du Brethil passaient par là, et ils revenaient d'une échauffourée avec les Orcs, se hâtant de franchir les Gués du Teiglin pour rejoindre leur abri tout proche ; et un puissant éclair fulmina, qui illumina tout le Haudh-en-Elleth d'une flamme blanchoyante. Alors Turambar, qui commandait la petite troupe, brusquement chancela et se voila les yeux, et il tremblait car il avait cru apercevoir gisant sur la tombe de Finduilas le spectre d'une jeune fille tuée.

Mais l'un des hommes courut jusqu'au monticule et le héla : « Par ici, Seigneur ! Il y a une jeune femme couchée là, et elle est vivante ! » Et Turambar s'approchant la souleva, et l'eau ruissela de ses cheveux diluvés, mais elle ferma les yeux, et frissonnante, cessa de se débattre. Alors tout étonné de la trouver là étendue dans sa nudité, Turambar la revêtit de son manteau, et l'emporta jusqu'à leur cabane de chasseur au fond des bois. Et ils allumèrent un feu et l'enveloppèrent de couvertures, et elle ouvrit les yeux, et les considéra ; et lorsque son regard rencontra Turambar, son visage s'éclaira et elle lui tendit la main, car elle avait enfin trouvé, lui semblait-il, ce qu'elle avait tant cherché dans l'obscurité, et elle se sentit apaisée. Mais Turambar lui prit la main et sourit et dit : « Eh bien ! Dame, nous diras-tu ton nom et ta parenté, et quel malheur t'est arrivé ? »

Mais elle secoua la tête et ne dit mot, et se mit à pleurer ; et ils ne la questionnèrent plus jusqu'à ce qu'elle ait assouvi sa faim sur les nourritures qu'ils lui purent procurer. Et lorsqu'elle eut mangé son content, elle soupira et posa de nouveau sa main dans celle de Turambar ; et il dit : « Avec nous, tu n'as plus rien à craindre. Et tu peux te reposer cette nuit, et le matin, nous te conduirons dans nos maisons, là-haut dans la forêt. Mais nous souhaiterions connaître ton nom et ta parenté, afin de rechercher tes parents, et de leur donner des nouvelles de toi. Ne nous diras-tu rien ? »

Mais de nouveau elle ne répondit rien, et se mit à pleurer.

« Ne sois pas en peine ! dit Turambar. C'est peut-être chose trop triste à raconter. Mais je te donnerai un nom, et je t'appellerai Níniel, " Fille des Larmes ". » Et à ce nom, elle releva les yeux et secoua la tête, mais dit : « Níniel ». Et ce fut le premier mot qu'elle prononça après sa plongée dans les ténèbres, et tel fut son nom depuis lors parmi les forestiers.

Le matin, ils portèrent Níniel à Ephel Brandir, et la route était raide, qui gravissait les pentes de l'Amon Obel, jusqu'à l'endroit où elle traverse un torrent tumultueux, le Celebros. On avait construit là un pont de bois, et en aval, le torrent franchissait une margelle de pierre tout usée, et déferlait, écumant par-dessus plusieurs marches pour retomber en cascade dans une vasque beaucoup plus bas ; et l'air était criblé d'écume comme de pluie fine. Et en haut des chutes, il y avait une verte prairie, environnée de bouleaux, mais de l'autre côté du pont, la vue découvrait à l'horizon les gorges du Teiglin, quelque deux milles à l'ouest. L'air était frais, et en ce lieu les voyageurs faisaient souvent halte, l'été, pour boire l'eau froide. Ces chutes avaient nom Dimrost, les Marches Pluvieuses, mais à compter de ce jour, elles s'appelèrent Nen Girith, l'Eau Frissonnante, car Turambar et ses hommes s'étant arrêtés au bord de la rivière, Níniel s'en approcha, et incontinent le froid la saisit et elle se mit à trembler, et ils furent impuissants à la réchauffer ou la réconforter[24]. Aussi reprirent-ils leur chemin précipitamment ; mais avant qu'ils aient atteint Ephel Brandir, Níniel était consumée de fièvre et délirait.

Longtemps la maladie la tint couchée, et Brandir usa de tout son art pour la guérir, et les femmes des forestiers la veillèrent nuit et jour. Mais elle ne reposait en paix ou dormait sans gémir que lorsque Turambar venait à son chevet, et cela, tous le remarquèrent, qui l'approchèrent ; et durant tout le cours de sa fièvre, et même lorsque son esprit s'égarait, jamais, dans son délire, ne murmura-t-elle un seul mot d'une langue connue, ni d'Elfes ni d'Hommes. Et quand la santé lentement lui revint, et qu'elle recommença à marcher et à manger, les femmes de Brethil durent lui apprendre à parler, tout comme à un petit enfant, mot après mot. Mais elle était vive, et elle prit grande joie à cet apprentissage, comme qui retrouve des trésors précieux ou moins précieux, dont il avait été dépossédé ; et lorsqu'elle en sut assez pour converser avec ses amis, elle disait : « Quel est le nom de ceci ? Car dans mes ténèbres je l'ai perdu ! » Et lorsqu'elle put de nouveau aller et venir, elle fréquenta volontiers la maison de Brandir ; car elle était avide d'apprendre le nom de toutes choses vivantes, et il en savait long dans ces domaines ; et ils se promenaient ensemble dans les jardins et les clairières.

Et Brandir vint à l'aimer d'amour ; et lorsqu'elle reprit des forces, volontiers elle lui donnait le bras pour l'aider à marcher car il boitait, et lui disait « Frère ». Mais son cœur appartenait à Turambar, et elle ne souriait qu'à son approche, et ne riait que lorsqu'il parlait gaiement.

Et par un beau jour de cet automne doré, ils étaient

assis côte à côte et le soleil embrasait la colline et les maisons d'Ephel Brandir, et régnait un profond silence. Et Níniel lui dit : « Maintenant j'ai demandé le nom de toutes choses, sauf le tien. Quel est ton nom ? »

« Turambar » répondit-il.

Alors elle s'interrompit, comme prêtant l'oreille à un écho au fond d'elle-même ; et ensuite poursuivit : « Et que dit ce nom, ou est-ce juste ton nom, à toi seul ? »

« Cela signifie, dit-il, " le Maître de l'Ombre Obscure ". Car moi aussi, Níniel, j'ai eu mes ténèbres où se sont englouties des choses bien-aimées ; mais je pense maintenant les avoir vaincues. »

« Et as-tu aussi fui ces ténèbres, tout courant, jusqu'à ce que tu aies découvert ces forêts merveilleuses ? dit-elle. Et quand t'es-tu échappé, Turambar ? »

« Oui, répondit-il, j'ai fui pendant de longues années. Et je me suis échappé au temps où toi-même tu t'échappas. Car tout était sombre lorsque tu survins, Níniel, mais la lumière s'est faite depuis lors. Et il me semble que ce que j'ai longtemps cherché en vain, est venu à moi. » Et rentrant chez lui dans le crépuscule, il se dit : « " Haudh-en-Elleth " ! Du tertre verdoyant, elle est venue. Est-ce un signe, et comment le déchiffrer ? »

Et déclina cette année dorée et se mua en un hiver très doux, et se leva une autre année lumineuse. La paix régnait dans la forêt de Brethil, et les forestiers se tenaient cois, et ne faisaient pas de sorties, ni ne recevaient aucune nouvelle des pays environnants. Car les Orcs qui, à cette époque, infestaient le Sud, sous le sombre règne de Glaurung, ou que l'on envoyait espionner aux frontières de Doriath, évitaient les Gués du Teiglin, et passaient à l'ouest, à bonne distance de la rivière.

Et Níniel était complètement guérie à présent, et elle avait grandi en beauté et en vigueur ; et Turambar ne se contint plus et la demanda en mariage. Et Níniel se réjouit. Mais lorsque Brandir apprit la chose, son cœur se serra et il lui dit : « Ne précipite rien ! Et ne prends pas en mauvaise part si je te conseille d'attendre. »

« Rien de ce que tu fais ne peut se prendre en mauvaise part, répondit-elle. Mais pourquoi donc me donnes-tu ce conseil, ô mon frère sagace ? »

« Ton frère sagace ? répondit-il. Ton frère infirme plutôt, qui n'est pas aimé, et qui n'est pas aimable. Et je ne saurais guère dire pourquoi, mais une ombre environne cet homme, et j'ai peur. »

« Il y avait une ombre, dit Níniel, et il m'en a parlé. Mais tout comme moi, il a vaincu l'ombre. Et n'est-il pas digne d'amour ? Bien qu'à l'heure actuelle il soit homme de paix, ne fut-il pas autrefois un grand capitaine, et le plus illustre, et tous nos ennemis ne fuiront-ils pas à sa vue ? »

« Qui t'a dit cela ? » demanda Brandir.

« C'est Dorlas, dit-elle. N'est-ce point la vérité ? »

« La vérité certes », dit Brandir. Mais il en fut contrarié. Car Dorlas était le chef du parti qui souhaitait faire la guerre aux Orcs. Et pourtant il chercha encore des raisons pour inciter Níniel à différer. Et c'est pourquoi il dit : « La vérité, mais non pas toute la vérité ; car Turambar a été capitaine à Nargothrond, et il est originaire du Nord, et le fils (dit-on) de Húrin de Dor-lómin, de la Maison guerrière de Hador. » Brandir vit l'ombre qui, à ces mots, offusqua le visage de Níniel, et il se méprit et dit : « Aussi, Níniel, tu penses bien qu'un homme de sa race ne tardera pas à retourner guerroyer, et peut-être loin de ce pays. Et si cela était, comment le supporterais-tu ? Prends garde, car j'ai le noir pressentiment que si Túrin s'en va de nouveau au combat, c'est l'Ombre qui sera Maître de son destin, et non point lui. »

« Je le supporterais fort mal, dit-elle ; mais pas mieux non mariée que mariée. Et peut-être que sa femme saura mieux tempérer son ardeur et tenir l'Ombre à distance. » Elle n'en fut pas moins troublée par les propos de Brandir, et elle demanda à Turambar de patienter encore un peu. Et il s'étonna et s'assombrit ; mais quand il apprit de Níniel que c'était Brandir qui lui avait conseillé d'attendre, son déplaisir fut grand.

Mais vint le printemps suivant, et un jour il dit à Níniel : « Le temps passe. Nous avons attendu, et à présent je n'attendrai plus. Fais ce que ton cœur t'enjoint de faire, Níniel très-chérie, mais considère ceci : tel est le choix qui s'ouvre à moi. Je m'en vais retourner guerroyer dans les déserts du monde ; ou je vais t'épouser, et jamais plus ne ferai la guerre — sauf pour te défendre, et notre maison, si elle vient à être en danger. »

Et la joie de Níniel fut grande en vérité, et elle lui engagea sa foi, et au solstice d'été, ils se marièrent ; et les forestiers firent un festin magnifique, et ils leur donnèrent une belle maison qu'ils avaient construite pour eux sur les pentes d'Amon Obel. Et là ils vécurent heureux ; mais Brandir était inquiet et l'ombre s'épaisissait, qui lui grevait le cœur.

La venue de Glaurung

Or donc la puissance et la malfaisance de Glaurung allaient toujours croissant, et il se fit gros et gras, et il rassembla tous les Orcs sous ses ordres, et régna comme Roi-dragon, et tout le royaume dévasté de Nargothrond lui était asservi. Et avant la fin de l'année, le troisième du séjour de Turambar parmi les forestiers, Glaurung commença à harceler leurs frontières, pénétrant sur leurs terres qui un temps avaient connu la paix. Car Glaurung et son Maître savaient fort bien qu'au Brethil vivait encore une poignée d'hommes libres, les derniers rescapés des Trois Maisons qui avaient défié la puissance du Nord. Et cela, ils ne le pouvaient souffrir ; car les desseins de Morgoth étaient de soumettre tout le Beleriand, et d'en fouiller jusqu'au dernier recoin, afin qu'il n'y ait être vivant en quelque trou ou cachette qui ne soit son esclave. Aussi bien, peu importe, en vérité, que Glaurung ait deviné où se dissimulait Túrin, ou (comme le pensent certains) que Túrin ait échappé effectivement pour un temps à l'Œil maléfique qui le traquait. Car les conseils de Brandir devaient se révéler vains ; et en définitive, Túrin Turambar n'avait plus qu'une alternative possible : se croiser les bras jusqu'à ce qu'on le dénichât et le débusquât comme un rat ; ou aller au combat et s'y faire connaître pour ce qu'il était.

Mais lorsque les premières nouvelles des incursions des Orcs parvinrent à Ephel Brandir, il ne se montra pas et accéda aux prières de Níniel. Car, dit-elle : « Nos maisons ne sont pas encore menacées ; et ce furent là tes paroles. On prétend que les Orcs sont nombreux. Et Dorlas m'a dit qu'avant ta venue, ces engagements étaient chose fréquente ; et que les forestiers les tenaient à distance. »

Mais cette fois, les forestiers eurent le dessous, car c'étaient des Orcs de race félonne, des créatures féroces et rusées, et ils venaient bien résolus à envahir la Forêt de Brethil, et non point, comme à d'autres occasions, seulement pour passer en lisière à la poursuite d'autres proies, ou pour chasser par petites bandes. C'est pourquoi Dorlas et ses hommes furent refoulés avec des pertes, et les Orcs franchirent le Teiglin, et s'enfoncèrent loin dans les bois. Et Dorlas se présenta devant Turambar et lui montra ses blessures, et lui dit : « Vois, Seigneur, le temps est venu pour nous de l'affrontement, après une paix fourrée, tout comme j'en avais le noir pressentiment. N'as-tu point demandé d'être considéré comme l'un des nôtres, et non comme un étranger ? Ce péril n'est-il pas le tien aussi bien ? Car nos habitations ne resteront pas à l'abri des regards, si les Orcs pénètrent plus avant dans notre pays. »

Et Turambar se leva, et il ceignit de nouveau Gurthang, sa bonne épée, et il partit au combat ; et lorsque les forestiers le surent, ils reprirent cœur, et ils se regroupèrent autour de lui, de sorte qu'il se trouva à la tête de plusieurs centaines d'hommes. Alors ils pourchassèrent l'Orc à travers toute la forêt, et ils tuèrent tous ceux qui y rôdaient, et les pendirent aux arbres autour des Gués du Teiglin. Et lorsque fut envoyée contre eux une nouvelle armée, ils l'encerclèrent, et surpris tant par le nombre des forestiers que par la terreur qu'inspirait le retour du Noire-Épée, les Orcs furent défaits et tués en masse. Et les forestiers construisirent de grands bûchers et ils brûlèrent les corps entassés des soldats de Morgoth, et la fumée de leur vengeance s'éleva noire jusqu'aux cieux, et le vent l'emporta vers l'ouest. Mais peu de survivants revinrent à Nargothrond rendre compte du désastre.

Terrible fut Glaurung dans son courroux ; mais il demeura quelque temps à méditer ce qu'il avait entendu. Ainsi l'hiver se passa dans la paix, et les hommes dirent : « Gloire au Noire-Épée de Brethil car voici tous nos ennemis à merci ! » Et Níniel fut rassurée, et elle se réjouit de la renommée de Turambar ; mais il restait assis plongé dans ses réflexions, et en son cœur, il se dit : « A présent les dés sont jetés. Voici l'épreuve où mon défi trouvera à s'accomplir, et sera ou justifié, ou réduit à néant. Je ne fuirai plus. Turambar certes, je serai, et par ma propre volonté et par mes hauts faits je triompherai de mon fatal Destin — ou je tomberai. Mais à genoux ou debout, Glaurung au moins, je tuerai ! »

Il était inquiet cependant, et il envoya des hommes audacieux en reconnaissance le plus loin possible. Car en fait, et bien que rien n'ait été dit explicitement, c'est lui qui commandait tout comme s'il était Seigneur de Brethil, et plus personne n'écoutait Brandir.

Vint un printemps chargé d'espoir, et les hommes chantaient en travaillant. Mais ce printemps, Níniel conçut en son corps, et elle se fit pâle et hâve, et tout son bonheur s'embruma. Et on reçut bientôt d'étranges nouvelles, car les hommes qui avaient poussé au-delà du Teiglin racontèrent qu'un terrible incendie faisait rage dans les bois et dans la plaine du côté de Nargothrond, et ils se demandèrent tous ce que cela pouvait être.

Et sous peu vinrent d'autres rapports : les feux se rapprochaient, avançant directement vers le nord, et on disait que c'était Glaurung lui-même qui les allumait. Car il avait quitté Nargothrond, et il était de nouveau en campagne. Alors les moins avisés et les plus confiants dirent : « Son armée est détruite, et il a enfin entrevu la sagesse, et il s'en va par où il est venu. » Et d'autres dirent : « Espérons qu'il passera à bonne distance de nous et nous épargnera. » Mais Turambar n'entretenait aucun espoir de cet ordre, et il savait que Glaurung venait le provoquer. Aussi, bien qu'il cachât son souci à Níniel, il réfléchissait sans répit, et de jour et de nuit, aux décisions à prendre ; et voici que le printemps se mua en l'été.

Un jour, deux hommes arrivèrent à Ephel Brandir, terrifiés, car ils avaient aperçu le Grand Ver en personne. « En vérité, Seigneur, dirent-ils à Turambar, il s'approche maintenant du Teiglin, et ne s'écarte point d'un pouce. Il s'étale là, tout environné de flammes, et les arbres se consument en fumée autour de lui. Il émet une puanteur à peine supportable. Et depuis Nargothrond, et sur des lieues et des lieues, sa coulée immonde est là, en droite ligne, et nous pensons qu'elle ne bifurque point, mais se dirige sur nous. Qu'allons-nous faire ? »

« Pas grand-chose, dit Turambar, mais à ce pas grand-chose j'ai mûrement réfléchi. Les nouvelles que tu apportes me donnent espoir plutôt qu'effroi ; car s'il va tout droit, comme tu dis, et ne dévie pas, alors j'ai un conseil pour les cœurs intrépides ! » Les hommes s'interrogèrent entre eux, car il n'en dit pas plus sur le moment ; mais ils furent rassérénés par la fermeté de son maintien[25]

Or voici quel était le cours de la rivière Teiglin : elle se chassait des flancs de l'Ered Wethrin, et dévalait les pentes, aussi impétueuse que le Narog, et coulait d'abord entre des rives basses jusqu'au-delà des Gués, puis grossie au passage par les torrents tributaires, elle se taillait un chemin au pied des hautes terres qui portaient la Forêt de Brethil. Et à partir de là, elle s'enfonçait dans des gorges profondes, dont les vertigineuses parois étaient des murs de roc ; et là, resserrées dans leur lit encaissé, les eaux se ruaient avec une force terrible et un fracas épouvantable. Et une de ces gorges s'ouvrait juste sur la route de Glaurung ; non point la plus profonde, mais la plus étroite, un peu au nord de la confluence du Teiglin avec le Celebros. Alors Turambar envoya trois hommes audacieux pour guetter du haut des berges les mouvements du Dragon ; et il décida, quant à lui, de chevaucher jusqu'aux hautes chutes de Nen Girith, où les nouvelles pouvaient lui parvenir promptement, et d'où il lui serait loisible de surveiller lui-même un vaste horizon de pays.

Mais d'abord il rassembla tous les forestiers à Ephel Brandir, et leur parla en ces termes :

« Hommes de Brethil, un péril de mort est sur nous, que nous n'écarterons qu'avec grande fermeté d'âme. Mais dans ce péril, le nombre nous sera de piètre secours ; nous devons user de ruse et espérer que la fortune ne nous sera pas contraire. Si nous attaquons le Dragon de front, avec toutes nos armes, comme si nous marchions contre une armée d'Orcs, nous ne ferons guère que nous livrer tous à la mort, laissant nos femmes et tous les nôtres sans défense. C'est pourquoi je dis qu'il vous faut rester ici, et vous préparer à fuir. Car si Glaurung vient, alors il vous faudra abandonner ce lieu et vous disperser de par le monde ; et qui sait, certains ainsi réchapperont et survivront. Car une chose est certaine : s'il le peut, Glaurung viendra en notre place forte et demeure, et il la ravagera de fond en comble et tout ce qu'il y découvrira ; mais il ne s'attardera pas ici. Tous ses trésors sont entassés à Nargothrond, et il y a là-bas des salles souterraines où il peut reposer en sécurité, et grandir en force et vilenie. »

Et les hommes furent atterrés et cruellement accablés, car ils avaient confiance en Turambar, et ils s'étaient attendus à des paroles d'espoir. Mais il dit, poursuivant : « Eh bien non ! Ça, c'est la pire éventualité. Et qui ne viendra pas à passer, pour peu que ma résolution soit juste, et ma chance bonne. Car je ne crois pas que le Dragon soit invincible, bien qu'il n'ait cessé de croître en force et en malfaisance avec les années. Son pouvoir tient plus à l'esprit du Mal qui l'habite qu'à la vigueur de son corps, toute grande soit-elle. Car écoutez maintenant ce récit qui me fut fait par certains qui combattirent l'année de Nirnaeth, lorsque moi-même et la plupart de ceux qui sont là à m'écouter n'étions que des enfants. Sur le champ de bataille, les Nains lui tinrent tête, et Azaghâl de Belegost le poignarda si profondément qu'il prit la fuite et se réfugia dans l'Angband. Et voici un dard autrement long et acéré que le couteau d'Azaghâl ! »

Et d'un geste ample, Turambar dégaina Gurthang, et la brandit au-dessus de sa tête ; et à ceux qui regardaient, il sembla qu'une flamme avait jailli soudain de la main de Turambar, à plusieurs pieds dans les airs. Et ils poussèrent une grande clameur : « Le dard noir de Brethil ! »

« Le dard noir de Brethil, dit Turambar. Et Glaurung a certes bonne raison de le craindre. Car sachez bien ceci : il est dans le destin de ce Dragon (et de toute sa race, dit-on) que si épaisse soit sa carapace de corne, et elle est plus dure que fer, il est condamné à ramper sur le ventre comme un serpent. Alors, Hommes de Brethil, je m'en vais à présent transpercer le ventre de Glaurung, comme faire se pourra ! Qui viendra avec moi ? Il m'en faut peu, mais qui aient les bras solides, et le cœur plus solide encore ! »

Alors Dorlas s'avança et dit : « Je te suivrai, Seigneur, car je préfère toujours prendre les devants plutôt que d'attendre l'ennemi sur place. »

Mais tel était l'effroi qu'inspirait Glaurung que sur l'instant nul autre ne répondit à l'appel, car le récit des éclaireurs qui l'avaient entrevu avait fait le tour du pays, et non sans enjolivements ! Alors Dorlas s'écria : « Écoutez bien tous, Hommes de Brethil ! Il est clair maintenant que face aux maux de notre temps les conseils de Brandir étaient illusoires. On ne se dérobe pas aux coups du destin en se cachant. Aucun d'entre vous ne prendra-t-il la place du fils de Handir, afin de sauver l'honneur de la Maison de Haleth ? » Ainsi fut bafoué Brandir qui siégeait pourtant sur le trône du Seigneur du lieu, mais dédaigné de tous ; et il en conçut une grande amertume en son cœur, car Turambar ne réprimanda pas Dorlas. Sur ce, un certain Hunthor, parent de Brandir, se leva et dit : « Tu fais mal, Dorlas de prononcer des paroles d'humiliation à l'encontre de ton Seigneur dont les membres, par un hasard malheureux, ne peuvent agir comme l'y incite son cœur. Prends garde qu'à l'occasion, un mal inverse ne se décèle en toi ! Et comment peut-on prétendre que ses avis étaient mal fondés, alors qu'on ne les a jamais suivis ? Toi, son vassal, tu les as toujours contrés. Je te déclare que si Glaurung vient sur nous maintenant, comme jadis sur Nargothrond, c'est parce que nos exploits nous ont trahis, comme le craignait Brandir. Mais voici ce malheur à nos portes : aussi, avec ton congé, fils de Handir, j'irai guerroyer pour la maison de Haleth ! »

Alors Turambar dit : « Il suffit de trois ! Vous deux prendrai-je avec moi. Mais Seigneur, je ne te bafoue pas ! Vois donc ! Il nous faut faire diligence, et notre tâche exige des bras et des jambes à toute épreuve. Je considère que ta place est auprès de ton peuple. Car tu es sage, et tu es un grand guérisseur ; et il se peut qu'on ait fort besoin de sagesse et de médication dans les jours à venir. » Mais ces mots, bien que dits en noble part, aggravèrent d'autant l'amertume de Brandir, et il dit à Hunthor : « Va donc, mais tu n'as pas mon congé, car une ombre tient cet homme, et elle sera ta perte. »

Or donc Turambar était pressé de partir, mais lorsqu'il vint faire ses adieux à Níniel, elle le tint étroitement embrassé, sanglotant désespérément. « Ne te montre pas, Turambar, je t'en supplie, dit-elle. Ne défie pas l'ombre que tu as fuie ! Non ! Non ! Fuis donc encore, et prends-moi avec toi, et fuyons au loin ! »

« Níniel très-chérie, répondit-il, nous ne pouvons fuir ailleurs, toi et moi. Nous sommes cernés de toutes parts. Et quand bien même je partirais, abandonnant le peuple qui nous a secourus dans le besoin, je ne pourrais guère t'emmener que dans les solitudes sauvages, sans un toit pour t'abriter, et à une mort certaine, pour toi et pour notre enfant. Il y a une centaine de lieues entre nous et les premières contrées encore hors d'atteinte de l'Ombre. Mais prends courage, Níniel. Car je te le dis à toi : ni toi, ni moi, ne serons tués par ce Dragon, ni par aucun ennemi venu du Nord. » Alors Níniel cessa de pleurer, et elle demeura silencieuse, mais son baiser était froid lorsqu'ils se séparèrent.

Et voici qu'en compagnie de Dorlas et de Hunthor, Turambar partit précipitamment vers Nen Girith, et lorsqu'ils arrivèrent, le soleil baissait à l'horizon et les ombres s'allongeaient ; et les deux derniers éclaireurs étaient là, qui les attendaient.

« Tu ne viens certes pas trop tôt, Seigneur, dirent-ils, car le Dragon a fait du chemin, et déjà comme nous partions, il avait atteint la rive du Teiglin et dardé un noir regard par-dessus le torrent. Il se déplace toujours de nuit, et nous pourrions bien nous attendre à quelque coup avant l'aube. »

Turambar scruta l'horizon jusqu'au-delà des chutes du Celebros, et il vit le soleil qui sombrait dans les nuées, et de noires colonnes de fumée qui montaient des bords de la rivière. « Il n'y a pas de temps à perdre, dit-il, et cependant ce que j'apprends là est de bon augure. Car je craignais qu'il ne fouillât les environs ; et s'il avait pris au nord et avait atteint les Gués, et au-delà, poussé jusqu'à l'ancienne route du bas pays, alors tout était perdu, et mort l'espoir. Mais maintenant, le voilà qui va droit devant lui, comme ivre d'une rage et d'un orgueil malfaisants. » Mais parlant ainsi Turambar se prit à songer, et en son for intérieur, se dit : « Ou bien se pourrait-il qu'une créature aussi mauvaise et terrible évitât les Gués, tout comme le font les Orcs ? Haudh-en-Elleth ! Finduilas repose-t-elle encore entre moi et mon destin ? »

Et il se tourna vers ses compagnons et dit : « Notre tâche est là qui nous attend. Mais il nous faut patienter encore un peu ; car dans ce cas trop tôt ne vaut pas mieux que trop tard. A la nuit close, il nous faut nous glisser, aussi furtivement que possible, jusqu'au lit du Teiglin. Mais attention ! L'ouïe de Glaurung est aussi aiguë que sa vue — et elles peuvent nous être fatales l'une et l'autre ! Si nous atteignons la rivière à son insu, nous devrons alors descendre dans le lit du ravin et passer l'eau, de manière à nous trouver sur le chemin qu'il empruntera lorsqu'il s'ébranlera. »

« Mais comment fait-il pour progresser si vite ? » dit Dorlas. « Agile, il l'est, mais c'est un gigantesque Dragon, et comment fera-t-il pour descendre d'une paroi et escalader l'autre, alors qu'une partie de lui doit se mettre à grimper, avant même que son train arrière ait fini de descendre ? Et s'il peut avancer de cette manière, à quoi donc cela nous servira-t-il de nous trouver en bas, dans les eaux sauvages ? »

« Peut-être le peut-il, répondit Turambar. Et certes, s'il procède de la sorte, les choses tourneront mal pour nous. Mais d'après les rapports que nous avons reçus et d'après le lieu où il gît aujourd'hui, j'ai bon espoir que son dessein est tout autre. Le voilà parvenu au bord du Cabed-en-Aras — le Saut-du-Cerf —, le gouffre qu'un cerf, dites-vous, franchit d'un bond, échappant ainsi aux chasseurs du Haleth. Glaurung est devenu si glorieux, qu'il va tenter le même coup. C'est là tout notre espoir, et nous devons nous y confier. »

A ces mots, le cœur de Dorlas défaillit ; car il connaissait mieux que personne le pays de Brethil, et Cabed-en-Aras était un lieu sinistre entre tous. A l'est, la paroi tombait à pic, sur près de quarante pieds, dénudée sinon pour quelques arbres qui poussaient à son sommet ; l'autre versant était plutôt moins abrupt et moins élevé et s'y agrippaient arbustes et buissons rabougris ; tout au fond, le torrent encaissé bouillonnait avec furie sur les rochers ; et si un homme audacieux et au pied sûr pouvait passer à gué de jour, il y avait grand péril à tenter la traversée de nuit. Mais telle était la résolution de Turambar, et il n'y avait point à s'y opposer.

Ils se mirent en route au crépuscule, et ne se dirigèrent pas droit sur le Dragon, mais prirent d'abord le sentier des Gués, puis un peu en amont, bifurquèrent vers le sud et empruntèrent une piste étroite qui s'enfonçait dans la pénombre des bois environnant le Teiglin[26]. Et comme ils approchaient de Cabed-en-Aras, pas à pas et s'arrêtant souvent pour prêter l'oreille, il leur parvint un relent de brûlé et une puanteur qui leur soulevait le cœur. Mais régnait un silence de mort, et il n'y avait pas un souffle d'air. Les premières étoiles s'allumèrent à l'est, derrière eux, et de frêles colonnes de fumée s'élevaient toutes droites et fermes, contre les lueurs mourantes du couchant.

Lorsque Turambar fut parti, Níniel demeura silencieuse comme une pierre ; mais Brandir vint à elle et dit : « Níniel, ne crains pas le pire jusqu'à ce que tu aies cause. Mais ne t'ai-je pas conseillé d'attendre ? »

« Tu me l'as conseillé en effet, répondit-elle. Et en quoi donc cela m'aurait-il aidée ? Car l'amour peut souffrir tout aussi bien et se consumer hors du mariage. »

« Cela, je le sais, dit Brandir. Cependant le mariage n'est pas chose vaine. »

« Je suis enceinte de deux mois, et porte en moi son enfant, dit Níniel. Mais mon angoisse, me semble-t-il, n'en est pas plus lourde à porter. Je ne te comprends pas. »

« Moi non plus, dit-il, et pourtant j'ai peur. »

« Quel homme rassurant tu es ! s'écria-t-elle. Mais Brandir, mon ami : mariée ou non mariée, épouse et mère, ou amante, mon angoisse est au-delà de ce que je puis supporter. Le Maître du Destin est parti loin d'ici défier son destin, et comment resterais-je à attendre le lent cheminement des nouvelles, bonnes ou mauvaises ? Il se peut que cette nuit même il affronte le Dragon, et comment demeurer là debout ou assise, et passer ces heures épouvantables ? »

« Je l'ignore, dit-il, mais il faut que ces heures se passent, et pour toi et pour les femmes de ceux qui sont partis avec lui. »

« Qu'elles agissent donc selon les dictées de leur cœur ! s'écria-t-elle. Mais quant à moi, j'irai. Je ne me morfondrai pas à des lieues de l'endroit où mon seigneur se mesure au danger. J'irai au-devant des nouvelles ! »

A ces mots, plus noire se fit sa peur, et Brandir s'écria : « Cela tu ne le feras point, si je puis m'y opposer. Car ce faisant, tu bafoues toute prudence. Ces lieues qui sont entre lui et nous, elles sont précisément notre chance de salut si le malheur frappe ! »

« Si le malheur frappe, je ne souhaiterai point de salut, dit-elle. Et à présent ta sagesse est sans objet, et tu ne me retiendras pas. » Et elle accourut sur la grande place de l'Ephel, devant le peuple encore assemblé, et elle dit haut et fort : « Hommes de Brethil, je ne patienterai pas ! Si mon seigneur échoue, alors tout espoir est vain. Vos terres et vos bois seront brûlés au ras du sol, et toutes vos maisons réduites en cendres, et personne, personne ne réchappera ! Alors pourquoi s'attarder ici ? Je vais maintenant au-devant des nouvelles, au-devant de ce que me réserve le destin. Me suivent tous ceux qui sont de même cœur ! »

Et nombreux furent ceux qui s'empressèrent à ses côtés : les épouses de Dorlas et de Hunthor, parce que celui qu'elles aimaient était parti avec Turambar ; et d'autres par compassion pour Níniel et désir de lui venir en aide ; et bien d'autres encore (téméraires et inconscients et peu familiers avec le Mal) qu'attirait la réputation même du Dragon, et qui espéraient être témoins d'exploits singuliers et fabuleux. Car ils étaient venus à se faire une idée si glorieuse du Noire-Épée que rares étaient ceux qui admettaient que Glaurung le pourrait vaincre. Aussi se mirent-ils tous en marche précipitamment, une foule considérable, vers un danger dont ils n'avaient pas idée ; et faisant route sans reprendre haleine, à la nuit close, ils parvinrent exténués aux abord de Nen Girith, d'où Turambar venait de partir. Mais la nuit est froide conseillère, et nombre d'entre eux s'étonnèrent de leur propre témérité : et lorsqu'ils apprirent des guetteurs postés là que Glaurung était si proche et le stratagème désespéré ourdi par Turambar, le cœur leur faillit, et ils ne se hasardèrent pas à poursuivre. Certains scrutaient les environs de Cabed-en-Aras avec des yeux anxieux, mais ne distinguaient rien et n'entendaient rien, hors la voix glacée des chutes. Et Níniel était là, assise à l'écart, et un grand frisson l'agitait.

Lorsque Níniel et tous les autres furent partis, Brandir dit à ceux qui restaient : « Voyez donc comme je suis bafoué.; et de mes avis il n'est tenu aucun compte ! que Turambar devienne votre seigneur en titre puisqu'il s'est déjà approprié tous mes pouvoirs. Car ici même je renonce à ma seigneurie et à mon peuple. Que personne, jamais plus, me vienne solliciter de lui prodiguer mes conseils ou mes soins ! » Et il brisa son sceptre. Et en son for intérieur, se dit : « A présent, il ne me reste plus rien, hors mon amour pour Níniel ; aussi en quelque lieu où elle porte ses pas, en sa sagesse ou sa folie, il me faut la suivre. En cette heure sombre, l'avenir nous est clos ; mais le hasard pourrait bien faire qu'il me soit donné, à moi, de la sauver d'un danger, si d'aventure je me trouvais à proximité. »

Et il ceignit une courte épée qu'on lui voyait rarement, et prit sa béquille, et aussi promptement qu'il pût, s'en alla boitillant hors des Portes de l'Ephel, sur le long chemin qui s'étirait jusqu'aux frontières ouest du Brethil.

La mort de Glaurung

Et il faisait nuit noire lorsque Turambar et ses compagnons gagnèrent enfin Cabed-en-Aras, et ils furent bien aises de la stridente rumeur de l'eau, car si elle promettait une traversée périlleuse, elle couvrait tous les autres bruits. Alors Dorlas les conduisit un peu à l'écart, vers le sud, et par une fissure, ils descendirent jusqu'au pied de la falaise ; mais là le cœur lui manqua, car quantité de rochers et de grosses pierres envahissaient la rivière et l'eau tourbillonnait sauvagement alentour, grinçant des dents.

« Voici le chemin d'une mort certaine ! » dit Dorlas.

« C'est l'unique chemin, ou de la mort ou de la vie, dit Turambar. Et hésiter ne le rendra pas plus doux. Aussi, suivez-moi ! » Et il passa le premier, et par adresse et intrépidité, ou par arrêt du destin, il atteignit l'autre rive et se retourna pour voir qui venait à sa suite. Une sombre silhouette se tenait à ses côtés. « Dorlas ? » dit-il.

« Non, c'est moi, dit Hunthor. Dorlas a flanché au passage. Car un homme peut aimer la guerre, et pourtant craindre maintes choses. Il est là je pense, assis, à trembler ; et honte à lui pour les paroles qu'il a adressées à mon parent ! »

Alors Turambar et Hunthor se reposèrent un peu, mais bientôt le froid de la nuit les saisit, car ils étaient tous deux ruisselants, et ils se mirent en quête d'un chemin qui longerait au nord le torrent, en direction de l'antre de Glaurung. Le ravin se faisait là plus sombre et plus encaissé, et comme ils avançaient à tâtons, ils entrevirent au-dessus d'eux une lueur tremblotante, comme d'un feu qui couve, et ils entendirent les grognements du Grand Ver, dans son sommeil inquiet ; et ils peinaient, cherchant à s'approcher du rebord de l'abîme ; car en cela tenait tout leur espoir : atteindre leur ennemi au défaut de la cuirasse. Mais l'odeur était maintenant si fétide que la tête leur tournait, et en cours d'escalade, ils glissaient et s'agrippaient aux racines des arbres, et vomissaient, oublieux, dans leur misère, de toute peur autre que celle de choir dans les mâchoires du Teiglin.

Alors Turambar dit à Hunthor : « Nous prodiguons inutilement nos forces déclinantes. Car tant que nous ne sommes pas fixés sur l'endroit où passera le Dragon, cela ne sert à rien de grimper. »

« Mais lorsque nous le saurons, dit Hunthor, il ne sera plus temps de chercher comment nous tirer de l'abîme. »

« C'est juste, dit Turambar. Mais là où tout est affaire de chance, c'est à la chance qu'il nous faut nous confier. » Et ils firent halte et attendirent et du tréfonds du ravin obscur, ils contemplèrent le lent cheminement d'une blanche étoile sur les hauts, qui traversa le pâle sillon de ciel ; et Turambar s'engourdit et plongea dans un rêve où sa volonté était tout entière tendue à se retenir aux branches, tandis qu'un courant noir le happait et lui rongeait les jambes.

Soudain il se fit un grand bruit, et les parois du gouffre vibrèrent et résonnèrent, et Turambar s'éveilla et dit à

Hunthor : « Il bouge. Voici l'heure. Frappe fort, car nous ne sommes plus que deux, et il nous faut frapper pour trois ! »

Et c'est ainsi que Glaurung commença son attaque sur Brethil ; et tout se passa comme l'avait espéré Turambar. Car le Dragon rampa pesamment jusqu'au bord de la falaise et ne dévia point, mais s'apprêta à bondir au-dessus du gouffre en s'appuyant sur ses puissantes pattes de devant, et en entraînant sa masse à sa suite. Et avec lui venait la terreur. Car il n'entreprit pas sa traversée du gouffre juste au-dessus des guetteurs, mais un peu au nord, et ils pouvaient voir l'ombre gigantesque de sa tête contre les étoiles, et ses mâchoires étaient béantes et il avait sept langues de feu. Et il vomit un jet de flamme, de sorte que le ravin s'emplit de lumière rouge et les ombres noires volaient de rocher en rocher ; mais les arbres à portée de son haleine séchaient sur pied et se consumaient et les pierres déboulaient dans la rivière. Et incontinent, il se rua en avant et s'agrippa à l'autre rive avec ses griffes puissantes et commença à haler sa masse au travers du ravin.

Et audace et promptitude étaient requises en cet instant car ne se trouvant pas exactement sur le chemin de Glaurung, Turambar et Hunthor avaient échappé à son haleine incandescente, mais il leur fallait coûte que coûte l'atteindre avant qu'il ait passé de l'autre côté, faute de quoi leur entreprise échouait. Insoucieux du danger, Turambar s'élança le long de la rive pour se placer sous le Dragon, mais la chaleur et la puanteur étaient si épouvantables qu'il chancela et serait tombé si Hunthor qui le suivait bravement pas à pas ne lui avait pas saisi le bras pour le retenir.

« Noble cœur ! s'écria Turambar. Heureux le choix qui te donna à moi pour compagnon ! » Mais comme il prononçait ces mots, un énorme bloc de pierre se détacha d'en haut et frappa Hunthor à la tête, le projetant dans le torrent, et il mourut : et il n'était certes pas le moins vaillant de la Maison de Haleth. Alors Turambar s'écria : « Hélas ! il est mauvais de marcher dans mon ombre ! Pourquoi ai-je recherché de l'aide ? Car à présent tu es seul, ô Maître du Destin, comme tu savais que cela devait être. A présent il te faut vaincre seul à seul ! »

Et il s'arma de toute sa volonté, et appela à son secours toute sa haine pour le Dragon et son Maître, et il lui sembla soudain qu'il éprouvait une force d'âme et de corps qu'il n'avait jamais connue auparavant ; il gravit la colline, pierre par pierre, racine par racine, jusqu'à ce qu'il puisse enfin s'agripper à un arbrisseau qui poussait un peu au-dessous des lèvres du gouffre, et bien que la cime de l'arbre fût calcinée, il tenait encore solidement par ses racines. Et comme Turambar se carrait dans la fourche de ses branches, les parties médianes du Dragon vinrent se placer juste au-dessus de lui, et ballottées par leur grand poids, lui effleurèrent presque la tête avant que Glaurung ait réussi à les relever : une panse toute blême et ridée, d'où suintait une humeur visqueuse et grise et à laquelle adhéraient toutes sortes de dégouttures immondes ; et ça puait la mort. Et Turambar tira la Noire Épée de Beleg, et frappa vers le haut de toute la force de son bras, et mue par sa haine, la lame terrible, longue et avide, pénétra le ventre jusqu'à la garde.

Alors, se sentant touché à mort, Glaurung poussa un hurlement tel que tous les grands bois frémirent, et que les guetteurs, à Nen Girith, furent saisis d'horreur. Turambar chancela comme s'il avait reçu un coup et il s'affaissa, et son épée lui fut arrachée du poing et demeura fichée dans le ventre du Dragon. Car en un spasme puissant, Glaurung avait ramassé toute sa masse flageolante et l'avait projetée au travers du gouffre, et il était là sur l'autre rive, se tordant et rugissant, fouettant l'air de tous côtés et se convulsant dans les affres de l'agonie, tant et si bien qu'il ravagea autour de lui un vaste espace, et dans la fumée et la désolation, il demeurait là gisant, et enfin plus ne remua.

Or Turambar se retenait aux racines de l'arbre, étourdi et quasiment anéanti. Mais il lutta contre lui-même, et il raidit ses forces, et moitié glissant, moitié grimpant, il descendit jusqu'à la rivière, et tenta de nouveau la périlleuse traversée, rampant cette fois sur les mains et sur les genoux, se cramponnant ici et là, aveuglé par l'écume, jusqu'à ce qu'il ait regagné l'autre rive, et il se hissa péniblement le long de la fissure par où ils avaient passé. Et il parvint ainsi jusqu'à l'endroit où le Dragon agonisait, et il contempla son ennemi frappé à mort et n'éprouva nulle pitié, et se réjouit.

Glaurung gisait là, les mâchoires béantes ; mais ses feux s'étaient tous consumés, et son œil maléfique était clos. Il était étalé de tout son long, et il avait roulé sur le côté ; et la garde de Gurthang était restée plantée dans son ventre. Alors Túrin exulta et la joie au cœur, il voulut recouvrer son épée, bien que le Dragon respirât encore, car pour précieuse qu'elle lui était auparavant, elle valait maintenant à ses yeux tous les trésors de Nargothrond. Car se vérifiaient ainsi les paroles prononcées au feu de la forge : que mordue par elle, rien de grand ni de petit ne survivrait.

Et dans ce dessein, il s'approcha de son ennemi, et posant le pied sur son ventre, il empoigna Gurthang par la garde, et s'arc-bouta de toutes ses forces, pour la retirer. Et il s'exclama, en dérision des paroles de Glaurung, à Nargothrond : « Salut à toi, Ver de Morgoth ! Quelle heureuse rencontre ! Meurs à présent et que les ténèbres t'engloutissent ! Ainsi Túrin fils de Húrin s'est-il vengé ! » Et d'un geste violent, il arracha l'épée, et un jet de sang noir gicla et inonda sa main, et le venin lui brûla la peau, et il poussa un cri de souffrance ; sur ce, Glaurung frémit, et il ouvrit ses prunelles horribles, et darda sur Turambar un regard si malfaisant qu'il lui sembla qu'une flèche de part en part le transperçait ; et de cela, et d'une âpre douleur à la main, il défaillit et tomba en pâmoison, et il demeura là comme mort aux côtés du Dragon, couché sur son épée.

Or les hurlements de Glaurung étaient parvenus jusqu'aux oreilles des gens qui guettaient à Nen Girith, et l'effroi s'empara d'eux ; et lorsque les guetteurs entrevirent de loin les grands ravages et incendies perpétrés par le Dragon dans les transes de l'agonie, ils crurent qu'il piétinait et massacrait ceux qui étaient venus l'assaillir. Et certes, ils souhaitèrent alors que fût bien plus grande la distance qui le séparait d'eux ; mais ils n'osaient pas quitter le haut lieu où ils s'étaient rassemblés, car ils se souvenaient de ce que leur avait dit Turambar : que si Glaurung triomphait, il viendrait droit sur Ephel Brandir. Et ils épiaient, terrifiés, tout indice de son avance ; mais aucun ne fut assez hardi pour descendre s'informer sur le champ de bataille. Et Níniel était là assise, et elle ne bougeait pas, sauf pour le tremblement qui l'agitait, et elle ne pouvait apaiser ses membres. Mais lorsqu'elle perçut la voix de Glaurung, son cœur se mourut en elle, et elle sentit de nouveau les ténèbres l'envahir.

C'est en cet état que Brandir la trouva. Cheminant lentement et péniblement, il avait atteint le pont au-dessus du Celebros ; et s'aidant de sa béquille, il avait boitillé tout seul le long de la route qui n'en finit plus, car il y avait bien cinq lieues depuis sa maison. Son angoisse pour Níniel l'avait sans cesse aiguillonné, et maintenant les nouvelles qu'il apprit n'étaient guère pires que ce qu'il avait redouté. « Le Dragon a franchi la rivière, lui dirent les hommes et le Noire-Épée est mort assurément, et ceux qui sont allés avec lui. » Alors Brandir s'approcha de Níniel et il devina sa détresse, et sa compassion pour elle fut grande mais il pensa cependant : « Le Noire-Épée est mort, et Níniel vit. » Et il frissonna, car le froid, semble-t-il, se fit soudain plus âpre près des eaux du Nen Girith ; et il jeta son manteau sur les épaules de Níniel. Mais il ne trouva pas un mot à dire ; et elle ne parla point.

Le temps passait, et Brandir se tenait toujours là silencieux à ses côtés, scrutant la nuit et écoutant ; mais il ne voyait rien, et n'entendait aucun bruit, hors le fracas des chutes, et il songea : « A présent Glaurung est parti assurément, et il a pénétré en pays Brethil. » Mais pour son peuple, il n'éprouvait plus aucune pitié : des misérables, tous, qui avaient dédaigné ses avis et bafoué sa personne : « Que le Dragon aille donc faire un tour sur l'Amon Obel ; cela nous donnera le temps d'échapper, et je pourrai emmener Níniel au loin. » Où, il ne le savait guère, car il n'avait jamais voyagé au-delà du Brethil.

Enfin il se baissa, et toucha Níniel au bras, disant : « Le temps passe, Níniel ! Viens ! Il faut partir. Si tu le veux bien, je te conduirai ! »

Alors elle se leva en silence et prit sa main, et ils passèrent le pont et descendirent le sentier qui conduisait aux Gués du Teiglin. Mais ceux qui les virent se mouvoir comme des ombres dans l'obscurité ignoraient qui ils étaient, et point ne s'en souciaient. Et ils marchèrent quelque temps parmi les arbres muets, et la lune se leva au-delà d'Amon Obel, et une lumière cendrée emplit les clairières de la forêt. Alors Níniel s'arrêta et dit à Brandir : « Est-ce bien le chemin ? »

Et il répondit : « Quel est donc le chemin ? Car morts sont tous les espoirs que nous mettions en la forêt de Brethil. De chemin, nous n'en avons point, sauf à échapper au Dragon et à fuir aussi loin que possible tant qu'il est encore temps. »

Níniel le considéra avec étonnement et lui dit : « Ne m'as-tu pas offert de m'amener à lui ? Ou me tromperais-tu ? Le Noire-Épée était mon bien-aimé et mon époux ; et c'est uniquement pour le retrouver que je suis venue ici. Comment as-tu pu imaginer autre chose ? Maintenant fais ce qu'il te plaît, mais quant à moi, je dois me hâter. »

Et comme Brandir restait là interdit, elle prit soudainement son vol ; et il l'appela, criant : « Attends, Níniel ! Ne t'en va pas toute seule, tu ne sais pas ce que tu vas trouver, je viens avec toi ! » Mais elle ne l'écoutait point, et allait maintenant comme si son sang flambait en elle, qui tout à l'heure était glacée. Et bien qu'il suivît au mieux de ses forces, elle disparut promptement à sa vue. Alors il maudit son destin et sa faiblesse ; mais ne voulut pas rebrousser chemin.

Et la lune monta au firmament, toute blanche et presque en son plein, et comme Níniel descendait du plateau vers les basses terres au bord de l'eau, elle crut se remémorer les lieux et qu'ils lui étaient hostiles. Car elle se trouvait aux Gués du Teiglin, et le Haudh-en-Elleth se dressait devant elle, diaphane dans la clarté lunaire et barré d'une ombre noire. Et du tertre émanait une grande épouvante.

Et elle se détourna avec un cri et prit la fuite vers le sud, le long de la rivière, et tout courant, elle rejeta son manteau comme se dépouillant de ténèbres qui lui tenaient au corps ; et elle était entièrement de blanc vêtue, et voletant parmi les arbres, elle scintillait sous la lune. Telle l'entr'aperçut Brandir, du haut de la colline, et il bifurqua pour tenter, s'il le pouvait, de lui couper le chemin ; et découvrant par chance l'étroit raccourci que Turambar avait emprunté, car il s'écartait des chemins battus et dévalait par le sud, à pic vers la rivière, Brandir la rejoignit de nouveau. Et il la héla, mais elle ne répondit pas, ou n'entendit pas, et bientôt elle l'avait de nouveau dépassé et filait en avant ; et ils s'approchèrent ainsi, toujours courant, des bois qui environnent Cabed-en-Aras et du lieu où agonisait Glaurung.

Tout au sud, la lune sans nuage allait grand erre, et froide et sereine était sa lumière. Et voici que Níniel aborda l'espace dévasté par Glaurung, et elle vit son corps gisant là et son ventre chatoyait, sous la lune, de reflets blafards ; mais auprès de lui un homme était étendu. Alors oubliant sa peur elle poursuivit sa course parmi les décombres fumants, et parvint ainsi jusqu'à Turambar. Il était tombé sur le flanc, son épée sous lui, mais sa contenance était d'une mortelle pâleur sous la lune livide, et Níniel s'affaissa à son chevet, pleurant et l'embrassant ; et, à ce qu'il lui sembla, il respirait faiblement, mais elle pensa que c'était le piège d'un espoir fallacieux, car il était tout froid, et ne bougeait pas, ni ne lui répondit mot. Et comme elle lui prodiguait ses caresses, elle découvrit que sa main était noire, comme roussie par une flamme, et elle la baigna de ses larmes et déchira un lambeau de son vêtement pour la panser. Mais il ne donnait toujours pas signe de vie sous son toucher, et elle l'embrassa de nouveau et s'écria à haute voix : « Turambar, reviens ! Écoute-moi ! Réveille-toi ! Car c'est Níniel. Le Dragon est mort, et je suis seule ici près de toi. » Mais il ne répondit point.

Brandir était là qui entendit son cri, car il avait atteint la bordure du champ de ruines ; mais comme il s'avançait vers Níniel quelque chose l'arrêta, et il se tint coi. Car au cri de Níniel, Glaurung tressaillit pour la dernière fois, et un frisson parcourut son corps ; et il entrouvrit ses yeux épouvantables où se jouait une lueur de lune, et haletant, il parla :

« Salut à toi, Nienor, fille de Húrin ! Voici que nous nous rencontrons une fois encore avant le dénouement. J'applaudis à ton bonheur, car tu as enfin retrouvé ton frère. Et à présent tu le connaîtras pour ce qu'il est : un meurtrier qui agit dans l'ombre, traître envers ses ennemis, infidèle à ses amis, et une malédiction pour ceux de sa race, Túrin fils de Húrin. Mais le plus noir de ses forfaits, tu l'éprouveras dans ton propre corps. »

Nienor demeurait assise, comme foudroyée, mais voilà que Glaurung expira ; et avec sa mort, le voile de sa malfaisance se détacha d'elle, et la mémoire lui revint limpide, jour pour jour, et elle se ressouvint également de tout ce qui lui était arrivé depuis cet instant où elle gisait sur le Haudh-en-Elleth. Et son corps tout entier frémit d'horreur et d'angoisse. Et Brandir, qui avait tout entendu, fut épouvanté, et il s'appuya contre un arbre.

Alors Nienor fut soudain sur pied, et elle se tenait là debout, pâle comme un spectre sous la lune, et elle se pencha sur Túrin, s'écriant : « Adieu toi, par deux fois mon bien-aimé *A Túrin Turambar turún' ambartanen* : Maître du Destin dont le Destin s'est rendu maître. Ô bienheureux d'être mort ! » Et l'esprit égaré par le désespoir et l'honneur qui l'avaient submergée, elle reprit sa course folle ; et Brandir la suivit, trébuchant et criant : « Attends ! attends, Níniel ! »

Un instant, elle s'arrêta et regarda en arrière, les yeux hagards : « Attends ? s'écria-t-elle, Attends ! tel fut toujours ton conseil et plût au ciel que je l'eusse écouté ! Mais maintenant il est trop tard et je ne m'attarderai plus sur la Terre du Milieu ! » Et elle reprit sa course éperdue devant lui[27].

Elle parvint rapidement à Cabed-en-Aras, et là elle s'arrêta sur les bords de l'abîme, et jetant les yeux sur les eaux en rumeur, s'écria : « Eaux ! Eaux ! Prends Níniel Nienor, fille de Húrin. Deuil, Deuil, fille de Morwen ! Prends-moi et emporte-moi jusqu'à la Mer ! » Et elle se précipita au gouffre : une blanche lueur engloutie dans le noir tourbillon, un cri perdu dans le rugissement de la rivière.

Et coulèrent les eaux du Teiglin, et coulent encore, mais Cabed-en-Aras n'était plus : Cabed Naeramarth, tel fut le nom que lui donnèrent les hommes. Car le cerf jamais plus ne bondit au-dessus de ses eaux, et il n'est créature vivante qui ne l'évitât, et aucun homme ne s'aventurait sur ses bords. Brandir fils de Handir fut le dernier homme à scruter ses ténèbres ; et il se détourna plein d'horreur, car le cœur lui faillit, et bien que sa vie lui fût à présent haïssable, il ne put se donner à la mort qu'il souhaitait[28]. Alors sa pensée se tourna vers Túrin Turambar, et il s'écria : « Ai-je haine de toi, ou pitié ? Mais tu es mort. Je ne te dois nul merci, toi qui as pris tout ce que j'avais ou aurais pu avoir. Mais mon peuple t'a une dette de reconnaissance. Et cette dette, il convient qu'ils l'apprennent par ma bouche. »

Et boitillant, il reprit le chemin de Nen Girith, évitant l'endroit où gisait le Dragon avec un frisson d'effroi ; et comme il gravissait de nouveau le sentier escarpé, il aperçut un homme qui épiait à travers les branches, et le voyant rapidement se retira. Mais il avait reconnu ses traits à la clarté de la lune déclinante.

« Ah, Dorlas, s'exclama-t-il. Quelles nouvelles apportes-tu ? Comment t'en es-tu tiré vivant ? Et qu'en est-il de mon parent ? »

« Je n'en sais rien », répondit Dorlas sombrement.

« Voilà qui est étrange », dit Brandir.

« Si tu veux vraiment savoir, dit Dorlas, le Noire-Épée a prétendu nous faire passer à gué les rapides du Teiglin à la nuit close. Et je n'ai pas pu ; n'est-ce pas là chose étrange ? Je suis meilleur homme que bien d'autres au maniement de la hache, mais je ne suis pas chèvre-pied ! »

« Alors c'est sans toi qu'ils ont affronté le Dragon ? dit Brandir. Et lorsque le monstre a franchi le torrent ? Au moins es-tu resté à proximité pour voir ce qu'il adviendrait ? »

Mais Dorlas ne soufflait mot, et il restait là à fixer Brandir, les yeux pleins de haine. Alors Brandir comprit, devinant soudain que cet homme avait abandonné ses compagnons, et que la honte en avait fait un pleutre, et qu'il s'était caché dans les bois. « Honte à toi ! Dorlas, dit-il. Tu es cause de tous nos malheurs : c'est toi qui as incité au combat le Noire-Épée, et attiré sur nous les foudres du Dragon, toi qui m'as tourné en dérision et as entraîné Hunthor à sa mort ; et voilà que tu prends la fuite et vas t'embusquer dans les bois ! » Et tout en parlant, une autre pensée lui traversa l'esprit, et il dit, pris d'une noire colère : « Et pourquoi n'es-tu pas venu avec des nouvelles ? C'était la moindre des réparations à faire ! Et l'aurais-tu fait, que Dame Níniel n'aurait pas eu à s'en aller elle-même en quête. Elle aurait pu ne jamais poser son regard sur le Dragon. Et elle serait vivante. Dorlas, je te hais ! »

« Garde ta haine ! dit Dorlas. Elle est aussi timorée que tes avis. Si ce n'avait été pour moi, les Orcs seraient venus te pendre comme un épouvantail dans ton propre jardin. Et le nom d' " embusqué ", tu peux aussi te le garder ! » Et la honte le rendant coléreux, il menaça Brandir de son poing énorme, et ainsi acheva son existence avant même que ne s'éteignît la lueur de stupeur dans son regard, car Brandir tira son épée, et lui en assena un coup mortel ; et il resta là, tremblant, écœuré par le sang, puis jetant son épée, il se détourna et reprit son chemin, courbé sur sa béquille.

Lorsque Brandir arriva à Nen Girith, la lune s'était couchée, livide, et la nuit refluait. Le matin entrouvrait l'orient, et les gens qui se pressaient encore, terrifiés, près du pont, le virent venir comme une ombre grise dans l'aurore, et certains, pleins de stupeur, le hélèrent, criant : « Où donc étais-tu ? Et l'as-tu vue ? Car Dame Níniel est partie ! »

« Oui, elle est partie, répondit-il. Partie, partie pour ne plus jamais revenir. Mais je suis porteur de nouvelles. Et à présent écoutez-moi, peuple de Brethil, et dites-moi si jamais récit égala le récit que je vais vous faire ! Le Dragon est mort, mais mort également est Turambar, mort à ses côtés. Et voilà de bonnes nouvelles : bonnes certes, tant l'une que l'autre ! »

Alors les gens murmurèrent entre eux, s'interrogeant sur ses paroles, et certains dirent qu'il était fou ; mais Brandir s'écria : « Écoutez-moi donc jusqu'au bout ! Níniel aussi est morte, Níniel la toute-belle que vous aimiez, et que j'aimais plus que tout au monde. Au Saut-du-Cerf[29] elle a sauté, et les dents du Teiglin l'ont happée. Elle est partie, haïssant la lumière du jour. Car voici ce qu'elle a appris avant de fuir égarée : ils étaient enfants de Húrin, l'un et l'autre, le frère et la sœur. On l'appelait, lui, le Mormegil, et il prit nom Turambar, dissimulant son passé : Túrin fils de Húrin. Nous la nommâmes Níniel, ignorant son passé : elle était Nienor, fille de Húrin. Ils vinrent au Brethil, apportant l'ombre de leur noir destin. Et leur destin ici même s'est accompli, et cette terre sera à jamais prisonnière du chagrin. Ne l'appelez plus Brethil, ni la terre des Halethrim, mais *Sarch nia Hîn Húrin,* la Tombe des Enfants de Húrin ! »

Et bien qu'ils fussent encore incapables de comprendre comment ce mal était advenu, les gens pleuraient là debout, et certains dirent : « Il y a une tombe dans le Teiglin, pour Níniel la bien-aimée ; et il y aura une tombe pour Turambar, le plus vaillant des hommes ! Nous ne laisserons pas notre libérateur gisant sous la nue. Allons à lui ! »

Or à l'instant même où Níniel prenait la fuite éperdue, Túrin remua, et du tréfonds de ses ténèbres, il lui sembla l'entendre au loin qui l'appelait ; mais sur ce, Glaurung mourut, et Túrin sortit de sa noire pâmoison et il respira de nouveau profondément, et soupira, et tomba dans un sommeil exténué. Mais peu avant l'aube, le froid se fit très vif, et il se retourna dans son sommeil, et la garde de Gurthang lui laboura le flanc, et soudain, il s'éveilla. La nuit se dissipait et il y avait un souffle du matin dans l'air ; il bondit sur ses pieds, se souvenant de sa victoire et du venin sur sa main. Et il la souleva et la considéra avec étonnement, car elle était bandée d'un morceau de linge blanc encore humide, et elle ne le lançait plus ; et il se dit en lui-même : « Qui donc prend si bon soin de moi, et cependant me laisse là couché dans les décombres, et la fétidité du Dragon ? Quels singuliers événements ont eu lieu ? »

Et il appela à haute voix, mais nul ne répondit. Tout était noir et désolé alentour, et il y avait un relent de mort. Il se courba et ramassa son épée, et elle était intacte, et l'éclat de son tranchant n'était nullement terni. « Immonde était le venin de Glaurung, dit-il. Mais tu es plus forte que moi, Gurthang ! Il n'est point de sang que tu ne boives ! A toi la victoire ! Mais viens ! Il me faut quérir du secours. Mon corps est fourbu et le froid transit mes os. »

Et il se détourna de Glaurung et le laissa à sa pourriture ; mais à mesure qu'il s'éloignait de ce lieu, chaque pas lui paraissait plus pénible, et il pensa : « A Nen Girith, je trouverai sans doute quelques-uns des éclaireurs qui guettent mon retour. Que ne suis-je au plus vite en ma propre maison, je recevrais les douces caresses de Níniel et les soins experts de Brandir. » Et c'est ainsi que, marchant à grand-peine en s'appuyant sur Gurthang, il atteignit enfin Nen Girith, dans la grisaille du petit jour ; et à l'instant même où certains se mettaient en route pour chercher sa dépouille, il se tenait debout devant le peuple.

Et ils reculèrent, horrifiés, car ce n'était pas lui qu'ils croyaient voir mais son esprit tourmenté ; et les femmes gémirent et se voilèrent la face. Mais il s'exclama : « Non ! Ne pleurez pas, mais réjouissez-vous ! Voyez donc ! Ne suis-je pas bien vivant ! Et n'ai-je point tué le Dragon qui menaçait vos demeures ? »

Alors ils tournèrent leur hargne contre Brandir, et lui crièrent : « Fou que tu es, avec tes contes mensongers ! Tu le disais gisant au loin, mort. Nous savions bien que tu étais fou ! » Mais Brandir était atterré, et les yeux écarquillés de peur, regardait Túrin et ne pouvait parler.

Mais Túrin s'adressa à lui, disant : « C'était donc toi qui étais là-bas et qui m'a soigné la main ? Sois-en remercié. Mais ton savoir fléchit si tu ne peux distinguer la pâmoison de la mort. » Et il se tourna vers le peuple : « Ne lui parlez pas de la sorte, imbéciles, tous tant que vous êtes. Qui d'entre vous aurait fait mieux ? Au moins a-t-il eu le courage de venir sur le lieu même du combat, tandis que vous restiez là à vous lamenter ! »

« Mais maintenant, fils de Brandir, à nous deux ! J'ai autre chose à apprendre de toi. Pourquoi es-tu ici, et tous ces gens que j'ai laissés à Ephel ? Si je puis aller affronter la mort pour vous sauver, ne puis-je au moins compter qu'on m'obéisse durant mon absence ? Et où est Níniel ? Puis-je au moins espérer que vous ne l'avez pas traînée ici, mais laissée là où je l'avais mise en sécurité en ma maison, et sous la garde d'hommes loyaux et sûrs ? »

Et comme personne ne répondait : « Allons, dites-moi où est Níniel, s'écria-t-il. Car elle seule je veux voir ; et à elle la première je conterai les travaux de cette nuit. »

Mais ils détournèrent leurs visages et Brandir dit enfin : « Níniel n'est pas ici. »

« Voilà qui est bien, dit Turambar. Je m'en vais donc chez moi. Y a-t-il un cheval pour me porter ? Ou mieux vaudrait une civière. Car je défaille sous le poids de mes peines. »

« Non ! Non ! dit Brandir, l'angoisse au cœur. Ta maison est vide. Níniel n'est pas là. Elle est morte. »

Mais une des femmes présentes — et c'était l'épouse de Dorlas, et qui n'aimait guère Brandir — s'interposa d'une voix stridente : « Ne l'écoute pas, Seigneur, car il a perdu l'esprit. Il est venu tout criant que tu étais mort, et il appelait ça de bonnes nouvelles ! Mais te voilà bien vivant ! Alors pourquoi croire son récit au sujet de Níniel : qu'elle serait morte et pire encore ! »

Túrin marcha sur Brandir : « Alors c'était une bonne nouvelle que ma mort ! s'exclama-t-il. Oui, tu me l'as toujours bassement enviée, cela je le savais. A présent, elle est morte, dis-tu ? Ou pire encore ? Quel mensonge as-tu ourdi dans la vilenie de ton âme, Pied-Bot ? Et ne pouvant manier d'autres armes, as-tu résolu de nous tuer avec tes paroles atroces ? »

Alors dans le cœur de Brandir, la colère chassa la pitié, et il s'écria : « Insensé ! Non point ! C'est toi l'insensé, Noire-Épée au noir destin ! Et tout ce peuple radoteur. Je ne mens pas. Níniel est morte, morte, morte ! Va-t'en la chercher dans le Teiglin ! »

Froid et immobile se tenait Túrin : « Comment le sais-tu ? dit-il doucement. Comment l'as-tu machiné ? »

« Je le sais parce que je l'ai vue sauter, répondit Brandir. Mais les machinations furent tiennes. Elle a fui loin de toi, Túrin, fils de Húrin, et elle s'est jetée dans le Cabed-en-Aras, afin de ne plus jamais te revoir, Níniel ! Níniel ! Níniel ! Non pas, mais Nienor, fille de Húrin ! »

Alors Túrin l'empoigna et le secoua ; car dans ces mots il avait reconnu la foulée de son destin qui le rejoignait, mais dans l'horreur et la fureur de son cœur, il se refusait à l'admettre, comme une bête frappée à mort, et qui blesse quiconque l'approche avant d'expirer.

« Oui, je suis Túrin, fils de Húrin ! cria-t-il. Et cela, il y a beau temps que tu l'as deviné. Mais de Nienor, ma sœur, tu ignores tout. Elle vit, saine et sauve au Royaume Caché. C'est là un mensonge né en ton propre esprit venimeux, pour troubler la raison de ma femme, et la mienne à présent. Boiteux malfaisant ! Nous pourchasseras-tu de ta hargne, tous deux, jusqu'à la mort ? »

Mais Brandir, d'un geste brusque, se dégagea : « Ne me touche pas, dit-il, et tais-toi ! Retiens tes paroles délirantes. Celle que tu appelles ta femme vint à toi et te soigna, et tu ne répondis point à son appel. Mais un autre répondit à ta place. Glaurung, le Dragon, qui, je le crois, vous a ensorcelés tous deux, vous liant d'un sort fatal. Et telles furent ses paroles avant d'expirer : « Nienor, fille de Húrin, voici ton frère, traître envers ses ennemis, infidèle à ses amis, une malédiction pour ceux de sa race, Túrin, fils de Húrin. » Et Brandir éclata soudain d'un rire dément : « On dit que sur leur lit de mort les hommes disent la vérité ! s'esclaffa-t-il. Et un Dragon de même, semble-t-il ! Túrin fils de Húrin, maudits soient ta race et tous ceux qui t'ont accueilli en leurs foyers ! »

Alors Túrin saisit Gurthang, et une lueur mauvaise s'alluma en ses yeux. « Et que dire de toi, Pied-Bot ? dit-il lentement. Qui a dit à Níniel secrètement et derrière mon dos, mon nom véritable ? Qui l'a exposée à la malignité du Dragon ? Qui s'est tenu à proximité et l'a laissée périr ? Qui est revenu ici en toute hâte publier à grands cris cette horreur ? Qui s'apprête à exulter à mes dépens ? Les hommes, dis-tu, disent la vérité à l'heure de la mort ? Alors dis-la, et fais vite ! »

Mais Brandir, lisant sa mort le visage de Túrin, ne bougea point ni ne fléchit, bien qu'il n'eût d'autre arme que sa béquille ; et il parla ainsi : « C'est une longue histoire que tout cela, et trop longue à raconter, et je suis fatigué de toi. Mais tu me calomnies, fils de Húrin. Glaurung a-t-il menti à ton propos ? Si tu me tues, il apparaîtra aux yeux de tous qu'il n'a pas menti. Et cependant je ne crains pas de mourir, car j'irai alors chercher Níniel, que j'aimais, et peut-être me sera-t-il donné de la retrouver une fois encore, par-delà les Mers. »

« Chercher Níniel, dis-tu ! s'écria Túrin. Non, car c'est Glaurung que tu trouveras, et ensemble vous procréerez des mensonges ! Tu dormiras avec le Ver, l'élu de ton âme, et tu pourriras avec lui dans la même noire horreur ! » Et il leva Gurthang et en assena un terrible coup à Brandir, le frappant à mort. Mais les gens se cachèrent les yeux pour ne pas voir ce forfait, et comme Túrin se détournait et s'éloignait de Nen Girith, ils s'écartèrent de lui avec effroi.

Et Túrin s'en alla comme qui a perdu l'esprit, par les bois sauvages, tantôt maudissant la Terre du Milieu et toute la vie des Hommes, tantôt appelant le nom de Níniel. Mais lorsque fut consumé le paroxysme de son chagrin, il s'assit et médita tous ses actes, et il s'entendit qui disait : « Elle vit saine et sauve, au Royaume Caché » ; et il songea que si à présent sa vie était ruinée, c'est là-bas qu'il lui fallait se rendre ; car les mensonges de Glaurung l'avaient sans cesse fourvoyé. Aussi se leva-t-il et se dirigea-t-il vers les Gués du Teiglin, et passant devant le Haudh-en-Elleth, il s'écria : « Combien j'ai payé durement, ô Finduilas, d'avoir prêté l'oreille aux dires du Dragon. A présent accorde-moi tes conseils ! »

Mais comme bien il l'invoquait, il aperçut douze chasseurs armés de pied en cap, qui passaient les Gués, et c'étaient des Elfes : et s'approchant il reconnut en l'un d'eux Mablung, le chef des chasseurs du roi Thingol. Et Mablung le héla, criant : « Túrin ! Te voilà enfin ! Je te cherchais, et suis bien aise de te voir vivant ; même si les années ont pesé lourdement sur tes épaules ! »

« Lourdement, certes, dit Túrin. Oui, aussi lourdes que les pieds de Morgoth ! Mais si tu es bien aise de me voir vivant, tu es le dernier de ton espèce en la Terre du Milieu. Et pourquoi donc ? »

« Parce qu'on tenait ta personne en grand honneur parmi nous, répondit Mablung. Et bien que tu aies échappé à maints périls, je craignais pour toi à la fin. J'ai vu Glaurung surgir de son antre, et je pensais qu'ayant accompli son dessein inique, il s'en allait retrouver son Maître. Mais il se dirigea vers Brethil, et en même temps j'appris par des gens qui erraient par ici qu'on avait revu guerroyant le Noire-Épée de Nargothrond, et que les Orcs évitaient les frontières du Brethil comme la peste. Alors j'eu grand-peur, et me suis dit : « Hélas, Glaurung va où ses Orcs ne s'aventurent point, il va provoquer Túrin au combat. C'est pourquoi je suis venu ici au plus vite, t'avertir et te prêter main-forte. »

« Vite, mais pas assez vite, dit Túrin. Glaurung est mort. »

Alors les Elfes le considérèrent avec stupeur et respect, et dirent : « Tu as tué le Grand Ver ! Glorieux à jamais sera ton nom parmi le Elfes et parmi les Hommes ! »

« Je n'en ai que faire, dit Túrin, car mon cœur aussi a été frappé à mort. Mais puisque vous venez de Doriath, donnez-moi des nouvelles des miens, car on m'a dit, à Dor-lómin, que mère et fille étaient réfugiées au Royaume Caché. »

Les Elfes restèrent coi, mais après un temps Mablung parla : « C'est en effet ce qu'elles firent, l'année qui précéda la venue du Dragon. Mais elles n'y sont plus à cette heure, hélas ! » Alors le sang de Túrin se figea, et une fois encore, il crut entendre la foulée du destin fatal qui s'acharnait contre lui jusqu'au dénouement. « Poursuis ! s'écria-t-il. Et sois bref ! »

« Elles s'en furent à ta recherche par monts et par vaux, en pays sauvage, dit Mablung. Et ce fut au mépris de tous conseils ; mais lorsqu'on sut que le Noire-Épée, c'était toi, elles voulurent coûte que coûte se rendre à Nargothrond. Et Glaurung se montra et tous les hommes commis à leur garde se débandèrent. Nul n'a vu Morwen depuis lors ; quant à Nienor, son esprit s'enténébra un temps, et elle prit la fuite vers le nord parcourant les grands bois comme une biche sauvage, et disparut. » Alors à la stupeur des Elfes, Túrin éclata d'un rire strident : « N'est-ce point une plaisanterie ? s'écria-t-il. O Nienor, la toute belle ! Elle courut de Doriath vers le Dragon, et du Dragon, dans mes bras. Que de douceurs lui réservait le sort ! Très brune elle était, et noire de cheveux ; toute menue et élancée comme une enfant-Elfe ; personne ne pourrait s'y tromper ! »

Mablung resta interdit, et reprit : « Il doit y avoir erreur. Telle n'était pas ta sœur. Elle était grande et elle avait les yeux bleus, et des cheveux d'or fin, la semblance même, sous les traits d'une femme, de Húrin, son père. Il est impossible que tu l'aies vue ! »

« Impossible, impossible, Mablung, crois-tu ? s'écria Túrin. Et pourquoi pas ? Car, vois-tu, je suis aveugle ! Tu l'ignorais ? Aveugle, aveugle, et tâtonnant depuis l'enfance dans le sombre brouillard de Morgoth ! C'est pourquoi tu dois me laisser ! Va, Va ! Rentre à Doriath et que l'hiver flétrisse le pays à jamais ! Maudit soit Menegroth ! Et maudite ta mission ! Cela seul manquait ! Voici venir la Nuit ! »

Et il disparut, prompt comme le vent, les laissant en proie à la peur et au désarroi. Mais Mablung dit : « Quelque événement étrange et terrible est survenu, dont nous ne savons rien. Suivons-le et procurons-lui notre aide si faire se peut : car le voilà fou, et l'esprit tout égaré. »

Mais Túrin filait au loin, et loin devant eux, et il vint à Cabed-en-Aras, et là il s'arrêta, et il prêta l'oreille aux mugissements des flots, et il vit que tous les arbres, tant proches que lointains, s'étiolaient et que leurs feuilles sèches tombaient lugubrement, comme si l'hiver s'était fourvoyé en ces premiers jours de l'été.

« Cabed-en-Aras, Cabed Naeramarth ! s'écria-t-il. Je ne souillerai pas tes eaux, là où Níniel fut engloutie. Car tous mes actes ont été néfastes, et le dernier fut le pire. »

Et il dégaina son épée et dit : « Salut à toi, Gurthang, acier de mort. Toi seule demeure ! Mais tu ne connais ni seigneur ni allégeance, hors la main qui te tient ! Tu ne refuses aucun sang ! Prendras-tu celui de Túrin Turambar ? Me tueras-tu bien et dûment ? »

Et de la lame s'éleva une voix glacée qui, en réponse, disait : « Oui, je boirai ton sang afin d'oublier le sang de Beleg, mon maître, et le sang de Brandir, injustement massacré. Je te tuerai bien et dûment. »

Alors Túrin ficha la garde en terre et se jeta sur la pointe de Gurthang, et la lame noire prit sa vie.

Or donc survint Mablung, et il contempla la hideuse dépouille de Glaurung mort, et son regard se porta sur Túrin, et il s'affligea, songeant à Húrin tel qu'il l'avait vu à Nirnaeth Arnoediad, et au terrible destin de sa race. Et comme les Elfes étaient là rassemblés, des hommes vinrent de Nen Girith, attirés par le spectacle du Dragon. Et lorsqu'ils connurent quelle avait été la fin de Túrin, ils pleurèrent ; et les Elfes, apprenant alors la raison du discours que leur avait tenu Túrin, furent pris d'horreur et de compassion ; et Mablung dit amèrement : « J'ai été mêlé, moi aussi, au destin des Enfants de Húrin, et avec des paroles également, j'ai tué celui que j'aimais. »

Et ils soulevèrent Túrin et s'aperçurent que son épée était rompue en deux. Ainsi devait disparaître tout ce qu'il possédait.

Bien des mains peinèrent pour ramasser du bois et l'entasser très haut et faire un grand bûcher, et par la flamme, fut détruit le corps du Dragon jusqu'à ce qu'il ne restât plus que des cendres noires et une poussière d'ossements. Et l'endroit où il fut brûlé devait demeurer à jamais nu et stérile. Mais on déposa Túrin sur le tertre élevé où il était tombé ; et on plaça à ses côtés les tronçons de Gurthang. Et lorsque tout fut accompli, et que les ménestrels des Elfes et des Hommes eurent chanté des thrènes disant la vaillance de Túrin et la beauté de Níniel, on hissa une grande pierre grise et on la dressa sur le tertre ; et les Elfes y gravèrent ces mots en runes de Doriath :

TÚRIN TURAMBAR DAGNIR GLAURUNGA

et au-dessous, ils inscrivirent :

NIENOR NÍNIEL

Mais elle n'était point là, et on ne sut jamais où les froides eaux du Teiglin l'avaient emportée.

Ainsi s'achève la Geste des Enfants de Húrin, le plus long des lais composés au Beleriand.

NOTES

* Une note liminaire que l'on retrouve sous diverses formes nous apprend que le *Narn i Hîn Húrin,* bien que transcrit en langue elfe et faisant référence à de nombreuses traditions du peuple des Elfes — et singulièrement en ce qui concerne Doriath —, n'en était pas moins l'œuvre d'un poète du peuple des Hommes, nommé Dírhavel, qui vécut aux Portes du Sirion, sous le règne d'Eärendil, et s'attacha à recueillir tout ce qu'il put sur la Maison de Hador auprès des Hommes et des Elfes, survivants et fugitifs de Dor-lómin, Nargothrond, Gondolin et Doriath. Selon une version de la note, Dírhavel serait lui-même issu de la Maison de Hador. Ce lai, le plus long de tous les lais du Beleriand, constitue toute son œuvre, mais les Eldar le goûtaient fort, car Dírhavel avait utilisé la langue des Elfes-Gris, qu'il maniait avec une noble aisance. Et il avait adopté le mode de versification en langue elfe dit *Minlamed thent/estent,* jadis le mode approprié au *Narn* (un récit fait en vers, mais parlé et non chanté). Dírhavel devait trouver la mort dans l'attaque lancée par les Fils de Fëanor contre les Portes du Sirion.

1. A cet endroit du *Narn,* on trouve un passage décrivant le séjour de Húrin et Huor à Gondolin, qui reproduit de très près le récit donné dans un des « textes constitutifs » du *Silmarillion* — de si près qu'il s'agit, en fait, d'une simple variante que j'ai omise de reproduire ici. On lira ce texte dans *le Silmarillion.*

2. Dans le texte du *Narn* s'insère ici une description de Nirnaeth Arnoediad, que j'ai omise pour les raisons données dans la note 1 ; voir *le Silmarillion.*

3. Dans une autre version du texte, il est dit explicitement que Morwen entretenait des rapports avec les Eldar qui possédaient des demeures cachées dans les montagnes non loin de chez elle. Mais ils ne purent rien lui apprendre. Aucun d'entre eux n'avait vu Húrin tomber. « Il n'était pas auprès de Fingon », lui affirmèrent-ils. « Il a été chassé vers le sud avec Turgon, mais si quelques-uns des siens ont pu réchapper, ce ne peut être que dans le sillage de l'armée de Gondolin. Mais comment savoir ? Car les Orcs ont empilé les corps les uns sur les autres, et toute quête serait vaine, quand bien même on oserait se rendre au Haudh-en-Nirnaeth. »

4. Comparer cette description du Heaume de Hador avec les « grands masques hideux à contempler » portés par les Nains de

Belegost à Nirnaeth Arnoediad, et qui « leur furent d'un grand secours contre les dragons » (*le Silmarillion*). Par la suite, on voit Túrin porter un masque de Nain, lorsqu'il va se battre hors les murs de Nargothrond, lequel masque « faisait fuir les ennemis à sa vue ». Voir aussi, ci-dessous, l'Appendice au *Narn*.

5. Nulle part ailleurs il n'est question de cette incursion des Orcs au Beleriand oriental, au cours de laquelle Maedhros aurait sauvé Azaghâl.

6. Mon père fait observer ailleurs que le parler de Doriath, celui du Roi comme celui de ses sujets, était marqué, même au temps de Túrin, d'un certain archaïsme qui n'est pas sensible dans d'autres parlers ; et aussi que Mîm constata (encore que les écrits subsistant à son propos n'en fassent pas mention) qu'une des choses dont Túrin ne devait jamais se départir, malgré ses griefs à l'encontre de Doriath, fut le parler acquis lors de son séjour là-bas.

7. Une note figurant en marge de l'un des manuscrits précise ici : « Et dans tout visage de femme, il recherchait toujours les traits de Lalaith. »

8. Dans une variante de ce passage, il est question de la parenté de Saeros avec Daeron, et dans une autre, ils sont donnés pour frères. Le texte imprimé constitue probablement la dernière version.

9. « Woodwose » : « L'homme sauvage des bois. » Voir la note 14 aux *Drúedain, Troisième Âge*.

10. Selon une variante, Túrin révèle à ce point du récit son véritable nom ; et déclare qu'étant de plein droit seigneur et juge du peuple de Hador, en tuant Forweg originaire de Dor-lómin, il a fait bonne et légitime justice. Alors Algund, le vieux proscrit qui a fui Nirnaeth Arnoediad en descendant le cours du Sirion, dit que les yeux de Túrin n'ont cessé de lui rappeler les yeux d'un autre qu'il ne pouvait se remettre en mémoire ; mais qu'à présent il reconnaît bien en lui le fils de Húrin. « Mais c'était un homme plus court de taille, petit pour sa race, et cependant il avait le feu en lui, et des cheveux d'or roux. Toi, tu es grand et sombre ; maintenant que je te considère de plus près, je vois ta mère en toi ; elle était de la race de Bëor. Quel a été son sort, je me le demande ? » « Je l'ignore, dit Túrin. Du Nord, il ne vient aucune nouvelle. » Dans cette version, c'est le fait de savoir que Neithan est Túrin fils de Húrin qui incite les hors-la-loi originaires de Dor-lómin à le reconnaître pour chef.

11. Selon toutes les dernières versions de cette partie du récit, devenu chef de bande, Túrin se hâte de conduire ses hommes loin des habitations des Forestiers, dans les bois au sud du Teiglin, et Beleg survient sur ses traces peu après leur départ ; mais la géographie invoquée ici est confuse, et la relation des mouvements des hors-la-loi quelque peu contradictoire. Vu la suite de l'histoire, on doit, semble-t-il, admettre que la bande des proscrits resta dans le Val du Sirion, et qu'elle se trouvait, en fait, dans les parages de ses premiers campements, lorsque les Orcs attaquèrent les domaines des Forestiers. Une variante nous les montre s'en allant vers le sud au pays « qui domine l'Aelinuial et les Marais du Sirion » ; mais les hommes s'insurgeant

contre ce « pays inhospitalier », Túrin se laissa persuader de les ramener dans le pays de forêts, au sud du Teiglin, sur les lieux de leur première rencontre. Ceci s'accorderait avec les exigences du récit.

12. Dans *le Silmarillion,* le récit se poursuit avec les adieux de Beleg à Túrin, l'étrange pressentiment qu'a Túrin face à Amon Rûdh, l'arrivée de Beleg à Menegroth (où Thingol lui remet l'épée Anglachel et Melian lui donne les *lembas*), et son retour au combat contre les Orcs, au Dimbar. Ces faits ne sont repris dans aucun autre texte et le passage a été omis ici.

13. Túrin s'enfuit de Doriath en été ; il passe l'automne et l'hiver parmi les hors-la-loi, et il tue Forweg et devient capitaine de la bande, au printemps suivant. Les événements décrits ici se situent en été de la même année.

14. *Aeglos,* « épine-de-neige », une espèce de genêt épineux, semble-t-il, mais plus grand et qui fleurit blanc. *Aeglos* est aussi le nom du javelot de Gil-galad. *Seregon,* « le sang-de-la-pierre », est une plante de l'espèce « orpin », dont les fleurs sont d'un rouge tirant sur le pourpre.

15. De même, les buissons de genêts aux fleurs d'or, que rencontrent Frodo, Sam et Gollum en Ithilien, se dressaient tout foisonnants en leurs cimes, sur de longues hampes dépouillées, de sorte que l'on pouvait marcher aisément sous leurs frondaisons « comme le long d'une allée ombragée » et ces buissons portaient des fleurs qui « scintillaient dans la pénombre et dégageaient une senteur suave » (*les Deux Tours,* IV 7).

16. Ailleurs le nom sindarin pour les Petits-Nains est donné sous les formes *Noegyth Nibin* (ainsi dans *le Silmarillion*), et *Nibin-Nogrim.* Les « hautes brandes qui se déploient entre le Val du Sirion et celui du Narog, au nord-est de Nargothrond » (p. 148 ci-dessus) sont à plusieurs reprises dites Landes de Nibin-noeg (ou des variantes de ce nom).

17. La haute paroi que Mîm leur fit traverser par une faille dite « portail du courtil », pour pénétrer chez lui, était, semble-t-il, la corniche nord de la terrasse, la falaise du côté est et ouest étant beaucoup plus abrupte.

18. La malédiction d'Andróg est aussi rapportée sous la forme : « Qu'un arc lui manque à l'heure de la mort. » En l'occurrence, Mîm devait trouver la mort par l'épée de Húrin, devant les Portes du Nargothrond (*le Silmarillion*).

19. Quant au contenu du sac, il demeure, pour le reste, un mystère. La seule autre mention est une note hâtivement griffonnée, suggérant qu'il y avait des lingots d'or camouflés en racines, et évoquant Mîm qui cherche « les anciens trésors d'une maison des Nains, aux abords des pierres plates ». Ce sont très certainement celles dont il est question dans le texte : « de grosses pierres appuyées et éboulées les unes contre les autres », à l'endroit où Mîm est fait prisonnier. Mais aucune indication ne permet de savoir quel rôle joue ce trésor dans l'histoire de Bar-en-Danwedh.

20. Il est dit page 108, que le chemin à flanc de coteau sur Amon

Darthir est la seule voie de passage « entre le Serech et les confins ouest où Dor-lómin rejoignait le Nevrast ».

21. Selon la relation des faits dans *le Silmarillion*, Brandir est la proie de pressentiments funestes lorsqu'il entend « les nouvelles apportées par Dorlas », et dont (apparemment) *après* avoir découvert que l'homme sur la civière est le Noire-Épée de Nargothrond, fils, dit-on, de Húrin de Dor-lómin.

22. Voir page 233, où il est fait allusion aux messages qu'échangent Orodreth et Thingol « par des voies secrètes ».

23. Dans *le Silmarillion* (p. 120), les Hauteurs du Faroth, ou Taur-en-Faroth, sont de « hautes terres boisées ». Si elles paraissent « brunes et dénudées », c'est sans doute en raison de l'aspect dépouillé des arbres en début du printemps.

24. On aurait tendance à penser que c'est seulement au terme du récit et lorsque Túrin et Nienor sont morts tous deux, que les gens, se remémorant le grand frisson de Nienor et en comprenant le sens prémonitoire, rebaptisent Dimrost du nom de Nen Girith. Or c'est bien de Nen Girith qu'il est question tout au long de la légende.

25. Si Glaurung avait eu l'intention de retourner dans l'Angband, on pouvait en effet penser qu'il aurait emprunté la vieille route qui gagne les Gués du Teiglin, une route qui s'écarte à peine de celle qui le mène à Cabed-en-Aras. Peut-être doit-on comprendre qu'il revient dans l'Angband par le même chemin qu'il a pris pour descendre au sud, vers Nargothrond, c'est-à-dire en remontant le Narog jusqu'au lac d'Ivrin. Voir aussi les paroles de Mablung : « J'ai vu Glaurung surgir de son antre et je pensais... qu'il allait retrouver son Maître. Mais il se dirigea vers Brethil... »

Lorsque Turambar parle de son espoir que Glaurung poursuive sa course tout droit et n'en point dévie, il veut dire que si le Dragon remontait le cours du Teiglin jusqu'aux Gués, il pourrait pénétrer en pays Brethil sans avoir à franchir le ravin, seul endroit où il offre aux coups son ventre vulnérable : voir le discours de Turambar aux Hommes, à Nen Girith.

26. Je n'ai trouvé aucune carte illustrant de manière détaillée l'idée que se fait mon père de la disposition des lieux ; le croquis (p. 226) correspond du moins aux références mentionnées dans le texte.

27. Les expressions « et elle reprit sa course folle »... « et elle fila loin devant lui » suggéreraient une certaine distance entre l'endroit où Túrin est étendu auprès du corps de Glaurung et le bord du ravin. Il se peut que le Dragon, dans son saut de la mort, soit tombé assez loin du bord.

28. Plus loin dans le cours du récit (p. 220), c'est Túrin lui-même qui à l'heure de sa mort nomme le lieu Cabed Naeramarth, et on peut supposer que la tradition de ses dernières paroles s'est perpétuée dans ce toponyme.

Ici (et de même dans *le Silmarillion*), Brandir apparaît comme le dernier homme à contempler Cabed-en-Aras, et cela malgré la venue ultérieure de Túrin en ce lieu, et celle aussi des Elfes et de tous ceux qui érigent le tertre funéraire sur la dépouille du héros. Cette

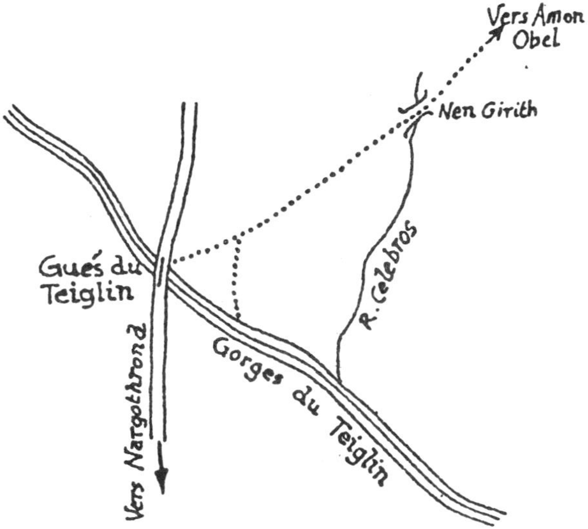

apparente contradiction se résout, croyons-nous, par une interprétation plus restrictive des termes utilisés dans le *Narn* en ce qui concerne Brandir, lequel fut bien en fait le dernier homme à « scruter les ténèbres » de l'abîme. Mon père comptait d'ailleurs modifier le récit, et faire que Túrin se donne la mort non à Cabed-en-Aras, mais sur le tertre de Finduilas près des Gués du Teiglin ; mais la chose ne fut jamais mise par écrit.

29. De cela, on peut conclure, semble-t-il, que : « le Saut-du-Cerf » était bien le nom primitif de ce lieu, et donc la traduction littérale de Cabed-en-Aras.

APPENDICE

Depuis le point du récit où l'on voit Túrin et ses hommes s'installer dans l'ancienne demeure des Petits-Nains, sur Amon Rûdh, on ne trouve aucune relation à ce point détaillée jusqu'à ce que le *Narn* reprenne le voyage de Túrin vers le nord, après la chute de Nargothrond.

A partir des nombreux plans, projets et notes, on peut cependant reconstituer quelques tableaux susceptibles de compléter les évocations plus sommaires du *Silmarillion,* et même des passages entiers, brefs mais cohérents, dignes de figurer dans le *Narn.*

Un fragment isolé, décrivant la vie des hors-la-loi sur Amon Rûdh dans les temps qui suivirent leur installation parachève, par exemple, la description de Bar-en-Danwedh.

Longtemps, la vie des hors-la-loi fut telle qu'ils pouvaient la souhaiter. Ils avaient de la nourriture en suffisance, un bon abri, chaud et sec, et toute la place voulue, et de reste, car ils découvrirent que les grottes pouvaient loger une centaine d'hommes et plus au besoin. Une autre salle, moins vaste, s'ouvrait au fond. Dans un coin, on avait aménagé un âtre et creusé dans le roc un conduit de fumée qui débouchait, par un orifice habilement camouflé, dans une crevasse à flanc de coteau. Et nombre d'autres chambres y avait-il, qui donnaient sur les salles communes ou sur la galerie, certaines servant de chambres à coucher, et d'autres d'ateliers ou d'entrepôts.

Car Mîm en savait bien plus long qu'eux sur l'art de la resserre, et il possédait quantité de récipients et de coffres en bois et en pierre, lesquels paraissaient fort anciens. Mais la plupart des chambres étaient vides, et dans les armureries, les haches et autres pièces d'équipement pendaient, toutes rouillées et poussiéreuses, et les planches et les crochets étaient dégarnis ; et muettes, les forges, hormis une seule sise dans une petite pièce qui donnait sur la galerie intérieure, et le foyer de cette forge avait un conduit de fumée commun avec celui de la grande salle. Et c'est là que Mîm, à l'occasion, travaillait mais il ne supportait personne auprès de lui.

Pour le reste de l'année, ils s'abstinrent de toute expédition, et lorsqu'ils s'aventuraient à l'extérieur pour la chasse ou la cueillette, ils allaient le plus souvent par petits groupes. Mais longtemps, ils eurent du mal à retrouver leur chemin, et, en plus de Túrin, six seulement de ses hommes acquirent une sûre connaissance des lieux. Néanmoins, constatant que ceux qui avaient l'instinct pouvaient se faufiler dans leur repaire sans l'aide de Mîm, ils mirent une garde en faction de nuit et de jour, à proximité de la fissure dans le mur nord. Ils ne s'attendaient pas à être attaqués par le sud, car il n'y avait pas à redouter que l'Ennemi tentât l'escalade d'Amon Rûdh de ce côté-là ; mais de jour, il y avait généralement une sentinelle postée tout en haut, sur le sommet du mont, laquelle surveillait les lointains. Et tout escarpées que fussent les parois menant au sommet, on pouvait l'atteindre sans trop de peine, car à l'est de l'orifice de la caverne des marches avaient été grossièrement taillées dans le roc, aboutissant à des pentes que des hommes pouvaient gravir sans aide.

Et l'année s'écoula sans mal et sans alerte. Mais voici que les jours se rembrunirent, et l'étang se fit gris et froid et les bouleaux se dénudèrent et de grosses pluies revinrent et les hommes durent se résoudre à rester plus souvent au logis. Mais bientôt ils se lassèrent de la pénombre sous la colline et de la demi-obscurité des salles ; et la plupart d'entre eux auraient trouvé la vie meilleure s'ils n'avaient pas dû la partager avec Mîm. Trop fréquemment, il surgissait d'un coin sombre où d'une embrasure, lorsqu'ils le croyaient ailleurs ; et dans le voisinage de Mîm, une gêne s'insinuait dans leurs paroles et ils se mettaient à s'entretenir à voix basse.

> Et pourtant — et les hommes ne laissaient pas de le trouver étrange — pour Túrin, il en allait tout autrement ; son amitié avec le vieux Nain se resserrait et il portait volontiers attention à ses propos. Et tout l'hiver, il demeura assis des heures durant avec Mîm, l'écoutant évoquer les traditions de son peuple et l'histoire de sa vie ; et Túrin ne lui faisait pas reproche de ses mauvaises paroles à l'égard des Eldar. Et Mîm semblait fort content et montrait pour sa part beaucoup d'amitié envers Túrin. Et Túrin était le seul qu'il tolérait parfois auprès de sa forge, et là ils discutaient tous deux à voix basse. Et cela ne plaisait guère aux hommes ; et Andróg voyait la chose d'un œil jaloux.

La leçon suivie dans *le Silmarillion* ne livre aucune indication quant à la manière dont usa Beleg pour s'introduire dans Bar-en-Danwedh ; « il apparut soudain parmi eux, dans la pénombre crépusculaire d'un jour d'hiver ». Selon d'autres ébauches brèves, on croit comprendre que telle fut l'imprévoyance des hors-la-loi, que la nourriture vint à manquer à Bar-en-Danwedh pendant l'hiver, et que Mîm leur refusa les racines comestibles engrangées dans ses magasins ; c'est pourquoi au début de l'année ils durent sortir de leur place forte en expédition de chasse. Beleg, qui approchait d'Amon Rûdh, aurait alors découvert leurs traces et les aurait suivis, soit jusqu'à leur campement de fortune lors d'une soudaine tempête de neige, soit jusqu'à Bar-en-Danwedh où il se serait faufilé à leur suite.

A cette époque, Andróg, qui cherchait les cachettes où Mîm entreposait la nourriture, s'égara dans les grottes et découvrit un escalier secret qui gagnait la plate-forme, au sommet du mont (c'est par cet escalier que certains des proscrits devaient trouver à s'échapper de Bar-en-Danwedh, lors de l'attaque des Orcs (*le Silmarillion*). Et soit dans la mêlée en question, soit en une occasion ultérieure, Andróg ayant repris son arc et ses flèches, au mépris de la malédiction de Mîm, fut blessé par un trait empoisonné (dans une seulement des versions de cet événement, le trait est donné pour une flèche d'Orc).

Andróg guérit de sa blessure par les soins de Beleg, mais il semble que son aversion et sa méfiance n'en furent point mitigées ; et quant à Mîm, sa haine envers Beleg s'aggrava d'autant ; car par ses soins Beleg avait « dénoué » la malédiction que Mîm avait prononcée à l'encontre d'Andróg. « Elle mordra de nouveau » dit-il. Il vint à l'esprit de Mîm que, s'il mangeait lui aussi les *lembas* de Melian, il retrouverait sa jeunesse et recouvrerait ses forces ; et ne pouvant se les procurer par ruse, il feignit d'être malade et supplia son ennemi de lui en donner. Mais Beleg refusa, et son refus scella la haine que lui vouait Mîm, une haine d'autant plus forte que l'Elfe était aimé de Túrin.

On peut mentionner ici que lorsque Beleg sortit les *lembas* de son sac (*le Silmarillion*), Túrin les refusa :

> Les feuilles d'argent brillaient rouges à la lueur du feu ; et lorsque Túrin vit le sceau, son regard s'assombrit. « Qu'est-ce que tu as là ? » dit-il.
>
> « Ce que peut donner de plus précieux une qui t'aime encore, répondit Beleg. Voici des *lembas*, le pain-de-route des Eldar, dont nul Homme n'a jamais goûté. »
>
> « Le Heaume de mes pères, je prends volontiers, dit Túrin. Et grand merci de t'en être chargé ; mais je n'accepterai aucun présent en provenance de Doriath. »
>
> « Alors renvoie ton épée et tes armes, dit Beleg. Et aussi le savoir et la nourriture qui te furent prodigués dans ta jeunesse. Et laisse tes hommes mourir dans le désert pour complaire à ton humeur. Toutefois, ce pain-de-route me fut donné à moi, et non à toi, et je puis en disposer à ma guise. N'en mange point s'il te reste au travers de la gorge ; mais d'autres ici ont peut-être plus faim que toi, et un orgueil moins chatouilleux. »

Et Túrin fut tout honteux, et pour ce qui est des *lembas*, vainquit son orgueil.

On trouve quelques autres indications fragmentaires concernant Dor-Cuarthol, le Pays de l'Arc et du

Heaume, où durant un temps Beleg et Túrin, prenant appui sur leur forteresse d'Amon Rûdh, furent chefs d'une puissante armée qui opérait dans les contrées au sud du Teiglin (*le Silmarillion*).

> Túrin recevait volontiers quiconque venait se joindre à lui, mais sur le conseil de Beleg, il n'admettait aucun nouveau venu en son refuge d'Amon Rûdh (qui avait pris nom maintenant *Echad i Sedryn,* le Camp des Fidèles). Seuls en savaient le chemin ceux de l'Ancienne Compagnie, et personne d'autre n'y était admis. Mais ils avaient établi d'autres camps et forteresses bien gardés aux alentours : dans la forêt à l'est, et sur les hauteurs, et aussi vers le sud dans les marais, depuis Methed-en-Glad (« l'Orée du Bois ») jusqu'à Bar-erib, à quelques lieues au sud d'Amon Rûdh ; et de tous ces camps armés, les hommes pouvaient apercevoir le sommet d'Amon Rûdh, et en recevoir par signaux des nouvelles et des ordres.
>
> Et c'est ainsi qu'avant l'été révolu, la petite troupe de Túrin s'était grossie jusqu'à former une force considérable ; et le pouvoir d'Angband avait perdu du terrain. Et la rumeur de ces victoires parvint à Nargothrond, et beaucoup, là-bas, s'émurent, disant que si un hors-la-loi pouvait infliger de tels coups à l'Ennemi, que ne pourrait faire le Seigneur du Narog ! Mais Orodreth se refusa à modifier ses décisions. Il suivait en toutes choses les avis de Thingol avec qui il échangeait des messages par des voies secrètes ; et c'était un seigneur plein de sagesse, de cette sagesse qui prend en considération d'abord son propre peuple, et s'inquiète de savoir combien de temps encore il pourra protéger leurs vies et leurs biens de la convoitise du Nord. C'est pourquoi il n'autorisa personne à rejoindre Túrin, et il lui envoya des messages lui signifier que dans ses actes et desseins guerriers, il lui fallait se garder d'empiéter sur le pays Nargothrond, ou de pourchasser les Orcs jusqu'à ses frontières. Mais aux deux capitaines, il offrit toute aide autre que celle des armes, si besoin était, et cela sur l'incitation, croit-on, de Thingol et Melian.

Il est souligné à plusieurs reprises que Beleg resta constamment opposé au vaste projet de Túrin, bien qu'il n'ait cessé de le soutenir. Car il semblait à Beleg que le

Heaume du Dragon avait agi sur Túrin différemment de ce qu'il avait souhaité ; et il prévoyait avec désarroi ce qu'il adviendrait dans les jours à venir. On possède des fragments de ses conversations avec Túrin à ce propos. Dans un de ces fragments, ils sont assis ensemble à Echad i Sedryn, leur place forte, et Túrin dit à Beleg :

« Pourquoi es-tu triste et songeur ? Est-ce que tout ne va pas au mieux depuis que tu es revenu avec moi ? Ma résolution ne s'est-elle pas révélée la bonne ? »

« Tout va bien maintenant, dit Beleg. Nos ennemis sont encore sous le coup de la surprise, et ils ont peur. Et nous avons encore des jours heureux devant nous ; pour un temps. »

« Et après ? »

« Après c'est l'hiver. Puis une autre année pour ceux qui seront encore en vie ! »

« Et quoi donc après ? »

« La colère d'Angband. Nous avons brûlé tout juste les extrémités des doigts de la Main Noire, tout juste ! Elle ne se retirera pas. »

« Mais la colère d'Angband n'est-elle pas notre propos et notre jouissance, dit Túrin. Que veux-tu que je fasse d'autre ? »

« Tu le sais bien, dit Beleg. Mais de cette voie-là, tu m'as interdit de parler. Mais écoute-moi maintenant. Le seigneur d'une grande armée a d'importants besoins. Il lui faut un refuge sûr ; et il lui faut des richesses, et des gens dont le métier n'est pas la guerre. Avec le nombre, s'accroissent les besoins en nourriture, et ils deviennent bien plus importants que n'en peut fournir la nature sauvage ; et puis voici que s'ébruite le secret. Amon Rûdh est une excellente place forte pour une poignée d'hommes — et elle a des yeux et des oreilles. Mais elle se dresse solitaire et on l'aperçoit de loin ; et point n'est besoin d'une grande armée pour l'encercler. »

« Cependant je me veux capitaine de ma propre armée, dit Túrin. Et si j'échoue eh bien j'échouerai ! Je barre le chemin à Morgoth, et tant que je le lui barrerai, il ne pourra utiliser la route du sud. Pour cela seul, on me devrait, à Nargothrond, quelques remerciements ; et même à l'aide, sous forme de choses utiles. »

Dans un autre bref entretien, Túrin réplique aux avertissements de Beleg quant à la fragilité de son pouvoir :

> « Je voudrais régner sur un pays ; mais non pas sur celui-ci. Ici je désire seulement renforcer mes pouvoirs. Mon cœur se tourne vers Dor-lómin, le pays de mes pères, et c'est là que j'irai dès que je le pourrai. »

On lit aussi que Morgoth a, durant quelque temps, retiré sa main et ne s'est livré qu'à des semblants d'attaques, ceci pour « qu'en remportant de faciles victoires, les rebelles acquièrent une confiance téméraire en leurs propres forces ; et c'est bien ce qui arriva. »

> Andróg apparaît de nouveau dans une ébauche décrivant l'attaque d'Amon Rûdh. C'est seulement alors qu'il révèle à Túrin l'existence d'un escalier intérieur, et il fut l'un de ceux qui gagnèrent le sommet par ce moyen. Là-haut, dit-on, il se battit avec une vaillance extrême, et tomba enfin blessé à mort par une flèche ; et ainsi s'accomplit la malédiction de Mîm.

Au récit, tel qu'il figure dans *le Silmarillion,* du périple de Beleg en quête de Túrin, de sa rencontre avec Gwindor à Taurnu-Fuin, de la délivrance de Túrin et de la mort de Beleg aux mains de Túrin, il n'y a rien d'important à ajouter. Quant à la « lampe fëanorienne » que possède Gwindor, une de ces lampes qui émettent un rayonnement bleuté, et le rôle que joue cette lampe dans une version de l'histoire, voir ci-dessus p. 85, note 2.

On notera ici que mon père avait l'intention de poursuivre l'histoire du Heaume du Dragon de Dor-lómin jusqu'à la période du séjour de Túrin à Nargothrond, et même au-delà ; mais ce passage ne fut jamais incorporé au reste du récit. Dans les versions existantes, le Heaume du Dragon disparaît lorsque s'effondre Dor-Cúarthol, et qu'est détruite Amon Rûdh, la forteresse des hors-la-loi. Or voici qu'on retrouve le Heaume en la possession de Túrin, à Nargothrond, où il n'a pu être introduit que s'il a été repris aux Orcs qui avaient capturé Túrin et l'avaient emmené vers l'Angband. Mais cette reconquête du Heaume lors de la délivrance de Túrin par Beleg et Gwindor aurait dû faire l'objet, à ce point du récit, d'un développement particulier.

Un fragment isolé nous apprend qu'à Nargothrond, Túrin se refusait à porter le Heaume « de peur de se faire connaître », mais qu'il s'en coiffa lorsqu'il alla combattre à Tumhalad (*le Silmarillion*), où l'on dit qu'il porta le masque de Nain qu'il avait découvert dans les armureries de Nargothrond (*le Silmarillion*). Voici la suite de la note :

> Redoutant le Heaume, tous les ennemis l'évitaient et grâce à lui, il quitta indemne le champ de mort et revint à Nargothrond portant le Heaume du Dragon ; et Glaurung, qui souhaitait le dépouiller de l'aide et de la protection que le Heaume lui dispensait (car lui-même le craignait), lui dit paroles moqueuses, prétendant que Túrin se voulait son vassal et serviteur assurément, puisqu'il arborait la contenance de son Maître sur le cimier de son Heaume.
>
> Mais Túrin répondit : « Tu mens et tu le sais. Car cette image fut façonnée en dérision de toi ; et tant qu'il y aura quelqu'un pour porter ce Heaume, l'inquiétude sera ton lot toujours, de peur que celui qui le revêt ne t'assène le coup mortel. »
>
> « Alors il faudra au Heaume un maître d'un autre nom que toi, dit Glaurung. Car je n'ai pas peur de Túrin, fils de Húrin. Tout au contraire ! Il n'est même pas assez hardi pour me regarder à découvert, droit dans les yeux ! »
>
> Et de fait, telle était la terreur qu'inspirait le Dragon, que Túrin n'osait le regarder droit dans les yeux, mais avait tenu baissée la visière de son Heaume, de manière à se protéger le visage ; et tout en parlant, il n'avait pas levé les yeux plus haut que les pieds de Glaurung. Mais ainsi mis au défi, dans son orgueil et sa témérité, il releva sa visière, et regarda Glaurung droit dans les yeux.

En un autre endroit, une note nous apprend que lorsque Morwen entendit dire à Doriath que le Heaume du Dragon avait paru dans la mêlée, à la bataille de Tumhalad, elle comprit que la rumeur était vraie, qui disait que le Mormegil n'était autre que Túrin son fils.

Enfin on croit comprendre que Túrin devait porter le Heaume lorsqu'il tua Glaurung, car c'est ce qui ressort de ses sarcasmes à l'égard du Dragon agonisant, écho moqueur des paroles dites par Glaurung à Nargothrond, au sujet d'un « Maître d'un autre nom ». Mais on ne trouve aucune indication sur l'éventuelle mise en œuvre de cette idée dans le fil du récit.

Un fragment précise la nature et les raisons de l'opposition que manifeste Gwindor à la politique défendue par Túrin à Nargothrond, une opposition à laquelle il n'est fait que très brièvement allusion dans *le Silmarillion*. Ce fragment ne forme pas un récit à proprement parler, mais on peut le reconstituer comme suit :

> A tous les conseils du Roi, Gwindor s'élevait contre les projets de Túrin, disant qu'il avait été, lui, en Angband, et savait quelque chose de la puissance de Morgoth et de ses noirs desseins. « Les petites victoires ne nous seront d'aucun profit, car en définitive, elles permettent à Morgoth de localiser les plus audacieux de ses ennemis, et de rassembler des forces suffisantes pour les détruire. La puissance réunie des Elfes et des Edain a tout juste réussi à contenir Morgoth, et à nous procurer le répit de l'état de siège ; un long répit en effet, mais qui ne durera que tant que le voudra Morgoth, qui attend son heure pour diviser les alliés, et jamais plus on ne verra une telle union. A présent, tout notre espoir réside dans le secret ; jusqu'à ce que viennent les Valar. »
>
> « Les Valar ! dit Túrin. Ils vous ont abandonnés, et ils n'ont que mépris pour les Hommes. A quoi bon tourner son regard vers l'ouest à l'horizon de la Mer illimitée ? Nous n'avons affaire qu'à un seul Valar, et c'est Morgoth ; et si nous ne pouvons venir à bout de lui, du moins pouvons-nous le harceler et contrer ses desseins. Car une victoire est une victoire, quelque minime soit-elle, et sa valeur ne dépend pas uniquement de ce qui s'ensuit. Elle

est utile également dans l'immédiat ; car si tu ne fais rien pour arrêter Morgoth, tout le Beleriand va tomber sous son ombre avant bien peu d'années, et un par un, il vous débusquera de vos tanières. Et que se passera-t-il alors ? Une misérable poignée de fugitifs s'enfuira vers le sud, et se terrera sur les plages, pris entre Morgoth et Ossë. Mieux vaut gagner un temps de gloire, même de brève durée ; car la fin n'en sera pas aggravée. Et même si vous pouviez par ruse et embuscade attraper tous les éclaireurs et espions de Morgoth jusqu'au dernier et au plus humble, de sorte qu'aucun ne puisse retourner en Angband avec son butin de nouvelles, Morgoth n'en apprendrait pas moins que vous êtes en vie, et il devinera où. Et c'est pourquoi je dis : bien que les Hommes n'aient qu'une vie brève comparée au temps sur terre alloué aux Elfes, ils préfèrent la passer, cette vie, à se battre, plutôt que de s'enfuir ou de se soumettre. Le défi porté par Húrin Thalion est un exploit insigne ; et bien que Morgoth en ait tué l'auteur, il ne peut faire que l'exploit n'ait eu lieu. Il sera honoré même des Seigneurs de l'Ouest ; et n'est-il pas consigné dans les Annales d'Arda ? Et ni Morgoth ni Manwë ne peuvent effacer ce qui est là inscrit. »

« Tu tiens un langage exalté, répondit Gwindor. Et il est évident que tu as vécu parmi les Eldar. Mais tu es dans l'erreur la plus noire, si tu associes dans ta pensée Morgoth et Manwë, ou parles des Valar comme des ennemis des Elfes et des Hommes ; car les Valar n'ont mépris pour personne ; et surtout pas pour les Enfants d'Ilúvatar. De plus, les espoirs des Eldar ne te sont pas tous connus. Selon une prophétie qui a cours parmi nous, un messager de la Terre du Milieu franchira les ténèbres et atteindra Valinor, et Manwë entendra et Mandos fera grâce. Et pour ce temps à venir, ne nous faut-il pas préserver la semence des Noldor, et celle des Edain aussi bien ? Et Círdan séjourne à présent dans le Sud, et on y construit maints navires ; mais que sais-tu des navires ou de la Mer ? Tu ne penses qu'à toi et à ta propre gloire, et tu nous enjoins, à chacun de nous, de faire de même ; mais il nous faut songer à d'autres que nous, car tout le monde n'est pas capable de lutter et de mourir au combat, et ces autres, il nous faut les garder de la guerre et du désastre, tant que nous pouvons. »

« Alors confie-les à tes navires, tant qu'il est encore temps », dit Túrin.

« Ils refusent de se séparer de nous, dit Gwindor, quand bien même Círdan les pourrait tous prendre à charge. Il nous faut durer ensemble tant que faire se peut, et ne pas tenter le destin. »

« A tout cela j'ai répondu, dit Túrin. Assurer une défense intrépide des frontières, et infliger à l'ennemi de rudes coups avant qu'il ne puisse rassembler ses forces : c'est la seule voie, et pour vous, il n'y a pas meilleur espoir pour préserver une longue vie ensemble. Et celles dont vous parlez, aiment-elles donc si tendrement ces embusqués des grands bois, toujours à chasser comme des loups ? Les aiment-elles mieux que celui qui se coiffe de son Heaume et s'arme de son écu armorié et repousse l'ennemi, même en nombre ? Les femmes de l'Edain, elles, ne les aimaient point, et elles n'empêchèrent pas les hommes de partir se battre à Nirnaeth Arnoediad. »

« Mais elles ont souffert des maux bien plus terribles que si la bataille n'avait pas eu lieu », dit Gwindor.

L'amour de Finduilas pour Túrin devait aussi être traité plus en détail :

Finduilas, la fille d'Orodreth, avait les cheveux d'or de ceux de la maison de Finarfin, et Túrin vint à se plaire à sa vue et en sa compagnie ; car elle lui rappelait les femmes de sa parenté et celles de Dor-lómin en la maison de son père. Au début il la voyait seulement en la présence de Gwindor ; mais bientôt ce fut elle qui le rechercha, et ils se rencontraient souvent seuls, bien que cela semblât un effet du hasard. Et elle le questionnait sur les Edain qu'elle avait rarement vus et quelques-uns seulement, et sur son pays et sa race.

Et Túrin lui parla librement de ces choses, bien qu'il ne lui nommât pas le pays de sa naissance ni aucun de ses parents ; et une fois il lui dit : « J'avais une sœur, Lalaith, ou du moins est-ce ainsi que je l'appelais ; et c'est elle que tu me remets en mémoire. Mais Lalaith était une enfant, une fleur d'or dans la verte herbe printanière ; et aurait-elle vécu, qu'elle serait peut-être à présent toute ternie de chagrin. Mais toi, tu es royale en ton maintien, et tel un arbre d'or ; j'aurais souhaité une sœur aussi belle que toi. »

« Mais tu es royal, toi aussi, dit-elle, et semblable aux Seigneurs du peuple de Fingolfin ; j'aurais souhaité un frère aussi vaillant. Et je ne pense pas qu'Agarwaen soit ton vrai nom, ni ne te convient-il, Adanedhel. Je t'appellerai Thurin, le Secret. »

Túrin, à ces mots, tressaillit, mais il dit : « Ce n'est pas mon nom ; et je ne suis pas un roi, car nos rois sont des Eldar, et je n'en suis pas un. »

Or Túrin s'aperçut que l'amitié de Gwindor se refroidissait à son égard ; et il s'étonna fort de voir que si au début la douleur et l'horreur de l'Angband avaient paru s'estomper dans son cœur, voilà que s'insinuaient, semblait-il, en lui de nouveau la détresse et le chagrin. « Et, pensa Túrin, peut-être Gwindor s'afflige-t-il de ce que je m'oppose à ses avis, et que ma voix l'ait emporté au Conseil. Et je voudrais qu'il n'en soit rien. » Car il aimait Gwindor, comme celui qui l'avait guidé et secouru, et il était plein de compassion pour lui. Mais à la même époque le rayonnement de Finduilas s'obscurcit, son pas s'alanguit et son visage se fit grave ; et Túrin, l'observant, soupçonna que les paroles de Gwindor avaient pu semer en elle la crainte de l'avenir.

En vérité, Finduilas était toute déchirée en son cœur. Car elle respectait Gwindor et elle avait grand-pitié de lui, et elle souhaitait ne pas ajouter une seule larme à ses douleurs ; mais contre son gré, son amour pour Túrin croissait de jour en jour, et elle songeait à Beren et Lúthien. Mais Túrin n'était pas comme Beren ! Il ne la dédaignait nullement, et se réjouissait en sa compagnie : et pourtant elle savait qu'il n'éprouvait pas pour elle le genre d'amour qu'elle souhaitait. Son esprit et son cœur étaient ailleurs : sur les rives de quelque rivière, en un lointain printemps. Alors Túrin parla à Finduilas, disant : « Ne laisse pas les paroles de Gwindor t'effrayer. Il a souffert dans les ténèbres de l'Angband, et c'est dur pour un homme de sa trempe, que de se retrouver infirme, et nécessairement dépassé. Il a besoin pour guérir de la joie qui console et du temps qui dure. »

« Je le sais bien », dit-elle.

« Mais cette fois, nous gagnerons pour lui ! dit Túrin. Nargothrond vivra ! Jamais plus Morgoth le Couard ne s'aventurera hors de l'Angband, et il lui faudra entièrement s'en remettre à ses serviteurs ; ainsi a parlé Melian de Doriath. Et ses serviteurs sont les doigts de sa Main Noire ; et nous les frapperons et nous les trancherons, jusqu'à ce qu'il retire ses griffes. Nargothrond vivra ! »

« Sans doute vivra Nargothrond, dit Finduilas. Si tu peux accomplir un tel exploit. Mais prends garde, Adanedhel ; j'ai le cœur lourd lorsque tu t'en vas au combat, de crainte que Nargothrond ne soit endeuillée. »

Et peu après, Túrin se mit en quête de Gwindor et lui dit : « Gwindor, ami très cher, te voilà qui retombes dans la tristesse ; ne sois pas en peine ! Car tu vas trouver la guérison aux foyers de tes parents et à la clarté de Finduilas. »

Et Gwindor considéra Túrin avec surprise mais ne dit mot et se rembrunit.

« Pourquoi me regardes-tu comme cela ? dit Túrin. Souvent, ces derniers temps, tes yeux m'ont jeté des regards étranges. En quoi t'ai-je chagriné ? J'ai contré tes avis, mais un homme doit dire ce qu'il pense, et non pas dissimuler la vérité pour de quelconques raisons personnelles. Je donnerais beaucoup pour que nous pensions de même ; car je te dois une grande dette de reconnaissance, et je ne l'oublierai pas. »

« Tu ne l'oublieras pas ? dit Gwindor. Pourtant par tes actions et tes résolutions, tu m'as changé ma maison et les miens. Sur eux, tu as projeté ton ombre. Qu'ai-je à me réjouir, moi qui ai tout perdu en ta faveur ? »

Mais Túrin ne comprit pas ces mots, et crut seulement deviner que Gwindor jalousait la place qu'il avait prise dans le cœur et dans les conseils du Roi.

Suit un passage où Gwindor met en garde Finduilas contre son amour pour Túrin, lui révélant qui est Túrin, et ce passage reproduit de près celui donné dans *le Simarillion.* Mais dans la dernière version la réponse de Finduilas est plus développée.

« Tes yeux sont voilés, Gwindor, dit-elle. Tu ne vois ni ne comprends ce qui est ici advenu. Dois-je subir double honte pour te révéler la vérité ? Car je t'aime, Gwindor, et j'ai honte de ne pas t'aimer mieux, mais je suis la proie d'un amour puissant encore, et dont je ne me puis délivrer. Je ne l'ai point recherché, et longtemps je l'ai écarté. Mais si j'ai pitié de tes douleurs, aie pitié des miennes. Túrin ne m'aime pas ; et il ne m'aimera jamais. »

« Tu dis cela pour innocenter celui que tu aimes.

Pourquoi recherche-t-il ta compagnie, et reste-t-il assis longtemps à tes côtés, et s'en revient-il toujours plus joyeux ? »

« Parce qu'il a, lui aussi, besoin de réconfort, dit Finduilas. Et il est aussi privé des siens. Tous deux, vous avez mêmes besoins. Mais que dire de Finduilas ? Ne suffit-il pas que je me confesse à toi mal-aimée, et faut-il encore que tu me soupçonnes de parler ainsi pour te tromper ? »

« Non, une femme se trompe rarement dans un tel cas, dit Gwindor. Et tu n'en trouveras guère qui nieront qu'elles sont aimées, lorsque c'est le cas. »

« Si l'un de nous trois a trahi sa foi, c'est moi ; pourtant ce ne fut point de plein gré. Mais qu'en est-il de ton destin et des rumeurs de l'Angband ? Et qu'en est-il de la mort et de la destruction ? L'Adanedhel est puissant dans les Fastes du Monde, et de taille à atteindre Morgoth, en un jour lointain sans doute, mais qui viendra. »

« Il est fier », dit Gwindor.

« Mais il est exorable aussi, dit Finduilas. Il n'est point encore éveillé, mais son cœur est toujours accessible à la pitié, et il ne s'y refuse jamais. Peut-être la pitié sera-t-elle la seule voie d'accès à ce cœur. Mais de moi, il n'a point pitié. Il me tient en révérence, comme si j'étais tout ensemble sa mère et une reine ! »

Et peut-être Finduilas disait vrai, voyant les choses avec les yeux perçants des Eldar. Et Túrin, ignorant tout de ce qu'il y avait entre elle et Gwindor, se faisait toujours plus tendre à son égard, car il la voyait toujours plus triste. Mais une fois Finduilas lui dit : « Thurin Adanedhel, pourquoi m'as-tu caché ton nom ? Si j'avais su qui tu étais, je t'aurais rendu honneur tout autant, mais j'aurais mieux compris ton chagrin. »

« Que veux-tu dire ? dit-il. Qui me crois-tu ? »

« Túrin, fils de Húrin Thalion, capitaine du Nord. »

Alors Túrin reproche à Gwindor d'avoir révélé son nom véritable, comme il est relaté dans *le Silmarillion.*

Un seul autre passage, portant sur cette partie du récit, existe sous une forme plus complète que dans *le Silmarillion* (on ne dispose d'aucune autre version de la bataille de Tumhalad et du sac de Nargothrond ; et les discours de Túrin et du Dragon sont si développés dans *le Silmarillion* qu'il est peu probable qu'ils existent en une version amplifiée ailleurs. Le passage suivant est un récit beaucoup plus détaillé de l'arrivée des Elfes Gelmir et Arminas à Nargothrond, l'année de la chute *(le Silmarillion)*. Pour le récit de leur rencontre à laquelle il est fait allusion ici, voir ci-dessus pp. 41-42.

Au printemps vinrent deux Elfes, et ils avaient noms Gelmir et Arminas du peuple de Finarfin, et ils dirent qu'ils avaient un message pour le Seigneur de Nargothrond. On les conduisit devant Túrin ; mais Gelmir dit : « C'est à Orodreth, fils de Finarfin, que nous voulons parler. »

Et lorsque vint Orodreth, Gelmir lui dit : « Seigneur, nous étions du peuple d'Angród, et nous avons erré au loin après Dagor Bragollach ; mais récemment nous avons vécu parmi les compagnons de Círdan, près des Embouchures du Sirion. Et un jour il nous manda, et il nous dépêcha auprès de toi. Car Ulmo lui-même, le Seigneur des Eaux, lui était apparu, et l'avait averti d'un grand péril qui menace Nargothrond. »

Mais Orodreth était méfiant, et il répondit : « Pourquoi arrivez-vous ici comme venant du Nord ? Ou peut-être aviez-vous encore d'autres missions à remplir ? »

Alors Arminas répondit : « Seigneur, depuis Nirnaeth, je cherche sans discontinuer le Royaume Caché de Turgon, et ne l'ai point trouvé ; et dans cette quête, je crains avoir par trop différé ma mission auprès de toi. Car Círdan nous envoya le long de la côte par bateau, pour raisons de secret et de rapidité, et on nous mit à terre à Drengist. Mais parmi les marins, il y en avait qui étaient venus au sud, dans les années passées, comme messagers de Turgon, et à travers leurs paroles réservées, j'ai cru comprendre que Turgon demeurait encore dans le Nord, et non pas dans le Sud, comme le croient la plupart des gens. Mais nous n'avons trouvé ni signe ni rumeur de ce que nous cherchions.

« Pourquoi cherchez-vous Turgon ? » dit Orodreth.

« Parce qu'on dit que son royaume sera le dernier à résister à Morgoth », répondit Arminas. Et ces mots parurent à Orodreth de mauvais augure, et il en conçut grand déplaisir.

« Alors ne vous attardez pas au Nargothrond, dit-il, car

ici vous n'entendrez pas parler de Turgon. Et je n'ai besoin de personne pour m'apprendre que Nargothrond est en danger. »

« Ne sois pas courroucé, Seigneur, dit Gelmir, si nous répondons par la vérité à tes questions. Et nos errances par des chemins détournés n'ont pas été vaines, car nous avons poussé bien au-delà de tes avant-postes ; nous avons traversé Dor-lómin, et toutes les terres à l'ombre de l'Ered Wethrin, et nous avons exploré la Passe du Sirion, espionnant les mouvements de l'Ennemi. Il y a un grand concours d'Orcs et de créatures infâmes dans ces régions, et une armée se rassemble dans les parages de l'île de Sauron. »

« Je le sais, dit Túrin. Tes nouvelles sont périmées. Pour nous être de quelque utilité, le message de Círdan aurait dû nous parvenir plus tôt. »

« Au moins, Seigneur, veuille écouter maintenant le message, dit Gelmir à Orodreth. Écoute donc les paroles du Seigneur des Eaux ! Ainsi parla-t-il à Círdan le Charpentier : " Le Mal du Nord a souillé les sources du Sirion, et mon pouvoir se retire des doigts des eaux courantes. Mais une chose pire est sur le point d'advenir. Fais donc dire au Seigneur de Nargothrond : ferme les portes de ta forteresse et ne t'aventure pas au-dehors. Jette les pierres de ton orgueil dans la rivière impétueuse, afin que le Mal-qui-va-rampant ne puisse découvrir tes portes ". »

Ces paroles parurent obscures à Orodreth, et comme à son accoutumée, il se tourna vers Túrin pour prendre conseil de lui. Mais Túrin se méfiait des messagers et il dit avec dédain : « Que sait Círdan de nos guerres à nous qui vivons à proximité de l'Ennemi ? Que les marins s'occupent de leurs navires ! Mais en vérité, si le Seigneur des Eaux veut nous faire parvenir un conseil, qu'il parle plus clair. Autrement il nous semblera plus expédient de mobiliser nos armes et d'aller audacieusement à la rencontre de l'ennemi, dès qu'il fera mine de s'approcher de trop. »

Là-dessus Gelmir s'inclina devant Orodreth et dit : « J'ai parlé comme on me l'avait enjoint de faire, Seigneur », et il se détourna. Mais Arminas dit à Túrin : « Es-tu vraiment de la Maison de Hador, comme je l'ai entendu murmurer ? »

Ici j'ai nom Agarwaen, le Noire-Épée de Nargothrond, dit Túrin. La réserve, semble-t-il, est ton fort, sire Arminas, et mieux vaut que le secret de Turgon ne te soit pas confié, ou il serait promptement divulgué dans tout l'Angband ! Le nom d'un homme lui appartient, et si le fils de Húrin apprend que tu l'as trahi, lui qui voulait rester caché, alors que Morgoth te prenne et qu'il te brûle la langue ! »

Arminas fut stupéfait par le noir courroux de Túrin ; mais Gelmir dit : « Il ne sera pas trahi par nous, Agarwaen. Ne sommes-nous pas ici à tenir conseil derrière portes closes, en un lieu où l'on peut parler librement ? Et Arminas t'a posé cette question, à ce que je pense, parce que c'est chose connue de tous ceux qui vivent près de la Mer, qu'Ulmo a un grand amour pour la Maison de Hador, et certains disent que Húrin et Huor, son frère, ont visité un jour le Royaume Caché. »

« Si cela avait été, alors Húrin se serait gardé d'en rien dire à personne, ni aux grands ni aux petits, et encore moins à son fils tout enfant, répondit Túrin. Aussi je ne crois pas qu'Arminas m'ait demandé cela dans l'espoir d'apprendre quelque chose au sujet de Turgon. Je me méfie de messagers fauteurs de trouble ! »

« Garde ta méfiance ! dit Arminas furieux. Gelmir se trompe sur mon compte. Je t'ai demandé cela parce que je doutais de ce qui semble ici être couramment admis ; car tu ne ressembles guère à ceux de la race de Hador, quel que soit ton nom ! »

« Et que sais-tu donc à leur propos ? » dit Túrin.

« J'ai vu Húrin, répondit Arminas. Et ses pères avant lui. Et dans les solitudes de Dor-lómin, j'ai rencontré Tuor, fils de Huor, le frère de Húrin, et il est aussi semblable à ses pères que tu ne l'es point ! »

« Cela se peut, dit Túrin, encore que de Tuor je n'aie jamais entendu parler avant aujourd'hui. Mais si mon chef est noir, et non pas doré, je n'en suis pas honteux. Car je ne serais pas le premier fils à ressembler à sa mère ; et je suis issu de Morwen Eledhwen de la Maison de Bëor, apparentée à Beren Camlost. »

« Je ne parlais point de la différence entre le noir et l'or, dit Arminas. Mais de ce que ceux de la Maison de Hador ont tout autres usages, et Tuor parmi eux. Car ils ont manières courtoises, et ils écoutent les bons conseils, et tiennent en révérence les Seigneurs de l'Ouest. Mais toi, semble-t-il, tu n'écoutes que ta propre sagesse, ou les dictées de ta seule épée ; et tu parles avec hauteur. Et je te le dis, Agarwaen Mormegil, si tu agis ainsi, ton destin sera tout autre que celui auquel pourrait prétendre un qui est issu des Maisons de Hador et de Bëor. »

« Mon destin a toujours été autre, répondit Túrin. Et si, à ce qu'il paraît, je dois supporter la haine de Morgoth en raison de la vaillance de mon père, me faut-il également endurer les sarcasmes et les paroles de sinistre augure d'un fugitif, même s'il se dit en parenté avec des rois ? Voici mon conseil : va-t'en vite te mettre en sûreté sur les rives de la Mer. »

Et Gelmir et Arminas s'en furent, et ils retournèrent vers le sud ; et malgré les paroles insultantes de Túrin, ils se languissaient de marcher au combat aux côtés des leurs ; et ils partirent uniquement parce que Círdan leur avait enjoint, sur ordre d'Ulmo, de lui rapporter des nouvelles de Nargothrond et de la réception de leur message. Et Orodreth demeura fort troublé des paroles du messager ; mais l'humeur de Túrin s'assombrit encore, et il ne voulut rien savoir de leurs conseils, et surtout refusa catégoriquement de consentir à la destruction du grand pont. Car cela, au moins, des paroles d'Ulmo, ils avaient déchiffré correctement.

Nulle part explique-t-on pourquoi Gelmir et Arminas, mandés d'urgence à Nargothrond, furent envoyés par Círdan le long de la côte jusqu'au Firth de Drengist. Arminas dit que cela fut fait pour assurer la rapidité et le secret ; mais le secret aurait été mieux protégé s'ils avaient remonté le cours du Narog depuis le sud. On peut penser que Círdan a obéi en cela aux ordres d'Ulmo (afin qu'ils puissent rencontrer Tuor à Dor-lómin et le guider jusqu'à la Porte des Noldor), mais il n'y a aucune indication dans ce sens.

TABLE DES MATIÈRES

Du même auteur, chez Pocket Jeunesse

Contes et légendes inachevés
Deuxième Âge
J. R. R. Tolkien

L'histoire de la Terre du Milieu n'est pas contenue tout entière dans Le Seigneur des Anneaux. *D'autres fragments, présentés ici, sont apparus. Vous qui entrez dans ce livre enchanté, entendez l'appel de la Mer qui hante Aldarion, explorez l'île de Númenor, assistez aux premiers combats contre Sauron le Maléfique, avant de partir vers le « Troisième Âge ».*

Contes et légendes inachevés
Troisième Âge
J. R. R. Tolkien

Les Contes et légendes inachevés *complètent l'histoire de la Terre du Milieu. Vous qui entrez dans ce livre enchanté, découvrez les combats contre l'Ombre qui monte, voyez Cirion le sage et Gandalf le prudent tisser des alliances… Bientôt, le magicien va rassembler sa compagnie,* Le Seigneur des Anneaux *va commencer…*

Impression réalisée sur Presse Offset par

BRODARD & TAUPIN

GROUPE CPI

La Flèche (Sarthe), le 14-11-2002
N° d'impression : 15884

Dépôt légal : août 2001

Imprimé en France

POCKET jeunesse

12, avenue d'Italie • 75627 PARIS Cedex 13

Tél. : 01.44.16.05.00